Diogenes Taschenbuch 21643

de
te
be

Walter E. Richartz

Das Leben als Umweg

Gesammelte Erzählungen

Diogenes

Die vorliegende Sammlung enthält die
Erzählungen der Bücher:
Meine vielversprechenden Aussichten, 1966
Prüfungen eines braven Sohnes, 1966
Das Leben als Umweg, 1976
Der Aussteiger, 1979
alle erschienen im Diogenes Verlag

Umschlagillustration: René Magritte,
›Le Balcon de Manet‹, 1949
(Ausschnitt)

Veröffentlicht als Diogenes Taschenbuch, 1988

40/88/8/1
ISBN 3 257 21643 2

Inhalt

Meine vielversprechenden Aussichten

1966

Ein Brief an Onkel Gottlieb

Beim Abendessen sagte ich zu Lisa, es sei wohl an der Zeit, daß ich Ihm mal wieder schriebe. »Wem denn?« fragt sie mit vollem Mund. Lisa will immer zu vieles gleichzeitig tun, und überhaupt, wie sie ißt! Mit beiden Händen packt sie ihr Butterbrot, zerreißt es wie Putzwolle, ißt erst den einen Teil mit der einen, dann den anderen mit der anderen Hand. Was ich ihr an Jahren voraus habe, sucht sie an Manieren wettzumachen.

»Wem denn, wem denn – Onkel Gottlieb natürlich! Er scheint dir wohl nicht der Mühe wert?«

»Er *ist* auch nicht der Mühe wert. Aber meine Sache ist das nicht, er ist eben dein Onkel.«

Es fiel mir schon heute nachmittag ein, als ich mit Lisa das Installationsgeschäft aufsuchte. Ich hatte frei, aber sie konnte sich wieder nicht entschließen. Der Schauraum für Badewannen: altmodisch freistehende, wie auf Seehundsflossen, in den Boden eingelassene, in die man wie in Fallgruben stolpert, aus Zink oder Marmor, doch sonst fatal ähnlich. Und ringsum die Schaufenster, die Leute schauten hündisch herein. In Hut und Mantel vor diesen Badewannen, als ob sie es eilig hätten, noch nicht einmal im Intimen die Zeit, sich zu entkleiden. Eine schnippische Verkäuferin, ungefähr fünfzehn Jahre alt, sah uns schräg von unten herauf an, sie zog eine spöttische Miene, die meine Arglosigkeit betraf.

Lisa streift Schichtkäse von ihrem Messer an einem Brotkanten ab wie Dreck von Schuhen. »Aber weil wir schon gerade dabei sind, erinnere ich dich daran, daß der Stecker noch immer nicht an der Staubsaugerschnur angebracht ist. Meinst du, er würde von selbst anwachsen?«

»Warum sollte er nicht von selbst anwachsen?« Sogar Lisas

Stupsnase läßt mich zuweilen an einen passenden Steckkontakt denken. Das ist gar nicht so dumm, auch Lisa hat manchmal Einfälle. Ich las einmal die Geschichte einer Nase, die sich mit Hilfe eines scharfen Rasiermessers selbständig machte, um nach mancherlei Abenteuern und einer aussichtsreichen Laufbahn schließlich wieder reumütig in ihre Heimat zurückzukehren. Die Trennung auch der festesten Bindungen kann den Horizont erweitern. Lisa will aber immer nur zurück.

Jemand nannte die Nasen von Hunden ›Steckdosen‹, ich glaube, wenn es sich um das Wohlbefinden der Hunde handelte. Die Feuchtigkeit dieser Steckdose. Solche Hunde haben eine fast schweinische Unbekümmertheit an sich, so als ob Lisa jetzt aufspränge, sich mit ihrem Brot auf dem Sofa rekelte, während ich doch immerhin noch esse, oder als ob sie es angebissen auf den Couchtisch legte, sich eine Zigarette anzündete und die Asche an diesem Brot abstreifte.

»Mach keine schlechten Witze!« sagte sie. »Diese Unordnung macht mich ganz krank.«

Um *den* Preis lebt man eben. Mich könnte manches daran verlocken. Schlechtweg im Straßengraben liegen, dem Polizisten unverschämte Antworten geben... Doch würde der Polizist nur lächelnd eine verzeihende Geste machen. Mitleidig, gute Besserung wünschend. Polizisten müssen es wissen.

Es war einmal ein Vagabund, der wollte ins bürgerliche Leben treten. Mit Hilfe einer Anzeige bewarb er sich um eine geeignete Stellung und erhielt sie auch. Nun verdiente er viel Geld und war ständig unterwegs. Familie hatte er nicht, deshalb brauchte er in dieser Hinsicht keine Skrupel zu haben. Die Leute an den Haustüren fanden es aber sehr unterhaltsam, daß die Firma ihnen nun diesen Vagabunden schickte, der bisher mit der gleichen Ware in eigenem Auftrag gekommen war. Sie fanden es aufschlußreich, daß der Vagabund nun ein geregeltes Leben begonnen hatte, das seiner früheren Existenz zum Verwechseln ähnelte. Die Schnürsenkelfabrik zahlte ihm ein festes Monatsgehalt außer der Provision, überdies hatte er Aussicht auf eine Altersversorgung. Sein Beispiel machte Schule, viele seiner alten Freunde taten es ihm gleich. Außenstehende äußerten aber ihr Befremden darüber, daß es inmitten des aufblühenden Wohlstandes noch so viele asoziale Elemente gäbe. Sie sahen nicht hinein.

»Was ist denn wichtiger, der Staubsauger oder Onkel Gottlieb?«

Lisa wischte sich mit dem Handrücken über die fettigen Lippen. »Tu was du willst. Wenn dir aber schon dieser kleine Liebesdienst zuviel ist, kannst du mir gestohlen bleiben!«

Noch einmal, unbelehrbar: von der Freiheit des Zigeunerlebens. Solche Vorurteile lassen sich eben nur schwer ausräumen. Sie sind mit allen Gegenzeugnissen in eine Kette eingegliedert. Diese Plan- und Regellosigkeit – in einem Kaleidoskop nimmt sie sich durchaus geordnet aus, ein gerütteltes Maß. Ich denke dabei an eine Lokomotive im Weideland, mit ihren knackenden Gelenken, dem Lokomotivführer, der pfeiferauchend durch den Spiegel die Einsteigenden beobachtet, die mühselig Trittbretter in Brusthöhe erklimmen, mit Sack und Pack und allen Verwandten. Die eben erst notdürftig Eingestiegenen stampfen sogleich ungeduldig auf den eisernen Plattformen, während der Lokomotivführer weiterhin wartet, auf einen zitternden kleinen Punkt in der Ferne, der sich zu vergrößern, jedoch nicht zu nähern scheint, ähnlich gewissen Fliegenpunkten des Himmels über dem Horizont, die im Nu zu schweren Regenwolken aufquellen. »Das ist Dreck«, sagte meine Mutter dann immer ganz fusselig, während sie probeweise an ihrem Taschenschirm herumzerrte. »Dreck.« Damit meinte sie jene schrapnellartigen Wölkchen, die in ganz kurzer Zeit sich ausdehnen und einen ahnungslosen Sommerhimmel überziehen können. Meine Mutter hatte eben keine Achtung vor der Natur. Aber sie kannte sie.

Der verspätete Passagier ist inzwischen angekommen, ich

denke mir, es ist ein pummeliger Kerl mit Lederkniehosen und lang hinterherwehendem Bart. Einer mit turnerischem Aufschwung. Niemand hätte ihm den geringsten Einfluß zugebilligt. Am Fenster lehnend greift der Lokomotivführer schlafwandlerisch hinter sich ins Dunkle, läßt anschnaufen, betätigt die Glocke Bimbimbim. Ein Wagen folgt blindlings dem anderen, so vorsichtig.

Lisa betrachtet mich blinzelnd. Gleich wird sie auf mein Alter anspielen. Lisa kann da sehr deutlich werden. Ich raffe mich also auf naja. Herumliegende Hindernisse räume ich mit den Ellbogen beiseite und postiere den Staubsauger an ihrer Stelle. Und ich mache mich an die Vereinigung eines Steckers mit seinem Kabel.

So viel Gleichsinnigkeiten sind zum Funktionieren nötig – man muß sich wundern, daß überhaupt etwas funktioniert. Der erwähnte Zufall beim Eisenbahnzug. Die Schwierigkeiten durchgehender Anschlüsse, man kennt das: von Kelsterbach nach Achensee in Tirol, von dort nach Kufstein und gleich weiter nach Herne in Westfalen. Und das alles ohne längeren Aufenthalt, mühelos mit Personen aus anderen Richtungen zusammentreffend. Ist das jemals in Einklang zu bringen? Ein junger Mann im Reisebüro zieht sich nervös die Finger lang, ich beobachte ihn durch das Schaufenster und errate den Grund.

Ich bleibe öfters dort stehen, abends, auf dem Heimweg, um mir die Reiseaussichten zu betrachten. Ich zweifle an den Anschlüssen und doch kann ich mich nicht sattsehen an den Skiparadiesen, den schönen, sportsmäßig gekleideten Frauen, die über ins Tal geduckte Dörfer hinweg ihre Blicke auf den Horizont richten, ihr Rot und Blau gegen das unschuldige und doch so erwartungsvolle Weiß. Ich beteilige mich daran, auf diese Weise, und ohne Gefahr für das Weiß. Ich bin ja überhaupt ein Freund der Schaufensterauslagen. Unvermutet stehen Rauchverzehrer und Tischventilatoren zur Wahl, sinnreiche Geräte, die Früchte entkernen ohne

Spuren zu hinterlassen (so geht es also auch, ohne Gemetzel), die das vielfache Zerteilen von Eiern mit einer einzigen Handbewegung erlauben. Überdies sind sie gewöhnlich für vieles gleichzeitig verwendbar, vorne Schraubenzieher, hinten Nagelreiniger, Fingerhüte mit seitlich angebrachtem Zwirnseinfädler, und immer wieder die bekannten Zapfen und Hohlformen in überraschenden Kombinationen. Fliegende Verkäufer zerkleinern auf dem Bahnhofsplatz verschiedenes mit ihren Patentzerkleinerern, mit immer der gleichen bewundernswerten Zuverlässigkeit Karotten, Schinken, Ziegenkäse und Thunfisch. In Windeseile erzeugen sie mit ihren Kolbenbewegungen einen Schnitzelhaufen, aus dem sich ohne weiteres ein schmackhafter Salat bereiten läßt, wie der Verkäufer anhand eines langen Speichelfadens dartut, der aus seinem Mundwinkel hängt. Er richtet seinen langen Zeigefinger auf mich, der ich ungläubig im Hintergrund stehe: »Sie da, kommen Sie mal her! Ja, *Sie* meine ich! So billig bekommen Sie es so schnell nicht wieder, das *müssen* Sie probieren! Nie mehr werden Sie...«, und er stopft mir eine Faust voll in den Mund, sucht mich auf diese rohe Weise zu überzeugen... Da breite ich meine Arme aus.

Lisa verfolgt meine Bewegungen mit spöttischer Neugierde. Sie ist aber unruhig, hat wenig Geduld. Abwaschen sollte sie, sagt sie. Aufräumen. Ach, wie breit ist das Ungetane.

Jeden Vormittag zieht ein Flugzeug ein Reklamespruchband für ein Waschmittel durch den Himmel. Ich möchte manchmal hinauf, mit dem Piloten plaudern. Es ist seltsam, daß man ihn dafür bezahlt, gewissermaßen für Drachensteigen aus der Luft. Der Pilot fliegt den ganzen Vormittag über Berglohheim, Kalkhof, Meidering – alle Vororte überfliegt er, wo Hausfrauen wohnen. Mittags steigt er ab, zum Essen, und läßt sein Flugzeug einstweilen draußen auf dem Stoppelfeld. Er nimmt sein Mahl in Kalinkes Bude ein, wo auch der verrückte Raketenerfinder sitzt und einige Arbeiter aus dem Kalkbruch. Der Erfinder ist zeitlebens übergangen worden, er hatte es schon anno dazumal erfunden, aber damals hielt man es noch für ausgeschlossen. Sie essen das tägliche Gericht, Frikadellen, kalt, und glänzenden Kartoffelsalat. Hinter der Holztheke dämmert Kalinke am Radio, aus dem Nachrichten kommen, und es gongt. Kalinke, das Einbein, der jeden Morgen auf dem Moped aus der Stadt kommt, seinen Tagesbedarf in den beiden seitlichen Leinentaschen. Draußen wartet das Flugzeug. Es hat sich auf den Schwanz gehockt, witternd reckt es seine Nase. Das Schriftband liegt schlapp dahinter, aus der Nähe besehen ist es recht schmutzig und verschlissen. Der Pilot trinkt noch ein Bier, wischt sich mit seinem Lederhandschuh den Schaum vom Mund, dann geht's wieder auf, in den Waschmittelhimmel.

Lisa ist bald hier, bald ist sie dort. Richte dich ein, Lisa! Ab und zu nimmt sie etwas vom Eßtisch und schichtet es in die Spüle. Dazwischen läßt sie sich auf der Stuhlkante nieder, in der Küche, liest in einem gelben Buch aus der Leihbücherei. Hinterm Türspalt sieht sie schnüffelnd von der Lektüre auf: »So ist's recht, Öl und Schräubchen, daß du dich nicht schämst, auf dem Eßtisch!«

»Ja, natürlich«, sage ich. »Aber es kommt so.«

Rein äußerlich nimmt sich solch eine Operation harmlos aus, die feinen Kupferdrahtzöpfchen in die Steckerhinterlöcher fädeln, mit Schräubchen festklammern. Die Bakelithälften klappen hohl zusammen, prangern die Stifte unverrückbar. Jetzt aber rasch in die Steckdose, probiert: Hurra, es surrt! Allerdings, an einer Stelle des Schlauches zischt Luft, er ist undicht. Aber ich will mich mit dem einen Ergebnis zufriedengeben.

Ob Lisa es gehört hat? »Hörst du es, er geht wieder!«

Die Türe ist fast geschlossen. »Wir werden es ja erleben«, ruft sie schwach. Lisa murmelt fort, als spräche sie zu sich selbst. In der Küche versammeln sich gefüllte Abfalltüten, das weiß ich. Zucker ist verschüttet worden, es knirscht, wenn man da geht.

Hier sitze ich. Unser Eßtisch nimmt sich chaotisch aus, Butterreste an Untertassen abgeschmiert, Wursthäute im Brotkorb. Fettige Messer kleben am Leintuch, und jetzt kommt Onkel Gottlieb dran. Wie beginne ich? An der Küchentür sind Spritzer von roten Rüben, die es neulich gab. Ich kann meine Augen nicht von den roten Punkten abwenden, sie haben eine ganz eigene Farbe, die man nie mit Blut verwechseln könnte. Ich könnte Onkel Gottlieb über den feinen Unterschied zwischen Blut und roten Rüben schreiben, irgendwo dahinter stehen rote Tinte und Guillotinen, doch darüber schreibe ich lieber nicht, sonst glaubt er noch, ich fände niemals Abstand von meinem Beruf.

»Du solltest dich für den Kalender bedanken«, regt Lisa durch die Spalte an. Einen gewissen Familiensinn hat sie schon. Zwar kann sie Onkel Gottlieb nicht leiden, doch hat sie Verständnis für die Verpflichtungen, die er anderen auferlegt. Sie kann sich mit vielem zugleich beschäftigen, darum passen wir zusammen, trotz des Altersunterschiedes.

Onkel Gottlieb hat mir nämlich vor einiger Zeit einen Reklamekalender der Armaturenfabrik geschickt, in der er arbeitet. Der Kalender hängt jetzt neben meinem Schreibtisch. In diesem Monat zeigt er eine Auswahl von Manometern, angefangen von solchen mit drei atü Höchstdruck bis zu welchen mit tausend atü. Ich vermute, daß sie die letzteren nur anfertigen, um ihre technischen Fähigkeiten unter Beweis zu stellen. Bei einem derartigen Druck ist man doch ohnehin nicht mehr in der Lage, ihn abzulesen.

Bei näherer Überlegung irritiert es mich. »Ich habe auch schon daran gedacht«, rufe ich hinüber. »Nur: eigentlich verstehe ich es nicht ganz. Es kommt mir so unnachgiebig vor. Ist es eine Anspielung?«

»Es entspricht ihm. Was gibt es dann viel zu verstehen? Du bist doch sonst immer für Genauigkeit?«

Ja, doch, stimmt schon. Onkel Gottlieb ist sicher ein netter Mann. Man sagt, ich sähe ihm ähnlich. Ich habe ihn ewig nicht mehr gesehen. In früheren Jahren, heißt es, soll er ein großer Naturfreund gewesen sein, angeblich trägt er noch immer seinen Bart. Daß er meine Briefe liest, glaube ich nicht, ebensowenig, wie ich die seinen lese, die auch immer gleichlautend sind.

Und doch – wenn ich so manchmal in einer Freistunde die Buchhandlungen aufsuche, um mich über Neuerscheinungen an Fachliteratur zu unterrichten – man könnte sich darin verirren, so viel gibt es! Ich sehe den anatomischen Atlas vor mir, mit seinen Menschen und Menschenteilen zum Aufklappen, Blättchen für Blättchen, alle durchscheinend, eine Art Kiemen. Die farbigen Felder sind mit Nummern bezeichnet, und darunter, in der Legende, steht: Niere, Milz, linke Herzkammer, rechter Vorhof, großer Kreislauf. Die Legende vom Menschen, den man durch eine Gattersäge schob, die aus Bäumen Bretter macht – es geht so bunt und grausam zu. Gleich daneben, alphabetisch, stehen Monographien: ›Über die geopolitischen Verhältnisse der La-Plata-Mündung‹. Und so weiter – stundenlang kann ich in solchen Büchern schmökern, wie gewisse Waren aus dem Herzen des Landes auf Wasseradern und Strömen bis in die tiefe Mündungsbucht geschafft werden, Häute, Gummi etc. Die Südamerikaner, wie sie im Schatten ihrer großen Hüte schreiend und armefuchtelnd auf ihren Dampferchen um die haushohen Ozeandampfer kreisen, um ihnen endlich etwas von ihrer Last aufzubürden. Dazwischen Rekordschwimmer, die unbeirrt zum jenseitigen Ufer streben, und die Rennbote der reichen jungen Herren, die überall ihre Nase hineinstrecken müssen.

Ich muß solche Unterlagen immer bereithalten, meine Jungen verlangen das. Sonst schreien sie wieder und lachen: »Ach Herr Lehrer, jetzt phantasieren sie aber wieder!« Jedesmal, wenn sie solche Zweifel äußern, ziehe ich das Buch, die Abbildungen oder dergleichen, hervor, und sie wundern sich, daß es so etwas wirklich gibt. Ich sammle auch Zeitungsausschnitte zu diesem Zweck. Neulich stand zu lesen, daß man jetzt Diamanten künstlich herstellen kann – ein Menschheitstraum. Das war natürlich schon schwieriger. Ich mußte einen Juwelier aufsuchen und mir von ihm etwas Brillantenschleifpulver geben lassen, das selbst aus künstlichen Diamanten besteht. Da waren sie aber enttäuscht! »Die sind ja ganz schwarz.« Ohne Enttäuschung geht es leider nicht immer ab. Aber ich habe dann mit einer Probe auf einem Stück Leder das Fenster angeritzt, das hat sie überzeugt.

Lisa sagt mir, die meisten Enttäuschungen kämen erst nachher. Ich kann das nicht so richtig beurteilen, für mich hat es ja kein ›nachher‹ gegeben. O ja, es sei schon alles richtig dargestellt worden. Was ich im Unterricht beschrieben hätte, gäbe es wirklich. Aber dann habe man es sich angewöhnt, »Na und?« zu fragen – und darauf entwickele sich dann eine gewisse Enttäuschung, die schließlich immer weitere Gebiete befiele. Ich denke manchmal darüber nach, doch scheint es mir zusammenhanglos, ich kann mir keinen Reim darauf machen.

Was Lisa betrifft, so hatte sie mich bald nach ihrem Schulabgang geheiratet. Sie wollte die Enttäuschung, die sie schon in sich wachsen fühlte, nicht weiter um sich greifen lassen und sozusagen, und auf diese Weise, auf Lebenszeit in die Schule zurückkehren.

Heute, als ich wieder an dem Trümmergrundstück vorbeikam, in dem die Arbeiter aufräumen, damit man da etwas Neues bauen kann, mußte ich lächeln. Beim Öffnen des Kellers hatten sie offenbar ein Säckchen alter Glasmurmeln gefunden. Vom Gehsteig aus sah ich, wie sie im offenen Kellerschacht eine Art Boccia mit den Kugeln spielten. Ich bat mir eine davon aus; ein Arbeiter mit bräunlichem Kraushaar, mit an der Lippe hängender Zigarette herauflachend, warf mir eine zu. Sie ist wasserhell, mit blauen Spiralen durchsetzt, und enthält eine Art Blutstropfen in der Mitte.

Ich könnte mit diesem Brief zufrieden sein, nach getaner Arbeit dehne ich mich wohlig. Ich stecke meinen Kopf durch den Türspalt zur Küche. Auf dem Boden machen sich Ohrwürmer an den Zuckerkrumen zu schaffen. Lisa klappt ihr Buch zu, sie steht auf, der Schemel kreischt häßlich. Sie kommt drohend auf mich zu, sie trommelt mit ihren kleinen Fäusten auf meinen Brustkorb:

»Ach Herr Lehrer, was für ein Leben!«

Im Kino mit Grace

Mittags hockten wir auf den Stufen vor dem Galaxy-Theater, schräg gegenüber vom department of speech. Die erste Vorstellung fängt um zwölf Uhr an, hin und wieder kamen schon Leute, um sich den Film anzusehen. Sie fluchten, weil sie über uns hinwegsteigen mußten, aber die Studenten haben hier so eine Art Narrenfreiheit. Über uns baumelte das Schild ›It's cool inside!‹ Das Mädchen im Kassenkiosk war eingeschlafen, eine Fliege turnte an seinem Mund herum und fraß etwas Lippenstift. Man sah den Büstenhalter unter der Nylonbluse, aber im Augenblick interessierte uns das nicht sehr. Es war heiß. »Must be about a hundred degrees«, sagte ich zu Bill. »What d'you figure, should we go in?« Er sagte, wenn wir reingingen, wäre es hier nicht weniger heiß. Ich legte mich zurück, betrachtete das Schild und grübelte darüber.

Die Kinotür stand offen, manchmal hörte man etwas von der Tonspur. »Wait a second, Lester. Is this the kind o'gravy you have in mind?« Dann knallte es eine Viertelstunde lang, peng peng peng, mindestens Kaliber 0,56. »'t sounds like somebody don't much care for eachother«, sagte Bill.

Quer über die Straße kam ein Schäfer auf uns zu und tippte sich mit dem Finger an seinen Fünf-Gallonen-Hut. »This way to the oil-wells?« Ich nickte. »Yeah, this way.« Ich hatte keine Ahnung, wo hier Ölfelder sein sollten. Der Schäfer drehte sich um und pfiff durch die Finger. Man hörte Hundebellen, dann galoppierte eine dichte Herde kleiner Automobile an uns vorbei. Sie blökten und boxten sich gegenseitig, ich glaube, es waren 67er Chevrolets. Ich fragte Bill, ob sich die Schäferei heutzutage noch lohnte, schließlich sei es doch eine wenig intensive Art von Bodennutzung. »It pays alright«, sagte er mürrisch. »You bet it pays.« Er sagte, daß die in Washington Prämien für jedes ausgepoverte Feld bezahlen. Wenn das Vieh dann dick und fett geworden sei, ringsum nichts als Öl, Schutt und alte Gummireifen, dann kauften sie es zu Höchstpreisen und lagerten es ein. »For two years. Then it's all corroded. They are selling it for junk and everything starts all over again.«

Ich wischte mir den Schweiß ab. Aus dem Kino knallte es wieder ausgiebig. Entweder treffen sie schlecht, oder sie müssen eine Menge Schauspieler haben, daß sie es so lange durchhalten. »Gi'me a cigarette«, bat ich Bill. Er hatte keine. Er sagte, wir könnten zum drug-store fahren und uns welche kaufen. Wir erhoben uns mühsam, mir taten alle Glieder weh, wie wenn sich das ganze Notre-Dame-team auf mir herumgewälzt hätte. Die neue Tour auf diesem Campus, einfach stundenlang irgendwo zu hocken, ist ziemlich anstrengend.

Bills 57er Pontiac stand in einer dunklen Gasse zwischen Abfalltonnen und Katzen. Neben einer der Abfalltonnen saßen Percy Cohen und John W. Ford. Sie hatten sich da ein kühleres Plätzchen ausgesucht als wir, allerdings roch es schlecht, und manchmal mußte man sich mit den Ratten herumschlagen. John und Percy saßen wie Fakire und nahmen keine Notiz von uns. Wir schoben den Wagen an, Bill sprang schnell hinein und schaltete. Er sprang tatsächlich an, das ist ein Vorteil von diesen Standardschaltungen. Bill fuhr ein paar Meter, dann blieb er stehen, ließ den Motor aufheulen und wartete, bis ich nachkam. Der nächste drug-store wäre an sich nur zweihundert Meter weiter gewesen, aber weil wir schon mal im Rollen waren, nahmen wir McFaddens an der Ecke King und High, ungefähr zwei Meilen weiter. Bei McFaddens sitzt Grace hinter der Theke, jedenfalls um diese Zeit, während der Vorlesungspause und dann wieder abends. Wie sie sagt, zahlt McFadden ihr einen Hundelohn, 2.50 die Stunde. Aber dafür ißt sie mittags umsonst, und wenn wenig Betrieb ist, kann sie mal weggehen, was erledigen, abgesehen natürlich von den Vorlesungszeiten, die er auch bezahlt.

»What d'you say, Grace. When are you going to marry Professor Hawkins?« Gracens Figur ist nicht uneben, sie hat rote Haare und eine Stimme wie Buttermilch. Außerdem hat sie eine Schwäche für Professoren. Sie wechselt den Kurs, wenn sie hört, daß einer verheiratet ist. »You're a pain in the neck«, sagte Grace. Wir nahmen jeder ein root-beer und Camels. »Terrible stuff«, sagte Bill. »Tastes like used transmission oil.« »I wish, we had some liquor.« Grace blinzelte uns zu, nahm rasch unsere Gläser und schüttete hinter der Theke etwas hinein. Es haute uns fast um. Ich glaube, es war Mondscheinfusel oder was. Grace sagte, daß Xerxes Puke ein D minus im Kurs 528 bekommen hätte. Ich wußte nicht, wer das war, mit so einem Namen! Bill kannte ihn auch nicht, aber wir taten so, als ob es uns interessierte, weil Grace uns den Schnaps gegeben hatte. McFadden würde sie rausschmeißen, wenn er das wüßte.

Auf einmal gab es einen Donnerschlag, und die music-box spielte etwas von Chubby Checker. Sie haben diese Automaten an der Theke, und wenn einer sitzt und seinen dime hineinsteckt, ist man nicht darauf vorbereitet. Wir verständigten uns wie Taubstumme. Wir sagten »honey«, »sweety«, »concubine« und sonst noch alles mögliche zu Grace – ich weiß nicht, ob sie es verstand. Aber wir mußten sowieso gehen, 367 fing um vier an, und die führen Anwesenheitslisten. Grace schien irgendwie traurig zu sein, als wir weggingen, sie sah immer auf ihren Busen runter und machte von da aus einen Veilchenaugenaufschlag. Ich war nicht so recht bei der Sache während der Vorlesung, die von irgendeinem Problem aus der Psychologie des Managements handelte, das sowieso keinen Menschen interessiert. Ich dachte, ich werde mich mal mit Grace treffen und irgendwas mit ihr machen.

Am Abend war überall große Aufregung, weil man diese

neuen Satelliten sehen sollte, die so angeordnet waren, daß man die Inschrift ›Munch hershey bar‹ lesen konnte. Mich interessierte das nicht im geringsten, ich finde Satelliten sowieso zum Kotzen. Ich fragte Bill, ob er mir den Pontiac für den Abend leihen würde, die Satelliten könnte er doch vom dormitory ebenso gut sehen wie woanders. Bill saß auf der Terrasse und starrte abwesend an den Himmel, wo es schon dunkel wurde, und in die Zeitung, wo drin stand, an welcher Stelle man die Satelliten zuerst sehen würde. Er sagte abwesend, ich sollte ihn nehmen in Gottes Namen, aber ich sollte aufpassen, die Kupplung ginge nicht richtig.

»Nicht richtig«, war das Wort dafür. Anscheinend hatte Bill den Anlasser repariert, aber wenn man ihn andrehte, rollte der Wagen gleich los – auf Batterie. Man konnte ihn direkt mit dem Anlasser fahren. Auf diese Weise zuckelte ich zu McFaddens und fragte Grace, wann sie da raus könnte, und ob wir zusammen ins Autokino gehen wollten. Grace war begeistert darüber und gab mir gleich noch ein Glas von ihrem extra starken root-beer. Mein Magen war noch leer, und ich war gleich ein bißchen angesäuselt davon. Grace sagte »darling« zu mir. Ich blieb aber nicht lange, damit wir nicht schon zu früh anfingen, uns zu langweilen. Es sollte noch zwei Stunden dauern, bis sie fertig war, und ich vertrieb mir die Zeit, indem ich in einer Studenten-Union zwei Hamburger aß und dann ins ›Museum of early American history‹ ging, das sich auf dem Campus befindet. Ich setzte mich in eines der Zelte der Navaho-Indianer, rauchte und ritzte mit der Nagelschere meinen Namen in den Lack auf der Brust des Häuptlings ein.

Punkt neun stand Grace an der Ecke King und High, wie wir ausgemacht hatten. Ich brachte mühsam das Auto zum Stehen und öffnete galant die Tür. Wir fuhren in das drive-in am Tuskamaula. Ich hatte mich nicht einmal erkundigt, was es für einen Film gab, und es stellte sich heraus, daß wir ihn beide schon kannten. Daran hatten wir eine Zeitlang zu lachen. Grace war ziemlich verschwitzt, und ich ließ das Fenster offen, obwohl man dann draußen alles hören konnte. Zuerst küßte ich sie, wobei sie ganz nett mittat. Ich fühlte an ihr herum, ihr Körper gefiel mir. Sie wurde dann aber etwas mißtrauischer und wehrte sich ein bißchen, als ich anfing, ihr die Bluse aufzuknöpfen. Ich glaube, sie hatte wenig Erfahrung, denn sie wußte nicht, ob sie mich nun machen lassen sollte oder nicht. Ich sagte, daß Sex etwas ganz Natürliches sei, gut für den Körper wie Gummikauen. Ich erinnerte sie daran, was Professor Hadley im Kurs 227 gesagt hatte. Das überzeugte sie schließlich und sie ließ mich so ziemlich alles machen, was ich wollte. Sehr bequem war es nicht, auch nicht auf dem Rücksitz, aber ich glaube, Grace merkte das weniger als ich, weil ich mich natürlich mehr bewegen mußte. Es war merkwürdig, daß sie immerzu stöhnte und seufzte, auch wenn sie dazu wirklich keinen Grund haben konnte. Wahrscheinlich hatten die Mädchen sich gegenseitig erzählt, daß es so üblich sei. Am Schluß bekam sie ziemlich starkes Interesse und fragte mich, wann wir es wieder tun könnten. Vorne auf der Leinwand hüpfte Carol Baker im Badeanzug herum. Manchmal sah ich hin und dachte, daß sie noch besser wäre als Grace.

Nachher mußte ich aussteigen, während Grace sich wieder anzog. Ich fand das etwas albern, nach dem, was vorher los gewesen war, aber jeder hat eben seine Eigenheiten. Ich zündete mir eine Zigarette an und betrachtete abwechselnd Carol Baker und die Inschrift ›Munch hershey bar‹, die jetzt ungefähr im Zenit stand.

Ich hatte schon gefürchtet, daß wir mit Bills Wagen noch Schwierigkeiten bekommen würden. Nun sprang er nicht an. Natürlich war vorauszusehen, daß die Batterie nicht lange mitmachen würde, schließlich war es kein Elektrokarren. Ich war ratlos, denn auf dem Gelände standen zwar noch andere Wagen, aber ich wollte auch nicht stören. Endlich schaltete einer die Beleuchtung an, es schien, daß sie dort fertig waren.

Ich rannte schnell hin und brachte den Mann dazu, daß er mich anschob. Das Mädchen, das neben ihm saß, kannte ich auch, sie hieß Shelley Morgan, eine von denen, die immer kichern. Nachher stellte es sich heraus, daß der Pontiac überhaupt nicht mehr wollte, er mußte bis zum dormitory geschoben werden. Ich war froh, daß der Mann mich nicht einfach stehen ließ. Vielleicht tat er mir den Gefallen, weil ich den Ring an seinem Finger gesehen hatte.

An Bills Auto war anscheinend verschiedenes nicht in Ordnung. Es bockte und ruckte andauernd, es störte Grace, die sich an mich schmiegte und mir etwas ins Ohr flüstern wollte, aber dann flog sie wieder mit dem Kopf gegen die Windschutzscheibe. Mir war es recht. Der von hinten leuchtete mit seinen Scheinwerfern zu uns rein und konnte natürlich alles sehen. Ich begleitete Grace zu Fuß nach Hause. Wir mußten quer über den Campus. Auf dem großen Rasenoval saß ein Trupp Navaho-Indianer um ein Feuer. Neben ihnen war der Präsident der Universität, George H. Abernathy, an einem Pfahl angebunden. Die Navahos piekten ihn mit glühenden Zigaretten, dabei betranken sie sich und sangen unanständige Lieder. Mir war nicht wohl bei dem Anblick – wir machten einen großen Bogen um das Biwak. Ich sagte »Maybe prohibition wasn't so bad after all. It's a nuisance with those Indians getting liquored up every other night.«

Während wir weitergingen, sagte Grace, sie könnte mir auch noch einen Job bei McFaddens besorgen, er bräuchte einen Fahrer. Dann könnte ich mir vielleicht etwas dazuverdienen und ein besseres Auto kaufen. Überhaupt müßten wir später ja noch ein paar Dinge anschaffen. Sie riet mir, ich sollte mich rechtzeitig darum bemühen, daß ich später in die Fakultät aufgenommen würde. Ihre Eltern hätten übrigens einen gewissen Einfluß hier, weil sie immer reichlich für die Schule gespendet hätten. Sicher könnten sie mir auch helfen. Als wir vor ihrer Haustür standen, umhalste sie mich plötzlich sehr stürmisch und küßte mich ab, daß ich ganz naß im Gesicht und in den Ohren wurde. Nachher sah ich, daß Ellen Bliss mit Bob Maudling vorbeigegangen war.

Am nächsten Tag sagte Bill »I could have told you before«, Grace sei so ein Typ. Ich muß sehen, daß ich bald bei einer anderen Schule ankomme.

Meine vielversprechenden Aussichten

Weißhaarig bin ich zwar, aber für mein Alter in gutem Zustand. Mein stattlicher Wuchs, meine gemessenen Bewegungen, mein gereifter, selbstbewußter Gesichtsausdruck erwecken Vertrauen. Also schien mir meine Bewerbung gerechtfertigt, obgleich man, wie die Anzeige besagte, eine junge, aktive Persönlichkeit suchte. Neue Aufgaben seien zu lösen, und die Persönlichkeit sollte über Idealismus verfügen.

Die Empfangsdame gab mir einen Boten zur Begleitung mit, durch die langen hallenden Gänge einen Boten, der wenig sprach, der mir die Mattglasschwingtüren aufhielt. Auf Schritt und Tritt grüßte das Firmensignet, ein sich krümmendes Füllhorn, stilisiert. Hinter uns züngelten Büros wie ein Lauffeuer, flüsterten verstohlen hinter uns her wie die Dorfstraße dem prächtigen Dorfpolizisten. Entgegenkommende Angestellte preßten sich mit dem Rücken flach an die Wand.

In seinem Büro, der roten Teppichherzkammer, empfing mich der Direktor, sah wohlwollend auf an mir und ab. Er rief voller Genugtuung: »So einen Mann brauchen wir!« und klopfte mir herzhaft unter die linke Schulter, nötigte mich so auf das Sofa, auf die flaumige Fellsänfte des Sofas. Der Direktor warf sich neben mich, er war so herzlich. »Zigarre?!« Wir pafften und verwischten den Abstand, wir leckten beide mütterlich unsere Deckblätter, lutschten an den Zitzen.

Eine Tapetentür verbarg die Hausbar, lausbübisch zu öffnen mit dem krausen Schlüsselchen aus der Westentasche. Der Direktor vollführte einen rituellen Dickhäutertanz, er war so genießerisch. Nötigte von dem zähflüssigen süßen Likör in mich hinein, meinem Lieblingsgetränk. Genüßlich stöhnend: »Noch einen?« Und ich weiß ja aus Erfahrung:

Bescheidenheit am falschen Ort... Meine Lippen und Zähne klebten.

Der Direktor sagte: »Wir werden uns schon verstehen.«

»Gewiß, Herr Direktor, ich werde mir Mühe geben.«

»Ach was, seien Sie mal nicht so steif. Nur keine Pedanterie. Sie werden eine Vertrauensstellung einnehmen, nehmen sie bereits ein.« Der Direktor war überaus vorausschauend.

Mit der Hand durch den Türschlitz zog er seine schlanke Sekretärin am Ärmel herein. Sie war eine Schönheit, und der Direktor stellte sie mir vor. Zwecks Wertablage. »Darauf lege ich Wert, daß Sie die Wünsche unseres Herrn – wie war doch gleich der Name? – jawohl, die Wünsche unseres Herrn Blum mit der gleichen Liebenswürdigkeit entgegennehmen wie meine eigenen.« Sie ließ mir ihre weiche Lilienhand mit den blutroten Nägeln, die sich in meine Hand gruben. Sie hob ihr Likörglas, nippte, beschmierte den Rand und blinzelte mir vertraulich zu. Sie bot ihr Parfum meiner Nase wie ein Stempelkissen. Als sie den Raum verließ, auf und ab den Wechselhintern, stieß sie die Fersenspitzen tief in das Teppichfleisch. Der Direktor war sehr männlich. Er schrie: »Ein Prachtstück – Sie werden schon sehen.« Dann traten wir in die Einzelheiten ein.

Ein herzlicher Empfang, wird man sagen. Ein verheißungsvoller Auftakt. Dabei bin ich an derlei gewöhnt, man ist mir immer mit offenen Armen entgegengekommen. Als im städtischen Krankenhaus die Stelle des Pädiaters ausgeschrieben war, gab man mir vor mehreren Bewerbern den Vorzug, und wirklich kann ich mit Kindern umgehen – nie hätte ich ihnen etwas zuleide getan. Oder wenn ich an den legendären Architekten denke, den Pionier neuen Bauens, wie er mir trotz meiner jungen Jahre eine Chance als Compagnon gab. Den angesehenen Architekten mit seinem kompromißlosen kahlrasierten Kopf. Seines Rufes halber kleidete er sich immer in einen blauen Arbeitskittel. Er war sehr sozial gesinnt, und er stand meiner einfachen, werkgerechten Kleidung erwartungsgemäß wohlwollend gegenüber. Er war ein sehr funktioneller Architekt, stellte mir sogleich ein Zahnputzglas mit Gin zur Aufgabe.

Erinnerungen an viele glückliche Anfänge durchschwemmen mich. Weinen muß ich beim Gedanken an die Stellung eines Restaurators in einem Kunstmuseum, eine respektable Position, eine kulturelle Position. Man kam mir buchstäblich mit Sympathie entgegen. Nach dem Lokaltermin führte mich der Kunsthistoriker, der das Depot der ungehobenen Schätze verwaltete, durch die verschiedenen Bohème-Lokale in der Altstadt. Es war schon Abend, Zeit des gärenden Apfelweins. Dabei versicherte mir der Kunsthistoriker, daß er an keinerlei Vorurteilen oder Standesdünkel litte, und fortlaufend gesellten sich weitere Kunsthistoriker zu uns, die alle beteuerten, daß sie an keinerlei Vorurteilen oder Standesdünkel litten. Wir verschwisterten uns zu einer großen Bruderschaft, und ich war auch über diesen aussichtsreichen Beginn sehr beglückt. Dabei hatte man mir meine Anfänge immer leicht gemacht, von der Schule an leicht.

Ach Schulzeit ja, Zeit der Knospen! Schon dort hat man große Stücke auf mich gehalten. »Blum«, sagte mein Klassenlehrer einmal und legte mir segnend den großen historischen Atlas auf den Kopf: »An Ihnen ist ein Gelehrter verloren gegangen.« »So viel wollte ich mir ja auch gar nicht anmaßen«, antwortete ich und nie vergesse ich sein herzliches Lachen. Ganz im Vertrauen hat er mir des öfteren mitgeteilt, wie warm er mich seinen Kollegen empfehle, und wie sehr er mich für förderungswürdig erachte.

Ich mache mir nichts vor. Sicher hat mir die Fürsprache des Rektors geholfen. Seine Bekanntschaft hatten meine Eltern gesellschaftlich eingefädelt, und nun wurde ich regelmäßig in dies Haus geladen. Dann stand wohl der Rektor im geräumigen, pompejanisch-rot mit Damast ausgeschlagenen Salon, mitten im Kreise seiner Familie. Seine winzige, vogelknochige Frau und seine sechs Mädchen hielten sich an den

Händen gefaßt und schauten mir freundlich entgegen. Im Zentrum aber das Oberhaupt strich sich machtvoll durch den schwarzen Backenbart und blitzte mit den stahlblauen Augen. Dem Rektor war ich wie ein Sohn. Auch mitten im geselligen Treiben, bei Scharaden und Volksliedern, nahm er mich bisweilen väterlich beiseit, führte mich am Ohrläppchen in die Diele und wies auf die holzgebrannten Tafeln, auf die Inschriften ›Nie weicht die Eiche dem Sturm‹. ›Sei herzeigen dem Volke‹. Sie hatte der Rektor mit eigener Hand hergestellt. Ich aber tat mich vor allem im Rezitieren von Balladen hervor.

Wie ich auch immer meinen Mann stand – meine Mutter liebte mich zärtlich. Nie vergaß sie meine erste Stunde bei der Klavierlehrerin. Meine Tonleiter hatte ich heruntergefingert, wie von früh auf unter meiner Mutter Anleitung geübt. Ein bläuliches Fräulein in eisenhartem Tweedkostüm, die Klavierlehrerin, schlug die Hände über dem Kopf zusammen und wandte die Augen zum Himmel. »Dieses Kind«, sagte sie mit Bestimmtheit, »ist eine große Begabung.« Sie versprach meiner Mutter, die Tränen vergoß, daß sie sich mir mit Hingabe, mit Verantwortungsbewußtsein widmen wollte. Meine glückliche Mutter erzählte es allen Bekannten und Verwandten, und wenn Besuch kam, kam er sogleich auf mich zu, hob mich mit ausgestreckten Armen hoch, wobei er ausrief: »Hier haben wir ja unseren kleinen Klaviervirtuosen.«

Meine Spielkameraden begegneten mir mit Respekt und ließen mir vieles durchgehen. Mein Onkel Augustus, sonst als Geizhals verschrien, schenkte mir ein Klavier, eigens für meine Übungen. Meine Mutter hat es bis heute aufbewahrt, zusammen mit meinen vergoldeten Locken.

Nach Marseille

Man hat gesagt, bei der Grenzüberschreitung spüre man gleich eine Veränderung der Atmosphäre. Etwas im Verhalten der Leute, an den Farben, am Klima, ein Ich-weiß-nichtwas, das auf einmal fremdartig sei. Ich merke nichts davon. Die Zollbeamten schenken mir kaum Beachtung. Sie können Radfahrer wohl nicht für voll nehmen. Sie machen nur eine gelangweilte, ruckende Kopfbewegung in meiner Fahrtrichtung.

Bald wird es einsamer. Es geht andauernd aufwärts, und ich bin unschlüssig, ob ich absteigen soll oder nicht. Einmal tue ich es, aber nun geht es ganz unverhältnismäßig viel langsamer voran, das ist viel unangenehmer als die Mühe des Tretens. Weitgeschwungene Hügel auf einer Art Hochplateau. In flachen Senken liegen kleine Dörfer, die um die Mittagszeit ausgestorben scheinen. Gerne hätte ich etwas getrunken, aber ich fürchte zu stören. Der Verkehr ist spärlich, nur selten ein kleines eiliges Auto, das stark scheppert. Durch das Scheppern werde ich rechtzeitig gewarnt und kann zwischendurch auf der Mitte der stark gewölbten Straße fahren. Die Ränder sind uneben, und dann geht der Asphalt unvermittelt in einen sandigen Graben über, in dem die Räder mahlen, und wo man leicht stürzt. Einmal ein Schild: Nancy, sechzig Kilometer. Schätzungsweise werde ich dafür zweieinhalb Stunden brauchen. Jetzt ist es drei Uhr nachmittags.

In Nancy soll eine gute Jugendherberge sein. Glücklicherweise entdecke ich schon am Stadtrand die kleinen Markierungszeichen. Ich frage ungern. Natürlich ist auch mein Französisch sehr schlecht. Dann verstehen die Leute mich nicht, ich werde rot und fürchte, etwas falsch ausgesprochen zu haben. Also wähle ich eine andere, ebenso unrichtige

Aussprache. In meiner Verwirrung spreche ich sehr undeutlich. Die Leute werden ungeduldig und wenden sich ab, so wie man sich von einem Betrunkenen oder Verrückten abwendet. Das ist demütigend.

Die Jugendherberge liegt auf der Kuppe eines Hügels, oberhalb des Stadtzentrums. Ein älteres Gebäude von der Art derer, an denen alles etwas zu groß geraten ist. Die Türen, die Fenster, das Treppenhaus haben Ausmaße, die die Benutzung erschweren, so wie normale Verhältnisse den Kindern. Entsprechend die Schlafräume – man weiß nicht recht, wo man seine Sachen lassen soll, weil so viel Platz ist. Nachdem ich mich notdürftig gesäubert habe, gibt es ein Eintopfessen im riesigen Speisesaal. Viele sind noch nicht da, die meisten kommen später am Abend an. Einige Grüppchen gemischter Nationalität sitzen zusammen und unterhalten sich lebhaft. Manche Jungen sehen sympathisch aus, aber ich mag mich nicht zu ihnen setzen, weil ich fürchte, sonst bald in eine ähnliche Lage zu geraten wie beim Fragen von Straßenpassanten nach einem Weg. Allerdings – daß ich mich alleine an einen der langen Holztische setze, wird auch als Hochmut empfunden. Ich lese Mißbilligung in ihren Blicken.

Später gehe ich noch einmal aus. Bei meiner Ankunft bemerkte ich ein Denkmal, darunter ein Schild mit einem polnischen Namen. Das wunderte mich, ich will mich unterrichten, was es damit auf sich hat. Die gerade abfallende Straße scheint endlos, das ist mir bei der Herfahrt gar nicht so aufgefallen. Altertümliche Villen auf beiden Seiten haben die Läden geschlossen, in ihren Vorgärten stecken die Schilder der Maklerfirmen, die sie zum Verkauf anbieten. Immer steiler wird die Straße, die Wölbung verdeckt ihr Ende. Vielleicht hätte ich mein Fahrrad nehmen sollen. Ich gehe zögernd, es wird auch schon dunkler. Ein Mißbehagen erfaßt mich, und ich kehre um.

Von Nancy nach Dijon

Heute habe ich mir viel vorgenommen. Nach meiner Karte sind es zweihundert Kilometer. Es ist noch kühl, der Himmel ist bedeckt. Ich bin froh, mich nach der Nacht auf dem harten Bett auf dem Fahrrad bewegen zu können. Es geht jetzt nach Burgund, Dijon ist die Hauptstadt. Den Vormittag über steigt die Straße fast ununterbrochen, dann wieder eine Hochfläche, diesmal ziemlich eben. Ich habe Rückenwind, es macht Spaß; man tritt leicht, man scheint zu fliegen. Ich klopfe mit der Hand auf die Lenksäule und sage »Gutes Rad.« Zweihundert Kilometer, das ist schon etwas. Aber ich glaube, ich schaffe das mühelos. Mittags habe ich schon über hundert Kilometer hinter mich gebracht. Eine Art Felsklippe ragt über der Ebene, darauf schwebt eine Stadt. Von weitem sieht man die Stadtmauer, sicher ist es ein sehr alter Ort. Ich kann mir eine Ruhepause erlauben. Biege also von der Hauptstraße ab, steil geht es hinauf, ich schiebe das Rad durch das Stadttor. Dann weiter aufwärts durch eine dunkle gewundene Gasse, die sich schließlich auf einen unregelmäßigen Platz öffnet. Ein kleines Café an der Ecke, ich lehne das Rad an einen Stuhl, lasse mich an dem runden, rostigen Eisentisch nieder. Lange kommt niemand. Dann verlange ich eine Orangeade, das klingt deutsch und französisch gleich. Es kommt mir leicht über die Lippen, ich bezahle es gleich. Die Kellnerin ist ein derbes, knochiges Mädchen, sie sagt etwas Freundliches zu mir, wahrscheinlich, daß es warm sei. Oder, daß es wohl mühsam wäre, mit dem Rad zu fahren. Ich sage »Oui, Oui.« Sie wartet, ob ich noch weiteres sage, dann dreht sie sich zögernd um und verschwindet im Innern.

Nach der Pause geht es schwerer, ich spüre meine Waden. Ich muß jetzt mit mehr Kraft treten, der Wind kommt von der Seite. Ich überlege, was ich am Abend zu sagen haben werde, und memoriere die französischen Worte. Das Problem ist, daß ich fast akzentlos sprechen kann, wenn ich mich wohlfühle. Dann versucht man mich manchmal in ein Gespräch zu verwickeln, das mich in Verlegenheit bringt. Mein Vokabular ist dürftig. Übrigens habe ich Hunger, mittags habe ich nichts gegessen. In Dijon werde ich mir Brot, Butter und Käse besorgen, davon kann ich zu Abend essen und für morgen belegte Brote machen, für unterwegs.

Die letzten dreißig Kilometer sind ziemlich bergig, so wird es doch spät, bis ich nach Dijon komme. Ein Glück, daß die Geschäfte hier lange offen haben. Die Jugendherberge ist ein altes Fachwerkhaus, auch innen überall von Balken durchzogen wie eine Scheune. Es gibt kein elektrisches Licht. Ich benutze die letzte Dämmerung, um von dem Eingekauften zu essen. Ich habe mir auch Oliven geleistet. Sie machen mich durstig, aber ich vergaß, mir etwas zu trinken mitzunehmen.

Die Herberge ist sehr voll, ein undurchschaubares Gewimmel im Schein von wenigen Petroleumlampen. Jemand zupft an einer Gitarre, die meisten liegen auf ihren Betten und schwatzen. Huschende Taschenlampen beleuchten offene Rucksäcke. Man hört fast nur Französisch. Jemand fragt mich, ob das untere Bett frei sei. »Vorhin war es«, will ich sagen, aber jetzt weiß ich nicht, was ›vorhin‹ heißt, sage also einfach »Oui, c'est libre.« Der Junge wirft seinen Rucksack ab. Es scheint, daß jemand dort unbemerkt, in eine Decke eingewickelt, geschlafen hat. Er grunzt, und der andere zieht schimpfend ab.

In der Nacht dringt Mondschein ein, beleuchtet fahl das verwirrende Durcheinander von Balken, Gepäck und schlafenden Körpern.

Von Dijon nach Beaune

Es ist eine Stadt mit lebhaftem Verkehr. Da ist es schon besser, das Rad zu schieben. Ich begegne dem Herbergswirt, rundlich und heiter, er trägt jetzt die Uniform eines Briefträgers. Das berührt mich seltsam. Es gibt hier viele schmiedeiserne Gitter – das Museum ist von einem solchen umgeben. Aber heute ist es geschlossen. Ich denke, besser fahre ich weiter, auch bin ich soviel Verkehr nicht mehr gewöhnt. Vorbei am Denkmal des Musikers Rameau, das auch schmiedeisern eingezäunt ist.

Heut will ich nur bis Beaune, das ist nicht weit. Die gestrige Strecke hat mich doch ziemlich hergenommen. Jetzt fährt man durch Weinberge, die Straße ist breit und glatt, die Route Paris – Marseille. Entsprechend der Verkehr und sein Tempo. Scheint's bin ich vom Regen in die Traufe gekommen, ich muß mich vorsehen, im Sog der großen Lastwagen könnte man sonst leicht die Herrschaft über das Fahrrad verlieren. Die Straße führt an kleinen hellgrauen Dörfern vorbei. Einmal sehe ich Dorfweiber in einem Waschhaus, die walken ihre Wäsche auf den Steinen und schreien Vorübergehenden etwas zu, das wie Schimpfworte klingt. Es erinnert mich an einen Film.

Das Fahren ist heute anstrengend, die Muskeln tun mir weh. Der Sattel ist mir unbequem, und ich muß öfters auf ihm verrutschen, um mir die vorübergehende Annehmlichkeit schmerzlosen Sitzens zu verschaffen. Der Himmel ist von weichlichen Wolken bedeckt, es ist nicht heiß, aber drükkend. Kurz nach Mittag bin ich schon in Beaune.

Hier gibt es keine Jugendherberge. Ich stelle mein Fahrrad in der Mitte eines quadratischen, staubigen Platzes an eine Bank und stelze herum. Ringsum Hotels, durch die Fenster sieht man weiß gedeckte Tische und kunstvoll gefaltete Servietten, auf jedem Platz verschiedene Gläser. Dieser Ort soll für Wein und Essen bekannt sein. Aus den Speisekarten, die außen angeschlagen sind, ersehe ich, daß es ziemlich teuer ist. Auf der Bank neben meinem Rad esse ich meine Käsebrote, sie sind trocken, außerdem habe ich sie satt – zu den letzten drei Mahlzeiten habe ich nichts anderes gehabt. Ich lerne die Frage nach einem Zimmer auswendig: »Est-ce que vous avez une chambre pour moi?« In einem der Hotels finde ich ein billiges, es ist dunkel, es geht auf einen schmutzigen Hof. Ich lege mich auf das Bett, sinke tief in das weiche Federkissen, schlafe ein.

Als ich aufwache, dämmert es schon. Draußen scheint jetzt mehr Betrieb zu sein. Ich wasche mich, mache mich etwas fein. Eigentlich möchte ich doch mal gut essen, das könnte ich morgen wieder einsparen. Wahrscheinlich sähe man es gern, wenn ich in meinem Hotel äße. Das Speisezimmer ist weiß und leer. Es gibt viele Fliegen, auf einem Teller paaren sich welche. Ein Kellner mit spitzen Lackschuhen lächelt zuvorkommend. Ich erkläre ihm, daß ich etwas essen will. »A sept heures, Monsieur, à sept heures« – er zeigt mir die Zeit auf seiner Armbanduhr. Jetzt ist es halb sechs. Ich trete durch die offene Tür auf den Platz, wandere herum, steifbeinig. Noch immer dröhnt Landstraßenverkehr in meinem Kopf. Auf einem Schild in einer Seitengasse steht ›Bar‹. Vielleicht sollte ich den Wein versuchen. Ein kleiner Schwarzhaariger sitzt da an der Theke, er spricht mich gleich an, radebrechend deutsch, ist überströmend freundlich. Er liebt Deutschland. Ich werde zu einem Glas eingeladen, dann noch zu einem. So nüchtern wie ich bin, steigt es mir zu Kopf. Er liebt deutsche Automarken und spricht vom Krieg der Kapitalisten. Das Volk würde es nun nicht mehr zulassen. Er sagt das immer auf neue, umständliche Weise. Mich beglückt es, daß man mir wohlgesinnt ist. Ich sage öfters etwas von Freundschaft.

Das Lokal füllt sich, mein Mann unterhält sich mit einem anderen Gast. Mühsam stehe ich auf, klopfe meinem Wohltäter auf die Schultern und sage mehrmals »merci«. Er beachtet mich kaum. Ich torkle hinaus. Da ist es wohlig warm; auf dem Platz stehen jetzt viele Omnibusse und ständig kommen neue an, mit singenden Leuten gefüllt, die bunte Papierhüte auf dem Kopf haben. Mir fällt ein, daß ich gut essen wollte, aber jetzt ist das Restaurant meines Hotels bis auf den letzten Platz gefüllt. In meiner Benommenheit finde ich mir ein

Delikatessengeschäft, um wenigstens einige von den bunten Salaten zu kaufen, und Brot. Davon esse ich auf dem wackeligen Tisch in meinem Zimmer. Es schmeckt sehr gut; von unten tönt der Lärm des Speiseraums, Klirren, Lachen, Gläserklingen.

Allmählich läßt die erste Wirkung des Alkohols nach und weicht einem starken Kopfschmerz. Ich nehme eine Pille und lese noch etwas in einem Buch.

Von Beaune nach Lyon und Tournon

Jetzt wird es wärmer, der Süden zeigt sich an. Die Straße geht schnurgerade, die Autos pfeifen wie Granaten vorbei. Man ist ständig von einer Staubwolke umgeben. Gegen Mittag lege ich mich in den Straßengraben und esse einige Pfirsiche, die ich unterwegs am Straßenrand gekauft habe. Sie sind weich wie Zuckerwatte, Staub heftet sich an den eintrocknenden Saft.

Der Himmel klart auf, und sogleich fängt die Sonne an zu brennen. Ich komme jetzt in ein breites Flußtal, Pappelalleen, perspektivisch, in verschiedenen Richtungen. Im Hinterreifen scheint ein kleines Loch zu sein – ich muß öfters pumpen. Die endlose Straße blendet. Ich fahre durch eine langgestreckte Ortschaft, links der Fluß, die Reihe Häuser rechts. Einwohner sitzen auf den Stufen, man lacht, ruft mir etwas zu: »Pedaler, pedaler.« Der Sinn scheint mir klar zu sein. Ich schwitze stark, auf einem Schild steht: ›400 km nach Marseille‹. Von Marseille verspreche ich mir etwas. Es lockt mich, so schnell wie möglich hinzukommen.

Der Karte nach soll vor Lyon eine Jugendherberge sein. Man muß auf die andere Seite des Flusses, dann zehn Kilometer auf einem holperigen Kopfsteinpflaster. Man kommt schwer voran, das Fahrrad klappert und scheppert, durch die undichten Reifen schlagen die Felgen auf.

Die Jugendherberge ist ein altes Landhaus, ringsum herrscht malerische Unordnung. Der Herbergsvater ist sehr jung, er sitzt auf dem Gartentisch und spielt Mundharmonika, junge Burschen und Mädchen umlagern ihn. Ich werde eingeladen, mich dazuzusetzen und mitzusingen. Aber es gibt kein warmes Essen, und ich habe mir nichts besorgt, muß nochmals los. Ohne Gepäck ist es direkt ein Vergnügen zu fahren. Auch singe ich nicht gerne mit.

Kein Laden zu finden. Schließlich fahre ich nochmal auf die andere Seite des Flusses und ein Stück über Land. Endlich, in einem Dorf, entdecke ich ein kleines Geschäft. Viele Waren hängen von der Decke, ich kann nur gebückt stehen. Ich kaufe eine große Tüte voll. Auf dem Rückweg muß ich die Tüte im Arm halten, meine Seitentaschen habe ich ja in der Herberge abgenommen. Ich kann nur mit einer Hand lenken. Als ich die Holperstraße wieder gefunden habe, ist es dunkel. Ich bemerke, daß meine Lampe nicht brennt.

Am nächsten Morgen flicke ich meinen Reifen; unter der Traufe steht eine Tonne voll Regenwasser, in der man die Undichtigkeit orten kann. Der Herbergswirt hat eine Ersatzbirne für meine Lampe. Viele scheinen sich hier für längere Zeit einquartiert zu haben, sie liegen in der Sonne oder schwätzen an den Tischen im Freien.

Lyon ist eine ziemlich häßliche Großstadt. Die Verkehrspolizisten haben Tropenhelme auf. Die Straßen sind schlecht, überall baut man, der Fluß ist streckenweise durch Bretterwände verdeckt. Endlich bin ich draußen. Ich ärgere mich über die viele Zeit, die ich beim Herumfahren verschwendet habe. Es ist schon zwölf Uhr und eine Backofenluft. Jetzt geht es die Rhone entlang, treten, rechts, links, treten. Wenn die Reifen prall sind, fährt es sich gut. Ich fahre freihändig. Die Hände auf den Schenkeln, um beim Treten nachzuhelfen. Heute morgen habe ich ein paar Worte mit einem Amerikaner gewechselt, er hat mir Tournon empfohlen. Dort gäbe es ein gutes Quartier.

Alle zehn Kilometer kommt ein Stein mit Entfernungsangaben. Jedesmal warte ich sehnsüchtig darauf, aber es scheint völlig unberechenbar, wie lange man von einem zum nächsten zu fahren hat. Manchmal kommt es mir stundenweit vor, dann geht es wieder überraschend schnell. Die Flußböschung gegenüber ist steil, dort sieht man von Zeit zu Zeit Kalksteinbrüche mit angeschlossenen Mühlen oder Zementfabriken. Sie blenden schon von ferne, dort kann man wohl nur mit Sonnenbrille arbeiten. Ich schwitze heftig, später ziehe ich mein Hemd aus und binde es mit den Ärmeln um den Hals. Durch den verdunstenden Schweiß wird man angenehm gekühlt. Allmählich habe ich mir eine gewisse Fahrroutine erworben. Wenn man das Stadium, da es an allen Gliedern schmerzt, überwunden hat, geht es fast von selbst. Ich falle in einen bestimmten Rhythmus des Tretens, summe eine monotone Melodie dazu. Im Fahren angele ich mir ein Fleischhörnchen aus einer Hintertasche. So geht es gut, nur sollte man keine Pausen machen.

Tournon liegt auf der rechten Seite der Rhone, ich muß über eine Brücke. Es ist ein kleiner Ort, verfallene Häuser. Die Jugendherberge in einem baufälligen Chateau. Darin sind die meisten Räume unbenutzt, teilweise mit leeren Fensterhöhlen, Rissen in der Mauer. Ich irre umher, bin etwas beunruhigt wegen des bepackten Fahrrades, das ich draußen unbewacht abgestellt habe. Man hört Musik, ich gehe ihr nach.

Ein großer Raum, die Tür hängt schief im Rahmen, ein Dutzend Betten, ein Herd, zerrissene Polsterstühle und Trödelkram. Zwei ältere Touristen und ein Kofferradio betrachten mich zurückhaltend. Auf dem Herd brodelt etwas. Herbergsvater ist der Besitzer des Kolonialwarenladens, er kümmert sich kaum um die Nebenpflicht. Morgens bringt man ihm fünfzig centimes. Ich fahre mein Rad durch die unbewohnten Säle, stelle es im vorletzten ab. Heute kann ich mir hier etwas kochen. Die beiden anderen umlagern ihr

Radio und stellen nur wenige Fragen. Es sieht so aus, als ob sie immer hier wohnten.

Nach dem Essen setze ich mich draußen auf das Brückengeländer. Es gibt hier so gut wie keine Straßenbeleuchtung, nur offene Dunkelheit, das Geräusch des Wassers. Der Verkehr wickelt sich am anderen Ufer ab.

Nach Avignon

Ich fahre direkt in die Sonne. Mit schlitzförmig verengten Augen, bei dröhnender Hitze, treten, treten. Ein Riemen meiner Gepäcktasche klimpert an den Speichen, das gibt mir ein Maß der Geschwindigkeit. Die Autos jagen jetzt wieder vorüber wie wahnwitzig. Ich schmecke Staub, er trocknet meine Lippen aus. Der Speichel ist eingedickt und klebrig, es knackt im Gaumen. Jetzt kommen immer weniger Ortschaften, und wenn, liegen sie abseits der Straße. Mittags biege ich doch einmal ab. Ein viereckiger Platz, weißglühend, überall sind die Jalousien heruntergelassen. Kein Mensch. Ich setze mich an den Tisch eines Cafés, dessen Eingangstür ins Innere geschlossen ist. Niemand kommt. Auf das Rad gestützt, gehe ich um das Carré, auf der anderen Seite gibt es Arkaden. Aber im Schatten fröstelt man. Ich hätte so gern etwas getrunken, finde aber keinen Menschen. Schließlich breche ich wieder auf. Meine Glieder sind so steif, daß ich kaum auf das Rad komme. Erst ganz allmählich falle ich wieder in meinen Rhythmus. Ich glaube, das war Montélimar, die Nougatstadt, denn die Reklamen an der Straßenseite haben aufgehört.

Nachmittags erreiche ich Orange. Hier soll es wohlerhaltene römische Bauten geben. Die Straße mündet breit in den Ort, weitet sich sogar noch etwas, durch die zusammengekniffenen Augen bemerke ich einen Triumphbogen, aber in der blendenden Helligkeit sind keine Einzelheiten zu erkennen. Ich muß jetzt Schatten haben. Mein Kopf schmerzt vom Licht. Niedrige weiße Häuser entlang der Straße, endlich ein Café; ich lasse das Rad gleichgültig stehen. Innen dösen einige Männer über ihren Gläsern, ich schlürfe einen Kaffee, langsam erholen sich die Augen.

Überall sind Wegweiser zum Amphitheater, ich fahre hin. Der Eintritt kostet viel, aber man sieht es auch sehr gut von außen. Hier stehen einige Autos, auf den steinernen Sitzstufen klettern Touristen herum und hantieren mit ihren Photoapparaten. In einiger Entfernung eine Holzbaracke mit einem Schild ›Museum‹; man kann es nur mit der Eintrittskarte betreten. Durch das vergitterte Fenster sieht man Bruchstücke von Statuen, einen großen Tisch mit glattgestrichenem Ton, darauf einige Teile eines Reliefs, anscheinend zur Rekonstruktion.

Es ist fünf Uhr, und ich will noch nach Avignon. Ich fühle mich zerschlagen und zugleich erfrischt. Auf so langen Fahrten gerät man in merkwürdige Zustände.

Die Herberge in Avignon ist ein Zeltlager an dem der Stadt gegenüberliegenden Ufer. Man erreicht es über eine Hängebrücke. Das Lager ist überfüllt, ich bekomme noch einen Platz in einem Behelfszelt. Ich lade ab und wasche mich in der Rhone. Dann fahre ich in die Stadt zurück, dort schiebe ich das Rad. Im Zentrum wieder ein viereckiger Platz, der vollkommen mit Tischen, Bänken und einer gestikulierenden, geschwätzigen Volksmenge angefüllt ist. Das macht einen seltsamen Eindruck auf mich. In dieser Stadt gibt es billige Restaurants, in einem esse ich Beefsteak und Pommes frites. Die Auswahl steht auf Schildern längs der Wände, daraus kann ich entnehmen, was ich verlangen muß. Übrigens hört man hier manchmal arabische Musik.

Als ich eine Stunde später wieder über ihn zurückgehe, ist der Platz vollkommen leer, auch den größten Teil der Tische hat man entfernt. In der beginnenden Dunkelheit werden die historischen Gebäude von Scheinwerfern angestrahlt. Ich fahre wieder hinüber in mein Zeltlager und lege mich hin. Durch eine Öffnung kann ich die Stadt sehen. Ich schlafe ein, später erwache ich von einer Musik, die von drüben kommt. Eine Art mittelalterlicher Musik, durch Lautsprecher verzerrt. Während der Pausen hört man die weihevoll hallende Stimme eines Ansagers. Wohl eine Touristenveranstaltung.

Von Avignon nach Arles

Es ist ungemütlich in dem Zelt, der Wind geht ungehindert hindurch, ab und zu kriecht ein Insekt über mich. Meine Schlafgenossen machen einen unzuverlässigen Eindruck, so daß ich mein Gepäck als Kopfstütze benutze. Ich stehe früh auf und bade in der Rhone, die an dieser Stelle seicht und kiesig ist. Im Hauptzelt gibt es warmen Kaffee, ich esse etwas angetrocknetes Brot und ein Stück harte Wurst dazu. Dieses Weißbrot kann man nicht aufheben.

Nach Arles ist es nicht weit, die Straße schmal, sandig und beiderseits von Pappeln gesäumt. Die Felder sehen räudig aus, es scheint, als ob das Wachstum hier gegen viel Trockenheit ankämpfen muß. In Tarascon mache ich Rast, es ist früh am Vormittag, und ich habe nicht mehr lange zu fahren. Es ist Markt, ich beobachte, daß einige Marktfrauen starken Bartwuchs haben. Bei ihnen kaufe ich mir Obst für den Weg, sie bedienen mich fast unbeweglich, ohne aufzustehen. Eine gotische Kirche, wohl stark beschädigt, der Innenraum von Baugerüsten durchsetzt – auch außen ranken sie hoch hinauf. Man sieht aber niemanden arbeiten.

Die Entfernung nach Arles ist noch geringer, als ich erwartet habe. Die Einfahrt durch eine breite, sehr staubige Vorstadtstraße. Es sieht aus, als ob zu beiden Seiten eine ununterbrochene, hohe Mauer entlangführte, nur selten durch Türen oder Fenster durchbrochen. Neben einer dieser Türen das Jugendherbergszeichen. Die Tür ist geschlossen.

Ein junger Mann steht von einer Bank auf und kommt zu mir. Er spricht mich deutsch an und ist nicht überrascht, als ich es verstehe. »Es ist noch geschlossen«, sagt er. Was soll ich da anderes tun als nicken? Er kehrt wieder zu seiner Bank zurück und macht sich an den Packtaschen eines Rades zu schaffen, das vor ihm liegt. Ich fahre weiter in die Stadt hinein. Obgleich es erst kurz nach Mittag ist, herrscht hier bereits eine so grausame Hitze, daß ich mich an den Häusermauern zu verbrennen fürchte. Eine Kirche mit reichverziertem Portal dringt in einen unregelmäßigen Platz. Ich trete ein und setze mich in die dämmrige Kühle. Vorne kniet eine Frau im Schleier und betet. Später geht sie hinaus ohne mich anzusehen. Durch die Fenster fallen Sonnenstrahlen so hell, daß man sie für Risse in der Wand halten könnte. Ab und zu sehe ich hinaus, ob das Fahrrad noch da ist. Nach einer Stunde verlasse ich die Kirche und suche im Innenhof des Rathauses Kühlung. Später betrete ich noch einige andere Kirchen. Einmal begegne ich meinem Landsmann, wir nikken uns schweigend zu. Gegen Nachmittag belebt es sich draußen etwas, ein Café öffnet, und ich trinke eine winzige Flasche Zitronenlimonade, dann noch eine und eine dritte. Der Kellner stellt eine nach der anderen wortlos auf den Tisch, er streift das bereitliegende Geld mit gebogenen Fingern wie mit einem Rechen in eine offene Geldtasche, die an seinem Gürtel hängt.

Als es fünf Uhr ist, fahre ich zurück zur Jugendherberge. Die Türe ist jetzt offen, aber niemand ist zu sehen. Ich lade mein Gepäck ab, wasche mich irgendwo. Später kommt auch mein Landsmann. Wie auf ein Signal haben sich überall Fenster und Türen geöffnet. In der Nachbarschaft gibt es jetzt auch einige Läden. Ich kaufe mir mit Fleisch gefüllte Laibe und Obst, nehme mein Fahrrad, um eine Stelle zu suchen, wo ich im Freien essen kann, denn die Herberge besteht nur aus einem kleinen dumpfen Schlafraum und anschließender Waschgelegenheit.

Am Stadtrand beginnt eine Art Schuttlandschaft; die erhöhte Fläche, auf der die Innenstadt steht, bricht ab, und in der Tiefe öffnet sich ein antikes Stadion von der Größe eines Fußballplatzes. An Mauern und Pfeilern hängen zerrissene Plakate, verjährte Einladungen zu einer politischen Versammlung. Ich setze mich am Rand des Abhangs auf eine Marmorplatte mit Resten von Verzierung und esse. Viele Katzen streichen herum, ich füttere eine. Bald belagert mich eine große Zahl von ihnen, so daß ich den Platz aufgeben muß. Sie verfolgen mich noch lange, huschend, schreiend.

Urplötzlich wird es dunkel. Ich habe die größte Mühe, mein Quartier wieder zu finden. Übrigens weiß ich jetzt, wovon mir auch morgens die Ohren gellen, wenn ich erwache und der Nachklang des Verkehrs längst verebbt ist: vom schrillen Geräusch der Zikaden. Man bemerkt es nur, wenn es um Sonnenaufgang schlagartig anfängt.

Von Arles nach Marseille

Die Gegend hier soll der Prärie ähneln, es ist topfeben, steinig, nur von spärlichen Grasbüscheln bewachsen. Vereinzelt, bis zum Horizont, grasen Herden absonderlicher Rinder. Sie müssen rasch vorwärtsschreiten, damit es sich lohnt. Höchstens alle zehn Kilometer eine ärmliche Hütte. Ebenso selten ein Fahrzeug.

Die Monotonie erschwert das Vorwärtskommen. Im Grunde sinnlos zu treten, wenn man dadurch keine Veränderung bewirkt. Was sich verändert, sind nur Zahlen auf den Kilometersteinen. Doch hat man geradezu panische Angst davor, abzusteigen, als ob man dann einem Bann verfiele. Glücklicherweise hält die Wolkendecke die mörderische Sonne zurück, das Grau ist so gleichförmig wie die Landschaft.

Ein heller Schimmer am Horizont ist vermutlich das Meer.

Später schieben sich zu beiden Seiten flache, weiß verkrustete Wasserzungen vorbei, ab und zu überquert man eine Brücke. Ich erreiche eine flache Ortschaft, die wohl nur aus einer Tankstelle, einem Café und einigen Hotels besteht. Das Café liegt einer Drehbrücke gegenüber, ich halte an, um etwas zu trinken.

Jenseits der Drehbrücke verändert sich das Bild, es wird felsiger, struppige Pflanzen zwischen den Steinen. Die Straße windet sich bergauf durch eine Kulisserie grellweißer Felszacken. Als ich mich dem höchsten Punkt nähere, steigt auf einmal das Meer vor mir auf, eine blaue Wand. Man fürchtet hineinzustürzen. Ich sage laut: »Es ist das Mittelmeer«, von den Steinwänden hallt es zurück.

Hier ist die Wasserscheide zwischen Meerland und Salzland. Die Wolkenschicht habe ich zurückgelassen, nun schießt das Licht in Bündeln hin und her. Zwischen den Steintürmen stecken helle, kubische Häuser. Manchmal ein grellfarbiger Flecken, den man nicht identifizieren kann.

Später ein Gartenrestaurant, klobige Holztische und Bänke von kletterartigen Pflanzen überwuchert und beschattet. Ich esse etwas Südliches, glasige Gemüsestücke in einer scharfen Sauce und Reis. Ein Franzose, der etwas Deutsch spricht, hilft mir bei der Bestellung. Er fragt mich, was ich von Frankreich gesehen habe. Dann geht er, steigt in einen Sportwagen, der am Straßenrand parkte.

Die Straße wellt sich entlang der Küste. Sie biegt in ein Felsenlabyrinth, öffnet sich zum Meer, und kurvt wieder in die Felsen. Dann wieder eine Meeresbucht. Eine erfrischende Brise weht, doch die schwarzen Handgriffe der Lenkstange werden glühend heiß, sobald ich sie loslasse. Ich fahre ungefähr drei Stunden, dann öffnet sich vom Ausgang eines kleinen Tunnels der Blick auf die Bucht von Marseille. Sie grinst mit dem weiten Bogen ihrer hellen Fassaden.

Nach einer Stunde habe ich die Vorstädte erreicht, nun noch einmal so lange bis zur Innenstadt. Die Straße verliert sich in chaotischen Hafenbezirken, Zufahrtsrampen, Kanälen, Schuppen, Kränen, Fässern. Ich muß vorsichtig fahren, hier gibt es Nägel und Glassplitter. Ein Mann springt hinter einem Schuppen hervor, er trägt einen ausgebeulten dunkelblauen Anzug, er sieht arabisch aus. Er ruft mir twas zu, mit blinkenden Goldzähnen, es scheint, als ob er sich mir in den Weg stellen will, mich an der Lenkstange aufhalten, hinter mir herrennen will. Dann lasse ich ihn hinter mir. Unvermittelt bin ich in einer Gasse zwischen hohen Mietshäusern. Dichte Ansammlungen von schwarz gekleideten Männern, keiner redet mit einem anderen, verstohlen betrachten sie Neuankömmlinge. Hurenviertel, Lastwagen, die sich hindurchwinden. Das schneidende Licht springt im Zickzack zwischen spiegelnden Scheiben. Der Verkehrslärm klingt hier, als zerbräche immer etwas. Auf dem Gehsteig eines eleganten Boulevards tanzt ein Neger mit weißem Augenaufschlag; die ihn umstehen, klatschen rhythmisch in die Hände.

Ein weitläufiger Platz, Bahnsteige, an denen Omnibusse warten. Etwas, das aussieht wie eine fahrbare Jahrmarktsorgel, ist eine Traubenpresse. Von einem Lastwagen schaufelt man die Trauben hinein. Ich trinke viele Gläser dieses dickflüssigen Saftes, der Zuckerfäden zieht. Unversehens verändert sich der Geschmack im Mund, als ob der Verdauungsprozeß schon hier einsetzte. Mir ist etwas übel, ich muß mich auf eine Bank setzen. Wenn mich jemand anredet, zucke ich die Achseln. Ich halte mich an dem Fahrrad, das an meine Knie lehnt.

In einem großen Mietshaus dient eine Etage als Jugendherberge. Das Durcheinander und die Unordnung darin sind unbeschreiblich. Der Herbergswirt schreit herum, aber er meint es nicht böse. Viele Touristen holen städtische Kleider aus ihrem Gepäck, sie schniegeln sich vor Spiegelscherben. Eines der Zimmer ist der Eßraum, darin ein zerfetztes Plüschsofa, Gartentische und Gartenstühle, das Neonlicht ist nicht abzustellen. Es ist schmutzig, aber das stört mich wenig. Die jungen Leute lärmen, rennen zwischen den Räumen, man sieht viele dunkle Gesichter. Wenn ich die Augen zumache, sehe ich nur Gebisse. Jetzt spüre ich die Hitze wieder, sie hält mich auf meinem Bett fest. Ich fühle mich schlaff. Ich sage zu mir: »Ich bin in Marseille« und erinnere mich an das Schild ›Marseille 400 km‹. Hunger habe ich nicht. Nachher werde ich losgehen, die Stadt besehen. Später.

Am nächsten Morgen kann ich kaum die Augen öffnen, so liegt die Sonne mir prall im Gesicht. »Ich bin in Marseille«, sage ich. Von einem höher gelegenen Punkt sehe ich auf die Stadt und den Hafen. Es quirlt. Ich wandere durch die Boulevards und betrachte die Schaufenster. Ich sitze auf Bänken und rauche heiße Zigaretten. Man sollte die Bouillabaisse versuchen, aber leider scheint es sie nur in den teuren Restaurants zu geben. Man kommt oft so unvermittelt in verwahrloste Gegenden, wo man von Zuhältern angesprochen wird. Sie kennen das Wort in allen Sprachen. Von den Stufen einer Treppe, abends, sieht Marseille wirklich aus wie ein goldener Armreifen. Aber die Dämmerung ist kurz.

Einen halben Tag verwende ich darauf, mein Fahrrad gründlich zu überholen. Ich entdecke die Ursache des Klapperns in einigen lockeren Schrauben. Die Kette ist trocken und zu weit, ich schmiere und spanne sie. Beim Fahren knackt es in der Vorderachse. Ich untersuche die Kugellager und finde eine zerbrochene Kugel. Ich öle, bis es überall herausrinnt. Das Rad läuft wieder leicht und geräuschlos.

Wenn ich gehe, vermisse ich den Widerstand der Pedale gegen meine Fußballen. Morgen werde ich wieder fahren.

Am Nachmittag, als die Geschäfte wieder öffnen, suche ich eine Anzahl von Postkarten aus und betexte sie gleichlautend. Es ist wohltuend, den kühlen Postsaal zu betreten, wo ich die Briefmarken kaufe und die Karten einstecke. Ich habe bisher wenig Geld gebraucht, kann mir also eine solide Wegzehrung erlauben. Ich genieße die Stadt, während ich umhergehe, um diese Besorgungen zu machen.

Jemand hat mir geraten, den Rückweg über die ›Route Napoleon‹ zu nehmen. Das ist eine bergige Paßstraße, sehr anstrengend.

Manche Steigungen kann ich noch stehend hinauftreten, aber an den meisten muß ich stundenlang schieben. Man sieht tagelang keinen Menschen, kein Fahrzeug. Die Wolken kreisen ganz nah.

Die Abfahrten nehmen mich dann völlig in Anspruch. Ich habe keine Felgenbremsen an meinem Fahrrad. Wenn ich zu stark bremse, wird mein Rücktritt zu heiß, bremse ich zu schwach, dann gerate ich bald in schleuderndes, unkontrollierbares Rasen.

Der Nadelwald macht zuerst einen düsteren Eindruck auf mich. Oft spüre ich die Kälte empfindlich. Überall quillt Wasser aus den Felswänden, die Luft ist gesättigt mit Feuchtigkeit. Nach Grenoble, wenn man das Gebirge verläßt, verwandelt sich die Landschaft, wird lieblich, manchmal süßlich. Annecy, ferienhafte Seen, weiße Segel.

Meine Beinmuskulatur muß sich sehr gekräftigt haben, ich kann stundenlang treten, ohne mich anzustrengen. Während der letzten Tage habe ich kaum ein Wort gesprochen.

Kurz vor Genf streift mich ein Lastwagen in schneller Fahrt, mein Rad schießt einmal quer über die Straße, fast wäre ich gestürzt. Ich bin aufgestört, habe das Gefühl, immer wieder aus einer Kurve herausgetragen zu werden. An der Schranke brauche ich nicht abzusteigen, der Beamte zeigt mit dem Daumen in meine Fahrtrichtung. Jetzt bemerke ich erst, daß mir bei der Berührung mit dem Lastwagen meine Armbanduhr abgerissen wurde.

Aber der Verlust kann meine erwartungsvolle Stimmung nicht aufhalten. Irgendwo, bald, ein Aufglühen. Doch auch das Mißverständnis des Abglanzes bei meiner Ankunft werde ich dankbar meinen Reiseerinnerungen einverleiben.

Verwandte in aller Welt

Mein Vetter aus Valparaiso in Chile, zum Beispiel, schreibt mir, daß sie ihren Christbaum dieses Jahr bei der größten Hitze seit Menschengedenken aufgestellt haben. Im Schweiß hängten sie die bunten Kugeln auf, die Kinder tanzten in grellfarbigen Hemden und kurzen Hosen herum und spielten Weihnachtslieder auf ihren kleinen Gitarren. Bis spät am Heiligen Abend kamen die Lastautos aus dem Norden – dort ist es noch heißer – und kippten Ladungen von Zitrusfrüchten auf den Markt. Rot und gelb in Haufen, gerade frisch für den Weihnachtsteller. Man muß sich wohl etwas umstellen, denke ich mir, wenn man den Winter in diesen Breiten verbringen will – und ich bin mir nicht einmal sicher, ob man es Winter nennen soll, ob der Winter grundsätzlich vom Kalender abhängt oder aber von der kühleren Jahreszeit. Was für ein Durcheinander, allein was die Kleidung betrifft. Wie viele Leute werden wohl morgens ihren Pelz aus dem Schrank holen, um erst beim Öffnen der Haustüre ihren Irrtum zu bemerken! In diesem Zusammenhang scheint mir, was ich aus Kanada höre, weniger abseitig – wenn auch etwas ungewohnt. Dort lebt eine Nichte von mir, Tochter meines Bruders Johst aus New York. Eigentlich rührend – da wir doch außer dieser Verwandtschaft nicht viel Gemeinsames haben – wie ausführlich sie mir ihre Ausflüge (ganz wörtlich so zu nennen) in die nächste Stadt beschreibt, wo sie für die Wochenenden, und besonders vor Festtagen einzukaufen pflegt, und zwar mittels eines Flugzeuges auf Schlittenkufen. In der Stadt begrüßt man meine Nichte wie eine alte Bekannte, gerade, als ob sie nur ein paar Häuser weiter wohnte. Während sie sich mit dem Geschäftsinhaber über Haushalt und Kinder unterhält, verstaut ein Angestellter alles, was sie sich ausgesucht hat, im Cockpit: Brot und Butter in Dosen, Wurst, tiefgefrorenes Fleisch, Gemüse und Fisch, was man dort auf Grund des strengen Klimas ohne weiteres für einige Zeit im Freien aufbewahren kann. Die Schwierigkeit liegt dort natürlich nicht so sehr in der Aufbewahrung, als in der Erzeugung, ganz im Gegensatz zu äquatorialen Landstrichen, wie etwa dem Kongo. Ich kann das ein bißchen beurteilen, denn im Kongo ist ja mein Neffe Maximilian als Journalist beschäftigt. Es gefällt ihm dort gar nicht. Er beklagt sich unter anderem darüber, daß man die Früchte und das prächtige Gemüse aus der Umgebung der Hauptstadt dortselbst niemals zu Gesicht bekommt, weil es auf dem Weg verfault. Das ist natürlich ein Übelstand. Man kann nicht tagaus tagein von Trockengemüse oder Hülsenfrüchten leben, etwa von Erbsensuppe, obgleich ich persönlich sie gerne esse. Man muß sich eben der Gegend anpassen. Mein Vetter Rudolf in Tokio, der in einem Ex- und Importkontor angestellt ist, scheint zum Beispiel solche Unannehmlichkeiten nicht zu kennen. Im Winter, wie auch in jeder anderen Saison, beobachtet er vom Fenster seines Büros, wie die Frauen in einer Art glänzenden Morgenröcken durch die Straße trippeln und vor sich, auf den ausgestreckten Händen, eine Mandarine oder eine Banane tragen wie einen vollen Suppenteller. *Eine* Mandarine! Dabei sind diese Waren durchaus nicht teuer, wie er schreibt, nur haben sie dort eine merkwürdig feierliche Art, mit allen Gewächsen umzugehen. Man liebt keine Anhäufungen, außer derjenigen von Menschen. Ein einzelner, gekrümmter Zweig voller kleiner, fliegenartiger Blüten versetzt jeden Wohlerzogenen in eine Art schläfriger Bewunderung. So sind eben die asiatischen Sitten. Man hört ja immer wieder, daß sie es sehr genau mit der Ästhetik nehmen. Allerdings kann ich auf Grund meines Briefwechsels feststellen, daß da auch vielfach übertrieben wird. Vor allem, weil es so sehr an der Reinlichkeit mangelt. Mein Schwager Gerhard, der Chauffeur bei der Gesandtschaft in Delhi ist, kann ein Lied davon singen. Wenn er so manchmal stundenlang in seinem Wagen auf einen Herrn der Botschaft wartet, der an dem betreffenden Ort etwas zu erledigen hat, macht er seine Beobachtungen und hört alles mögliche von den Bettlern und Krüppeln, die sich unaufhörlich an das Auto herandrängen. Sie erzählen ihm Dinge, die den gewöhnlichen Reisenden verborgen bleiben. Beispielsweise füttert man dort Kühe mit den Blättern des Mangobaumes, um dann aus ihrem Urin einen Farbstoff zu gewinnen, mit dem viele landesübliche Kleidungsstücke behandelt werden. Das soll dann einen ganz hübschen, intensiv gelben Farbton geben; aber trotzdem – ich kann über die Methode nicht hinwegkommen. Überhaupt, man ißt die absonderlichsten Speisen, die Leute tun sich viel auf ihre Gastfreundschaft zugute, wie gastfreundlich sie seien etc., und dann bieten sie einem halbverfaulte Gemüse an, die scharf gewürzt sind, damit man es nicht so merken soll, oder eine Art von Meerestang, der von einer gallertartigen Masse umgeben ist. Manchmal haben sie auch in Burma oder Thailand zu tun, aber mein Schwager schreibt, es sei alles dasselbe. Überall soll es von verluderten Menschen nur so wimmeln, und man kann von Glück sagen, daß sie zu wenig verdienen, um sich Autos zu halten, sonst würde ein Verkehrschaos entstehen. Damit ist es sowieso schon schlimm genug in den östlichen Städten, vor allem wegen der vielen Tiere, die man überall duldet. Von meinem Onkel Albin, der sich in Kairo als Brauermeister niedergelassen hat und recht gut verdient, erfahre ich, daß dort wie selbstverständlich Kamele durch die Hauptgeschäftsstraßen ziehen. Solche Zustände scheinen überhaupt allenthalben einzureißen, sogar bei uns im Stadtzentrum kann man schon Neger oder Asiaten in ihren Trachten beobachten, und neulich sah man einmal eine halbverrückte Dame mit einem kleinen Löwen an der Leine, so daß ein Passant sich zu mir umdrehte und sich mit dem Finger an die Stirn tippte. Wer weiß, was noch alles kommt! Aber ich schweife ab; also, die Kamele in Kairo, und ringsherum schwingen die Treiber ihre Stöcke, eine Horde von zerlumpten Kindern, Weibern, zick-zackende Automobile, Karrenschieber und viele gelbe, rattenartige Hunde bewegen sich nebenher und veranstalten einen ohrenbetäubenden Lärm. Die Kamele scheinen sich dadurch gar nicht stören zu lassen. In ihnen, vor allem in den noch ehrwürdiger wirkenden Dromedaren – mit einem Höcker – soll sich die patriarchalische Geduld und der abgründige Fatalismus angesammelt haben, durch den diese Länder die Geschichte so lange überdauert haben. Dabei ist man dort vielseitig, fast akrobatisch, denn während die Männer eigentlich ihre ganze Kraft aufwenden müssen, um die Kamele aus der Stadt zu vertreiben, halten sie gleichzeitig noch Teppiche feil, die von ihren Schultern hängen, und tätigen Tauschgeschäfte mit Menschen, die auf der anderen Straßenseite gestikulieren. Sie werfen sich nieder, wenn auf den Türmen ein weißer Derwisch eine Art Heultanz aufführt – die Leute sind bekanntlich Mohammedaner –, werfen aber nebenbei aufmerksame Blicke durch die verschleierten Damen und erwecken schließlich durch die Erfolglosigkeit ihrer Bemühungen das Mitleid der Fremden, deren Münzen sie mit dem Mund auffangen.

Rußland ist auch ein großes Land, so ähnlich wie Amerika oder China. Auch von dort bekomme ich hin und wieder Nachrichten – angeheiratete Verwandte meines Bruders Johst halten sich da auf. Sie haben mir nie mitgeteilt, was sie eigentlich beruflich machen, aber das ganze System ist ja anders, so daß wir es vielleicht ohnehin nicht verstehen würden. Immerhin schreiben sie mir an manchen ihrer Festtage – es sind nicht dieselben wie bei uns –, obgleich wir uns gar nicht persönlich kennen. Mein Bruder hat ihnen wohl verraten, daß ich gerne Post aus dem Ausland erhalte. Man kann sagen, was man will, aber die Russen sind sicher ein merkwürdiges Volk. Daß sie zum Beispiel ganz unvermittelt weinen können und dann wieder zu Grausamkeiten neigen, ist allgemein bekannt. Alles gerät im Übermaß, auch der Winter ist so kalt, daß wir uns kaum eine Vorstellung davon machen können. Dann kommen Wölfe in die Städte und machen sich über die Abfalltonnen her, und man kann nur starke alkoholische Getränke zu sich nehmen, weil jede wässerige Flüssigkeit auf dem Weg zum Munde erstarren würde. Man versteht jetzt vieles besser. Es soll auch Orte geben, wo man zur gleichen Zeit Sonnenbäder nehmen kann und wo Wein und Orangen wachsen. Rußland ist eben sehr ausgedehnt – ausgedehnte Länder bringen einen leicht in Verwirrung, man weiß kaum, welcher der vielen widersprüchlichen Darstellungen man nun glauben soll. Das gilt auch für Amerika, wo man in einigen großen Städten so vergnügungssüchtig ist – wie etwa mein Bruder Johst der in New York –, daß man jeden Abend eine neue Musikdarbietung aufsucht, während man in anderen Landesteilen tagelang durch wüste Gegenden fahren kann, ohne mehr anzutreffen als gelegentlich eine Tankstelle. Die Bewohner solcher Gegenden haben natürlich wenig Abwechslung, aber sie zu suchen ist sowieso nicht immer die angemessene Einstellung zum Leben. Wie könnten es sonst die vielen primitiven Menschen in Mittelamerika, Borneo oder Australien aushalten! Diese Gebiete bereist mein Neffe Fritz, ein tüchtiger junger Mann, als Aufkäufer für Kolonialprodukte. Er kommt in Landschaften, wo man noch nie einen Weißen sah! Die Menschen bringen ihre ganze Zeit vor ihren Rundhäusern oder Pfahlbauten zu, rings um ein Stampfbecken, aus dessen Inhalt abends ein Brei zubereitet wird. Die damit verbundene Arbeit ist, wie mein Neffe schreibt, ausschließlich Sache der Weiber. Schon früh morgens bewegen ihre bräunlichen oder schwärzlichen Arme die Holzkeulen in diesen Gefäßen, die mit Mais oder Hirse gefüllt sind. Auch während der Mittagszeit sind sie dabei, auch am Nachmittag während der größten Hitze, die ihre Haut in eine weiche lehmige Masse verwandelt (dies ist wohl ein Schreibfehler, der Fritz meint wohl den

Inhalt der Bottiche), stampfen sie so fort bis zum Abend und der Stunde der gemeinsamen Mahlzeit. Währenddessen hokken die Männer im Schatten von Blätterdächern oder von großen, plumpen Holzgötzen, stützen ihre Arme geduldig auf den Boden, kauen an gewissen Samen und sagen ab und zu etwas Kehliges. Darauf verharren sie wieder in ihren Betrachtungen, bis ein anderer das gleiche Wort noch einmal äußert, was ihnen dann wieder Stoff zum Nachdenken liefert bis zum Essen.

Wenn man es so bedenkt: die Gewohnheiten der Menschen sind überall verschieden. Nur wenige sehen über ihren Horizont, also bleiben sie beim alten. Es hat aber sein Gutes, finde ich. Man ändert nicht gern seine Ansichten.

Im Apfelland

Das Vieh drängt sich schmatzend im Hof, es frißt Trester aus Daubentrögen. Das ist eine braune, spelzige Masse und treibt Blähwampen, und hinaus durch das Gatter, durch brechende Lattenzäune in die verbotenen Weiden mit waagrechten Schwänzen, in die Obstwiesen und mit schwerem Galopp. Das Vieh stampft im Fallobst, wespenumschwirrt, und zerquetscht es mit Klauen. Alle Nachbarn schicken die Kinder nach ihm aus, die dicken Weißköpfe in ihren blau-rot gewürfelten Kleidern und den kleinen braunen Overalls. Sie lassen die Peitschen durch die Äste pfeifen, rufen »Holla!« und »Wollt ihr wohl!« Sie säumen den Wegrand mit bräunenden Kernhäusern.

Die Grünen hängen noch hoch am Himmel – wie sie wachsen und reifen, wiegt man an Federästen. Dann prüfen die ersten weißen Würmer tastend den Geschmack, besänftigen ihn mit ihren Exkrementen. Sie geben mit wiegenden Köpfen ein vorläufiges Urteil über die Ernte ab. Auf Krücken stelzen die Baumgroßväter hinterm Haus, sie sind aber verläßlich wie ein Erdrutsch noch jedes Jahr – vom Überfluß schrumpeln die Mumien schwarz in der jungen Gesellschaft der kaum Erbsengroßen. Noch immer klappern die Bienen und Hummeln verwelkende Blüten ab, Schadchen voller Gründlichkeit, ob sie auch wirklich keine ausgelassen hätten. Alte Jungfern sind eine Schande für das Volk.

Ja, ja, der Most wird rar und sauer im Kellerloch. Die Nachbarin läßt ihn vorsichtig, am Fuße der Leiter, aus dem Holzzapfen in einen gläsernen Kantkrug rinnen. Und bitter ist der Vorjährige, streng von Faßgerbstoff und Alkohol, grau und bitter. Der Nachbar streicht sich mit dem Handrücken über seinen Kopfschmerz, er humpelt hinaus und sieht sich im Apfelland um, wie weithügelig es ist, Baumstraßen mit wanderndem Vieh, die mit hängenden Ästen herumstehenden Einzelbäume, die verlassenen Feldwagen. Solang bleibt nichts anderes übrig als warten, im dunkelbraunen Wirtshaus warten und Karten spielen. Es ist noch früh, im späten Frühling rotbäckig und weiß wie nördliche Mädchen, familienfarben. Die lockeren, hautweichen Blüten Fünfklee, die rosig behauchten Schmetterlingsflügel, Windräder aus Ziegenleder treten rauchig über wechselnde Horizonte. Fast wie Gänseblümchenkolonien in Massen die Hänge hinauf, belagern sie den Deich, oder weiße Mottenschwärme am Meer. Im Grunde stecken schon die schmächtigen, aber wißbegierigen Jungreiser, die handfesten Fünfjährigen, die knotigen Apfelgreise blühen bis zur Erschöpfung.

Zum Sommer hin trägt man hier dunkler gezackte Blättchen wie Sägeboote, kernförmig und schick. Sie werden allzu grün im Gesteck der bastigen Ästchen, und schwerer das Laubdach, tiefer die Schatten. Zwischen den Stämmen, wie sage ich, lichtfleckig oder im Dunkeln halb versteckt, grast das Vieh sich voran (endlich haben wir euch, Gesindel), ganz nebenbei zur Ergänzung im Apfelwald – bald werden Dünger und weichere Früchte im Stammunterstand klatschen. Da kochen sie dann. Zuerst plumpsen die Verwurmten, und die Tiere stelzen steif darauf zu, muhend. Sie wollen die grünen, verwurmten voreilig fressen. Da schmatzen sie aber und ziehen ein saures Maul. Nachher fallen auch Drosseln und Elstern ein, hacken ins Weiche, Mulschige zwischen den Pilzen, die rasch aus dem Apfeldung schießen.

Jemand ist zwischen den Bäumen. Durch kniehohe Wiesen geht der Nachbar prüfend von einem zum anderen jetzt, Bisse vorübergehender Früchte, Reifezustand. Was wissen die Würmer schon! Im Kopf hat er auch die Zubirnenrechnung für zeitige Abmachungen mit der Kelter. Viele hoffen auf die Apfelschnapslizenz. Sie denken es sich aus und grinsen. Sie schnalzen mit den Zungen, über den Ledertisch läuft der rasch verdunstende Brandapfel, und Sprit steigt ins Hirn. Sie stoßen einander mit den Schultern an im Wirtshaus, sie hoffen auf frischen Disput und das Rempeln beim frischen Most. Derweil werfen sie Pfeile auf blaurote Kokarden, zielsicher durch den Qualm.

Der Nachbar zieht mit seinem Pferd einen kleinen Flachwagen über die Wiesen. Wie leise der rollt! Die ganze Familie pflückt von den niedrigsten Bäumen die Sanften mit den weißgrünen Köpfen in das rosa Seidenpapier und in Spankisten mit Brandzeichen. Dann kommt aber bald auch der Feldwagen, der große verdeckte Ackerwagen rumpelt jetzt auf allen Landstraßen, in den wird die Ernte hineingeschüttelt, gerissen, gerupft, gebrochen, noch halbe Äste dran, Schüttwagen voll, Zimmer, Scheunen voll, daß es haufenweis in den sonnigen Hof bis zu den Fenstern wie angepflügter Schnee steigt. Wälle vorm Haus. In der Dämmerung, zwischen halbgeöffneten Flügeln, greift man blindlings in die Schütte, auf einen Biß, bei Nichtgefallen wegwerfen, bei Unlust wegwerfen. Die Angebissenen platzen auf dem nächsten Dach, noch einer, und noch einer, wie man Lose zieht, bis endlich zu einem mit dem ambrosischen Wohlgeschmack, der selbst den Gewohnheitsapfelesser überrascht. Mit dem Herzgeschmack, dem Liebesgeschmack, dem Karamelgeschmack gebratener Herdäpfel. Nur ein Schritt zu Apfelspeisen, Fülläpfeln für Weihnachten, und ein riesiger Kuchen bläht sich im Ofen.

O ja, das Apfeljahr, waagrecht; immer ist es die gleiche Jahreszeit. Und was ich noch sagen wollte: Apfelsinen, pommes de terre, Granat, Roß und Apfelschimmel.

Dann bin ich von Norden nach Süden gefahren, senkrecht, vor langer Zeit. In einem Auto mit eckiger Schnauze, mit hölzernen Speichen, mit einer Sitzklappe im Heck, wie man sie heute nicht mehr sieht. Eine Hinterloge hatte ich ganz für mich, ich tollte in meiner Hinterloge herum, vor mir, vor dem zurückgeschlagenen Verdeck, die Leinenautokappen der Eltern. Automobilismus, der durch Kaktusfeigen ging, durch Muskatellertrauben. Eine Karawane für uns. Aus dem aufgeregten Olivenstaub trötete die Gummiballhupe in die schreienden Marktplätze. Im Schatten der Topfpalmen Kuchenrast im Kaffeegarten. Ich wollte immer eine rosa Limonade. War sie nicht zu haben, zuckte das Mädchen bedauernd fremdsprachig mit den Schultern, dann gab es Szenen. Seit damals, senkrecht, immer wieder dieses bedauernd fremdsprachige Achselzucken. Wir lassen dich hier zurück, hieß es, ganz allein in einem wildfremden Kaffeegarten mit wildfremden, zappelnden Leuten, mit dem mitfühlenden Trommelrevolver-Geratter der dicken Frauen, mutterseelenallein auf einem wackeligen Klappstuhl, trotz zweier Bierfilze. Wenn du dich nicht benimmst. Im abgeschabten Leiterbett mutterseelenallein, in einem fremden Hotel die ganze Nacht, naßgeweint bis zum maishellen Morgen, bis zum Frühstück, bis man uns ein dünnes Papier auf einem dicken Teller serviert. Das Fehlen von rosa Limonade zur Limonenzeit, ein Ende zur Pfirsichzeit, zur Zeit der ansteigenden Brombeerterrassen, die ich beim Verlassen liebte. Im Schneckentempo, glücklicherweise, ging es in meinem Hintersitz die Paßstraßen hinauf im Kies, mit Bergkühen und Schildern, die schwarze Keile zeigten. Dampf stieg aus dem Kühler, das Auto stand still, auf einer moosigen Buckelwiese voller Lärchennadeln lag ein Kuhhorn mit blutigen Rändern. Kehrtum, Nadelkurven, Kehrtum, und vor mir schoben sich immer die angestrengten Hinterköpfe der Eltern in ihren weißen Leinenhauben gegen die roten Berberitzenhecken. Die Blinddarmferien waren das, senkrecht, die Algebra-Ferien, zehntausend Fuß unter dem Klavier.

Bis es dann wieder abwärts ging. Dann fuhr ich von Süden nach Norden, zuerst durch kahlgebranntes Land, später durch die gelben Weizenstädte, durch Stoppelfelder in das beginnende Apfelland, verfrühte Abende, weißlich grün mit nur wenig Körnerfrüchten und mit Vorahnungen von Schule.

In die grau aus Steinen gebackenen Stadtkreise mit ihren Apfelvororten; die Bauern, leichtknochig, standen schon auf dem Markt zusammen, mit Wegzehrung in bräunlichen Flaschen.

Hier sind wir wieder. In den ältesten Stämmen sind Harzlöcher, geleefarben, die Rinde ist geplatzt zu Briefschlitzen für Liebesbotschaften. Niedrige Mostjungen schleichen krummbeinig herum, jagen grinsend die scheuen Mädchen vom Frühjahr in den Herbst, auf Fahrrädern zwischen Hecken und faule Früchte werfend. Auf den schwächsten Ästen wiegen sich die kicherndsten Mädchen, die offenen Röcke blühen am Himmel, und die Gewitteräpfel, die grellroten Äpfel des raschen Sommerregens, der am Wachs der strahligen Schalen perlt – hier sind wir wieder. Alleen mit Leitern bestanden. Wie wir da vorbeifahren, wo alle uns grüßen, legen sie immer neue Leitern an wie an Wale, und die Leitern sind schneller als wir. Die Bäume in geflickten Kleidern umstehend, kleine, schwarze sich bückende Umrisse, gegen den grellen Hintergrund Pferdewagen, Pferdegebisse im schaumigen Apfelfleisch und Gischt gegen den Sandstrand, worin rostige Büchsen reiten. Vor und zurück auf den Blasenwellen.

Zurück zum schiefen Altweibersommer, der Lehrer steht memorierend im Fenster seines Schulhauses. Auf dem Dorfteich schwimmen Äpfel, lautlose Entengrütze, in der sie sich verfangen. Äpfel verstopfen die Ausflüsse, stecken auf Zaunspitzen, füllen den Graben, und wieder die Körbe, und Säcke, und nocheinmal Körbe, Geröllrutschen im Hof der Apfelpresse, die in der Dämmerung quietscht, bis endlich der Saft des Jahres herausläuft, gurgelnd und weißschaumig. Er leuchtet im Dunkeln, er ist süß und voller Wespenmark. Leichte Duftbläschen erheben sich zum Anfang der Gärung.

Die kommt jetzt auch in Gang, wie die Schule, wie der Schaum auf dem Spundloch starr wird und grau, der Lehrer wieder böse und der Geruch des Rausches schwerer, mit einem Ansatz von Schimmel. Die Alten grinsen, die Jungen verlieben sich gekreuzt, und wir laufen hinter ihnen her mit unseren klappernden Schulranzen und kichern mit ungutem Gefühl.

Mich friert. Im November, im Februar, ich weiß nicht. Stundenweit im Triefschnee, undurchquerbar, liegt dieses Land.

Viel Gepäck

Die Leute schimpften über Pollak, der mit seinen vielen Koffern den Ausstieg aus dem Wagen behinderte. Einiges hatte er schon auf den Bahnsteig geschafft, aber die Empörung wuchs und bedrängte ihn, er kreiselte, wußte nicht, was zuerst nehmen. »Nun helfen Sie mir doch!« rief er hinein, wo jetzt dunkelrote Gesichter zu sehen waren, wo jemand »unerhört« sagte und ein noch größerer Tumult dadurch entstand, daß sich die Vordersten einen Weg nach dem rückwärtigen Ausgang bahnen wollten. Pollak wuchtete. Er redete mit sich selbst. »Jetzt noch den gelben Hutkoffer, so, und nun den grünen Schrankkoffer« – mit jedem Gepäckstück, das er wegräumte, legte er mehr von der dahinter aufgestauten, wogenden Masse der Reisenden frei, von denen einige jetzt den Versuch machten, über das restliche Reisegut hinwegzuklettern, dabei zu Fall kamen und kopfüber ins Freie stürzten, sich abwischten, schimpften, in ihrer Verwirrung einige von Pollaks Koffern, die rings um sie lagen, ein Stück weit zu tragen versuchten. Doch ließen sie sie bald wieder stehen, denn sie waren sehr schwer. »So, jetzt die beiden Seesäcke und den hölzernen Kabinenkoffer«, murmelte Pollak, er ächzte unter dem Gewicht, er häufte alles auf dem Bahnsteig auf, wie es gerade kam, so daß sich hier ein neues Hindernis für Passagiere bildete, die von den hinteren Wagen her zur Sperre strebten. Einige, die weniger sportlich veranlagt waren, warteten noch immer im Wagengang. Eine freundliche, aber kraftlose alte Dame wollte Pollak zu Hilfe kommen und reichte ihm mit großer Anstrengung einen kleinen weißen Koffer, in dem es summte, mit vielen Löchern, aus denen sich Insektenbeinchen und Fühler streckten. »Ich bin Ihnen sehr verbunden«, sagte Pollak, und hob die Dame mitsamt ihrer Hilfeleistung aus dem Einstieg, über die letzten vier Koffer hinweg, die – wenn auch so groß und schwer wie wohlverpackte Geldschränke – nach allem Vorhergegangenen kein allzu schwieriges Problem mehr darstellten.

Pollak hatte es geschafft, als der Zug gerade ruckend zusammenknickte, weil man an dem bisher hinteren Ende eine Lokomotive ankuppelte – dies war ein Sackbahnhof. Neue Reisende strömten von der Sperre her und bemühten sich, in die Wagen zu kommen, wozu sie den Berg von Pollaks Reisegepäck fluchend überwinden mußten. Manche hatten allerdings auch Mitleid und sagten kletternd zu Pollak, man wisse schon, daß man heutzutage einfach keine Gepäckträger mehr fände, die ja den ganzen Tag in der Bahnhofswirtschaft säßen und Bier tränken, anstatt ihren eigentlichen Pflichten nachzukommen, aber sie konnten sich nicht lange damit aufhalten, Pollak zu trösten, denn der Zug sollte, entsprechend der Lautsprecherankündigung, in wenigen Minuten abfahren. Einige Reisende – wahrscheinlich solche, die von ihrem Arbeitsalltag zermürbt und daher ziemlich erholungsbedürftig waren, hatten die Hoffnung, den Zug noch zu erreichen, schon aufgegeben, sie hingen schweratmend irgendwo in einer Steilwand und begannen neue Vorsätze zu fassen. Dem Aufsichtsbeamten mit der roten Dienstmütze allerdings, der noch jugendlich und von Begeisterung für die Eisenbahn erfüllt war, kam der Kofferberg gut zustatten. Er stellte sich ganz oben auf den Gipfel, der besseren Sichtbarkeit halber, und gab das Abfahrtssignal.

Der Zug war fortgeschwänzelt, der Bahnsteig, von den schlechten Kletterern abgesehen, die sich nach und nach an den Wartebänken einfanden, menschenleer, und jetzt hätte Pollak die Ruhe gehabt, sein Gepäck gemächlich abzutransportieren – hätte man denken können. In Wirklichkeit aber war es höchste Zeit, denn der Anschlußzug stand schon am Bahnsteig elf und sollte fahrplanmäßig in acht Minuten abgehen. Pollak war schon dabei, seine Koffer dorthin zu tragen, wobei er allerdings das Risiko eingehen mußte, daß sie entweder am alten oder am neuen Lagerplatz, meistens aber, während er mit seinen Lasten unterwegs war, an beiden Stellen zugleich, unbewacht blieben. Dieses Risiko war zwar gering, weil, wie gesagt, die meisten seiner Gepäckstücke außerordentlich schwer waren, doch hätte eben diese Tatsache Pollak auch wieder die Verfolgung des Diebes erschwert, wenn ihm überhaupt dazu Zeit geblieben wäre. Er hatte schon etwa fünfzehn Koffer, Schachteln und Truhen auf den Bahnsteig elf getragen, und noch immer konnte man am alten Depot kaum eine Abnahme bemerken. Eine Weile kämpfte Pollak mit sich, ob er das Gepäck drüben gleich in den wartenden Zug einstellen sollte, entschied sich aber dagegen, weil es dann doch ein zu großes Hindernis für die Einsteigenden gebildet hätte und überdies von Menschen, die es aus dem Weg hätten räumen wollen, vielleicht teilweise ins Innere verschleppt worden wäre, in verschiedene Entfernungen und in ganz entgegengesetzte Richtungen, so daß Pollak dann während der Fahrt alles wieder hätte zusammensuchen müssen.

Die Zeit rückte vor, Pollak mußte sich jetzt wirklich beeilen, er murmelte »So, nun noch den rot gepunkteten Kabinenkoffer, den Aluminiumkoffer mit der Beule, die schwarze Hutschachtel.« Er registrierte das, obgleich ihm manche Stücke unbekannt waren und vielleicht von anderen Reisenden stammten, die ihrerseits etwas von Pollaks Eigentum an sich genommen hatten, weil es leichter war, das eigene Gepäck vor dem Überklettern des Haufens stehen zu lassen und sich dafür auf der anderen Seite mit einem etwa gleichgroßen Behälter zu entschädigen, vor allem dann, wenn es sich um Reisende mit viel Gepäck handelte. Pollak konnte sich mit diesen Veränderungen jetzt nicht befassen, durch die Eile angetrieben, versuchte er eine Art Stafette der Lasten einzurichten, indem er zum Beispiel einige Teile eine Strecke weit forttrug, sie hinstellte und dann umkehrte, weitere Gepäcke abholte und über das vorige hinausbrachte, es absetzte, das vorige herbeischleppte und damit die zweite Traglast wieder um ein Stück überflügelte und so fort.

Obgleich die Reisenden, die sich in dichten Scharen auf dem Bahnsteig elf voranschoben, die selbe Richtung hatten wie er mit seinen Lasten, wurden sie doch von ihm behindert und behinderten ihrerseits ihn, da sie natürlich rascher gehen wollten als Pollak mit seinen Koffern – es blieben nur noch zwei Minuten bis zum Abgang des Zuges – und ihn deshalb zu überholen suchten. Dabei gerieten sie – zu dritt und viert eingehakt – öfters über den Rand des Bahnsteigs, wo einige abstürzten, und, aus der Tiefe des Gleiskörpers gerade noch mit dem Kopf über der Bahnsteigkante sichtbar, um Hilfe flehten. Pollak hatte Mitleid mit ihnen, aber er konnte in dieser Eile auch nichts mehr für sie tun, nur hoffen, daß später Passanten mit mehr Muße vorbeikommen und sich der Versunkenen annehmen würden.

Hin und wieder mußte Pollak sein Gepäck absetzen, um die Hände an den Griffen zu tauschen, dann aber kam der ganze Fluß der Reisenden ins Stocken; diejenigen, welche von hinten den Aufenthalt nicht rechtzeitig bemerkt hatten, prallten auf die Rücken ihrer Vordermänner und stürzten manche von ihnen um, von allen Seiten kamen Entschuldigungen, Beteuerungen, Bagatellisierungen, oder man versuchte – je nach Naturell – die Notlage durch einen Sprung über die am Boden Liegenden auszunutzen. Vorne pfiff eine Lokomotive, an verschiedenen Stellen verriet sich der Aufsichtsbeamte durch Rötungen am Oberrand der Menge, ein panisches Gewimmel entstand. Unter dem Zeitdruck stiegen einige über Pollaks abgesetztes Gepäck oder über ihn selbst, so daß er eine Strecke durch anfeuernde Reiter vorwärts getrieben wurde, bis diese ungeduldig absprangen und er, nun weit über sein Gepäck hinausgeschwemmt, sich gegen den Strom wieder zu ihm zurückkämpfen mußte, es wieder aufnehmen, zu den anderen Stücken, die vor dem letzten Wagen aufgetürmt lagen, bringen mußte, von denen bereits viele von hilfsbereiten oder verärgerten Reisenden weiter nach vorn verschleppt oder in die Waggons mitgenommen worden waren. Es war gerade das, was Pollak zu vermeiden gesucht hatte, aber jetzt konnte er sich darum nicht mehr kümmern, in dieser Zeitnot war er schon beinahe befriedigt, wenn möglichst viele seiner Gepäckstücke dermaßen ohne sein Zutun in den Zug eingebracht waren, irgendwo, ganz gleich, doch jedenfalls mit ihm reisen würden. Er kehrte um, er rannte, unterlief die Beine entgegenkommender Passagiere – das nahm ja kein Ende – auf seinem Rückweg, brachte es auch, wenn es gerade kleine Menschen waren, zu einem mächtigen Hechtsprung, der ihn gleich ein ordentliches Stück forttrug, weiter schoß er im Zickzack durch die Karawanen der mit vielen Zügen sternförmig ins Land strebenden Leute, langte an, griff beliebig in das allmählich zusammenschmelzende Lager am Ankunftsbahnsteig, schleifte drei oder vier hinter sich her, schabend durch den braunen Eisen- und Lederstaub, einiges hatte sich ineinander verhakt, so daß er mehr Teile bewegen konnte, als er mit seinen Fingern an Griffen hätte halten können. Eine Schleppe von verschiedenartigem Stückgut tanzte hinter ihm her; verspätete Reisende, die die Gelegenheit nutzen wollten, die vielleicht irgendwo unter dem Gepäck einen Elektrokarren vermuteten, jedenfalls etwas Bahnamtliches, durch das der erstrebte Zug noch zum Abwarten gezwungen wäre, balancierten darauf als Wellenreiter.

Der Pfiff des Aufsichtsbeamten frillte vor und zurück wie Gänsehaut. »Jetzt eilt es«, murmelte Pollak, »höchste Eisenbahn«, er schob den größten Teil des Gepäcks vor sich her, ein Schneepflug, die geröllartige Masse wogte, einzelne Stücke verkeilten sich zwischen Bänken und den Stützen der Bogenlampen und beschädigten diese beim Wiederlosbrechen, andere stolperten über den Rand in die Gleisschluchten, aus denen sich ein Gewimmer erhob. Pollak schwitzte, vor ihm glitt der Zug hinaus, löste sich bereits von den Schlacken der Hast und der Verzweiflung, er packte, was er in der Nähe fühlte, Koffer auf dem Kopf, Koffer unter die Achsel geklemmt, eilte in Riesenschritten hinter den zurückweichenden Endpuffern her, streckte die Arme aus, schaufelte Koffer durch die Luft, jonglierte, warf sie vor sich, einige landeten auf dem Dach, wackelten dort auf der Rundung, Pollak stürmte blind, Gepäckstücke an sich wie Kletten, aus der Luft zurückkehrende hagelten auf ihn ein, er krallte sich um eine Kante, man schlug ihm die hilfreich offengelassene Tür auf die Hand, zwei Fingerglieder wehten über fliegende Schwellen, Blut quoll aus den Stümpfen. Pollak dachte, daß der das Verbandsmaterial enthaltende Koffer schon gleich zu Anfang hergebracht worden war, jetzt wahrscheinlich tief im Innern des Zuges, er zog sich mit den Zähnen das Kavalierstaschentuch, warf es über die Hand, mit deren drei Fingern er sich an einem Kupplungsteil hielt, zangenhaft. An seiner anderen Hand hingen noch zwei Aktentaschen und ein Überseekoffer in prächtigem, elfenbeinfarbenem Futteral aus Ziegenleder – das leider etwas verschmutzt war. Nun öffnete sich, schwer gegen den Druck des Fahrtwindes, wieder die vorsichtige Tür, eine Hand streckte sich nach ihm, Pollak befriedigte sie mit einer Aktentasche, da wollte der Überseekoffer sich von ihm lösen, Pollak mußte abspringen, ihn auf die Schwellen setzen, um fester zu fassen, das Ende des Zuges in hoher Geschwindigkeit zehn, zwanzig Meter vor ihm, Pollak sprang, er flog, er war zwei Meter hinter den Puffern, der Überseekoffer wakkelte hinter ihm drein wie ein Luftballon, schlug ihm auf die Waden, das Blut tropfte dick durch das Taschentuch, er hakte hinter den Puffern ein, seine Füße lösten sich vom Grund, flogen waagrecht hinter ihm drein, er war ein flüchtiger Tintenfisch. Stücke lösten sich von ihm, der Fahrtwind zog ihm die Schuhe aus, dann riß sich die Aktentasche los, purzelbaumelnd über die Bahnböschung wie ein Karnickel, der Zug röhrte, er stank nach heißem Stahl, der Überseekoffer schleuderte, man denkt an Lastzug, Räder sprangen über Weichenhürden, der Überseekoffer war nicht mehr zu halten, man hatte getan, was möglich war, er brach ab vom kalbenden Gletscher, Walfisch im Sturm, sich entleerend.

Pollak seufzte. Vorsichtig zog er sich nach vorn, zu den Tritten. Weiße mitleidige Seerosen schaukelten hinter den Scheiben. Leise klopfte er an das Glas, etwas Menschliches öffnete ihm den Einstieg noch einmal. Pollak zog sich hinein, er sah noch einmal zurück, hinten schloß sich das Maul der Bahnhofshalle, weit verstreute Gepäckstücke auf der Spur am Ende der Würmeiszeit. Er begann wieder vorauszudenken, an das, was sich im Zug befand, überall in den Waggons verteilt, an die Identifizierung, das Herauslösen einzelner Teile aus den Türmen anderen Gepäcks über den Köpfen der Reisenden, an das Zusammentragen und -schleppen aus verschiedenen Richtungen innerhalb einer ziemlich kurzen Fahrzeit, an den Anschlußzug, den er unbedingt erreichen mußte.

Prüfungen eines braven Sohnes

1966

Aufgang für Enten

Bald nach dem Beginn meiner Studien traf ich den Bruder eines Schulfreundes im Gang zwischen zwei Hörsälen. Ein ›höheres Semester‹ in meinem Fach, vor einem ›erfolgreichen Abschluß‹, wie man sich warnend ausdrückt, mit dieser Präzision am falschen Ort – denn was wäre das Gegenteil? Wir redeten über die Anfänge. »Diese Ableitungen kann ich nicht verstehen«, sagte ich. »Verstehen?« sagte er. »Ganz falsch. Du verkennst deine Rolle. Die Folge von Schlüssen bleibt allein dem mathematischen Formalismus überlassen.« Weswegen ich hier war – getrost überlassen? Er lächelte nachsichtig; er beherrschte die Kunst des Weglassens, und seine Augen waren ungetrübt von Resten.

Auch die Einführungskapitel in Lehrbüchern, die Lautsprecher der indirekten Hörsäle – es war zu voll, um es mir ins Gesicht zu sagen – drückten sich ähnlich aus: man muß mit seinen Kräften ökonomisch umgehen. Man muß sich an die Reihenfolge halten. Vieles kam mir von Anfang an so bekannt vor, daß ich zögerte, mich – wieder – damit einzulassen. Erstens, zweitens. ›Sich einteilen‹ – man scheut nicht davor zurück, es so zu bezeichnen. Nicht gleich das Endergebnis, es gibt ja überhaupt kein Endergebnis! Das wäre ohnehin pädagogisch idealisiert. Zerstückt muß man die Wissenschaft erfassen: die Wissenschaft ist ein Krimi. Ein schwerer Diebstahl ist aufzuklären. Dann hat man den Dieb ermordet, irgend wer hat. Das kriegen wir aber später, erst mal den Einbruch, bitte. Immer hübsch der Reihe nach. Wo kämen wir denn hin? Das ganze pädagogische Gebäude in Gefahr, das Erworbene muß gesichert werden, erstens, zwei... Im Laufen hab' ich mir noch meine Windjacke angezogen, ich höre das nur noch von ferne und eile schon zum nächsten Einführungskolleg, zum Konkreteren.

Noch hoffe ich. Soweit kenne ich mich doch, soweit muß sich doch jeder kennen: Durst, Hunger und weise Beschränkung greifen ineinander, auf dem einen liegt schon der Schatten des nächsten, Stuhlreihen und Dachziegel werden schräg versetzt; ob es sich um Öffnung oder Dichtung handelt – auf Lücke gelingt sie am besten.

So soll hier aber nicht gewußt werden, nichts hält als die Zahlen. Man muß sich schon an die Zahlen halten. »Wir bilden hier keine Weisen aus, junger Mann, sondern Männer der Wissenschaft, und das Weitere ergibt sich von selbst: es ist ja Wahrheit, was wir hineinstecken, also muß es auch Wahrheit sein, was herausspringt. Ein wenig Vertrauen wäre angebracht.«

Begreifen, begreifen – was heißt hier begreifen? Nicht daß diese Wissenschaft mir so große Schwierigkeiten machte. Ich habe auch gar nichts dagegen, kinetische Ableitungen, Gasdruck, Teilchenzahl im Mittel, welche eine Wand trifft, sehr vernünftig, multipliziert mit der mittleren kinetischen Energie – bitte, das sehe ich ein, es ist sonnenklar. Es bringt mich aber, eben deshalb, keinen Schritt weiter. Durchschnittlich, im Mittel. Angewandte Physik: Bevölkerungsdruck etc. Wohin aber führt dies? Und was folgt daraus wieder? Auch mir rät man zur Folgerichtigkeit, aber was, wenn ich ruhe, wenn ich überhaupt nichts tue? Was könnte man über mich erfahren, wenn ich ungerührt daläge, mit geschlossenen Augen? Ich fühle mich prall, voll dunkler Regungen, und das kann niemand wissen.

Natürlich kenne ich meine Pflichten. Wie sollte ich sie nicht kennen! Man kann sich doch schon nirgends mehr blicken lassen, in den Gängen, in öffentlichen Verkehrsmitteln, auf den Alleen lungern immer irgendwelche Pflichten. Das ist mir seit langem bekannt, ich sehe es auch ein: auf einen Menschen meines Alters warten immer irgendwelche Pflichten, sie wackeln mit dem Finger und verlangen von einem acht Stunden am Tag waagrecht hin- und herfegende Bewegungen. Darauf scheinen sie einen zu entlassen. Aber unversehens sieht man sich einem anderen Wirkungskreis eingeordnet: täglich acht Stunden Kausalschlüsse von der Form ›Lang, kurz, kurz‹.

Ja, ich kenne meine Pflichten. Man hat mich hierher geschickt, ich soll mir diesen Professor anhören, was er zu sagen hat, und es bleibt die Möglichkeit, daß es etwas von Bedeutung sein wird. Bis dahin überwinde ich mich und komme jeden Morgen zu einer Zeit in den Hörsaal, wo mir die hellsten Träume entgehen. Sage ›Servus‹ zu einigen, die gedankenlos das Gleiche zu mir sagen, lasse die Beine baumeln, döse und kritzle, allen Klatsch und Tratsch von Galilei bis heute. Wenn wir bis dahin gekommen sind, eines Tages. Einstweilen noch Robert Mayer oder die Verallgemeinerungen einer Seefahrt. ›Ein Perpetuum mobile ist unmöglich.‹ Noch ein paar solche Sätze, und wir sind erledigt. Wir – wir in unserer Clique – haben Galgenhumor; wir entwerfen in einer Zwischenstunde ein Perpetuum mobile. Es geht! Es bewegt sich, Stangen bewegen sich und schieben sich selbst an, es muß sich bewegen – nur, die Reibung bringt es zum Erliegen. Man darf eben von nichts absehen. Von nichts kommt nichts und umgekehrt. Auf der anderen Seite (des Katheders) wird aber doch fortlaufend abstrahiert, man muß das schon, sonst kommt man nicht weiter, sonst bleibt es stehen; quod licet Iovi...

Donnernder Empfang, als nun der Professor kommt. Er abstrahiert ironisch an der Tafel, sehr elegant, der elegante Professor hat eine runde, ironische Handschrift, er schüttelt seine Manschetten, und seine Integralzeichen ähneln musikalischen Kürzeln, Violinschlüsseln etc., didi di di dam dara. Allgemein bewundert man die Leichtigkeit seines Umganges mit den Integralzeichen, ohne jemals eines aufzulösen. Schlußgetrampel, erlöster Lärm und Abstieg über den Aufgang für – enten, der Hausmeister hat noch immer nichts bemerkt, wahrscheinlich hat er einen eigenen Aufgang. Durch die Gänge zur Mensa, in der Mensa Gericht Nr. 1, Gericht Nr. 2, auch hier nichts weiter, nichts als die Wahrheit – und wie sieht die aus? Ein niedriger Saal, weit wie ein Schubfach, mit Gartenlauben aus Rauch; Grüppchen von Hungerleidern fuchteln über den dickvollen, gelben Emaille-Näpfen, die Wissenschaft mit Löffeln zu fressen.

Wir sind zu fünft, wir in der Clique, zwei mit Brillen und ein Mädchen mit einem Roßschweif, das ergibt ein leicht exzentrisches Tauziehen. Das Mädchen lacht milchig und rekapituliert den Carnotschen Kreisprozeß durch das trübe Medium. Lungenzüge mischen sich mit Bohneneintopf zu einem widernatürlichen Elendsgeschmack, widernatürlich in bezug auf die Erinnerung an selbstgemachte Marmeladen und Mutters Kuchen. Gelierte Essensreste auf dem Tisch, in die man zufällig mit den Ärmeln gerät. Sicherheit ist Zufall. Man kann verkommen. Wahrscheinlich gibt es das Glück, aber nichts ist wichtig. Ich habe auch ein Mädchen, Judith, aber lassen wir das vorläufig.

Zu den Pflichten gehört auch das Absolvieren von Prüfungen. Zu Hause habe ich gehört, man soll auf seine Gesundheit achten, einmal kommt für jeden die Prüfung, dann heißt es auf der Höhe sein. Das ist alles nur eine Frage der Gesundheit, Disziplin, und ›Flicht‹, sagt meine Mutter, ›Flichtbewußtsein‹. Unter den Studenten, in unserer Clique, bleibt die Prüfung einstweilen unerwähnt, hochmütig und angstvoll. Ein Unbekanntes nähert sich, ein Kann-doch-nicht-sein. Die Zeiten nähern sich, ein Windstoß nach dem anderen, der eine und der andere verschwindet in der Versenkung. Man hat ja auch, zwischendurch, ganz beiläufig gefragt, was üblich ist, wie lange man sich denn so versenkt: das kommt darauf an, das hängt vom Nichtkönnen ab, na ja, zwischen zwei und vier Monaten. Es gibt viele Prüfungen, Gewitter, Grippeanfälle. Und es kommt auch vor, daß welche aussetzen. Aussetzen?

So? Aber keine Unruhe, es ist nur vorübergehend, sie brauchen Geld, sagen sie – wir, die Clique minus eins, vermuten andere Gründe und manchmal tauchen jene später wieder auf, man sieht sie in einiger Entfernung vorübergehen oder begegnet ihnen mit einem nagelneuen Auto und sagt »Nanu? Was treibst du denn immer? Umgesattelt?« Sie lachen flach, sie sagen ›sozusagen‹, vielleicht etwas schamhaft, weil wir viele sind, wischen es mit einer Handbewegung, mit einer Einladung zu einer Runde fort. Sie wirken stark verändert, abgeschliffen, kaum wiederzuerkennen, von der Seite her, mit erhobenem Glas – es gibt einem zu denken. Man sieht nicht in sie hinein. Natürlich nicht – Gemeinplätze muß man immer von neuem entdecken.

Nun bin ich auch bald an der Reihe. Ich liege also den lieben langen Tag in meiner Bude herum, und die Bücher um mich wie am Ende einer Tragödie, und die Auszüge aus Büchern, und die Auszüge aus Auszügen. Ich sitze gekrümmt hinter dem Schreibtisch, ich stehe auf, ich gehe auf und ab, werfe große Schatten. Ich werfe mich auch auf die Couch, sehe zur Decke auf, der Stukkatur der Decke, der knorpeligen Stukkatur des Deckenrandes, wie Poesiealbum, dem Stuckkranz um den unbenutzten Anschluß für eine Deckenlampe, Spinnennetze zwischen den Polen, wie Poesiealbum, das amerikanische Verfahren für außenseiterische Fliegen. Ich springe auf, die Couch knarrt hinterher, trete ans Fenster, auch auf der Fensterbank liegen offene Bücher, die kenne ich doch alle in- und auswendig, mein Gott! Ich weiß absolut nicht, was ich noch tun soll. Wenn ich es doch alles schon zehnmal gelesen habe und einen zehnfachen Chor von Stimmen höre, sobald ich noch einmal damit anfangen will, so, wie man die Redensarten eines Lehrers im Chor begleitet, warum, um Gottes willen, soll ich es dann noch einmal lesen? Bitte, Gott aus dem Spiel lassen, höre ich sagen, aber wissen Sie: in dieser Einöde fallen einem die verrücktesten Dinge ein!

Demnach müßte ich es also können, sollte ziemlich beschlagen sein. Zum Beispiel müßte ich die Boltzmann-Gleichung ableiten und erklären können. »Sie sollen hier nichts auswendig herunterleiern, Herr Kandidat, wir legen Wert auf Ihr Verständnis« – Fangfragen, die das Verständnis bloßlegen. Das Fenster ist beschlagen. Ich fange also an, frei nach meinem Verständnis, auf das Fenster zu malen, und bin auf einmal Gott weiß wohin mit der Eisenbahn geraten, oder auf hoher See. Meine Mutter hat mir das Geld geschickt, zur Belohnung, sie belohnt mich nur unverdient, und dafür bin ich nach Dänemark, ein anderes Mal nach England gereist, und bewegte mich da ganz allein und anonym, auf Vorschuß für mein Verdienst. Die Verhältnisse waren ideal für meine Beobachtungen, da niemand mich kannte, blieb alles so, wie es ohne mein Zutun gewesen wäre. Es ließ mich nicht los: Bestimmtheitsrelation. Das Verständnis fremder Landessitten bedeutet, zu sehen, wie selbstverständlich sie das Fremde tun. Eben, selbstverständlich. Fruchtkarren an der Themse, zigarrenrauchende Damen und Kränzchen im Café, eine Erweckungsversammlung (ganz nutzlos, wie man sieht) auf dem Fischmarkt im East-End, aus der mir jemand nachlief, mich mit Christus, in Christo verfolgte, ein junger Mann mit korrektem, jedoch billigem Anzug und Dialekt: ich möchte es doch einmal versuchen, nichts zu verlieren, garantiert kostenlose Zurücknahme falls Versprechungen unzutreffend, ich sollte doch einmal mein Heil mit Christus, in Christo versuchen, ich möchte doch um Gottes willen zu Christus zurückkehren. Ich rannte nur immer vor ihm her, in Richtung Subway, zuckte die Schultern, rief in meiner Sprache etwas nach hinten, und schließlich konnte er nicht mehr, er blieb stehen und fluchte. Er durfte das auch. Ich war ziemlich sportlich, was man gar nicht von mir erwartet hätte, doch treibt die Angst einen zu Höchstleistungen an – und so war ich schließlich ohne Christus und ohne Geld, nur mit meinem unvermeidlichen Schottensack, wieder auf einem regennassen Kai am Festland abgesetzt worden. Zurück, immer wieder diese Wiederholungen, wohin ich mich auch wende. Ich wandte mich fort, vor den näherkommenden Trommeln und Pfeifen der Prüfungen, ich habe sie nie ruhig ins Auge fassen können, ich ging woanders hin – aber ich war an einem Gummiband befestigt. Wohin könnte ich noch ausweichen? Eine Existenz gründen, auf mein ungeprüftes Wissen hin? Auch das könnte ich versuchen. Da drüben wartete aber schon mein Zug, ich fühlte nach meiner Fahrkarte und stieg ein. Langsam setzte er sich in Bewegung, schaukelte sich dickbauchig in Trab, durch wasserziehende Weideländer, zwischen Kühen und Kühen, und Seite an Seite mit Kanälen, in gleicher Höhe wie übervolle Badewannen, mit Kähnen wie dicke Männer.

Ob ich noch hier bin? Die Städte gleichen sich, es gibt Städte für bestimmte Umstände, Liebesstädte, Kopfwehstädte, Städte des Nichtwissens. Ich weiß also nichts. Ich muß meine Erleuchtung auf später verschieben. Ich hänge mir wieder die Windjacke über, muß raus aus diesem Zimmer, raus, über den Gang, ich würde ja schon mit einem ganz beliebigen Verständnis vorliebnehmen, ich bin jetzt schon ganz anspruchslos, zermürbt, eile den Gang entlang, wiege in mir eine enttäuschende Leichtigkeit, wie von modernen plastischen Materialien, – ich habe das Geld vergessen, ich bin wirklich sehr vergeßlich. En passant steht die Küchentür offen. Meine Wirtin, im grellen Hochgebirgslicht, studiert einen Haufen von Illustrierten. Die Wirtin nimmt keine Notiz von meinem Hin- und Herlaufen. Sie trägt ihre dünnumrandete Lesebrille, durch die sie ihr Interesse bekundet, wenn sie liest. Aber auch wenn sie nicht liest. Die Brille *ist* ihr Interesse. Nun ist sie auch noch durch einen dünnen, langen, durchscheinenden Speichelfaden mit einer reichbebilderten Lebensbeichte verbunden. Ich glaube, sie kann daran blitzschnell zu Boden gleiten. Manchmal, wenn ich wieder einmal vorbeirenne, wenn ich vom wiederholten Vorbeirennen schon ganz außer Atem bin, bemerke ich ein großes Insekt, das sich da an ihrem Abfalleimer zu schaffen macht. Ich weiß nicht, was es für ein Insekt ist – das ist ein Gebiet, auf dem ich so gut wie nicht Bescheid weiß. Wäre ich besser darin bewandert, dann verstünde ich vielleicht auch das Dasein meiner Wirtin besser.

Ich wohne in der vierten Etage, ohne Fahrstuhl. Unten ist die Zeit, wo geregelte Menschen ihrer Arbeit nachgehen, über ihre Arbeit gebeugt sind oder tief in ihrer Arbeit stecken. Währenddessen habe ich nirgends zu sein. Von mir erwartet niemand, daß ich mich auf nichts vorbereite, daß ich kein Examen oder Zeugnis von meinem oder irgendeinem anderen Verständnis ablege. Ich kenne hier niemand mehr, die Clique ist zerstreut, nur meine Mutter erwartet regelmäßig Nachricht von mir, und Judith sporadisch. Das erledige ich meistens auf dem Postamt, auf einer Postkarte, mit einem behördlichen Federhalter und Amtstinte – in diesem Postamt gibt es noch Federhalter und Amtstinte, befleckte Pulte, Löschblattwiegen, Brillen auf der Nase, Augen wie Fettflecke und draußen, geblendet, die steifen Vorgärten vor den Häusern wie Spinatzungen. Ich gehe ins KB statt in die Mensa, um niemanden zu treffen. Das Essen ist hier so ziemlich das Gleiche, Nr. 1 und Nr. 2. Ich esse Nr. 2, Makkaroni mit Tomantensauce, die Tomatensauce ist dünnflüssig und besprüht mich rot. Im KB ist es leer, um elf Uhr vormittags ißt ja auch sonst niemand was Warmes.

Mit dem Essen Nr. 2 im Bauch, das man genötigt ist, im Stehen zu verdauen, stehe ich vor den Schaufenstern. Immer von neuem, unter Blähungen, betrachte ich die Auslage eines Schreibwarengeschäftes, wo man auch Anzeigen drucken lassen kann, Heiratsanzeigen, Verlobungsanzeigen, in Sütterlinschrift, in Blockschrift, in goldenen Lettern. Man gibt auf diese Weise Wendepunkte bekannt, die nichts verändern, meistens Leuten, die das schon wissen. Im Examen vermittele ich den Prüfern Kenntnisse, die sie schon besitzen, ja. Früher hat man das ›erfolgreiche‹ Bestehen eines Examens durch eine Anzeige mitgeteilt. Aber das will ich ja gar nicht wissen, nein, da fängt's auf einmal an in mir zu rennen, ich muß den Termin verschieben, erneut, einfach fortbleiben, die Professoren, die hungrig sind und immer gehässiger murmeln, einfach an dem leeren Tisch sitzenlassen, – unbekannt verzogen, – ich muß die Hochschule wechseln, erneut, ich muß mich einfach fortkrallen und, sternförmig, so wie die Beihilfen meiner Mutter zu mir kommen, in kleinen Teilen, vielleicht beinahe bewußtlos, es alles hinter mich bringen, eh ich so recht begreife, was geschehen ist. Nach dem Examen aber soll ich nach Hause kommen, zu meiner Mutter, mich einmal richtig ausspannen, fürs Leben. Bestanden oder nicht ist vorläufig ohnehin gleichgültig, niemand wird es wissen, und die Folgen, und die Folgen ...

Ich bin recht immateriell in diesem Schaufenster, selbst ein wenig durchsichtig, früh in der Entwicklung, ein Gallert noch. Die weißen Heiratsanzeigen dagegen, vor mir, wie Marmor für die Ewigkeit. Verheiratet, sage ich mir, gilt man erst recht als reif. Lebensversicherung, Sockenhalter, Reife. Eine reife Lebensgefährtin steigt einträchtig mit einem ins Bett – und was ist das nun wieder für eine absonderliche Vorstellung! Schmerbäuchig. Einzelne, dicke Männer mit dicken Mappen ziehen hin und wieder durch die Schaufensterscheiben. Wahrscheinlich sind sie Vertreter und Verheiratet. So was ist man. Ihr Gesichtsausdruck ist für die Dauer der Scheibe abwesend, mehr kann ich darüber nicht aussagen, es sind altgediente Ehemänner, gleichgültig, die gleichgültig mit ihren Lebensgefährtinnen, die auch immer ähnlicher und reifer werden, ins Bett steigen, wie man überall liest oder hört. Die jungen Ehemänner oder die Verliebten wissen es auch, sie gehen aber wahrscheinlich nicht am Vormittag mit solchen dicken Mappen durch die Scheiben, es ist eine Frage der Zeit, die Zeit muß absolviert werden, das Bestehen ist der Preis für das Recht auf Gleichgültigkeit. Meine Mutter war auch einmal verheiratet. Das ist etwas, woran ich zwar selten denke, weil es im Leben meiner Mutter offenbar keine große Rolle spielt, doch greift es in einen Entschluß, in eine überraschend selbstverständliche Handlung ein, es hat mit ihr zu tun, wie Basalt etwas mit Vulkanismus zu tun hat. Jedermann würde sagen, »das ist doch ganz natürlich«, der Vater, die Herkunft, darum muß man sich doch kümmern, jedenfalls um etwas aus diesem Bereich, etwas sehr Altes, das ganz selbstverständlich in diese Zeit ragt, eine alte Geschichte. Mit Verständnis, das ich sonst gerne hier wieder eingeführt hätte, hängt es kaum zusammen. Auch nicht mit Liebe. Im Gegenteil. Ich glaube, Liebe ist etwas, das durch feine Nervenfäden zusammengehalten wird, fast unsichtbar. Sicher zittern sie. Sicher spielt der Kopfschmerz auf ihnen wie ein Geigenbogen. Sicher sind sie gefährlich jedem Luftzug ausgesetzt. Durch Witterungseinflüsse, z. B. durch Feuchtigkeit, können sie sich zusammenziehen – Haare tun das auch. Dann wird das Ganze aus der Normallage gebracht, hängt schräg, asymmetrisch, zum Nachteil des einen von uns. Alles ist wichtig, man darf von nichts absehen. Unkenntnis schützt nicht vor den Folgen, man muß alles wissen. Ich weiß darüber nur einiges, wenigstens im nachhinein. Und dabei sage ich noch nicht einmal: du hättest, ich hätte... Judith sagt das bestimmt nicht, sie paßt sich den veränderten Umständen an – aber lassen wir das vorläufig.

Schnell abwechselnde, randlose Brillen funkeln mich jovial an – schon soweit? Als erstes gilt es, eine ruhige Stimmung zu erzeugen. Ich bin ja auch ganz ruhig, ohne Glieder, nur ein unregelmäßiges Stück Fleisch, und ich rede wie ein Wunderkind. Jeder ist ganz für sich, die vereinzelten Prüfer und meine Einzelteile. Nur Teilaspekte interessieren. Man muß sich einteilen. Nummer 1 und Nummer 2. Wir sind vollkommen beherrscht, meine Hand macht einen langen Umweg, um über das Dach zu mir zu kommen, meine Ohren sind fest geschlossen. Fragen werden mir direkt in die Halsvene eingespritzt. Dann tut der Kreislauf seine Schuldigkeit, und man kann nichts, als auf den Ausgang warten.

Wir alle sind selbstgenügsam, nur meine Mutter, die doch zunächst so sehr um meine Zukunft besorgt war, voller Ehrgeiz um meine Aussichten, verliert nach meiner langen Abwesenheit endlich alle Hemmungen. Kaum bin ich in Reichweite, so schließt sie mich schon saugend ins Herz. Am Ende will sie nichts anderes mehr, als daß ich, trotz ihrer andauernden und immer reichlicheren Beihilfen, alle Hoffnungen an den Nagel hänge, und sie ist überglücklich, wenn ich nur zu ihr zurückkehre.

Selbstverständlich!

Auf der Rückfahrt wischte ich den Beschlag von den Scheiben, quer durch wässrige Weiden. Und das nennt sich Festland! Die Engländer rümpfen die Nase darüber. Mit Recht! Und da soll ich auf Verständnis stoßen, eine Universität nach der anderen abklappernd – alle wollen sie etwas von mir, anstatt mir etwas zu geben. Im übrigen saß da noch einer, mir gegenüber, im Abteil, und während wir die Kühe durch das Fenster rennen sahen wie verrückt, diese verrückten Viecher mit steifen Schwänzen, sinnlos mit uns um die Wette, sprach er mich unter anderem auch auf meinen Vater an.

Nur die lange Reise, die Erregung durch das Klopfen der Schienenbindungen, wie durch einen cardiologischen Schrittmacher, konnte vielleicht die glockenartige Vertrautheit erklären, die Fragen zuließ, die ich mir sonst nicht stellte. Oder war es das Geschehenlassen, das Nichtstun, wie ein leerer Abend, an dem man aus Langerweile sein Testament macht? Wie er auch heißen mochte, er stellte mich, wie ein Totenschädel, unmittelbar vor grundsätzliche Tatsachen. Richtig, mein Vater! Ich hatte einen Vater, den ich nicht kannte. Das war auch gar nicht nötig – man kann nicht alles kennen. Die von Fall zu Fall benötigten Daten hat mir immer meine Mutter herausgesucht, und daß ich nicht mehr darüber wußte, wollte ich ja gar nicht wissen. Man fragt doch auch nicht nach der Wirklichkeit hinter gewissen Verwaltungseinheiten, die ebenso eine Rolle in den Personalien spielen. Da ereiferte sich aber der häßliche Mensch mir gegenüber. Das sei doch etwas völlig anderes! Nichts selbstverständlicher, als daß ein junger Mensch nach seinem Vater fragte, sich bemühte, ihn kennenzulernen, selbst zu beurteilen, wer er sei!

Urteilen? Wer er sei? Wer denn? Darauf runzelt sich seine Stirn. Ich sehe argwöhnisches Stirnrunzeln an meinem Gegenüber. Zuviel Verständnislosigkeit stößt auf Mißtrauen – ich kann nie verstehen, wie es kommt, daß man einem Mangel gegenüber mißtrauisch ist. Aber, wie mir dieser abstoßende Mensch, der sich zu mir hinbeugte, erklärte, gilt es als selbstverständlich, zu erforschen, wo man herkommt. Von Selbst. Die Wurzeln. Die Quellen. Am Ende klang mir das ziemlich plausibel, das muß ich schon sagen, und auf einmal sah ich mich beschämt über meinen Mangel an Bodenständigkeit und Wissensdurst, deshalb habe ich dann auf gewissen Wegen, amtlichen Kanälen folgend, seine Adresse ausfindig gemacht. ›In Beantwortung Ihrer Frage … daß Ihr Vater …‹ Nein, es hieß nicht ›Ihr Vater …‹. Anscheinend hat man das nicht beachtet, man hat mir meine Frage nach dem Vater nicht beantwortet und mir statt dessen Angaben über eine Person seines Namens gemacht – ein Zwiespalt, der noch immer in mir klaffte, als ich an der Gartentür diesen Namen auf einem stark abgestoßenen Emailleschild las. In der Abenddämmerung, vom Bahnhof her, über die verregnete Straße, wo nur selten Menschen huschten und sich wie Katzen schüttelten. Und ich, nur ungenügend gegen den Regen geschützt – für solche Fälle besitze ich doch nur meine Windjacke, die mir an den Oberschenkeln festklebt.

Vom Regen durchnäßt faßt man nicht gern etwas Nasses an. Ungern zog ich an dem hölzernen Griff, der wohl über Drähte und drehbare Winkel mit einer Glocke im Inneren des Hauses verbunden war. Lange Zeit verging. Unsicher blieb die Glocke, die Verbindung, jemand, der hörte, so vieles. Dann öffnete sich eine Tür hinter dem Regen, trockener Lichtschein fiel auf mich: »Ja?«

War das eine Begrüßung! Die Begrüßung war der Lage angemessen. Tastend. Über den kurzen Gartenweg kam ein dicklicher Mann gelaufen, er zog mich, an der Hand, durch die Pforte ins Licht. Er hatte eine Warze auf der knolligen

Nase, Ahnungen, ein gerötetes, äderiges Gesicht, er hatte gerade den rechten Augenblick lang ungläubig gezögert und mich dann vollends erkannt, mich an sein Herz gedrückt, das stark nach Tabak, nach tabakgewürzter Bratensauce und nach Hund roch. Er tanzte jetzt zittrig um mich, mich seitlich ins Haus drängend, hinter mir die Tür schließend und schon wieder im Vorsprung über die Stufen. Im Treppenhaus, schräg vor und über mir, sein schlangenartig beweglicher Mund, sein Über-den-Rücken-Blicken, Sich-nicht-satt-sehen-Können, seine dreieckigen, hellblauen Augen am Kopf der steilen Stiege, etwas lustig und ein wenig böse.

Als erstes schloß sich nun die aufgeregte kleine Küche um uns, klirrend, mit vielen dunkelbraunen Aluminiumtöpfen, in denen der Doseninhalt auf jeden Fall erst einmal gebraten wird, bevor man das Wasser zufüllt, daß es zischt. Ich sah ihm über die Schulter, wie er das angekohlte Büchsenfleisch löschte, an meiner Hand den Schottensack, den selben Schottensack, den ich seit langem nicht mehr restlos geleert hatte. Wie von Kartoffelfeuern wehte der fremde, strenge Hautgout der in Sohn-und-Vater-Wiedersehensgefühlen dünstenden Speisen, immer improvisiert, immer aus Zufälligem zusammengeschludert, an diesem Abend, wie am Sonntag um drei Uhr nachts, oder montags um elf. »Mein Junge muß Hunger haben, greif zu, mein Sohn, nichts für Feinschmecker und Franzosen, aber von Herzen«, von einer zerfledderten Bibliothek umrahmt, durch einen Vorhang von einem größeren Raum abgetrennt, gleich neben dem Schreibtisch, der nach beiden Seiten hin durch Beistelltischchen verlängert worden war und weiterer Verlängerung bedurfte, Hilfsmöbeln, von denen sich das Furnier abspreizte und von denen Aktendeckel, Zeitungsausschnitte, Rasierklingen, Seife, Nähzeug weggewischt wurden, um den Tellern Platz zu machen.

Oberhalb dieses Horizontes spannten sich nun die Hosenträger meines Vaters bis fast zur Decke, darunter, im Dämmer, klaffte sein Hosenschlitz, die Toilette war schräg über dem Gang, neben der Küche. Aber gerade vor mir, direkt gegenüber, war mein Vater. Ich betrachtete ihn, über aufsteigende Essensbissen hinweg; den Kern meines Vaters. Zum Rand hin verschwimmend, immer wieder zerfließend in einer tabakbraunen Aura, trieben seine kleinen, glitzernden, pathetisch feuchten Augen, der sich windende Mund, aus dem unaufhörlich Sprichwörter von der Art drangen, die einem in der kleinen Stadt einen gewissen Ruf als lebenskluger Humorist verschaffen: »Nicht wie bei armen Leuten, Möbel an die Wand gemalt, wo der Hund mit dem Schwanz auf und ab wedeln muß, weil kein Platz ist!«

Auch der Hund, ja. Der kleine, harte Hund, der Hundegeruch, die Haare des Hundes (überall), das Ausführen des Hundes, das nächtliche Ausführen, runter in den nassen, mit glitschigen braunen Blättern gepolsterten Garten – und diese Blätter flogen lappig nach hinten, sobald er sein Geschäft beendet hatte. Weiter, die alten Photographien standen auf dem hohen, dreibeinigen Tischchen, wattig, braun – »deine Mutter als junges Mädchen«, wieso denn meine Mutter, wie kommt denn ein so unglaubhaftes und zweifellos lebenswahres Bild meiner Mutter hierher? –, auf dickem Pappkarton mit einem aufgedruckten Goldrand, dem schwungvollen Signet des Kunstphotographen. Ferner Blechbüchsen, in denen sich ehemals Corned beef befunden hatte, in denen sich jetzt noch immer kleine Reste von Corned beef befanden und Asche, Büroklammern, Reißnägel. Die Dinge in kleinen Grüppchen, in sich nah, vieles durchdringt sich hier, in diesem Zimmer, in das wir regelmäßig vom Essen aus treten, diesem ganz willkürlichen Teil seiner Wohnung, den ich abwechselnd für das Schlaf-, Wohn- oder Empfangszimmer meines Vaters halten muß, mit seinen braunroten Vorhängen; Vorhänge sind überall, Vorhänge, die bis zum Boden reichen, Jahrhundertwende verschlissen, darüber hinaus aber kaum je geöffnet, es sei denn, um den Reinemach-Vormittag einzulassen, ausgerechnet den Vormittag, während ich zwischen den schon hochgerollten Teppichen auf einem sehr hohen Stuhl mit steinhartem, rotem Lederpolster fröstele, schräg und unwohl auf etwas warte, auf ein Ereignis, das auf einmal alles auflösen wird, jetzt und für alle Zukunft alles klären wird, mir erklären wird, daß ich recht getan habe, zu warten, nur noch ein paar Fragen zuvor, der Form halber, und dann... Es trat aber nichts ein.

So ist das wohl auch beim Warten auf eine Frau, die sich anzieht. Eine ganze Weile beobachtete ich von meinem braven Sitz aus schon die Ungestalt meines Vaters, der sich in diesem ordnungsträchtigen Chaos, zwischen dem, ab und zu, wie zu einem ganz anderen Stück gehörig, der Kopf der Putzfrau auftauchte, seine Haushose herunterstreifte, sie durch eine Öffnung des Vorhangs auf den Schreibtisch schleuderte, und seine Ausgehhose an sich hochzog. Ich gab mir große Mühe, Ähnlichkeiten an diesen Vorgängen abzulesen, Säugetierverwandtschaften, Analogien des Rumpfes, der langen behaarten Arme, der gespannten Schultern, Analogien auch in seinem Gesichtsausdruck, seinen Sprachwendungen, die sich auch während dieser höchst privaten Handlung unablässig zwischen den Lippen in die Öffentlichkeit schlängelten, – abgestoßene Gemeinplätze wie Nagelhäutchen.

Es war sein Leben, formal, jedenfalls formal. Es vollzog sich immer im gleichen Ritus, immer in der gleichen Reihenfolge, also ungeordnet, aber starr, und immer hoffte ich wie der Rezensent, daß es sich noch zum Besseren wenden könnte. Die Requisiten: der alte Mann, der seine grauen Unterhosen über dem Küchenhandstein auswringt, dessen Socken von einer Leine aus Klingeldraht die Badewanne mit dünnem Kaffee bedribbeln. Die Pantoffeln des alten Mannes, gelbbraun kariert, denen ein Teppich von fast der gleichen Beschaffenheit gegenüberliegt, von einem ähnlichen Grad der Abnützung. Der Hund, immer gespannte Uhrfeder, der mich unerwartet wie ein Lederball bespringt, an meinem Hals, meinen Händen, zwischen den Beinen, an meinen Knöcheln zu lecken versucht...

Um dem Sturmwind zu entgehen, den die Putzfrau in der Wohnung entfacht hatte, aßen wir im Ratskeller, in Gesellschaft eines die Heimat erforschenden Lehrers, der mir meines Vaters über den engeren Umkreis hinausgreifende Verdienste erläuterte. Mein Vater sagte »wie immer« zu dem grämlichen Kellner, der seinen Bleistift mit der Zunge schärfte, und der Heimatforscher beglich die Rechnung. Danach, wohin denn dann? Danach standen wir, zwischen heftigen Böen aus umspringenden Richtungen an einem verlassenen Kai, stark verkleinert unter dem Bug eines mennigrot geflickten Schiffes, an der Reede, eines Schiffes, das wohl mit einer der seltenen heimatkundlichen Hochfluten hier eingelaufen sein mußte und nun wartete, daß ein ähnlicher Zufall es wieder hinaustragen würde. Oder auch einmal in einem Fischlokal, am Tag, an dem es Kabeljau gab – mein Vater wiederholte mehrmals einen bekannten Scherz über Kabeljau –, und wieder standen wir, von böse jaulenden Winden gebeutelt, auf einem schmalen Streifen Lodder-Heide zwischen dem sandigen Flußlauf und einem Kanal, der vielleicht geliert war. An den Ufern, langanhaltend, heulte der Hund und jachterte zwischen rostigen Landmaschinenteilen und rostigen Schiffsteilen hin und her, wo es vielleicht Ratten gab, und neben mir verbreitete mein Vater mit öder Redekunst von den Lüften zerzauste Belehrungen aus alten Pamphleten, aus der Geologie, aus der Heimatgeschichte, aus der Astronomie, der Welteislehre, mit anekdotischen Ergänzungen, Einschüben, philosophischen Kuriositäten, die mich wenig interessierten.

Nie konnte ich mir restlos erklären, wovon er lebte. Eine Rente, von der im Ratskeller einmal, vielleicht als Kredit-Alibi, in Gesellschaft eines Kriegskameraden, die Rede war, schien mir eher eine Zukunftshoffnung, denn sein Lebensstil entsprach keinem regelmäßigen, eher einem sporadischen

Einkommen. Gewisse Summen, deren Eintreffen sich schwer vorhersehen ließ, welche vielleicht jedesmal neu zu erkämpfen waren, durch Hinweise auf zukünftige Neuregelungen locker zu machen. Dieses Geldunwesen meines Vaters hatte Ähnlichkeit mit Maikäferjahren. Zerknüllte Geldscheine in einer Zigarrenschachtel, Münzen in einer Corned-beef-Dose. Geldstücke in den Sesselritzen und der scharf abgezählte Lohn für die Putzfrau, die ein unzufriedenes Gesicht und noch nicht einmal Miene machte, den zertrampelten Brotteig, Corned beef, Brillantine, Brotteig und Corned beef vom Teppich zu entfernen. Am Boden einer Milchflasche klebten Groschen, im Klosettbecken trieb eine zweistellige Rechnungsleiche mit angehefteter Zahlkarte, und überraschend schob sich ein warmer Zehnmarkschein auf meinen Handteller. Ich hob den Kopf, ich ließ einen fragenden Augenblick zwischen dem Geldschein und dem Gesicht meines Vaters verstreichen. Er zwinkerte blank, er zwinkerte ermunternd. Er wünschte sich für seine Gabe starke Worte des Dankes, um sie dann abzuwehren. Fragen, den Wert der Gabe, meines Vaters Belastung oder auch meine geringe Bedürftigkeit, das Fehlen jeden Anlasses betreffend, schienen nicht angebracht – mein Vater ging darüber mit großer Selbstverständlichkeit hinweg. Ein Ordnungsorgan, das eine große Menschenmenge selbstverständlich hurra rufend wie einen Vorhang beiseite schiebt, um einer bedeutenden Persönlichkeit Durchlaß zu verschaffen, worüber sich alle Fragen erübrigen. Darüberhinaus und ganz allgemein galt die Selbstverständlichkeit unseres Verhältnisses, eben erst hergestellt, zugleich so alt wie ich, das nach meines Vaters Ansicht nun ein für alle Male bestand, Blutsbande, verknotete Adern, und weswegen er nun alle Bekannten und Inhaber örtlicher Verkaufsläden, Behörden, Gönner, Heimatkundler, Kriegskameraden, Kellner, Hunde, Corned-beef-Dosen, Putzfrauen, Zigarrenkisten und so fort, eilig daraufhin festgenagelt hat. Weil es so ist wie es ist wie es ist, konsolidierte er es.

Infolgedessen sah ich mich auf einmal in einen Kreis individueller Seebären und Brauereibesitzer einbezogen, die obendrein noch kulturell tätig waren, in der viel zuwenig bekannten Tradition dieser Landschaft, in der ländlich-griechisch gebildeten Wirtschaft, als Gönner, als Beisteuerer einschlägiger Aufsätze, als Besucher und Stifter im Heimatarchiv. Eine wohlmeinende Geselligkeit, keineswegs einseitig und über den engeren Umkreis hinausstrahlend. Im Rahmen einer solchen Gemeinschaft dürfte nach menschlichem Ermessen allen Bedürfnissen Genüge getan sein. Menschlich, du verstehst. Charakterlich. Geistig und kulturell. Was danach etwa noch in lokaler Bescheidenheit verborgen blieb, tunkte mein Vater in das Licht seiner Lobpreisungen, und so erfuhr ich von dem eminenten Zitatengedächtnis und den Bildungs-Werten des Fabrikanten, von den vor aller Welt verheimlichten Violin-Übungen des Seebären.

Mein Vater war eifrig darauf bedacht, mir alle diese Vorzüge aus nächster Nähe vorzuführen. Also bereisten wir die Lebenssphären seiner Freunde und nisteten uns bei ihnen ein. Der eine hatte eine ungemein sechzehnjährige Tochter, mit der ich auf dem Bettvorleger ›Pippi Langstrumpf‹ las, und die so vertrauensvoll zu mir aufblickte, so kindlich die abgerutschten Träger des Nachthemdchens außer acht ließ, daß ich gar nicht mehr an mich halten konnte. Wir rutschten auf dem Bettvorleger durch das ganze Zimmer, dieses Fell faltete sich zwischen unsere hitzigen Ungeschicklichkeiten. Halb im Schweiß, halb in süßer, entleerter Gleichgültigkeit verschwor ich mich mit ihr, tauschte Indianer-Bluteide mittels Nähnadel, Ehrenwort, Schweigen wie ein Grab. Ich war ungewiß, wer von den Herren im Salon, eine Etage tiefer, ihr Vater war, aber ihre Mutter verriet sich durch ein wissendes Lächeln. Gönnerhaft abends im Freien, bei einer Mütze voll frischem Wind, erläuterte mir mein Vater bejahrte Schweinereien, juchten- und moschusduftend, und erkannte in mir knorrig den rechten Kerl, ein Abbild seiner früheren Jahre. Junges Blut muß schäumen.

Dieses Hausgastrecht, dieses Auf und Ab von Augensignalen, Gliederverwicklungen, vielsagenden Pausen, anspielungsreichen Gesprächen! Diese vielwöchentlichen Aufenthalte, dieses Sohn-im-Haus-Sein! Diese Bildung familienartiger Frühstückszirkel, diese Schlüsselfreiheit, englisch, zu allen Mahlzeiten ein unverbindliches Gedeck! Über Materielles wird nicht gesprochen.

Ich blieb auch in dieser Hinsicht völlig im dunkeln: mein Vater als liebenswerter Hausnarr, als Puffer zwischen Familiendiskrepanzen, Öl im Feuer, Öl auf dem Wasser, weiser Ratgeber, ungebetener Dauergast, den man auf schickliche Weise nicht wieder loswerden konnte...? Verschiedene Möglichkeiten in wechselnden Anteilen, der Zuwachs je nach Gunst oder Ungunst der Verhältnisse aus verschiedenen Wurzeln – *ich* wippte da nur als Ableger, ein mehr oder minder mißmutiger junger Mann, das Leben noch vor mir; ich hatte keine Dankespflichten. Wenn dieses rätselhafte Solange-ihr-wollt, ganz unverlangt, mich durch seine unabsehbare Dauer zu ersticken drohte, versuchte ich es wenigstens mit den üblichen Formeln, lächelnden Formeln, die mein Vater jedoch ungeduldig unterbrach, indem er im Namen der Gastgeber versicherte, freier Anteil, Sohn im Hause von Freunden selbstverständlich, Freundschaft, wahre Freundschaft ohne große Worte, am Leben geprüft, schließlich gab auch *er* sein letztes Hemd, selbstverständlich, jeder nach seinen Fähigkeiten, unauflösliche Bande, echte Freundschaft, selbstverständlich, jedem nach seinen Bedürfnissen, ohne große Worte... und das alles waren nur die allergewöhnlichsten, selbstverständlichen Klärungen und Erklärungen meines Vaters, welche die Gastgeber durch einen gewissen Dreh, eine Verwindung, ihrerseits in ein Kompliment umwandelten, ein Bumerangkompliment für seine Artung, seinen selbstlosen Charakter, und das sei doch schließlich der Ausgangspunkt dieser freundschaftlich wechselseitigen Selbstverständlichkeiten.

Ich verstand das keineswegs. Ich saß fest in einer positiven, massiven Finsternis. Ich konnte da weder vor noch zurück, ich hatte mich vollständig in diesem Dschungel lianenhafter Selbstverständlichkeiten verheddert. Das ausweglose Problem ihrer Verknotungen, diese zähe und dilettantische Flickarbeit, eingenäht und dann noch einmal mittels unterlegter Läppchen vernäht und wiederum mit einem anderen Garn übergenäht und zu allem Überfluß noch einmal fleißig ausgenäht... gut gemeint, sehr gut gemeint! Das allgemeine Wohlwollen war nicht zu übersehen, aber es schien mir zugleich unzureichend und überflüssig, diese Mühe mit mir, da ich doch aus einem Nirgends kam, aus der verkehrten Welt, aus einer ganz unfreundesmäßigen Gleichgültigkeit, in die ich doch aber ohne Vorankündigung wieder zurückweichen konnte, ohne daß mein Vater oder seine Freunde in der Lage gewesen wären, es zu verhindern oder mir zu folgen. Das hätten sie durchaus nicht gekonnt. Denn über meine früheren Umstände, Aufenthalte und Absichten war fast alles ungewiß geblieben. Eine Maskenball-Freundschaft, die Partnerin schon um Mitternacht ganz und gar erkannt, nun wird sie die Liebe unter dem Namen Erich zwischen einer Million anderer Bürger vergeblich suchen. Man hat mich natürlich auch kaum über mein Leben befragt, jedenfalls nicht auf eine sinnvolle Weise, weil es sich um eine ganz abseitige, uneingeweihte Umwelt handelte, Gegenteile, die schon in wechselseitiger Unkenntnis bleiben müssen. Es ist die Regel. Ein Lebensversicherungs-Agent fragt den Motorrad-Akrobaten auf dem Hochseil, zwecks Prämienfestsetzung, woran denn seine Eltern gestorben seien.

Ohne weiteres war zu ersehen, daß mein Wert und meine Verwertbarkeit in den Augen meines Vaters nur auf Gebieten liegen konnten, in die seine Erinnerung und sein tägliches Repertoire reichten. Für ihn waren nur die Teile vorhanden, die auf der Tischplatte lagen, meine Hand, Ellenbogen, vielleicht mein beschatteter Brustkorb. Darunter aber fühlte ich eine tiefe Beschämung lauern; noch kannte ich ihre eigentliche Quelle nicht, doch die Herzlosigkeit unter dem Tisch, ich ahnte Öffnungen, Klüfte, die sich da auftaten, wo man nicht hinsieht. Ich wollte ihn warnen, es war nur fair, ihn aus seiner Sicherheit aufschrecken, und so ließ ich – selbst noch im Dunkeln tastend – Andeutungen in die Gespräche einfließen, über Reisen von unbekannter Dauer, die sich ergeben konnten, unwägbare Folgen meines Studiums – noch immer war ich, noch immer bin ich doch Student, Bewohner wissenschaftlicher Mönchsklausen, wahrscheinlich für immer, ich bin Prüfungskandidat, ich trete auf der Stelle, noch viel größere Anstrengungen sind notwendig, um das Wiegen des Kopfes aufzuhalten, die kleinen Hilfen zu erkennen und auszunutzen, Merkzeichen, schnitzeljagdartig, in Gegenwart der ahnungslosen Freunde meines Vaters. Die Freunde brauchten erst gar nicht nach Einzelheiten oder Begründungen zu fragen, weil es sich anscheinend um Vertrauliches zwischen meinem Vater und mir handelte. Mein Vater brauchte nicht erst nach Begründungen und Einzelheiten zu fragen, weil es sich offenbar um ein Einverständnis zwischen seinen Freunden und mir handelte, das er als Gewinn, als Frucht seines Blutes, als erblichen Vertrauensbeweis ansah, auch wenn das äußerlich auf seine Kosten ginge. Das sind äußerliche Dinge – die inneren Bande sind es, auf die es ankommt. Ich aber streute meine Anspielungen aus, ich balancierte vorsichtig: »Alles mögliche kann passieren, nicht wahr? Wer kennt die Zukunft?« Eine Zukunft vielleicht von schwacher Gesundheit, dem langsamen Abheilen von Wunden, von denen niemand etwas gewußt hat, die mütterlichen Verdunkelungen künftiger Lebensumstände – Spiegelbild der vergangenen –, die sich an ihren offenen Enden notfalls mit den passenden Verlegenheiten und peinlichen Fragen zu einer neuen, vielleicht etwas vorsichtigeren Selbstverständlichkeit verspleißen ließen. Wenn man rechtzeitig begriffe und die Gegebenheiten annähme. Die Gegebenheiten der einen aber sind Fieberträume der anderen.

Mehrmals, in Wellen, kehrten wir nach längerer Abwesenheit in die dunkelbraune, dicht eingestaubte Wohnung zurück, wie in ein verschneites Dorf. Mein Vater durchwanderte die Zimmer, ratlos in seinem fleckigen Mantel. Versteinte Blicke, nicht das geringste Entgegenkommen – vereinsamte Wohnungen emanzipieren sich. Ratlos schleppte ich seinen Lederkoffer in der einen, meinen Schottensack in der anderen Hand hinter meinem Vater her. Aus den engen Gassen zwischen dem Trödelmobiliar drangen Kernworte von ›Quartiermachen‹, Winkel und halbvergessene Verstecke hinter Vorhängen, von Streichhölzern flüchtig erhellt, Suchen und Wühlen nach einer provisorischen Mahlzeit. Es schien alles in einer fossilen Weise verwildert. Mein Vater kredenzte uns im Stehen einen Trunk aus einer mit Mehltau bedeckten Südweinflasche.

Später, zu einer durchaus unüblichen Uhrzeit, die Heimholung des Hundes, der jaulte, aus der Kate des Seebären im Ruhestand, der Violine spielte, weit vor der Stadt.

Was tat ich da? Was war hier zu tun? Hier und von hier aus? Nach meinen Maßstäben war das kein normales Leben, noch immer nicht. Ein Leben, das nur aus Antrittbesuchen bestand, ›Hier bringe ich euch meinen Sohn‹, auf Monate ins Herz geschlossen, dann sang- und klanglos zu neuen Herzen. Unter dem Druck, etwas für das Verständnis zu tun, jenes Verständnis, das einen Akademiker von einem Menschen minderer Ausbildung unterscheidet, war ich durch eine schwache Stelle, eine Undichtigkeit hierhergeraten. Unbekanntes einer bekannten Not vorziehend, hatte ich am nassen Handgriff gezogen – und schon stürzte ein Schwall vollkommen fremder Menschen über mich her, die mein Vertrauen beanspruchten und mich dafür unverlangt durch und durch mit dem ihren tränkten. Es blieben aber unabänderlich fremde Menschen, und ich war ihnen schutzlos ausgesetzt, als ob ich längst verschollen und verdorben sei. O Vagabundenleben, nicht aufzuhaltende Hilfsbereitschaft, o Erbschaft ewiger Selbstverständlichkeit! Von lauwarmer Herzlichkeit schon ganz verquollen, Händeschütteln mit der gleichen Innigkeit beim Antritt wie beim Abschied, abweichende Meinungen in Haufen Salzgebäck, Pralinen und dem Lärm der Geselligkeit erstickt.

Ich habe mir öfters gesagt, das sei alles eine Frage der Gewohnheit, und nach einiger Zeit würde ich hier einwurzeln wie in anderen Gärten auch. Aber diese Gewohnheit unter diesen Bedingungen, der Treibhausschwüle fremder Betten, der warmen Zugluft in Gästezimmern, die steif wie neue Schuhe waren, und der ausschließlichen Mütterlichkeit immer neuer Gastgeberinnen nahm ein Eigenleben an, das mit dem meinen nicht mehr in Einklang zu bringen war. Weiträumigkeit, englische Freiheit, die mich verwirrte, labyrinthisch, mit blinden Ausgängen. Wohnungen für mein Inneres mit Riesenbädern und alkovengroßen Salons. Großtönende Worte sollten die Proportionen überbieten, die Stentorstimme des Saalredners im Schlafzimmer. Stämmige Stunden, aus denen fremde, weichliche Monatstriebe schossen. Die Zeit war halb umgestülpt wie Handschuhe. Unbekannte Finger haben an den Uhren manipuliert, an die ich immer stark gebunden war. Niemals bin ich ganz wach, und ich schlafe schlecht. Ich träume schuldvoll physikalische Träume, die Boltzmann-Gleichung ohne Gleichheitszeichen, und das suche ich, ein Zauberwort.

Ich verlasse mein Lager, das aus einer dicken Schicht dunkelblau eingefärbter Militärdecken besteht, schleiche mich durch die Kulissen. Durch die blutschwarzen Vorhänge, Membranen kranker Kavernen, trete ich von einer Klosterzelle des Mondes in die nächste, milchige Meditationen kämpfen um meinen Entschluß. Den fasse ich in Bewegung, die Bewegung ist der Entschluß, die Vorhänge wallen in der Zugluft, ich taste mich lotrecht zum Schnarchen meines Vaters und des Fußhundes, das sich ergänzt. Ich bin dazu nicht vonnöten. Ich ziehe meine Kleider aus allen Richtungen des Dunkels an mich, mein Eigentum, soviel ich ertappen kann, die oberen geologischen Schichten meines Sackes, die ich nun wieder auffülle, taubes Gestein in einer verarmten Silbermine. Die Treppe schleiche ich hinab. Nicht ganz ungeschickt kann ich das Knarren vermeiden, aber draußen schreit ein Kater und der Hund erwacht, Erbfeind, und hoppelt klingelnd, unsichtbar winselnd über die Stufen. Schnell die Tür entriegelt, durch den Spalt in die offene Kälte, rasch und lautlos die Tür ins Schloß zurückgezogen – hinter ihr jaunzt der gefangene Hund und kratzt. Die Straßen liegen im Mondschatten, mit langen Schritten folge ich den Nacht-Biegungen, fledermaussicher, und der Schottensack schwingt neben mir wie ein Perpendikel; das siebte Geißlein ist in der Wanduhr. Schräg über mir blinzeln dann Signallichter, rot, grün, rotgrün, ich krieche steil auf den Bahnkörper, auf allen vieren, und stolpere da auf dem Schotter dahin, ziehe mich mit meinem Eigentum nach oben, turmhoch. Im Abteil liege ich, auf der Lattenbank wie Wellpappe, unter rotgrünen Sternen, den Kopf auf meinem Sack wie auf einem Steinhaufen, und hülle mich in Schlaf. Nun endlich, in einen langen, taumelnden, stampfenden Schlaf. Viel später weckte mich eine schamrote Sonne in voller Fahrt.

Am Zielort geriet ich als erstes in einen starken Strom von Berufstätigen, die mit mongolischem Ausdruck, aufmerksam nach vorne gerichteten Gesichtern, kleine Mappen unter dem Arm, einer lebenslang erträumten Wunscherfüllung entgegeneilten. Meine Art von Naivität war das nicht. Aber unvorbereitet, wie ich war, wurde ich in der Morgenfrische, Sack, Augenschlaf und ungekämmtes Haar, fast unwiderstehlich von ihnen mitgerissen und erst mehrere Umdrehungen weiter, vor einer Straßenflucht aus gläsernen Bürofassaden, von ihnen zurückgelassen. War es ein Hinweis, so ausgeschieden? Ein junger Mann, vermutlich mit Fähigkeiten und Kenntnissen – ich könnte mich ruhig auch mal diesem Regelmaß anpassen. Meinten sie das? Die nutzbringende Ausbeutung meiner Anlagen, die Zweckdienlichkeit meiner Ausbildung, daran hatte ich noch gar nicht gedacht, die Wahrheit noch weiter auszutauschen, Hans im Glück. Ich könnte mich zum Beispiel einer beliebigen Industrieverwaltung anbieten, mehr noch, im Ernst mich eingliedern, anheimstellen, einordnen, einheimein ... meine Ausbildung zu Diensten. Ausbildung, ja. Meine Mutter benutzt gerne das Wort ›Ausbildung‹. Es erinnert an Plastilin, das sie immer für ein sehr lehrreiches Spielzeug gehalten hat. Sie tut alles für meine Ausbildung. Ich befinde mich noch immer in der Ausbildung. ›Befinde mich‹ paradoxerweise. Ich stecke. Komme nicht weiter, ich stottere, werde aufmerksam angestarrt, es kommt darauf an, es ist die Stunde der Wahrheit, jetzt kommt es darauf... Ausbildung, ja. Meine Mutter vermutet sicher, ich hätte sie unablässig, lückenlos fortgesetzt, es mangelt ja nicht an Begabung, es handelt sich einfach darum, diese anzuwenden, zwar an wechselnden Hochschulen, meine Karten drangen zu ihr aus wechselnden Richtungen und sternförmig sandte sie ihre Ausbildungsbeihilfen an mich aus.

Hier hätte ich wieder mal einen Anlauf nehmen müssen, mich noch einmal vertiefen, mir erneut den längst bekannten Wissensstoff einhämmern müssen. Hämmernde, leiernde akademische Fortsetzung, man hielt mich allgemein für einen Akademiker – mein Sohn studiert nämlich, müssen Sie wissen, Naturwissenschaften, Physik, ja. Er hat schon als Kind selbständig ein Radio gebaut, das technische Verständnis stand von Anfang an fest. Prüfungen, schwierige Examen. Es ist ein sehr langwieriges, anstrengendes Studium. Nach dem Examen kommst du nach Hause, spannst einmal richtig aus.

Ich hätte also einen neuen Anlauf nehmen müssen – aber

ich konnte nicht. Eine andere Unabgeschlossenheit hinderte mich, noch immer fühlte ich mich durch zähe, rebenartige Stränge an eine herrische, selbstverständliche Fremdheit gebunden. Selbstzerstörerische Blutsverwandtschaft, Rhesusfaktor. Wenigstens kannte ich diese Stadt. Ich hatte hier schon einmal gelebt – wann war das? Wo war das? Zweitens, erstens. Eine schmale Gasse, Blumenmansarde, eiserner Balkon, über mich gebeugtes Aspiringesicht, ein Gelächter: »Wenigstens bist du vernünftig« ... Ich erinnerte mich nur dunkel an Namen und Adressen, längst zerstoben, und notdürftig flickte ich meine Netze mit dem, was ich vorfand. Jemand, den ich aus dem Vergessen gezogen hatte, verhalf mir dann zur Beschäftigung in einer Agentur für wissenschaftliche Feuilletons, von der ich meine Fühler zu den Tageszeitungen ausstrecken konnte. Das war eine Aufgabe, für die meine halb-ausgebildeten Kenntnisse mir dienlich waren. In dieser Widerstandslosigkeit, Trägheitslosigkeit, allgemein gehaltene Plaudereien in der Wochenendausgabe mit wissenschaftlichen Fachwörtern auszustaffieren, entwikkelte ich einen gewissen windigen Elan. Und hätte mir auch Dauerwirkung verschaffen können, ständiger Mitarbeiter in einer bekannten Tageszeitung, cand. rer. nat., ausreichend, gerade eben legitimiert – doch eines Sonntags, als ich nach flugs erledigtem Tagwerk im leeren, weißen Mittagslicht vor mich hin brütete, faßte mich wieder die Unrast, ein Drang nach Klärung meiner Lage, der sogenannten Bindungen, der Erwartungen anderer, der üblichen Erwartungen.

Aufs neue tauchte ich bei meinem Vater auf, Glockenzug etc. Mein Vater empfing mich mit großartiger Selbstverständlichkeit, zog mich an sein tabakbraunes Herz, erwähnte meine plötzliche Abreise mit keinem Wort, was auf unsere vorherige Abmachung schließen ließ – und, wer kann schon seinem Gedächtnis trauen! Meinen Sack stellte ich wieder in die Ecke neben dem Schreibtisch, wo sein Umriß in Staub noch den Platz angab, weil die Putzfrau ihr undankbares

Herz inzwischen an andere verstaubte Herrschaften gehängt hatte. Der tolle Hund flog wieder durch die Luft und traf mich schmerzlich wie ein Tiefschlag. Mein Vater streifte seine Zigarre an einer Corned-beef-Dose ab, stand dann unter einer mit Troddeln versehenen, schlafmützenartigen Hängelampe, die gerade so weit leuchtete, und stopfte seine Socken. In meinem Inneren notierte ich: der alte Mann mit einer über die Kaffeetasse gespannten Socke. Ich kauerte im Halbdunkel, schräg unter ihm, kraulte den Hund am Ohr und stellte meine Fragen. Oder vielmehr, ich versuchte, gewissen lockeren Teilen meines Bewußtseins die Form von Fragen zu geben, wie man aus zufälligen Metallteilen, Grus im Werkzeugkasten, einen monströsen und stümperhaften Dosenöffner anfertigt, beinahe zerfallend und doch geschärft von dringlicher Konsequenz. Zum Beispiel: in welcher Hinsicht man Sohn sei, welche Art des Verhaltens zwischen Vater und Sohn gebräuchlich wäre, und warum, über das Wiedererkennen, die Berührung, die Verständigung und das Verständnis, und welche Art des Lebens erstrebenswert sei, Nummer eins und Nummer zwei ineinandergreifend etwa, ob es da überhaupt Unterschiede gäbe, ich meine, wodurch er sich zusammenhielte und im Hinblick auf welches Ziel. Ich wußte nicht, ob es alles wirklich sinnvolle Fragen waren – die Wissenschaft unterscheidet streng zwischen sinnvollen und sinnlosen Fragen. Aber selbst im Zweifelsfall erwartete ich, daß er sich noch einmal vergewisserte, daß mein Vater mir die Bedeutung dieser Fragen klären helfen würde. Hoffnungsvoll sah ich auf das in sich geschlossene Bild meines sockenstopfenden Vaters in der gelben Lichtblase unter der Troddellampe. Doch reagierte er immer wieder, vor und zurück, mit den gleichen Wendungen auf meine Dringlichkeit, Wendungen von ›Artung, die das Leben philosophisch nimmt‹ und ›Blut findet zu Blut‹, so daß ich unwillkürlich zusammenfuhr. Es scheint, daß er nach jeder meiner Fragen nur erforschen wollte, ob sie noch innerhalb des Gebietes seiner allgemeinen

Kernsätze unterzubringen waren. Das ist natürlich immer möglich, und er nahm es als Selbstbestätigung, die ihn tief befriedigte. Wie ein tibetanischer Regenzauberer preßte er aus meiner hartgedörrtesten Verzweiflung noch immer ein paar Tropfen Befriedigung.

Unablässig betrachtete er mich mit dem abschließenden Blick eines gütigen Einverständnisses – Leute, die schon mitten im Satz: »Ja ja, ich weiß schon, was du meinst« einwerfen –, er schien mich mit den kleinen dreieckigen Augen zu betatschen, kleine dreieckige, tätschelnde Aufmunterungen, unsere Einigkeit zu bekunden, unsere selbstverständliche Blutsgemeinschaft unter der Troddellampe zu bestätigen – und doch... Und doch hatte er viel Leben hinter sich. Dieses runde Gesicht, diese Nase, vor allem dieser kunstvoll balancierende Mund und die kurzfingerigen, kreisenden Hände mußten vielen Nötigungen ausgesetzt gewesen sein. Lange im Zustand, noch länger unter Druck verformt, eine beendete Ausbildung, die mich doch gerade dringend interessieren mußte. Hinter dem Schild des Alters: wieviel milde Erfahrung, wieviel scharfe Weisheit mochte er gläsern vorsichtig hinübergerettet haben. Wenigstens *darüber* war vielleicht etwas herauszufinden! Das könnte sogar eine ganz neue Hoffnung ergeben, das würde vielleicht alle meine bisherigen Wünsche überstrahlen: zu erfahren, wie ein Mensch ist. Man erfährt es sonst nie. Er war mein Vater, und wenn das etwas bedeutet, dann nur, daß man seine offenen Stellen nicht mehr so schamhaft verbirgt...; ich erfuhr aber nichts. Es war, als hätte er nichts hinter sich; als könnte er, durch Fragen gestoßen, beliebig weit zurückfallen, ohne auf Widerstand zu treffen. Als habe er alles mit einer Hand genommen, wie man zerstreut ein Angebot prüft, und es mit der anderen Hand achtlos fallen läßt. Außen herum, ohne es auch nur zwischen die Zähne zu nehmen. Oder auch wieder: er sprach, als wäre ich selbstverständlich damit vertraut, eine Familiensprache ganz für sich allein.

Im Lauf der folgenden Tage ergab es sich dann, daß ich mit Hilfe von Freundschaften, kulturellen Schichten des aufgeklärten Unternehmertums im Umkreis irgendwo eingeschleust und auf Grund erblicher Verbindungen irgendwo untergebracht werden sollte. Vielleicht akademisch, man trägt speziellen Wünschen Rechnung, man hält das Akademische für eine Charaktereigenschaft, das Studium für eine Formsache. Der Eindruck entstand, als sei wieder einmal alles mit mir abgemacht worden, als hätte ich durch Andeutungen darum nachgesucht und wartete nun schüchtern auf einen günstigen Ausgang. Eine Weile ließ ich mich mitschleppen, dann sprang ich ab.

Nun kehrte ich schon gewohnheitsmäßiger in die Stadt zurück, empfand es hauchdünn als Heimkehr. Ich kannte hier Orte, die mir wichtiger waren als andere, nennen wir es eine gewisse Disproportionierung der Gleichgültigkeit. Ich traf Judith, mein Mädchen, und vereinigte mich wieder mal mit ihr. Bei Wiederholungen wird das vertauschbar. Ich nahm einen neuen Anlauf, um zu einem Abschluß meines Studiums zu kommen, ich empfand Hoffnungen wie einen Frühling und war gleichzeitig wissenschaftlicher Berater bei der erwähnten Tageszeitung. Bekannte gaben mir zu verstehen, ich sei im Begriff, mir eine gefestigte Existenz zu verschaffen.

Bevor ich aber dazu kam, über das Rätselhafte dieses Ausdrucks nachzudenken, geriet ich noch einmal, tangentiell, an meinen Vater. Ich unterbrach meine Laufbahn, ich verschob wieder einmal alle meine Hoffnungen, vor denen ich mich ohnehin fürchtete, um wenigstens die alten gebührend zu Grabe zu tragen. Ich stellte nun keine Fragen mehr, fühlte mich sicherer, unerfüllter. Es handelte sich um gewisse abschließende Gesten. Brieflich verabredeten wir ein Zusammentreffen in der Stadt. Ich holte ihn vom Bahnhof ab. Er trug den dunklen Reiseanzug, freundesmäßig, unter dem schäbigen Tweedmantel. Er wollte sich bereitwillig über den engeren Kreis hinaus erweitern. Im Schatten der tiefen Krempe zuckte der Mund wie ein verlassenes Küken bei Einbruch der Nacht.

Wir saßen uns gegenüber, gutbürgerliches Restaurant, sonniges Nebenzimmer, die Fenster von den vorbeihuschenden Passanten belebt wie von Blättergärten. Meine Augen waren vom Desinteresse geschärft. Altersflecken auf dem gestärkten Hemdkragen, in einer Ohrmuschel gelbliche Reste von Rasierschaum. Seine Nase ballte sich zu einer großporigen Faust, die Warze wie ein Siegelring. Unabänderlich. Stereoskopisch sah ich: weite Bereiche seiner Artung waren verhornt, ein brüchiges Polymer, das sich nach einer längst vergessenen Vorstellung geprägt hatte und nun seit langem in hochmolekularer Befriedigung erstarrt war. Wenn er sprach, der Schildkrötenmund akrobatisch tanzend am Rande seiner Mundhöhle, hörte ich es wie über andere Schultern ein Gespräch in der Straßenbahn. Seine Stimme dröhnte und verursachte ein Scheppern in der Wandtäfelung. Herkulisch übernahm er auch noch meinen Anteil von Herzlichkeit und innigem Einverständnis. Er scherzte jovial mit dem Ober: »Na, Chef, dann bringen Sie uns mal was Gutes zu futtern. Für meinen Sohn eine tüchtige Ladung, damit er was in die Knochen kriegt, das junge Blut!« Er sah ganz richtig, daß es etwas mit Knochen zu tun hatte.

Ich lächelte ihn an, und er tätschelte meine Hand. Er strich seine Zigarre über dem leergegessenen Teller ab. Wohlig seufzend lehnte er sich in die Polster seiner Selbstverständlichkeit. Ich habe ihn danach nicht mehr gesehen.

Übrigens hat Judith uns von der Straße aus beobachtet, die Sonne hat unser Zusammensein schräg plastisch beleuchtet. »Was für ein reizender alter Herr! Du hast mir nie von ihm erzählt! Wer war es denn?«

Ich habe eine ablenkende Bemerkung gemacht.

Aspirin

Ich kannte Judith von Kind auf, es war immer hin und her gegangen zwischen uns. Wir trennten uns und vereinten uns, und so ein Pendelausschlag dauerte manchmal weniger als einen Monat. Dann kam sie mir eines Tages mit leerem Blick entgegen, als wollte sie durch mein Gesicht gehen, und ich zog mich verwirrt zurück, wie aus einem kurzen Mißverständnis.

Bald waren wir wieder zusammen – Zufälle spielten eine Rolle dabei –, und wir betrachteten alle früheren Trennungen wie selbstauferlegte Prüfungen. Judith war nicht überrascht, sie küßte mich warm und sagte: »Ach, da bist du wieder.« Und alle unsere ersten Lieben verschmolzen zu einer, mit ihren feinen Verästelungen von Selbstvergessenheit, Glücksschmerz und süßer Gleichgültigkeit. Aber nicht lange danach fand ich mich schon wieder im Zweifel, was ich denn sonst noch darstellen wollte, und was ich antworten sollte, wenn man mich fragte, was ich wäre. Das Studium, das ich liebend gerne zurückgelassen hatte, stand halbfertig vor mir; unerlöst machte ich mir aufs neue an der Wissenschaft zu schaffen. Eine gewisse Geradheit war dazu notwendig, die in Judiths Zickzackleben keinen Platz hatte, und so schieden wir wieder voneinander, zärtlich, doch mit einem bösen Krampf im Herzen. Die Pfade zum Verständnis in einem Dschungel heillos verzahnter Wahrheiten, an der Kandare des Experiments, das meistens glücklos verlief und aus dessen Scheitern ich nichts lernte, erschöpften meinen guten Willen. Aus den wochenlangen Stümpereien, den verpfuschten, staubigen Meßanordnungen und den nicht absehbaren Examensvorbereitungen, sehnte ich mich nach Judith, schlaff, locker nach ihrem Unernst und nach ihrer raschen, folgerichtigen Anpassung.

Ja, sie paßte sich dem Unvorhersehbaren an. Mit dem Wind zusammen kam sie um eine Straßenecke, oder sie lag im Gras am Ausflugsziel, wenn ich zufällig vorüberkam, und pfiff unser Thema. »Bei mir bist du scheen.« Ganz in Tränen fielen wir uns um den Hals, ließen Pflichten und Pläne mürbe und ausgeleiert am Ort unseres Wiedersehens zurück.

Und wieder zerrten uns Regeln und Üblichkeiten in das sogenannte Leben zurück, meine Mutter, die unablässig bohrend an meine Zukunft dachte, mein Vater, dessen Bernsteinexistenz mir keine Ruhe ließ, Gewohnheiten, mit denen wir uns nicht zufriedengeben wollten, nur weil wir sie in ihrer Jugend gekannt hatten. Wir lösten uns von den Fingerspitzen, Vergessenshauch kribbelt wie Sprudelblasen – nur kein Drama! »Ein Glück, daß du so vernünftig bist!« Manchmal führte einer auch Teile vom anderen mit, wie es sich ergab, wie wir uns vorfanden im Augenblick der Trennung. Mit der Zeit, als wir uns immer wieder verloren und gefunden hatten, gab es wenig an uns, das wir schon immer besessen hatten.

Diesmal trafen wir uns am Bahnhof. Das war im tiefsten Winter: Matschspuren, rotbäckige Erwartungen, die von draußen in die Halle kamen – wie gewöhnlich erkannte ich sie zu spät. »Zerstreuter Professor«, wie meine Mutter auch gesagt hätte. Spott und heftige Böen kreuzten den Bahnsteig; ihr Koffer, Handwechsel an ihrem Koffer, Fahrkartensuch- und Einhakedilemma, Slalom zwischen den unregelmäßig bis zur Sperre verstreuten Umschlingungen. So ähnlich hatte jede unserer Liebes-Episoden angefangen, aber jetzt sagte Judith, wir sollten lieber heiraten, denn alles andere sei nur Spielerei.

Also gut, ich bin ja an Umstellungen schon gewöhnt. Meine Vorlieben und andere schwer berechenbare Umstände haben sie sehr oft herbeigeführt – diese aber verlangt jetzt meine ganze Phantasie. Judith und ich ein Happy-end, Illustriertenbräutlichkeit in Weiß und für jedermann schamlos offenstehende Familienstandsrubriken waren mir wie aus fremden Träumen unter die Haut gepflanzt. Eine Dienstvorschrift für Naturvorgänge – daran muß man sich doch gewöhnen! Ehefrau und Ehepflicht, vor allem aber die vielen Menschen, die mir zumeist vollkommen unbekannt waren, die uns aber nun unbedingt in der neuen Lage bestätigen, mich, uns, auf die neue Lage aufmerksam machen – oder was wollten sie eigentlich? Warum mußten wir sie denn nun alle der Reihe nach aufsuchen, da sie sich doch bisher kaum für uns interessiert hatten? Judith, die urplötzlich einen neuen Hut aus ihrer Garderobe zu Tage förderte, für diese Gelegenheit – nie war ich so wenig auf eine Überraschung gefaßt –, konnte sich viel leichter damit abfinden. Sie gab mir unscharfe Erklärungen (mir erschienen sie unscharf, ganz anders als sonst), daß sie es in diesem Fall nicht für unnötig hielte, weil man es allgemein für nötig hielt. Ein gewisses Ritual, durch das sie sich vielleicht von restlichen Zweifeln befreien wollte, zur Verfestigung eines plötzlichen Entschlusses, wie man Richtfest feiert, um dem Mörtel Zeit zum Trocknen zu geben. Die Basis unseres künftigen Hausstandes war ohnehin schwach. Erbschaften und hochdotierte Onkel verflüssigten sich nur teilweise und mehr in unregelmäßigen Gönnerlaunen als aus ständiger Einsicht. Zu allem Überfluß drehte es sich auch noch darum, die Sendungen von Orangenmarmelade seitens meiner Tante Käthe einzudämmen, die sich unbewältigt stapelten, wo immer ich Wohnung nahm. Kaum auszumalen, wie sie dem Familienstand Rechnung tragen würde.

Am Ende schien es – endlose, zermürbende Wiederholung –, als ob alles zwischen Judith und mir abgesprochen worden wäre. Anzeigen, Leihfrack und Behördengeschenk. Zivilzeremonie, Zeugen (Jugendfreunde) und die fremde Würde einer jungen Frau mit Blumen und blassem Gesicht.

Von den Verwandten – zwei Strähnen von Familie, die, ganz verfilzt in sich selbst, sich sorgfältig von einander abgesondert hielten –, von den Verwandten wurden wir überall herzlich empfangen. »Hier haben wir also den Frischgebackenen ...« – lächelnde Blicke senkten sich bleischwer in meinen Charakter, in das Mark meiner Wirbelsäule, in meinen Urogenitaltrakt. »Mein Kind, ich freue mich: er macht einen guten Eindruck« – dies hinter der angelehnten Küchentür, und Judith in einer Schürze über dem guten Kleid, das sich auch ganz überraschend in ihrem Besitz gefunden hatte. Ich hinterließ eine Spur tiefer Eindrücke vom gefestigten jungen Mann, zielstrebig, vertrauenswürdig, mongolisch. »Wir dürfen uns doch erlauben, dich zu duzen?« – und unmittelbar, sinnverwirrend: »Sieh dich nur vor und gib ihr nicht nach – wir kennen sie, sie ist sehr verwöhnt!« Da schmiegte sich Judith an mich, sie schlug bewundernswert demütige Augen zu mir auf – wir Glücklichen. Überhaupt: dieses Konzert der Blicke!

Meine Tante Käthe sagte mit nörgelnder Stimme, Judith sei ein entzückendes Mädchen. »Du bist doch nicht gekränkt?« fragte ich. »Aber nein, natürlich nicht, aber ich habe immer gefunden, wenn man wenigstens Orangenmarmelade im Haus hat ...« Von links neigte sich der Onkel, eine Hand um Judiths Taille: »Also, mein Lieber ... aaeh, liebe Kinder, wenn's mal nicht reicht ...«, und das Kuvert knisterte übergangslos wie ein Feuerwerk zwischen meinem Daumen und Zeigefinger. Monopoly-Spiel auf einer großen, rohbehauenen Tischplatte, Strumpfmaschen liefen kitzelnd von den berindeten Beinen, und dabei sagte man meiner Frau, meiner bescheidenen Gattin: »Wir dürfen uns doch erlauben ... eine sehr geschmackvolle Anzeige, Geschmack! Man sieht doch, eine gewisse Erziehung, Familie, Takt, Instinkt, Geschmack ... mmh ja, hm hm, nicht übel ...«

»Und sonst? Ich meine, wie steht's denn so, im übrigen, heutzutage kann man ja ganz offen sein, was gewisse Dinge betrifft, nicht mehr wie zu Großmutters Zeiten ...?« Nun, Großmutter war aber eine rüstige Frau, man nahm ihr die Siebzig nicht ab. »Nicht wahr?« Sie hatte eine piepsende Jungmädchenstimme. »... als sei es gestern, sie war so ein herziges Ding! und am Neujahrsmorgen, frühmorgens an der Tür sagt sie: Liebe Oma, mal wieder is'n Jahr vergangen, aus Fliederblüten wurde Schnee, die Katze wollte Fische fangen, schlug mit der Pfote in – das Eis, und da schüttelte sie sich vor Lachen, und gluckste, ganz klein, verstehst du, kicherte über ihr Witzchen ...« Kleine Figürchen im Vertiko, Nippes ... aber weiter, weiter. »Was sind Se denn nu, junger Mann, Sternfysiker oder Kernfysiker? Wie? Ich verstehe schlecht ... ach so, noch nicht spezialisiert, so ist das.« Sie waren barsch und süß, bunte, formenreiche Familientiefsee, vielleicht unendlich: Rohrstühle stolperten über den Kies. »Rücken Sie ruhig ein wenig näher, junger Mann, wir beißen Sie schon nicht. Also: nun lassen Sie sich mal anschauen.« Unendlich. Im Abgrund eines Sessels sinke ich unwiderstehlich, Judith als Nichte neben mir auf der Lehne, den Arm auf meiner Schulter, und so vorbereitet hörte ich die ganze Geschichte von der Geschichte und von der Ehre und vom Wert aller Orden in einem tragbaren Glaskasten.

Meine Mutter sorgte sich immer, ob ich auch genug äße. »Ja, geh nur, mein Junge, und hol dir noch ein Stück.« Im Türschlitz beugte sie sich zu Judith – »Er braucht es ja nicht zu hören, weißt du, vielleicht würde es ihn entmutigen, aber ich habe mir von berufener Seite bestätigen lassen: es ist ein langes und mühsames Studium. Es macht ja auch gar nichts, der Junge ist begabt, und er soll die bestmögliche Ausbildung, Wissenschaft, Zeit lassen. Er soll sich Zeit lassen ...« flüsterte sie. Und Onkel Joachim flüsterte: »Du gehörst ja nun auch dazu, du sollst ruhig wissen, daß wir uns nie besonders gut vertragen haben, seine Mutter und ich – nicht wahr, Vera? Ja, immer ihre übertriebenen Ansprüche, ihr Ehrgeiz, die leidige Erbschaft, man ist ja nicht darauf angewiesen, aber leider leider ... Wir möchten dich nicht hineinziehen, nur unseren Standpunkt begreiflich machen, damit du auch diese Seite, ein Urteil bilden, die andere Seite ...« und wieder meine Mutter: »Mein Bruder intrigiert ja unablässig gegen mich, die leidige Erbschaft, er hat möglicherweise nicht davor zurückgeschreckt, dich mit hineinzuziehen, so sollst du also ruhig wissen ...«

Die Familien, ein für allemal. Fast wäre mir mein Bein eingeschlafen, ich machte eine heftige Bewegung und stieß zuletzt noch den hochbeinigen Ständer mit der Yucca gloriosa um. Hier hatte ich mich jedenfalls aufs beste eingeführt, man verfolgte mich bis weit auf die Straße, »Aber das macht doch gar nichts!«, bis weit in unser ferneres Leben mit Bagatellisierungen, stellvertretenden Entschuldigungen – man würde es mir nie verzeihen. Ich sah gewisse Ähnlichkeiten in diesen Verwandtschaftsverflechtungen, nachtragend, ausschließlich, mit telefonischen Vorankündigungen: »Eben war dein Junge mit seiner ..., war Judith mit ihrem ...« Mit Dauergesprächen am Rand einer Couch mit übergeschlagenen Beinen, Zigarettenrauchdraht: »Wirklich ganz reizend ...« Der Gang der Dinge war ähnlich, selbstverständlich nur in Umrissen, innerhalb eines groben Schemas. Analogien. Nicht gleich, nein. Durchaus nicht gleich.

Es war ein langer und mühseliger Gang, rechts und links die Kleiderschränke, mit dunklen und blinden Spiegeln, zur Benutzung durch die Mieter – Judith flüsterte gleich, wie kommt man hier durch mit Sachen und Gepäck! Überreste eines ehemals großen Haushalts, aber jetzt war es nur noch ein halbgeschlossenes, lückenhaftes Gebiß, ein Kauen, als bisse man mit den Fingern. Ein von Schränken eingefaßter Seitenweg führte zu der Milchglastür des Badezimmers mit dem viereckigen Schatten eines Kopfes, der von einem leisen Grillengeräusch erschüttert wurde. Die Zimmerwirtin sagte: »Herr Christ geht immer früh zu Bett. Er ist Portier in einer Fabrik, mein ältester Mieter, schon mehr als zehn Jahre. Wenn er fertig ist – ›Herr Christ, dauert es noch lange?‹ –, zeige ich Ihnen das Plätzchen, wo Sie Ihre Toilettengegenstände hinlegen können, alles muß seine Ordnung haben. Am Wochenende kann der Boiler benutzt werden, für die Wanne berechne ich Ihnen achtzig Pfennig, Selbstkostenpreis. So, hier ist es, bitte. Gefällt es Ihnen? Der Balkon geht auf den Garten (Balkon?). Was die Beleuchtung angeht, und die Stille, ist es mein bestes Zimmer. Ihr Vorgänger war ein Universitätsprofessor. Er hat es sehr ungern aufgegeben, aber er sagte: ›Pflicht ist Pflicht, Frau Hennebo. Leider fragt man uns nicht nach unseren Wünschen.‹ Ich habe gehört, daß es eine ehrenvolle Umsiedlung war. Er war aber sehr bescheiden und sympathisch. Einmal im Monat hat er mir eine Flasche Rotwein gebracht. ›Tun Sie was für Ihre Gesundheit, Frau Hennebo‹, sagte er. ›Sie werden sich mit Ihrer Arbeit gewiß noch einmal ruinieren, wenn Sie nicht auf sich achtgeben.‹ Ach ja, wenn alle Mieter so wären! Aber Sie können schon zufrieden sein, schöner großer Raum, anständiges Haus, begehrte Gegend.« Sie setzte ihre randlose Brille auf und betrachtete mich. »Und Sie studieren also noch, junger Mann. Die junge Frau – da kommt wohl bald was Kleines, hmm?... also das eine sage ich Ihnen gleich von vorneherein... na ja, nichts für ungut, ich wollte nur vorbeugen...«

So wandert die Zeit. Leise, weich an- und abschwellende Tage, Nächte. Ein Höllenlärm ist das, wenn eine Seite raschelt. Ich bin ganz ausgefüllt, ich fülle aus, ein Maulwurf, altväterlich bepelzt, begeht das Innere seines Hausstands. Das Innere! O ja, seufzt Judith, sie bäumt sich, der Reflex eines Lichtes von den Blättern spiegelt sich einen Augenblick, sie tritt ein, und wieder tritt sie ein, in Wellen, ihre Eintritte wie eine Kette, ihre Gesichter, ihre vielen Gesichter: das hohe Jochbein, Augenbrauen waagrecht von der steilen Nasenwurzel ausgebreitet, der Mund, unverbrüchliches Siegel des Redens – aber nein, ich lebe ja in ihr und kann das nicht wissen. Judith, hochgeschürzt, im Morgenmantel, eine Pfanne mit Brutzelndem aus der Küche hereintragend mit dem Sonntag, ein buntes Kopftuch gegen Dünste, Schultertuch gegen Frisierhaare, ein gestieltes Lendentuch...

An der Dämmerung blieb die Zeit zurück. Ein kühler Zug

von Montagsfrühe fuhr durch den Türschlitz, kaltes Wasser – fröstelnd zog ich meine Wände an mich und langsam drehte sich der Morgen hell. Und was war denn das für ein Vormittag? Was denn schon? Von allen Seiten zerrt man an der Ratlosigkeit, darum liegt sie so still. Vielleicht gibt es auch das Glück, aber nichts ist wichtig.

Gegen Mittag saß ich noch immer im Korbstuhl, über den winzigen Eisenbalkon drang etwas Fußsonne aus dem Garten. Bald kam Judith aus der Redaktion. Sie machte Titel, wenn das eine Arbeit ist. Eine ihrer kleinen Freundinnen von der Mode hatte ihr das zugeschanzt: »Hör mal, Musch, hast du nicht noch einen kleinen Druckposten für mich, auf die Schnelle, weißt du, alles ging so plötzlich, und das Studium, doch, doch, von seinen Leuten und auch von Mutti, aber reicht natürlich nicht her und hin.« Was Judith alles nacheinander tun konnte! Um zwei war ihr Dienst zu Ende.

»Laß dir Zeit, mein Junge. Laß dich nicht drängen. Und nach der Prüfung kommst du zu mir, nach Hause.«

Vielleicht war ich bald wieder soweit. Wahrscheinlich wartete ich nur noch auf das Kribbeln, das Zucken, zum Zeichen, daß es angebissen hat. Geduld! Ruhe, ihr Nerven! Man muß den rechten Zeitpunkt abwarten, sonst hat es gar keinen Sinn. Warten, Abschätzen, Trippeln, mein Tempo und das der Straßenbahn ins rechte Verhältnis gebracht, dann direkt aus dem Impuls heraus aufs Trittbrett und durch bis zum Ende. In der Zwischenzeit brannte die schüchterne Märzsonne am Eiszapfendocht, dann Stürme, schwarzblau von Keimwolken wie Tintenfische an der Scheibe, April, April und Käfer, Blütenkonfetti. Darauf die Erdbeeren, in kleinen Spankörbchen, und irgendwo zwischen den Daunen der sich plusternden Jahreszeiten ein harter, glänzender Kristall, die Nuß meiner überraschenden Entschlüsse, der Handlungen, die mich selbst überraschen würden.

Wuusch, halb zwei. Jenseits zweier Gartenanlagen holte die Rothaarige ihren Morgenrock, ihre Oberbetten und

Unterwäsche herein, die da immer am Morgen flatterten. Sie war wohl eine Bardame, so tief auch immer der Ausschnitt, nie bekam man was zu sehen. Noch ziemlich fern am Himmel kräuselte sich der Rauch spätsommerlicher Kühle, von dem sich das blaße Schema eines Schwingkreises kaum abhob, Kapazität und Widerstand. Gegensätze, die mich kaum betrafen, Erinnerungen mit schwachem Profil, alte Münzen, oder Ausbildungsversuche eines Radiergummis, unleserliche wissenschaftliche Ätzspuren. Student, Student, wohin ich mich wend'. Ich hatte ja mein Studium abgebrochen, wie jemand, der halbrasiert aus dem Friseurladen rennt, wortlos, nichts anderes als Judith im Sinn. Ich brachte es nicht über mich, ich fand den Mut nicht, noch einmal ins Institut zu gehen, um mir dort sagen zu lassen, was ich mir selbst schon ohne Erfolg gesagt hatte: du wirst nie... Schließlich hatte ich brieflich um meine Dokumente und Belege gebeten, mehr aus Pflichtgefühl, der Sitte folgend, wie man offene Schranktüren schließt. Der Ordnung halber, es hatte überhaupt nichts mit dem zu tun, was mich bewegte, ein Nebenweg, eine Schleifspur, folgenlos auslaufend. Die Heiratsanzeige hatte ich beigelegt. Im Grunde erwartete ich keine Antwort mehr. Sie haben es mir dann aber doch alles geschickt, pünktlich, mit einer selbstverständlichen Gewißheit hinsichtlich meiner künftigen Ausbildung. Obendrein noch ein Brief des Professors, handschriftlich, elegant, ein wenig burschikos: »Alles Gute im neuen Familienstand – hoffentlich nichts Unkluges...« Nichts Unkluges! Darin liegt ein absurder Rhythmus, der ab und zu wiederkehrt, bam bam bambam, ein widerspenstiger Takt. Ich fühle Störungen durch diesen Rhythmus, sie verraten meine deutlich wissenschaftlich gefärbte Denkweise. Hindernisse ganz allgemein, das Examen – noch immer vor mir, gleichgültig, wie ich mir meine Zukunft dachte, immer vor mir.

Auf der Schlafcouch hinter mir lag das Lehrbuch für Thermodynamik, in dem ich heute wieder einmal blätterte,

Robert Mayer, Integrale, der Carnotsche Kreisprozeß, schäbig wie ein böhmisches Dorf mit Binsenvororten. Die Ableitungen gingen so schief und glatt, ein alter Schlüssel für alle Türen, dann für gar keine mehr, sie drehten leer im Schloß. Unfruchtbar. Mit der Zeit stieg ein Geräusch im Treppenhaus, es ging mich an, fügte Lockeres enger, die Wohnungstür schepperte wie ein eingeworfenes Fenster. Schritte sind hörbare Fingerabdrücke, das Geräusch von Judiths Stöckelschuhen war geradezu widersinnig militärisch. Papiertüten knisterten beim Anecken näherkommender Schränke.

Der gemeinsame Teiler aller Gesichtsausdrücke, mit denen Judith endlich eine Bewegung in mir auszulösen hoffte, war seit Wochen der gleiche. Ich sah das natürlich ein, dieses Kinn-Aufstützen und Knie-Übereinanderschlagen konnte kein Dauerzustand sein, ich hatte das eingesehen. Wenn es hierbei solche Widerstände zu überwinden gäbe, könnte man doch notfalls etwas anderes anfangen. Zum Beispiel Sachkundiger für die wissenschaftliche Beilage einer Zeitung, Bombenjob, über einen ihrer Kollegen. Mir kam das seltsam bekannt vor, als ob sich das Rad zurückdrehte, wie im Kino. Als ob eine innere Wand nicht *schalldicht* wäre. Judith hatte überhaupt keine Arbeitsmoral. Es war ihr doch vollkommen gleich. Nur, sie sah meinen Ehrgeiz unausgefüllt da herumliegen. Sie sagte: »Es muß ja nicht unbedingt ein Studium sein.« »Es muß ja nicht unbedingt«, sagte sie. Sie hatte nichts im Sinn mit dem Absoluten, dem Unbedingten. Es muß ja nicht, es muß ja, es muß – ich untersuchte das noch einmal ganz mechanisch, grammatikalisch, das Spezielle, das Negative schrittweise ausschließend. Das Verhältnis fiel jedoch ganz nüchtern zugunsten meiner Vorkenntnisse aus, des zwar flachen, aber deutlich ausgebildeten Reliefs meiner schon aufgewandten Mühe, des zehnmal, oder noch öfter, durchgekauten Examenstoffes.

Kurz darauf drängte ich mich wirklich am Schreibtisch des Vertreters der Hochschulbehörde vorbei, Regierungsrat Feilhauer, in seinem Büro, das so lang und schmal war, daß ich mir wie ein Sparpfennig vorkam. Natürlich verfolgte er mißtrauisch meinen Hang zur Weitläufigkeit. »So, familiäre Gründe, pekuniäre Schwierigkeiten, wie? Was soll denn nun gelten?« Schließlich landete ich aber doch im Privatlaboratorium eines jungen Gelehrten, der für mein Fach und meinen Fall zuständig war. Für diesen Fall, nach immer neuen Anläufen zu einem Abschluß. So rasch, so schnell sollte ich mich bewähren, in dieser rauhen Selbstüberwindung außerhalb meiner vertrauten vier Wände, erschauernd im Schüttelfrost. Er beschrieb eine stille Sinuskurve mit der Hand, fieberklar nahm ich auf dem niedrigen Holzschemel Platz. Vor mir fächerte der Professor mit angezogenen Knien auf dem Drehstuhl, er bedachte mich mit Gedanken an die Ausnahme-Erscheinungen, denen die Wissenschaft so vieles verdankt. Er tastete mich ab: »Wollen Sie mir also freundlicherweise einmal das Folgende erläutern: Erstens, warum haben Sie denn Ihren Studiengang immer wieder unterbrochen? Zweitens, wie kommt es, daß Sie Ihre Umsiedlungen nicht ordnungsgemäß gemeldet haben? Drittens, welche Phänomene sprechen für die Wellen- und welche für die Korpuskulartheorie des Lichts?«

Wenn das Befürchtete eintritt, bin ich immer ganz verdutzt. Wenn's weiter nichts ist – bitte sehr: Erstens erscheint alles, durch die Interferenz sich wechselseitig verstärkender und abschwächender Ausreden, in einem neuen Licht, zweitens dämpften die undurchsichtigen Verhältnisse in meiner näheren Verwandtschaft die Reflexion, ein Spiegelende nötigte mich zu einer Unterbrechung, zu mehreren Unterbrechungen, zu Hochfrequenz-Unterbrechungen, unter dem besonderen Gesichtswinkel einer Eheschließung, drittens mangelte es an Anregung und, erstens, zweitens, drittens war ohne Sprünge das erforderliche Niveau nicht zu erreichen; die Gleichgültigkeit, das Drängen meiner Mutter, das Bewußtsein meiner Unfähigkeit, die Empfehlungen meines wohlwollenden Professors kürzen sich schließlich heraus. Das Endergebnis ist E = h v.

Präzise gefragt – präzise geantwortet; manchmal wundere ich mich wirklich. Geduldig, doch unbegrenzt, sickerte es durch Maueröffnungen, mein Mäanderwerk, meine Rinnsale, die witterungsbedingten Katarakte meiner Stufensätze hüpften, die weitschweifigen Schachtelsätze fügten sich, und am Ende preßte ich sie durch diese Düse, klare und durchsichtige Fäden, wie Zuckerseim aus einem trüben Medium, erhärtend, Fäden, die auf die Spule paßten. So unpersönlich, schlackenlos mußte ich einen guten Eindruck machen. Auch mein Äußeres, das mir doch ebensowenig bekannt ist wie der Klang meiner Worte, mußte einen zünftigen Anschein und Zutrauen erwecken, eine Bewegung entstand im Gesicht des Professors. Eine Bewegung, die kleinlaut und fade meinen Zweifeln, meiner Unzulänglichkeit entsprang, und nun, durch den ersten Eindruck, durch Überraschungen, geradewegs in die großen Erwartungen führte, denen ich mein Profil zuwandte. Mein Profil ist vorteilhaft. Mein Profil lohnt mich Lügen. Und kurz darauf war ich schon eingeführt: »Hier möchte ich Ihnen unseren neuen Kollegen vorstellen«, und das alles hinter dem Schild meiner Ausreden, die aus dem Munde des Professors ganz überzeugend wirkten und die ich nun wie einen Windschutz oder wie Segel von hinten sah. Ich war gleich einige Längen weit voraus; aber während meine vielversprechenden Aussichten noch das Bild färbten, fühlte ich mich bald wieder zwischen zusammenrückenden Wänden, eingezwängt, zwischen klaren Aussagen und trüben Ausführungen, die nur mit Anstrengung noch auseinanderzuhalten waren. Niemand hört, wenn ich ironisch zu mir sage: Hier bin ich wieder, in meiner Höhe, – mein Tunnelfortschritt, mühselig Meter für Meter durch das massive Gestein gesprengt, während sich doch die anderen der Gesetze und Routine wie einer vorgedruckten Perforierung bedienen. O Zeit, o Wiederholung! Fragen, die mich bedrängen: die Ableitung, das Verständnis, Boltzmann, Rädchen schnurren, leer ist mein Kopf. Spreche ich? Hört man mich?

Weit über den Tag hinaus hielt mich abends ein lockeres Sirren wach, das Klötern meines Kopfschmerzes hinter der Büchertrennwand. Bei uns zu Hause. Mit dem besten Willen hatten wir einiges geändert. Durch das Bücherregal war das Zimmer in zwei halb private Nischen gegliedert worden. Drüben Judith. Sie hatte sicher ihre Beine auf der Couch untergeschlagen, blätterte, raschelte in Zeitschriften und Konfekt. Hier saß ich, mit meinen Büchern. Nature morte: der runde Tisch vor mir, eine Glasplatte drauf, darauf ein Glas mit Aspirinmilch. Ich rührte abwesend darin, und im Spiegelbild nach unten rührte ich. Hände, Platte, Glas, ein Ausschnitt, von flimmernden Teilchen getrübt, der Tyndalleffekt. Von da ging die Stunde aus, in welcher der Nebel fiel und eine Klarheit aufstieg. Ich habe getrunken, mein Elixier! Die Klarheit kommt doppelt im Glas.

Das Aspirin macht warm beim Schlucken, eine bittere Wärme wellt sich die Speiseröhre entlang. Dabei fange ich mich wieder, ich war verstört. Ich hake wieder ein, ich folge ohne Mühe zwei gegenläufigen Lockerungen. Die eine, eine lockere Richtungslosigkeit, die krampfhaft wegflattern will, wird zart gebunden – dafür erhebt sich eine andere; knotige Selbsttäuschungen lösen sich von einer dahinter verborgenen Rücksichtslosigkeit, geben sie frei. Wie sage ich das jetzt? Blätter, Halme, schwarz gezackte Umrisse und Perltau; Tropfen fallen, es knackt, Wasser rinnt aus dem Ohr. Der Klangraum öffnet sich ganz deutlich, als erstes, sehr appetitlich, andere Wahrnehmungen treten aus den Türen zu beiden Seiten und folgen nach. Betrachten wir einiges: die nützliche Grausamkeit des Schlachthofes – ich nehme meine Rollen an, als Fleischer und als Opfer. Davor schrecke ich nun nicht mehr zurück, ich kann da jetzt ohne Blinzeln zusehen. Mit scharfem Blick, die Schärfe einstellend, sehe ich, durch Öffnungen meines Gedächtnisses und der Bücherwand, zum

Beispiel Judiths Haar und Nacken. Ich setze mich davon ab, ich identifiziere mich. Sie dreht jetzt ihren Kopf. Wie wir uns nun gegenseitig im Spiegel begegnen, der seitlich gegenüber an der Wand hängt, hemmen uns keine Rücksichten mehr. Wenn ich sie sehe, weiß ich auch, daß sie mich sieht. Wenn ich wie sie bin, ist sie wie ich. Das heißt: das Gegebene hinnehmen, prüfend, wenn zum Beispiel Hunde sich paaren, wenn blutige Kinder den Leib ihrer Mutter zerreißen und der Mensch in ›Rom, offene Stadt‹ gefoltert wird. Ganz ohne Worte: die deutliche Vorstellung. Die genaue Art des Schmerzes beim Ausreißen der Fingernägel, unterschieden vom Schmerz eines glühenden Eisens. Dabei das Dampfen, das Zischen im feuchten Gewebe. Nicht wegsehen, nicht einfach die Augen abwenden und röcheln »wie gräßlich!« Der Blick trennt wie ein gläserner Keil dumpfe Grausamkeit von überlegener Duldung. Das schreiende Leiden muß ich hören. Ansehen. Ich sehe auch das eigene Verhalten an, in solcher Lage, meine Feigheit natürlich. Beobachte auch einige meiner anderen Züge. Suche nach der genauen Bezeichnung für eine bestimmte Herzlosigkeit, vertraute Menschen zu verraten, da sie mir durch ständige Nähe nicht gegenwärtig sind. Genußreich, wie nach einer starken Anstrengung, ist das zwanglose Schlendern zwischen den Selbstbildnissen verschiedener Menschen, zwischen den sich kreuzenden gegenseitigen Einschätzungen. Zufällige Portraitähnlichkeit der einen oder der anderen, das fasziniert, wie Koinzidenzen immer. Jetzt liegt vor mir eine vollständige Übersicht meiner Möglichkeiten, die Bilanz meiner Mängel und Vorzüge; auch der Vorzüge, die ich vortäuschen kann, und dann das Gefälle zwischen den Vorzügen der ersten und zweiten Art. Abzuwägen sind die Nutzung dieses Gefälles gegenüber der Nutzung der Ehrlichkeit. Vorzüge von Lösungen, die mich dem Ende näher bringen. Aufrichtigkeit, wenn ich Handlungen aus meiner Vergangenheit bewerte. Realismus gegenüber den erreichbaren Besserungen meines Charakters. Das Bewußtsein der

Vorläufigkeit. Das Bewußtsein der darauffolgenden Anfänge. Einzelheiten. Grelles, bitteres Nadellicht fällt auf gewisse ausgesuchte Einzelheiten. Ich fühle Möglichkeiten in Reichweite, am langen Arm, die Chancen, die Öffnung, die direkt neben dem massiven, eichenen ›Es muß gehen, es muß‹ verborgen liegt. Auf einmal sehe ich auch den Unterschied zwischen dem prüfungsmäßigen Verständnis, das ich jetzt nur vorzuweisen habe, auf das sie doch jetzt nur warten, nur diese kleine Münze – gegenüber meinem eigenen, dem Verständnis für mich, mit dem ich mich beliebig lang herumquälen kann, meinetwegen lebenslang, ohne es zu zeigen. Ich bin manövrierbar. Ich kann zweckmäßige Kursänderungen vornehmen, Änderungen meines Verhaltens oder der Konstruktion meines Gegenübers. Ich brauche nichts mehr zu erhoffen.

Ich habe Judith davon auch einiges erzählt, dann habe ich das Licht gelöscht, ihre Abteilung ist unser Schlafzimmer. Dann wird es durchsichtig, wie ein leeres Glas. Die Dunkelheit, die sonst die Aussicht schwarz verstellt, bietet glänzende Durchblicke aufs Schwarze. Ich fühle mich gut und hart. Ein schwacher Abglanz biegt sich zu mir hin, Judiths Haut wie Metall, ihre Brüste sind seifig, kostbar wie Teflonkegel. Ich gehöre hinein in das System unserer optimalen Lage, der runden Schenkel, der Passe unseres genau bemessenen Spielraums. Das ist der Raum für unsere Spiele mit vielen, festgegliederten Freiheiten, und unser ganzes Verlangen ist es, ihn ganz und gar, auf den Millimeter genau auszufüllen. Das wollen wir, so dicht, wir haben es in der Hand, daß es gelingt, ein Ende ohne Neuanfang, ein Ende bis zum langanhaltenden Aufleuchten aller unserer roten Lämpchen.

Es ist gut, daß man manchmal glaubt, dieser süße Tod sei so ewig wie im Orient. Wir sind aber Menschen der gemäßigten Zonen. Hitze und Kälte vertragen wir schlecht. Heiß alles können und kalt alles tun. Da gibt es Leute, die finden es komisch, einen schlafwarm in eine Schneeballschlacht zu verwickeln. Zum müden Frühstück und zu einem müden Händedruck fragte Judith: »Warst du auch vorsichtig?« Sie seufzte: »Ach, wärst du doch nicht so vorsichtig!« Wie? Ich verstand überhaupt nicht, wie sie das meinte. Und welche Folgen? Dann fühlte ich durch die Andeutungen die große Fremdheit eines unbegreiflichen Zustandes anrücken wie Kohlensäcke. Man erinnert sich nur schwach, schwach immerhin, an eine gewisse Klarheit, eine Durchsichtigkeit; ich betrachte das als Preis. Vielleicht als Preis für die tägliche Pflichtquälerei, Entschädigung für drückende Schuhe und Selbstbeengung, eine höhere Gerechtigkeit. Nun die Kohlensäcke in der Milchstraße. Meine Fassungskraft reichte ganz einfach nicht aus für so etwas Drittes, für dieses vollkommen andere. Ich als Vater? Ich? ein selbstverständlicher Vater? Die große Angst schüttelte mich durch: »Nein, um Gottes willen, nein«, ganz blind drehte ich mich immer wieder um, prüfte ihre Taille mit schrecklichen Ahnungen. Wenn man sich so bloßstellt, wie ich, verliert man allen Kredit auf einmal. Wenn ich denken könnte, hätte ich das bedenken müssen. Denn von den Ängsten ist natürlich bald nichts mehr übrig, sie schrumpfen ein, ganz klein und murkelig werden sie. ›Es ist nichts.‹ Ich dachte, daß ich selbst dieser Angst ähnlich war. Judith sagte mit der kleinen, aber sehr scharf umrissenen Enttäuschung in ihrer belegten Stimme: »Wir haben Glück gehabt.« In diesem Zusammenhang ist das einer der seltsamsten Ausdrücke, die ich kenne.

Die Wände rückten auch wieder zusammen, scherend – man ermißt es beim Fensterschließen. Schnell, und trübe am Ende. Man vergißt schließlich immer wieder, sozusagen. Es gab anderes, das man auch vergaß. Alle Gegenstände und Vergnügungen, die man auf einmal von der begrenzten Monatssumme bestreiten will, weil doch jedes einzelne erschwinglich ist. Da lügt man sich durch, und es ist rasch ausgegeben, bevor man etwas wirklich Lohnendes dafür bekommen hat. Viele Reste blieben, ein Lächeln hier und dort, die Überraschung eines neuen Klangs in der Stimme, eine Klugheit in der Bewegung, die das Leben darstellen soll, viele Reste. Viel Unausgesprochenes, als Rest sichtbar, ragte über einen sinkenden Wasserspiegel. Die *nicht* eingetretenen Folgen einer Nachlässigkeit. Was hier nicht wuchs, wucherte dafür in einem anderen Leib, dem, der uns zusammen gehörte. Ich nahm das als geringfügige Verschiebungen in Kauf, aber die addierten sich, unsichtbar, witterungsbedingt, und zum Nachteil des einen von uns. Oder soll ich es gleich heraussagen? Natürlich zu meinem Nachteil.

Ein Telefonanruf, zu dem ich mich nicht aufraffen konnte. Es wäre gar nicht wichtig gewesen, nichts weiter als diese kleine Aufmerksamkeit, einfach nur ein Lebenszeichen »Hallo, nur mal fragen, wie es Ihnen ergangen ist«, einfach ein unverbindliches Weiterknüpfen. »Das verstehe ich nicht«, sagte Judith, »warum kannst du dich eigentlich nicht aufraffen?« Ja, warum nicht. Muß man denn immer wissen, warum? Warum, warum? Ich weiß das ja selber nicht, der Telefonhörer wird mir so schwer wie ein Sack Goldstücke. Ich mußte sie mit fadenscheinigen Erklärungen abspeisen, um wenigstens etwas zu sagen. Judith war empört: »Jetzt hör aber auf!« Aber wie kann ich ihr denn erklären, wenn ich nicht kann, was alle anderen können? Was war es denn wirklich, das mich hinderte, die Straße zu überqueren, und die Straße war trocken, das Wetter war herrlich, drüben war der Süden, wo alles leichter wird. Drüben, da stand doch der einflußreiche Sowieso, der winkte mit einem Papier, ich hätte nichts weiter zu tun brauchen als überqueren, um dafür ganz unverhältnismäßige Vorteile einzuhandeln, Eselsbrücken, wohlwollende Prüfer, eine Vorgabe im Wettrennen. Ich tat das nicht. Und warum, um Gottes willen, konnte ich mich denn nicht lösen, warum konnte ich nicht zu einem ganz bestimmten, genau fühlbaren Zeitpunkt das einzig Richtige sagen? Ich kannte das Wort, es tönte mir den Kopf voll, man wartete darauf, ein Wort, und alles wäre ins Rutschen gekommen, Eis- und Geröllmassen, Grashalme hätten sich wieder aufgerichtet... Doch jetzt, da ich zögerte, da ich nach wie vor in dieser verdammten Stadt mit ihren elenden Verkehrsmitteln lebte, hatte sich mein Mantel schon in der automatischen Tür des Autobusses verklemmt, und ich wurde an einem geometrischen Ort festgehalten, dessen Punkte alle vom Verklemmtsein gleich weit entfernt und ihm gleich nahe sind. Und das mußte mir hier passieren! Ausgerechnet an diesem Ort mangelnder Kenntnisse, in dieser peinlichen Zwangslage, allen Nachforschungen auf lächerliche Weise preisgegeben! Nun gut, Sie wissen es nicht. Dann möchten wir Sie etwas anderes fragen: Schwingkreis, Präzession, Gasgesetze, die Gesetze der idealen Gase, der Ideale, der Gase, der Gase... Keuchend riß ich mich los. Mein neuer Mantel ging in Fetzen, ich dachte an meine alte Jacke, an den Dämon in allen neuen Sachen; aber kaum entronnen, arg zerzaust, mit einem starken Bedürfnis nach Sammlung, geriet ich auch schon quer in die Gesellschaft von Judiths alten Freunden und drängte sie, durch meine bockige Miene, unwillkürlich zu einem zwinkernden Einverständnis, das mich vollends rasend machte. Wir gingen spät nach Hause. Kühl war's, wortlos gingen wir, ich war ganz unmöglich und setzte mich am Ende in meiner gerechten Ermattung noch auf ihr zerbrechliches Lieblings-Etwas. Ich war todmüde und vollkommen fühllos gegen ihre Wut.

Aber im Grunde war auch das unwichtig. Das sind einfach dumme Mißgeschicke, die vielleicht schnell ausgeglichen werden können, durch einen geschickten Handgriff sogar in Persönlichkeit umgemünzt. Nur, dazu fehlte mir jetzt die Durchlässigkeit. Nun, da ich es wirklich brauchte, Aspirin. O Aspirin – ich meine, was mir fehlte. Die beschlagene Scheibe, außer Reichweite, vor den undeutlichen, perlmutternen Varianten einer Kreuzung, ich sehe das vor mir, ich haste, ohne zu wissen, wovor und wohin, renne natürlich, mit meiner Mattscheibe, gegen etwas an, betäube mich gegenseitig, und taste mich weich stolpernd an einer Wand entlang zu der nahen, blassen Dumpfheit, zum Aufschub. Ich sinke, angezogen, ungewaschen, in Schlaf, damit man nur nichts mehr von mir verlangt.

Und so bis morgens, und morgens die warme Lust des Aufgebens, die müde, marzipanene Bettschwere des Versagens, des Selbst-Eingeständnisses. Aber natürlich steht man auf. Man soll doch leben. Dieses Licht geht einem wie kalte Schlangen unter die Decke. Die Pflichten des Tages warten schon hinter der Tür. So geht man eben hin, man kann es doch nicht lassen, die schmerzende Stelle immer ein wenig zu drücken.

Ich hab' es nicht weit. In dieser Gegend gibt es viele ähnliche Türen an den Etagenhäusern – aber hinter einer von ihnen verbarg sich mein Problem. Die Wissenschaft lag verklostert in einem dieser Häuser. Sie drängte sich in ihm zusammen, sie lag von innen an den Wänden an, ein im Karton aufgeblasener Luftballon. Vielleicht aber auch fruchtartig, wenn es mir auch widerstrebt, mit Bewohnern im Kernhaus, die dort jetzt ganz ruhig auf meine Antwort warteten, geduldig auf meine Antwort. Auf dieser kurzen Strecke war ich morgens noch immer unterwegs, und die Eile trieb mich zu kleinen Schritten. War es hier? Die Häuser dieser Gegend glichen sich in dem Bemühen, sich gründermäßig hervorzutun. Ihre Ähnlichkeit lockte als neue Verführung, woanders reinzugehen, Ansatzpunkte für Ausreden, Asyle – aber ich ging nicht darauf ein. Ich rechne mir das nicht als Willensstärke an. Mehr aus Routine, durch den Zwang der Gleichzeitigkeit (d. h. Tagewerk, Weckeruhr, Schuheputzen, Linie neun, neun Uhr zehn ...), als durch Selbstüberwindung und Einsicht stand ich auf einmal wieder, wie jeden Morgen, in dem bekannten eichenen Treppenhaus, in dem sich Studenten aller Art grüßend auf und ab bewegten. Ihre Bewegung war scheinbar statistisch, regellos, sie war unmerklich zielbewußt. Sie machten keine Umstände, gingen in

Wirklichkeit geradeswegs darauf los, sie sahen mich als einen der ihren, ein ›höheres Semester‹ in ihrem Fach, kurz vor einem erfolgreichen Abschluß. Sie ließen es sich nicht nehmen. Nach vielen Wechselfällen hatte ich hier wieder einen Platz gefunden. Wieder bekleidete ich eine Rolle in der Hierarchie, schon allein gefesselt durch diesen Ausdruck, den ich wohl nie ergründen werde. Ich bekleidete diese Rolle und fristete ein Leben vom Vorschuß der Erwartungen des Professors. Vom Vorschuß, später zurückzahlbar.

Der Termin war noch unbestimmt, aber er näherte sich, dieser Termin, an dem ich mit Leistung, Bewährung, mit einem gewissen Ergebnis zurückzahlen mußte. Mir war flau und gleichgültig zumute, so zog ich mich vorwärts, an einer Kette ineinandergreifender Ergebnislosigkeiten; ich krallte mich in den Sand und mußte mein Gesicht von allen diesen Gesichtern abwenden, um nicht einen Hitzschlag von allen diesen heißen und blendenden Erwartungen davonzutragen. Ich versenkte mich in die Materie, betrachtete mit starrer Ungenauigkeit die Schwierigkeiten, durch die ich ans Ziel gelangen sollte, durch die *man* ans Ziel gelangt. Ich schrumpfte zusammen, im Krampf, um nur durch die Kraft meines Wunsches, aus meiner dringenden Not ›es muß doch, es muß!‹ die physikalische Natur zu einem Einlenken zu zwingen. Und dazwischen Judith! Zwischen Rechenwänden und dem Gestrüpp evakuierter Glasröhren, nur blaß zwischen den Reflexen sichtbar, irgendwo im Juni, stand Judith und stellte mir ihre hündischen Fragen. Sie lächelte diebisch dabei. »Warum ist das eigentlich so schwierig? So viel Mühe kann man doch kaum von jemandem verlangen!« Ich antwortete verbissen wie eine Mamapuppe, stur, ohne mildernde Seitenblicke, unnachsichtig, selbstsüchtig, beschämt. Dolchhaft zerstechend, was ich doch durch einen sanfteren, großflächigeren Druck ganz weich hätte vorwärtsschieben sollen.

Im Juli noch einmal Aufschub – ohne mein Zutun, wie ein Gewitter. Im Juli gab es die Ferien, die Hitze quoll, auch andere Menschen stöhnten und zweifelten, man hatte ein Recht darauf. Im Juli fuhren wir also für zwei Wochen zu einer Insel im Stromdelta. Für mich war es ein letzter Versuch, noch einmal ein Anlauf um Nachsicht, Besänftigung, um eine vielleicht schon unwiderrufliche Vergebung. Eine Art Notverband, nachdem ich mir durch mein monatelanges ›es muß gehen, es muß‹ den Kopf blutig gestoßen hatte, für Judith eine Beruhigung, denn so ein Anblick ist nicht schön. Auf dieser Insel war es herrlich, das wußte ich gleich. Ich wußte genau, daß es hier einmal herrlich gewesen sein würde. Nur konnte ich jetzt keine Folgerungen daraus ziehen, überhaupt keine Folgerungen, wirklich nicht. Ja, es war wunderschön, dieses Grau-Grün, diese zweifarbige, graue und grüne Fahne, niedrige Dächer in Schilfzonen übergehend, und die Schilfzonen, die mit dem Himmel die Farbe tauschten, je nach der Tageszeit. Schilfgrenze grau morgens und grün der Fransenhimmel, der Himmel grau mittags und grün die Schilffransen. Mit mir war es aber kein Vergnügen. Auf den Feldwegen, wo einem manchmal der Fluß entgegentrat, plötzliches graubraunes Brackwasser, in das die Wege eintauchten wie Hundezungen, auf den Feldwegen war ich unausstehlich. Ganz hart und schartig und unausstehlich. Es war ja eine Insel, in welche Richtung man auch ging, überall stand man auf einmal vor diesem schlammigen Strom, der sich grundlos, aber unabweislich vor uns wälzte. Dazwischen wanderten wir voll böser Ahnungen hin und her. Ich sehe es: manchmal war Judith auf böse Art liebevoll, wie Sammler von Scheidungsgründen, die jede Unverzeihlichkeit begrüßen. Oh, ich sehe es, ich war unverzeihlich widerwärtig, ich sehe es auskriechen, ich beobachte den Vorgang mit kaltem Grauen. Böse verhornt, noch unter der steilen Sonne vom Flußdunst verquollen, kroch ich auf allen vieren vor Gift und hätte am Wasser nicht haltmachen sollen. Leiden aufsaugen – Leiden verspritzen. Dazu hatte ich mir in meinen Drüsen ein höllisches Süppchen zusammengebraut, Versagen, Selbstbedauern, zerfahrene Willkür, Fehlzündungen, Hemmungen, Ohnmacht und Eitelkeit. Ach Gott! Vielleicht wäre Rizinus angebracht gewesen, oder Brechweinstein. Oder Saufen. Ich hätte vielleicht durch Saufen den Spiegel senken können. Wenn sie es gut mit mir meinte, hätte sie mich also zum Saufen bringen müssen, Judith hätte es in der Hand gehabt, durch ihr Drängen die Roßkur in Gang zu bringen: »Komm, wir wollen uns besaufen!« Aber davon war sie weit entfernt. Natürlich. Natürlich nicht. Liebevoll: behüte! Wahrscheinlich war es für sie gar nicht so unerträglich. Sie wurde ja nur von der Seite durchnäßt, der Seite, an der ich ging. Dagegen troff ich, ich war durch und durch geweicht von der beißenden Lage, von den Eisregenschauern einer unberechenbaren Seelenwetterlage.

Im Wechselspiel dieser Verzweiflung wußte ich aber: das Saufen würde auch gar nichts nützen. Eigentlich war es ziemlich naiv, es auch nur zu erwägen, so, als ob man ärgerlich zu einem Menschen sagte, der an einem nervösen Gesichtszucken leidet: »Nun lassen Sie es doch endlich bleiben!« Ich ließ mich ja schon gehen, also konnte ich mich nicht mehr weiter gehenlassen.

Was dieses ›Gehenlassen‹ betrifft, die verächtliche Bedeutung ist ungerecht. Wenn ich die Bedeutung erst einmal beiseite lasse, klingt mir das Wort zutreffend. ›Gehen lassen‹. Damals hörte ich das plötzlich ganz neu, wenn abends die Landbrise wehte, und in diesem Sinn konnte ich mich gar nicht genug gehenlassen, so lässig, so vorurteilslos. In einem ruhigen Moment, wenn eine Windstille die Verständigung möglich machte, versuchte ich es ihr zu erklären: ein unauffälliger Mechanismus würde dann die Freiheit auslösen, das tun zu dürfen, was man tat, und es deshalb nicht tun zu *müssen*. Es unter anderem zu tun, en passant, mit einem leisen Surren, spielend leicht. Mir leuchtet das ein, aber sie verstand es sicher nicht. Nicht wegen des fehlerhaften Gedankens, sondern wegen des falschen Augenblicks. Das war immer mein Fehler, ich tat nichts, oder ich tat es im falschen Augenblick. Kein Argwohn im Auge des Sturms. Keine Einfühlung. Die Fußgänger wissen das Auffinden einer neuen Fahrtroute im Stadtplan nicht zu schätzen, auch nicht beim Anblick zweier Autos, die einander schroff und hell auf die Hörner genommen haben. Nicht angesichts des Eingewurzeltseins zweier zur Bewegung geschaffener Wesen ineinander, und es sind die Wurzeln der Grausamkeit, die so mit spitzen Zangen gelöst werden müssen. Es ist das Nicht-Verstehen des Dilemmas von Wesen, die Bewegung und nährenden Boden zum Leben brauchen, untrennbar und unvereinbar zugleich, zweckmäßig und unentschuldbar wie Geburtswehen. Waren wir nicht immer ›vorsichtig‹ gewesen? Aber jetzt hatten wir, so unfruchtbar, was Kurioses zustande gebracht: das gliedlose Achtmonatskind der Lust am Bösen.

Die Bauern grinsten schon immer, wenn sie uns sahen. Ich glaube kaum, daß sie über uns sprachen; was konnten sie mit ihrem Wortschatz wohl mehr über uns sagen, als das Offenkundige: ein junges Paar, das sich in den Nächten liebt und sich tagsüber martert. So etwas geschah hier alle Tage, davon ein Aufhebens zu machen, konnte nur den Städtern einfallen, die es in allem immer besser haben wollten, und so war der Wortschatz dieser Bauern wohl nicht darauf eingerichtet – wenn man sie überhaupt Bauern nennen wollte. Zwischen Teer und Fischgeruch, Fischer mit Kühen und Bauern mit Kuttern. Die Kutter lagen mennigrot im Schilf – einfach unvorstellbar, daß so etwas schwimmen konnte, keine bunte Kuh, eher etwas, das aussah wie ein zusammengenieteter Autofriedhof. Mich schüttelte ein tolles Lachen beim Anblick dieser Schiffe, mit denen vielleicht alle paar Jahre einmal Backsteine transportiert wurden oder Torf. Zugleich waren sie schön, die Schiffe im Schilf, aus denen Tiere sprangen, wenn man sich näherte. Ein zyklopisches Auge blickte dringlich aus der rostigen Stirn, dicht neben dem Schilfpfad gluckerte es, und die Schuhe füllten sich amphibisch mit Wasser.

Judith war leider nicht dabei, wenn sich so die Schönheit mit meinem Lachen verband. Wie so oft, wenn ich dann fühlte, daß eine Umarmung den Kreis schließen und meine Not erklären und beenden könnte, wortlos desto sicherer, fand ich mich allein. Das war wohl kein Zufall. Vielleicht war es ihre Ansicht, man müsse der Natur nachhelfen und das Ende beschleunigen – oder ihre Therapie? Daß sie mich in der Gesellschaft meiner Launen allein ließ, gerade wenn ich anfing, sie drückend zu empfinden – immer wieder alleingelassen werden auf einem kleinen kreisrunden Platz mitten in den Binsen, zu beiden Seiten den Weg, wie in einem Tümpel, der vom Bach gespeist wird und ihn speist. Aber vielleicht sind die versäumten Heil-Gelegenheiten nur Stadien der unheilbaren Krankheit. Der sumpfige Grund schmatzt, feuchte Kleider wollen nicht trocknen, Tonröhren liegen hinter den Büschen, von Schlangen bewohnt; jemand hatte sich das nicht recht überlegt, Drainage in Flußhöhe, was hätte das wohl für einen Sinn!

Eines Morgens nahmen wir es alles wieder mit uns zurück, den ganzen Krempel, schlechte Laune im klammen Gepäck, im Morgendunst, auf dem Schiff. Auf dem rostigen Riffelboden lagen Butterbrotpapiere, Pappbecher und Zigarettenstummel herum. In diesem Unterwasser-Wartesaal gab es keinen Konsumzwang, nur ein schmuddeliger Kellner kam über die Hühnerleiter – zuerst seine tastenden Beine, die schrägweiße Jacke, das Kaffeetablett und endlich seine ganze Verachtung. Der dünne Kaffee schwabbte, die Oberfläche gekräuselt von Vibrationen der Schiffsmaschine. Trübe Passagiere hockten in Winkeln, einzeln in den Winkeln übereinanderliegender Decks, mißlauniger, feuchter Zigarettenqualm bei schwacher Beleuchtung. Schlechte Laune ist vielschichtig, sie hängt zusammen; sie trägt zu allem bei, alles trägt zu ihr bei. Zieht man auf der einen Seite, um zu glätten, schlägt die andere wieder Falten. Bei einer glücklichen Erwartung genügt es, nur den einen dünnen Faden zum ›Was kommt danach‹ durchzuschneiden, und schon löst sie sich, sinkt in sich zusammen, treibt fort. Die Sonne hält nur einen Punkt am Himmel – schiebt man die Hand vor, so sitzt man im Schatten. Aber Regen ist überall. Hält man den Schirm vors Gesicht, dann werden die Waden durchnäßt, will man das Genick vor ihm schützen, dann schießt das Wasser durch die Knopfleisten des Mantels, ganz abgesehen von den Autos, die schon wieder durch die Pfützen fuhren, kaum daß wir den Landesteg verlassen hatten.

Aus der einen Fremde kamen wir zurück in die andere, wieder in dieses Zimmer, vor dem die Wirtin schon witternd umherschlich. Sie vermutete Kündigungsgründe, aber jetzt sah ich mich einer Entscheidung gegenüber, die inzwischen gefallen war, in unserer Abwesenheit, zwischen unsere Abwesenheiten. Sie war nicht gleich das Ende. Entscheidungen, die das Ende bedeuten, sind nicht das Ende selbst. Nein, noch lange nicht das Ende. Bis man so weit erst einmal ist, bis man erst einmal alles sorgfältig zusammengekehrt hat, das Elend. Das besorgt man wohl auf diese Weise, sich sonntags morgens auf dem Fußboden wälzend. Wie? Warum wälzte ich mich denn auf dem Fußboden? Jetzt, auf einmal jetzt? Das überrascht mich. Wie bin ich denn dazu gekommen, mich auf dem Boden zu wälzen? Dazu drängt sich der Gedanke an den brackigen Fluß herein, der da unvermittelt im Gang auftaucht, gerade, daß man den vollen Anprall noch mit der Tür aufhalten kann. Und jetzt dieses Lecken, die Nähe der Krümel, man dachte immer, alles sei so hübsch sauber, bis das Mikroskop kam, es ist komisch, es ist absurd. Ich sage, glaub' ich: »Du mußt, du kannst nicht«, genau wie immer, nur nach außen gekehrt. Mir scheint, ich habe da etwas außer mir entdeckt. Ich sage: »Hilf mir doch, die fragen mich und verstehen meine Antworten nicht, sie wollen sie nicht verstehen – und ich verstehe sie selbst nicht.« Warum sage ich das?

Was versuche ich denn eigentlich zu erzwingen, indem ich mich auf dem Fußboden wälze? Nun beugt sie sich über mich, um sich mit mir zu unterhalten – wenn wir es einmal so nennen wollen. Das ist unsere stille Unterhaltung, die sich auf einmal entsponnen hat; wie es so geht: man bekommt alles, was man brauchte, wenn man es nicht mehr braucht. Es ist unsere Unterhaltung, auf einmal weit entfernt von der bösen Verwirrung, die mich hierhin gestürzt hat. Das ist mein Verhältnis zu Judith: selbstmörderisch den Kopf gegen die Wand rennen, um dann anzuhalten, durch Tränen und Blut etwas Vertrauensvolles zu sagen, lächelnd – um dann wieder fortzufahren mit dem bösen Geschäft. Zwischen den Horizonten der Fußleisten sehe ich, daß sie mich genau betrachtet. Mit scharfen Augen der entseelten Liebe kann sie mich wohl besser erkennen als sonst, die Sicht weder räumlich noch durch Erregung verzerrt. Nein, das ist wohl erst Liebe. Sie blinzelt nicht, sie lenkt nicht ab, sie sieht einfach nur hin, wo ich liege. Ich sehe das, im Geist des Aspirins. Sie muß meine Backe anschauen, die sich auf den polierten Brettern breitquetscht und deren Geruch und seifige Glätte annimmt. Dann schaut sie auf meine Hosenbeine, die sich über die Knie hochgeschoben haben, sie sieht die weißen, haarigen Waden und die auf den Absatzkanten hin und her kippenden Schuhe. Sie sieht die Haltung meiner Arme, die beim Liegen immer unglücklich ist. Am Ende sieht sie mich. Sie kommt bei mir an, bei meinem schweißnassen Gesicht nach oben. Ihre Hautfarbe ist etwas gelblich, dazu die Augen ganz fleckig und komplementär. Die Augenfläche, in die man einen Stein geworfen hat. Ihre Augenbrauen sind dunkel schraffiert, geduldig, wie im Telefonbuch. Über die Nase muß man nicht reden, sagt sie, Puderstreifen sind da mit Fingerabdrücken, aber oben ist die Nase doch schmal. Der Mund auch, der Mund ist schmal, schwach hochgezogen, mit stumpfen Winkeln, flink und rasch von der Zunge vorbereitet, immer gewölbt, um es deutlich zu sagen. An geschützteren Stellen wachsen durchsichtige Pelzchen, etwa im Schatten der Nase, dann flimmernd nach hinten zum Ohr hin. Und Judiths Haar ist schwarz und kraus, worin sie alles verbirgt, was man tagsüber nicht sehen soll. Früher hatte man nie die Ruhe dazu; nun versteht sie mich. Weinen kann ich nicht. Lachen auch nicht, obgleich beides ansteht.

Alles ungesagt, aber dennoch war ich ganz leer, als ich aufstand. Ich fühlte überhaupt nichts, wahrscheinlich hatte ich nie etwas gefühlt. Ich vegetierte sorglos, ich hätte etwas essen mögen. Mechanisch wischte ich mich ab. Mir war schwindelig, ich sah mich um; sie war aber fort. Wer weiß, wie lange das gedauert hat. Vielleicht konnte man wirklich von einem sterblichen Menschen nicht erwarten, daß er danach noch da sei. »Ja«, sagte ich. Ich war ganz betäubt, konnte mich selbst nicht hören, aber, mein Gott, man muß doch selber wissen, was man redet. Ich sagte »Ja.« Wer weiß, wie lange es alles gedauert hat. »Ja, ja, ja.« »Du bist natürlich fort.«

Man begreift nie etwas Plötzliches, auch wenn man es lange kommen sah. Ich verstehe schon, aber ich begreife nicht. Automatisch bewegte ich mich in diesem Zimmer, das ganz und gar ihr gehörte, auch wenn es unser gemeinsames Zimmer gewesen war, es stand fest, deshalb mußte es ihr gehören. Dieses Zimmer, aus dem ich eigentlich schon ausgebürgert war. Eheliches Schlafzimmer, für die Dauer des Besuches geräumt. Das Eheliche habe ich sowieso nie begreifen können. Viele Blumen – alle ihre Dinge vervielfältigten sich. Sie war die beste Kundin der Blumenfrau, deren Stand man durchs Fenster sehen konnte. Moosrosen, Freesien, Freesien. Ich war aber der Besuch, der auf das Taxi wartete. Vielleicht morgen, vielleicht bald, vielleicht jetzt.

Planen war nie meine Stärke, ich tat es ohnedies. Ich rückte mir den Polsterhocker – grün, mit etwas zerrissener Borte – vor den Gasofen, sprang noch einmal auf, zur Tür, um den Schlüssel umzudrehen, kehrte zum Ofen zurück, setzte mich breitbeinig davor und stellte ihn an. Das Gas zischte aus der Düse. Vorsicht, nicht rauchen! Der Gestank des Gases mischte sich mit dem Freesienduft, der mich betäubte. Ich suchte die Umnebelung vorwegzunehmen, drängte mich in das Kohlenoxyd ein. Ich rutschte vom Hocker, kniete auf dem Boden und umfaßte den Heizkörper mit den Armen. Das Gas füllte den Raum, ich hoffte, daß man es draußen nicht riechen würde. Das Gas sparte mich aber aus, es ging, wohin es wollte, und ich spürte nicht die geringste Wirkung. Ich wollte immer in dem weichen Gas einschlafen, aber viel zu viele Hirngespinste kamen mir in die Quere, und kein Tod war unter ihnen. Ich stand auf, drehte es ab, schloß die Tür auf und öffnete die Fenster. Auf der Straße lag ein ernüchternd blasses Licht, die Oktobersonne konnte auch nichts mehr für mich tun, schräg gegenüber auf dem kleinen Platz hielt ein Auto, daraus stiegen Judith und ein großer, schlanker Herr. Ich hörte sie hinter meinem Rücken aufsteigen, drehte mich um, spinnwebleicht und gleichgültig erwartete ich ihre Ankunft. Judith kam, schnell und entschlossen, der ältere Mann hinter ihr war mir schon einmal, ganz belanglos, begegnet. Judith schnupperte, sie sah mich scharf an. Dann lächelte sie, schauspielerhaft. Eine korrekte, lächelnde Vorstellung. Mit dem Herrn und Judith war das so, wie wenn die ganz hübsche Frau im Kolonialwarenladen mich über dem Zahlbrett streichelte und sagte, sie wollte mit mir schlafen. »Setzt euch«, sagte Judith, also auch zu diesem Herrn. »Nun wollen wir in Ruhe darüber reden.« Ja, natürlich. Haben wir noch etwas zu trinken, bei so unvermutetem Besuch? Wir trinken von einem Rest Wermut – und ich hätte noch nicht einmal gewußt, wo die Gläser stehen, so wenig gehörte ich hierher. Gleich war ich etwas betrunken, und wir stießen andauernd mit den Gläsern an. Eine Begegnung, vorübergehend, entfernte Bekannte auf der Straße, auf einmal hierher versetzt. Zugleich waren wir aber sehr vertraut, drei Fremde in einem Badezimmer. Ich sagte vielleicht etwas über meine

Schuld, oder über ein Hemd, das die Reinigung vertauscht hatte, und der grauhaarige Herr bedeckte sein Gesicht mit väterlichen Falten. Die Rollen waren halbwegs überzeugend verteilt. Danach sprachen wir über die Scheidung wie über etwas längst Vergangenes, Rechtsanwälte waren bereits für beide Parteien besorgt. Die eine Partei war ich. Alles war so bequem wie möglich gemacht, bewußtlos. Ich war nicht besonders überrascht, ich dachte: Sie schläft mit ihm. Einträchtig. Sie hat rechtzeitig für Ersatz gesorgt, ich war mir klar, daß die Wasserscheide weit hinter uns lag, lang hinter uns, und daß sie, im Gegensatz zu mir, die Zeit genutzt hatte. Ich hätte das nicht getan, auch wenn sich was geboten hätte; ich verkrieche mich lieber, solange man mich läßt. Dann lieber die ganze Bescherung auf einmal, gleichgültig, drei, vier Backenzähne, Blutschleier vor den Augen, Schmerz betäubt den Schmerz... ich sagte also zu allem Ja und Amen. »Gott sei Dank bist du vernünftig«, sagte Judith, das schien mir so eine Art Widerhall von ›Nichts Unkluges‹. Wie vernünftig wir alle waren! Wie einsichtig, wie großzügig! Natürlich konnte ich hier wohnen bis zur Prüfung, Couch, Stuckdecke, Wirtin für mich, als dem geeigneten Rahmen für die Vorbereitungen. Die Eigentumsverhältnisse waren schnell geregelt, 50:50, mein Verhalten untadelig. Durch dieses korrekte Verhalten machte ich einen Eindruck, ich weckte zärtliche Gefühle in Judith, wozu konnten sie sich noch entwickeln! Sie war sehr liebevoll, sie streichelte meine Haare. Das andere kann man sich niemals vorstellen. Ich küßte ihre Hand. Der grauhaarige Herr, der hier eigentlich gar nichts mehr zu suchen hatte, zog seine Autoschlüssel aus der Tasche und klimperte. Wir hielten uns lange bei den Händen. Dann gingen sie und ließen mich mit den drei klebrigen Gläsern zurück.

Allmählich begann ich meine Bücher hervorzuholen, ich memorierte klappernd im Kreis. Ich sah der Prüfung gefühllos entgegen wie dem Tod.

Drei Tage Regen,
drei Tage Schnee

Es ist wie ein großer Lärm vorbeigegangen. Das scharfe Zischen, das Geheul sich überschneidender Fragen: ob der Lärm aufhörte oder ich taub wurde – jetzt ist es jedenfalls still. Ich sehe noch, wie wir uns alle zugleich erhoben, wie ich mich vor den Herren verbeugte und rückwärts hinausging. Ich sehe, wie man mir mit starren, ungläubigen Blicken folgte. Was wollten sie? So sollte es doch sein, eine Verwandlung! Vor dem Druck in fernliegende Zeiten zurückweichend. Man hat mir dann noch gesagt, wann ich das Ergebnis erfahren würde, man hat vermutet, daß ich diese Nachricht mit klopfendem Herzen erwarten würde. Aber es war und ist mir gleichgültig. Sicher weiß ich nur, daß meine Mutter schrieb: Wenn alles vorüber ist, kommst du nach Hause.

Da bin ich lange nicht mehr gewesen. Wie viele Hindernisse, unter ihnen mein Nicht-wollen, haben mich aber auch abgehalten! Vorgestreckte, gespreizte Hände wie auf einem Unfall-Plakat. Auch bin ich sehr vergeßlich. Doch nun, da ich auf dem Weg bin, fällt mir wieder ein, was mich erwartet. Nach der letzten Biegung der Landstraße liegt vor mir schon der Garten, schon das Gewoge der bunten Flecken, in meiner Iris, wie Bienen. In der Haustür aber wartet meine Mutter und wischt sich die Hände an ihrer Schürze ab. »Mein Junge, mein Kind«, sagt sie zur Begrüßung. Sie umschließt mich fest, sie sättigt sich mit der Begrüßung, alle ihre Begrüßungen sind auf ewig, und mein Gepäck, die Überkleidung und meine sorgenvolle Aufmerksamkeit lösen sich von mir wie oft geklopfte Rinde. Den Arm meiner Mutter schwer auf der Schulter – es geschehen lassend –, werde ich hineingebracht. Was sollte ich dagegen noch einzuwenden haben, ich kenne es alles im Schlaf. »Wenn du nach Hause kommst, ist alles vorüber.«

»Nun sitz erst einmal nieder.« Durch ihre Nachmittagsküche schwirren Hausfliegen, und meine Mutter gleich emsig um meine Hochpäppelung bemüht, mir Kraft einzuflößen, Wangenrot, nach meiner Heimkehr aus der Not! Man stellt unauflösliche Verbundenheit erst einmal mittels des Essens her – wie kenne ich das schon! Meine Mutter sagt: »Wie siehst du aber auch aus!« Ja, wie sehe ich aber auch aus. Elend, abgehärmt. Sicher bin ich überarbeitet, habe nicht genügend auf meinen Schlaf geachtet – daran ist viel Wahres. Auf Vitamine, frische Luft, ganz einfach auf das Biologische. Niemand hat sich um meine Gesundheit gesorgt. Ganz im Gegenteil: ich bin sogar ›Weibern‹ in die Hände gefallen, welche zu ihrem Vergnügen meine Gesundheit aus mir herausgesaugt haben. Damit war Judith gemeint. Durch die Trennung hatte sie geheime Hoffnungen meiner Mutter befriedigt. Meine Mutter verachtete sie dafür. Das Massenhafte, der Plural ist von jeher der Ausdruck ihrer tiefsten Verachtung.

Meine Mutter jammert, sie ist zufrieden. Jetzt kann ich mich restlos lockern, die Schnürsenkel, den Gürtel – meine Mutter zieht derweil Weckgläser auf, mit schmatzendem Geräusch, das zum Suhlen einlädt. Sie macht Verschiedenes für mich auf dem Wasserbad warm, Bohnen, Würste, ein wenig Kraftbrühe: ich brauche nur meinen Schnabel aufzusperren. »Sperr deinen Schnabel auf«, sagt meine Mutter rigoros und flößt mir die Brühe ein, wobei sie Begütigendes murmelt. Sie kleppert mir Eier in Rotwein, ein unfehlbares Hausmittel zur Genesung, ihr Kinn wackelt, um es zu verbürgen. Dicht vor dem überhitzten Herd kleidet sie mich in viel zu großes Zeug Verstorbener, wie einen vom Unwetter Überraschten, fast Ertrunkenen oder halb Erfrorenen, der nächtlich an die Scheibe pickte – jetzt im Sommer, bei dieser Hitze! Meine Mutter kann eben nicht logisch denken. Dann macht sie sich von hinten an mir zu schaffen, sie reißt an mir herum, sie erniedrigt sich beim Zurren und Zuknöpfen. Sie seufzt, während sie mich aus einem Abstand betrachtet.

All ihre Seufzer und die vertrauten Umstände nehmen mich wieder auf, die Möbel vertraut, die Kaffeemütze vertraut, die stolperdrahtartigen Treppenläufer vertraut, die Nachbarn, auch ihre letzten Neuigkeiten vertraut, und die dicken vertrauten Johannisbeersträucher mit roten Schweißperlen prall in der Sonne. Die Brandlöcher in den Polstern – verboten, vertraut –, die geflickten Erbkannen – Porzellanklinik vertraut –, alle Gegenstände, an denen ich mich vergangen habe, Kochtöpfe, aus denen ich genascht habe, und ein Zaun von erhobenen Fingern meiner Mutter in verschiedenen Stadien der Runzligkeit. Wo in aller Welt habe ich mich in der Zwischenzeit nur herumgetrieben, wo habe ich mich überall eingemischt, warum habe ich die Heimat verlassen, wie konnte ich mich nur so lange abdrängen lassen?

Im Badezimmer packt meine Mutter als erstes den Schottensack aus. Sie ist üppig, meine Mutter, und alles, was sie berührt, ist winzig, nichtswürdig. Naserümpfend fördert sie Sachen, die sie nicht kennt: mein Besitztum. Mein Eigenwesen Besitztum. Sie zeigt mir einzelnes. Lumpen, Moder. Etwas von mir wie Urgroßmutter-Erinnerungen: es ist alles vollkommen unbrauchbar. Meine Mutter wirft es auf einen Haufen und dreht den Sack aus dem Fenster, daß der Grus herausfällt. Ich sehe ihre vorgebeugten Schulterblätter wie etwas von Elchen. Aus dem Haufen wird sie einen Lumpenteppich herstellen lassen, in Heimarbeit.

Meine Mutter wendet sich mir zu, wie ich dampfend in der Wanne sitze. Mein Kopf schmerzt noch einmal. »Heile, heile Segen«, macht meine Mutter und wäscht mir gründlich die Haare. Sie ist sehr nah an mir, ihre schwarzen Augenrinnen, flache rissige Lippen, ein Gesicht so groß wie der Sturm. Sie nimmt meinen Kopf und tunkt ihn tief ein. »Gott, was für eine Brühe«, sagt sie, sie rubbelt unter Wasser an meinem Rücken, an meinem Nabel, an meinem Zipfel, sie fährt herauf und bohrt sich mir tief in die Ohren, die ich immer vergesse. Sie ist noch immer sehr kräftig, meine Mutter, tief unter der scheckigen Armhaut, die schlottert, treten Muskeln an, wie in Elefanten. Mein Körper fängt an, sich in der Wanne aufzulösen, aber meine Mutter zieht leider schon den Stöpsel, das Wasser gurgelt zwischen meinen Zehen fort. Fröstelnd schmiege ich mich in das riesige Badetuch, während meine Mutter – ich bin ja in Obhut – schon auf und ab läuft, um meine Wärmeflasche zu richten und vieles andere abzuwikkeln, was sich ein Laienverstand so nicht ausdenken kann. Das Nachthemd klebt mir am Rücken, unter den Achseln, kühlend vom flüchtigen Abtrocknen, im Bett regnet es Vorwürfe, meine Mutter, über mich gebeugt, die Brüste tief wie Nimbuswolken, klopft und schüttelt das Plumeau um mich, sie skandiert »und – so – ein – großer – Junge – kann – sich – nicht – einmal – richtig – abtrocknen!« Dann fällt mir die Nacht wie eine kopfgroße Kugel in das kühle Kissen, in die frischen Bügelfalten. Tief innen beglückte Kükenwärme, verdächtig feucht. Eine große Bewußtlosigkeit zieht sich reinlich, feuchtfrisch gekämmt, über mir stramm.

Wie man den Zug mit dem Ohr an den Schienen schon von ferne hört, treibt mich das Klappern, Klirren und Herannahen der Rufe »Heraus aus den Federn, du Siebenschläfer!« am nächsten Morgen unwillkürlich früh auf. Im Treppenhaus klatscht meine Mutter in die Hände, sie begnügt sich nicht mit meinem »Ja, ja«, sie erwartet von mir Gymnastikübungen, klatschend, die Härtung durch eine kalte Dusche – was bleibt mir auch anderes übrig gegen die pädagogische Morgenkälte. Ich habe Mühe, meine Mutter durch glückliche Frühgeräusche draußenzuhalten. Anfeuernde Rufe ausstoßend, jagt sie die Treppe auf und ab, und ich weiß kaum, mit zerzaustem Haar, taube Schlaffalten auf der Wangentraumhaut, was ich denn um diese Zeit in der Küche soll, wo doch schon das Frühstück aufgebaut ist mit einem Kranz Vergißmeinnicht um mein Gedeck wie am Geburtstag. Meine Mutter muß um Mitternacht aufgestanden sein. »Guuuuten Mooorrgen«, orgelt sie mir entgegen und »heute sehen wir ja schon viel wohler aus!« und »Zu Hause schläft sich doch am besten, gelt?« Darauf habe ich nur gewartet, daß meine Mutter ›gelt‹ sagt, also auf ihre Autorität pocht, aber sie fährt gleich fort, mich darauf hinzuweisen, es mir noch tiefer einzutrichtern, da die Sonne doch heute so herrlich schiene. Darauf sieht sie mich erwartungsvoll an. Ferienlust und frohes Werken, das möchte sie mir suggerieren. Ja, wirklich. Um diese Zeit, die Uhr ist für mein Gefühl noch unter Null, sind die Fenstergläser wie durch ein Komplott schon ganz weiß vor Glut, vom Frühstückstisch dampfen irisierende Nebel auf, in diesem Licht, Geist und Philosophie warmer Semmeln und des Kaffees in der Tasse meiner Mutter. Vor mir steht ja die Milch, vom gescheuerten Holz steigt der flache, ammoniakalische ATA-Geruch, taufrische Haushaltsgedanken sprießen, Sandrüben, Planwirtschaft, Zukunftssicherung mittels eines Kopierstiftes. Wie fasse ich das Haushaltsideal? Die Frühstücksordnung?

Ölige Hausmachermarmelade gleitet auf Brötchen, die wie Eierschalen brechen. Die unbeschreiblich warme Milch sagt ›AAA‹ auf meiner Zunge. Schlürfgeräusche, Kullern, ein warmer Mund- und Magenfrieden verleiten mich dazu, meine Reife auf dem Tisch auszubreiten. Mein normales, selbstverantwortliches Leben! Ich lasse mich über mein Studium, über gewisse Triumphe aus, vorgeformte Sprachblasen meiner Triumphe trotz meiner unscharfen Lebensauffassung, ich prahle mit Pflichtversäumnissen, die ich mittels genialischer Improvisationen ausgeglichen hätte. Von Flicht spreche ich, setze mich über Flichten hinweg in meinem Übermut, in meiner süßen Küchensicherheit. Dabei hätte ich es gar nicht nötig, mich derart aufzuspielen, meine Mutter bewertet ohnehin alle meine Fähigkeiten überdurchschnittlich. Daß ich aus der Masse hervorrage, versteht sich für sie von selbst, infolge ihrer Erziehung und meiner Anlagen. Ich merke was. Sie sind alle miteinander verwandt, jedenfalls sehr bekannt. Von selbst, ja. Aber selbst wenn meine Mutter nun eine Weile vor lauter Hochachtung gezierte Eßmanieren annimmt – sie spießt winzige Marmeladenwürfelchen auf die Gabel und führt diese mit langsamem Schwung zum Munde, dies immer abwechselnd mit kokettem Kaffeenippen –, so kann das doch nicht lange nachhalten. »Die hohe Meinung der Umwelt ist nur das Ergebnis ihrer niederen Ansprüche« – so etwa könnte man ihre Reden fassen, aber gefühlsmäßig. Meine Mutter äußert sich gerne gefühlsmäßig, irgendwie. Irgendwie bringt sie dann auch zum Ausdruck, daß sie meine Ansichten altklug fände. Eine meinem Alter entsprechende einfachere Auffassung vom Leben stände mir besser zu Gesicht. Welches Alter aber meint meine Mutter? Welches Gesicht?

Vor dem Fenster scheppert es, die Chromlenkstange über den Rauhputz, Frau Wesemeyer ist mit dem Fahrrad aus dem Unterdorf gekommen. Sie erscheint im Türrahmen, bindet sich ein Kopftuch um und geht wortlos ans Werk. Sie folgt den leichtverständlichen Anweisungen meiner Mutter, die sich mit hocherhobener Kaffeetasse nach ihr umgedreht hat. Auf der Anrichte poliert Frau Wesemeyer als erstes das Besteck mit Sidol, meine Mutter neigt sich zu mir und sagt halblaut, Frau Wesemeyer spräche wenig und sei daher irgendwie zuverlässig. Äußeres und Inneres kann meine Mutter stets gefühlsmäßig richtig verknüpfen.

Endlich wische ich Johannisbeergelee und den Milchbart in die frische Serviette – dann muß ich aber doch noch mein Glas leertrinken, wir wollen doch hier nichts umkommen lassen! Frau Wesemeyer bringt zwischen meinem Gähnen und meinem Recken den Herd in Gang, ich berühre die Küchendecke mit der Hand, Frau Wesemeyer füllt das Wasserschiffchen, und meine Mutter sagt: »So, nun gehst du in den Keller und holst uns einmal Briketts zum Nachlegen.«

Immer wieder vergesse ich, mir das Licht von oben anzuknipsen, und muß mich dann in der Dunkelheit spänig die Stiege hinunter tasten – auf halbem Weg, gleich weit zurück zum Schalter und nach unten zur nächsten Türritze, fällt es mir ein und füllt mich mit Unschlüssigkeit. Phosphoreszierender Unschlüssigkeit. Da unten begegnet mir im Dämmer die alte ausgediente Schleiflackgarderobe mit gelbgeflecktem Spiegel wie Bettnässen, mit der zerrissenen Gummipelerine am Haken und dem Sandeimer davor im engen Durchlaß. Da stoße ich gegen, ich falle fast hin und fluche ganz unsinnig. Der Sand ist Jahrzehnte alt, er ist in einem Stück herausgestürzt wie Grauguß. Ich stecke den konischen Sandstein in den Eimer zurück, öffne den Kohlenraum und bücke mich über mein schmerzendes Schienbein, um es zu massieren. Dicht vor meiner Nase sind hier auch die Kohlen, Briketts in Bretterkoben. Das taube Gefühl der Briketts, wenn ich sie in den Brikettträger schichte, dafür gibt es eine Zange, aber sie ist zu schwach für das Brikettgewicht, man nimmt besser die Hand. Meine Finger schwärzen sich schmierig an diesen Briketts, die man wie Wurzelbürsten hält.

Die Kellermauer ist graupelig, nachlässig gekalkt, schräg über den Kellerplatz ist die Tür angelehnt, die zum Vorratsraum führt – nein, nein, ich wehre mich nur noch schwach und ich strample mich fest in süßer Überredung, der Schlüssel steckt, und meine Mutter hat vergessen, abzuschließen. Meine Mutter vergißt es immer wieder, wenn sie verträumt vor den Vorräten steht, wenn sie in Gedanken die Vorräte den Kalenderfeldern zuordnet und dann oben jemand klingelt, oder durch einen Spalt der Haustür hereinruft. Der Vorratsraum ist ein Heiligtum meiner Mutter; und sie vergißt immer wieder, ihn abzuschließen.

An der Längswand steht der Fliegenschrank mit staubigem Picknick-Geschirr aus Plastik in den unteren Fächern, dann aber die übrigen beladen mit eingemachten Kirschen, Stachelbeeren, Pfirsichen und Überraschungsfrüchten. Jedes Jahr muß meine Mutter zu ihrem Kummer wieder so und so viele Gläser entdecken, die aufgegangen sind und von außen kleben, sie sieht mich durchdringend an, auch ich klebe, und meine Mutter hört nicht auf, sich darüber zu wundern, daß die Früchte in den Gläsern trocken liegen, sie dreht die Gläser mit den verschimmelten Früchten kurzsichtig vor ihren Augen, die, stark vergrößert, auf mich gerichtet sind, und auch bei Tisch kann meine Mutter nicht genug ihr Befremden darüber äußern, daß alle ihre Vorsichtsmaßregeln und ihre lange Erfahrung im Einwecken nichts gefruchtet haben und immer wieder viele Gläser unter seltsamen Umständen aufgehen. Die Not ist süß, im Halblicht klebt mein Zuckersaftgewissen wie Fliegenfänger, schräg gegenüber keimen die Kartoffeln durch die Spalten der Lattenschütte zum Lichtschacht hin, ich schiele, staubige Spinnennetze wehen weichlich wie Putzlappen über meine Haare. So jung und schon verdorben. Es riecht nach Urin. In der Ecke bücke ich mich über die feuchten Bündel alter Zeitungen und versinke grundlos in einem Fortsetzungsroman, ›Sehnsucht nach Christine‹. Sehnsucht nach Christine, die ich mir im Badeanzug vorstelle.

Ich frage mich, ob das Leben je meine Begierden stillen wird. Zwischen den Flaschen mit eingemachtem Apfelsaft, zu denen ich auch ein enges Verhältnis habe, humpelt eine kleine Kröte hervor und sieht zu mir auf, im Dämmer fast nur ein Klumpen Schmutz, heftig pulsierend mit häßlichen Atemzügen. So verharrt sie. Und nun? Der Vormittag wird mir kurz und lang zugleich, wochenlang, ein einziger langer Vormittag. Fast bin ich für immer gähnend in ein mauerfeuchtes Nirwana eingegangen, als oben die Stimme meiner Mutter erschallt, richtungslos, anscheinend unsicher, wohin sich nach mir wenden. »Zum Essen kommen! Essen!« Ich löse mich klamm und tappe hinauf. Die Vorratstür habe ich angelehnt, so wie sie war.

Auf den zugezogenen Küchenvorhängen brütet das teigige Mittagslicht, Wirsingfahnen hängen satt, Frau Wesemeyer trägt Kartoffeln auf und Bratwurst dazu. Ich bin schon vor dem ersten Bissen so voll, als Teil dieser Küche, aber nun muß ich doch noch einmal aufstehen, wider die Natur, und mir die

Hände waschen, denn das ist, wie meine Mutter sagt, ›wohl das Mindeste‹. Frau Wesemeyer sagt nichts, sie hat sich aber aus den Töpfen eine Portion auf ihren Teller getan und ißt sie mit dem Löffel, auf der Anrichte, vor der sie quer auf einem hohen Schemel sitzt, denn die Anrichte läßt keinen Fußraum. »Nimm reichlich Wirsing«, sagt meine Mutter zu mir, »er ist gesund.« Ich klatsche mir immer aufs neue davon zu den Kartoffeln und bekomme darüber – »Bleiben Sie nur sitzen, Frau Wesemeyer« – noch Bratfett aus der Pfanne, das ich mit zerquetschten Kartoffeln auftunke. »Nimm dir auch noch Kartoffel.« (Sie sagt das immer so: ›Kartoffel‹, und das reizt mich.) Ich erhalte ferner noch eine halbe Bratwurst, von meiner Mutter; mit den Stückchen rühre ich im Wirsing und schmiere ihn damit auf – es sind Wollwürste; bis sich der aufgewischte Teil des Tellers von der Seite her mit neuem Wirsing füllt – meine Mutter hat fertiggegessen und hat den Moment abgepaßt. Der Wirsing ist jetzt noch dünnflüssiger, eine Frage des Auftriebs im Topf, so daß ich mir noch einmal Kartoffeln dazumanschen muß, um damit fertig zu werden. So. Ich fülle die Küche nun fast gänzlich aus und muß mich, weil der Tisch sich tief in meinen Leib eindrückt, furchtbar wie ein Dudelsack entladen. Meine Mutter entflieht mit verzerrtem Gesicht, und Frau Wesemeyer lächelt dünn. O Wirsing! Ich bin von diesem Essen fast berauscht und seltsam leicht, so komme ich schließlich heraus, alles ist grüner Hefeteig, und so komme ich auch heraus, meine Mutter erwartet mich schon vor der Türe, im schwachen Licht des Vorplatzes, im Angesicht eines strengen Ahnenbildes. Sie benutzt sehr subtile Erziehungsmethoden und empfängt mich, Teig, um mir nichts weiter zu meinem Vergehen zu sagen, sie will nur das Faktum als solches wirken lassen. Als Andeutung wäre allenfalls zu verstehen, ich solle etwas ins Freie, an die frische Luft. Ich kenne die Bedeutung, die meine Mutter der Luft beimißt. Luft, auch ohne weitere Zusätze, das erklärt sich von selbst. Ihre Reinigungskraft, das ganzheitliche Bolus alba oder ATA.

Dann soll ich gelegentlich auch daran denken, den Nachbarn einen Besuch abzustatten, die immer nach mir fragten. In Briefen, in irgendwelchen Briefen stand es manchmal als Postskriptum. Natürlich sind es ganz einfache Leute, aber rührend, teilnehmend an deinem Wohlergehen.

Am liebsten legte ich mich irgendwo zu Boden. Ich bücke mich schon immer, um zu beurteilen, ob man die Stelle noch einsehen kann, wie man bei einem Ausflug ins Grüne nach einem Ort für die Notdurft sucht. Aber überall finde ich mich wieder den Augen meiner Mutter gegenüber, die hier und dort aus dem Fenster schaut, und muß es schließlich aufgeben – krumm vor Grimmen umkreise ich das Viereck des Gemüsebeets, der Johannisbeersträucher, die es einfassen. Schließlich komme ich ab, durch Strauchpfade zum Komposthaufen, durch den Zaunschlupf zum Nachbarn.

Die Nachbarn erröten vor Freude. »Willkommen in der Heimat«, sagen sie. Sie bieten mir sogar eine trockene Zigarette an und hören mir mit ihren offenen Mündern zu. Ich sitze da, schwer, in der Kühle, im Ledersofa, unter dem Marienbild, und prahle, unter dem Druck von innen, in die hohlen Erwartungen der Nachbarsfamilie hinein, die sich nach und nach vollzählig versammelt. Ich bin der Ehrengast. Ich kann sitzen bleiben, während der Vater eintritt, den Daumennagel an der Schneide eines frischgewetzten Messers mit Horngriff. Ich kann sitzen bleiben, während die Tochter eintritt, hochrot über ihrem starkgewölbten Leib, als ob sie sich angestrengt an einer dicken Mauer hochzöge, um darüber zu sehen. Ich bleibe sitzen, als enger Mitarbeiter des Professors, als Assistent, Schlafwagenbenützer, Weitgereister, Vielsprachenkundiger. Sie trauen mir alles zu. Von einem Schnaps – »Sie mögen doch noch einen?« – steige ich zum nächsten auf – »Er ist vom Vatter, ein gewöhnlicher Rachenputzer – aber der junge Herr war ja immer so bescheiden.« Den Kuchen muß ich unbedingt probieren, ich habe ihn früher, als Dreikäsehoch, immer so gerne gemocht. »Ja ja, aus Kindern werden Leute!« und derlei, wie das Denksporträtsel vom Frosch im Rahm, und »Du machst dich ja lächerlich vor dem jungen Herrn.« Auf dem Küchenbuffet stehen Strohblumen in einem Bierkrug, da hängt an einem Nagel die Bartbinde, und die Untertassen stapeln sich, weil man mir vornehm jedes Stück auf einer frischen serviert – mir ist süß, spritig und sträuselig, Mageninhalt in Schnaps wie im Schauglas. Als ich gehen will, breitbeinig, zeigt man mir noch den schönen marmornen Briefbeschwerer, den meine Frau Mutter hierhergeschenkt hat und den man wegen seiner Schönheit in der Vitrine in der Stube aufhebt.

»Länger konnte ich nun wirklich nicht mehr auf dich warten«, ruft mir meine Mutter vorwurfsvoll vom Kaffeetisch entgegen. Sie wittert mißtrauisch etwas von meiner Atemluft, ich verschlucke sie, mein Herz schlägt fett und ängstlich, o Gott! Ich taste unsicher, mir ist schwummerig, ich rücke meinen Stuhl vor den Teller (wie ein Fabeltier), auf dem schon zwei Stücke selbstgebackenen Obstkuchens auf mich warten. Meine Mutter hat ihn in der Zwischenzeit gebacken, sie rackert sich für mich ab, daß es mir an nichts mangele, und nun muß ich ihn elastisch in mich hineintun, in meine Mundhöhle, die nach Wirtshaus riecht, während meine Mutter denkt, daß die Nachbarn eben doch einfache Menschen sind, wenn man von ihnen einen solchen Wirtshausgeruch davonträgt. »Iß nur«, sagt meine Mutter, »es ist noch reichlich da«, und jetzt darf ich sie doch nicht enttäuschen, nachdem sie sich soviel Mühe gegeben hat, darf sie nicht beleidigen, nachdem ich doch sowieso schon soviel auf dem Kerbholz habe. »Schmeckt es dir nicht?« fragt meine Mutter. Oh, es schmeckt fabelhaft, alles, was meine Mutter zubereitet, schmeckt erstklassig, sie ist doch eine hervorragende Hausfrau. Überhaupt werde ich ja unaufhörlich fetter, fast zusehends. Meine Mutter stöhnt über mein Wachstum, sie sitzt oft abends, versetzt Knöpfe und setzt Zwickel in meine Hosen ein. Man muß befürchten, daß ich an einer

Drüsenkrankheit leide, und ich muß mit meiner Mutter den alten Sanitätsrat Neuner aufsuchen, weniger wegen des Spotts meiner Altersgenossen, als wegen der Abweichungen von gewissen Normalkörperverhältnissen, welche meine Mutter befremden, ganz abgesehen von der Trägheit und unförmigen Verschmelzung von Körper und Geist, die meine Beweglichkeit immer weiter einschränken. Der Doktor Neuner ist allerdings mehr dafür, der Natur ihren Willen zu lassen. »Das verwächst sich«, sagt er beruhigend. »Das verwächst sich«, dabei ist gerade das der Grund, warum man ihn aufsucht.

Natürlich könnte es auch am Essen liegen. Aber wenn ich wirklich einmal an der Ordnung und Einteilung der Mahlzeiten etwas auszusetzen wage, dann sagt meine Mutter im günstigen Fall, daß wir uns ja nun wirklich nicht einzuschränken brauchten. Wenn wir auch nicht gerade reich seien – und Reichsein ist bekanntlich nicht gut für den Charakter –, so doch in sorgenfreien Umständen, ohne Beengung. Schlimmstenfalls aber muß ich mit rotheißem Kopf ihre ganze Gekränktheit erleiden, ihre Bewährung ein Leben lang, meine Mutter (›deine Mutter‹) hätte, wie ich wohl wüßte, so ihre Erfahrungen im Leben gesammelt, Schweres durchgemacht, deshalb sei Ordnung, die Einteilung von Vorräten, Mahlzeiten, die Einteilung schlechthin das Fundament nicht nur des Haushaltes, sondern des Lebens, andernfalls das Chaos. Und das wollte ich doch wohl kaum heraufbeschwören.

Allerdings, zuweilen wollte ich das. Nicht mehr essen, nicht mehr schlafen, ohne Pflichten sein ... »Alter Oppositionsgeist«, wie mich meine Mutter bei solchen Anlässen nannte. Sie tätschelt mich aber öfter auf die Wangen und sagt, es legte sich schon.

Sie glaubt, sie könne mir bis ins Innerste sehen. Als ob das mein sehnlichster Wunsch sei, erlaubt sie mir, mich bis zum Abendessen noch etwas in meinem Zimmer zu beschäftigen. Ich habe überhaupt nicht darum gebeten, und ich will es eigentlich auch gar nicht. Aber ich fürchte, daß meine Mutter dann nur wieder beleidigt »Na, dann laß es« sagen wird, woraus ich dann entnehmen muß, daß mir etwas Unwiederholbares entgeht. Mein altes Zimmer – ich habe Mühe, da einzudringen, die Türe klemmt, sie federt in ihrer Verklemmung. Mit einem Ruck bin ich drinnen – ein Tier, das ein Glied in der Falle zurückläßt –, da fängt gleich etwas an zu rieseln, Staublawinen gleiten vom Schulranzen, der an der Wand schaukelt. Ich muß schnell vorspringen, um das wakkelige Fernrohr auf einem Dreibein vor dem Umfallen zu bewahren, das Fernrohr, das ich mir selbst gebaut habe. Sogar ein kleines Radio habe ich selbst gebastelt, es nötigt meiner Mutter, die es nur von ferne betrachtet, grenzenlose Bewunderung meiner technischen Fähigkeiten ab. Schwingkreis und so. Ich setze mich davor und lege die Kopfhörer an – im Winter muß ich auch immer meine Ohrenschützer auf dem Schulweg tragen. Ich fummele an dem Detektor, gleich quäkt es los, Schlager dedeln, die kläffende Ansagerstimme macht ab und zu eine Bemerkung zu einem Schlagertitel, die ich äußerst geistreich finde. Ich lasse mich umzirpen und versenke mich zugleich in ein Buch, dessen Seiten mit Marmelade verklebt sind, in dem ein Kind zum Bösen verleitet wird, so daß ich mich beinahe naß machen muß. Ein Hündchen wird vom Unger im Teich ertränkt, in einer mondlosen Nacht, und es sieht sich hilfesuchend nach mir um, ich werde diesen Blick nie vergessen, auch wenn am Ende Verzeihung gewährt wird. Und es fiept, dünne Saxophonmusik, ich hab' ein Sack-, ein Sack, ein Saxophon, wird ab und zu durch einen Wackelkontakt knackend unterbrochen, den ich durch Fingerspitzengefühl am locker auf dem Kristall liegenden Draht vorübergehend beseitige. Aus der Hosentasche angele ich sandige Rosinen, und schwer ist es, bis dorthin vorzustoßen. Ich genieße Ungutes.

Verstört höre ich dann Rufen. Aus der süß verschwiemelten Übelkeit kann ich mich nur unter Schmerzen losreißen,

Schmerzen in der Leistengegend, zum Abendessen hin, das nun bereit ist. Auf dem Weg in die Küche, beim Rutschen auf dem Geländer und von Mahlzeit zu Mahlzeit überträgt sich die Hoffnung auf ein Lieblingsgericht, oft enttäuscht, denn dann sind es doch wieder nur die Reste vom Mittagessen, die meine Mutter für uns im Wasserbad angewärmt hat – Frau Wesemeyer hat das alles noch vorbereitet und zurechtgestellt, bevor sie etwa um sechs fast unmerklich das Haus verließ.

Meine Mutter ist weich gestimmt. Nach der Mahlzeit, im Vorgefühl von etwas Gemütvollem, das ihr schon den Sinn verklärt. »Du hilfst mir doch ein bißchen beim Abtrocknen, gelt?« – sie ist nämlich auch eine menschliche Herrschaft, die niemandem zumuten will, sich von übernächtigen Speiseresten entwürdigen zu lassen. Dafür darf ich dann auch zur Feierlichkeit ins Wohnzimmer, wo wir klassische Musik anhören werden. Da entzündet meine Mutter als erstes eine Kerze. Mit meinem technischen Verständnis bediene ich das Grammophon, meine Mutter wird das nie lernen, das ist ihr alles zu ›technisch‹. Damit will sie nichts zu tun haben, das ist mein Reich, meine Mutter bestätigt mir das immer wieder aufs schmeichelhafteste. Das Mahagonigrammophon. Dieses Gerät ist wirklich hervorragend, klanglich und so weiter, man hat ihr damals den Kauf dieses Fabrikats besonders empfohlen. »Eine Anschaffung fürs Leben«, sagte damals noch ein Verkäufer. Mit einer ihrer seltenen Anspielungen sagt meine Mutter: »... als ich einmal sehr allein war.« Darauf, nach einer Bewegung des Schluckens: »DU warst ja noch so klein!« Also, ich nehme das Album, das meine Mutter mir genannt hat, lege die erste Platte auf – mürbe wie Biskuit – und stelle das Drehwerk an. Brahms, nein, heute ist es der epische Bruckner. Vom ersten Ton an ist meine Mutter tief erschüttert. Wasser perlt unter ihren geschlossenen Lidern hervor, heiser sagt sie, ich möge doch einmal zu ihr kommen. Da drückt sie mich heftig an sich, hält mich an ihre Brust, preßt mir schluchzend den Atem ab, streichelt und küßt mich, gräbt ihre Zähne in meine Lippen. Die Platten sind aber ziemlich rasch abgespielt, sie müssen gleich umgedreht werden, damit die Stimmung erhalten bleibt, und dazu muß ich mich dann losmachen – es ist ausweglos –, und am Ende ist meine Mutter kurz angebunden und sagt: »So, und jetzt aber hopp in die Falle!« Es ist ja schon viel zu spät, ich muß meinen Schlaf haben, vor allem natürlich den Schlaf vor Mitternacht, morgen soll ich ihr wieder zur Hand gehen, soll wieder den Kies auf dem Gartenweg rechen, Frau Wesemeyer helfen, die frisch gewaschenen Gardinen aufzuhängen, Holz hacken. Auch der Sanitätsrat Neuner hat geraten, nur ordentlich bewegen, das sei das einzig Richtige. Von Hormonkuren gegen eine solche Verfettung, wie sie neuerdings öfter verschrieben werden, hält er gar nichts. Nachdem ich einmal hinausgeschickt worden war, um meiner Mutter die Brille aus ihrem Mantel zu holen, hat er zu ihr gesagt, das könne unerwünschte Folgen haben, in diesem Alter, wo junge Menschen sowieso besonders reizbar sind.

Da es so spät ist, also ausnahmsweise einmal Katzenwäsche. Kleiderhäuflein wie Nudeln. Dann kehrt auch meine Wärme vom Plumeau zurück, immer tiefer strecke ich mich in mein Bett. In dieser Wärme und dem warmen Geruch, der in ihm um sich greift, straffen sich mir die Sehnen und Glieder. Ich betaste mich wild und dränge mich an mich, schillernde Vorstellungen, wie Schmeißfliegen – die bleiben an allem kleben, etwas wie unfreiwillige Bocksprünge durch sämiges Schilfland erschöpft mich. Ein Alptraum trägt mich in die Turnhalle, wo ich unter dem gequetschten Gelächter der umstehenden Altersgenossen nicht mehr Herr über meine Arme und Beine bin, die sich selbsttätig heben und senken. Ich und mein Plumeau – eine einzige Schwellung.

Mir ist wirklich nicht zum Lachen, es nimmt überhand, etwas geschieht an mir. Ein ständiges Jucken, das ich gierig herausfordere, dem ich dann auf eine ganz abwegige Weise begegnen will, wie einem Würgen am Hals durch Reiben des

Schienbeins. Aber was ist es denn, was ist denn? Das dünne Wohnzimmeruhrwerk strählt die Nacht von unten her, einmal semmelt der Morgen durch die Ritzen, und nun trampelt meine Mutter, meine übergroße Mutter, ganz ohne Vorankündigung ins Zimmer, ratscht die Vorhänge auf, zieht riesig die Bedeckung von mir fort. Meine Scham ist vor ihr hingebreitet wie ein ausgenommenes Huhn, unordentlich und feucht, aber sie kehrt sich nicht daran, sie will es gar nicht gesehen haben und treibt mich gleich händeklatschend heraus, spricht schon hin und wieder, umherfuhrwerkend, von ›Flicht‹, erwähnt ›Flichten‹. Und dann die Morgensonne, rot, in reiferen Jahren, sie hat alles hinter sich. Heute Kies. Der Kies bröselt um mich, das dicke Frühstück wird paniert. Ich denke auch dran, daß gewisse Tiere Steine fressen, um ihren Magen zu putzen, aber ich lasse es, lasse dem Leben seinen Lauf. Mein praller Magen und meine Begierden, das künftige Leben betreffend, sind untrennbar.

Das macht auch nichts, hier bin ich sicher. Was verlangt man denn schon von mir? Bis hierher habe ich es so schlecht und recht geschafft, und von hier aus zieht es sich ohne mein Zutun immer weiter hinaus – »hinaus in die Ferne«, trällere ich, wie in meinem Radio –, aber es handelt sich nur um meinen Aufenthalt, ein Tag nach dem anderen unter so vielen Tagen, an denen ich meiner lieben Mutter zu Willen bin. Auf Betreiben meiner Mutter werden mir auch neue Kleider angemessen, ein nahewohnender Schneider namens Sattler fertigt mir zwei kurze Joppen mit Hornknöpfen und dazu viele bauschige Hosen, die ich meiner Mutter im Wohnzimmer vorführen muß. Als sie die ganze Herrlichkeit gründlich betrachtet hat, entläßt sie mich mit einem festen Klaps auf mein Hinterteil: »So, nun aber hinaus aus der Stube, an die Luft, an die Luft!« sagt sie; ich bin doch wirklich ein prächtiger Junge, rotbäckig, dickärschig, ich bin auf dem rechten Weg der steigenden Gesundheit.

Die Verwandten kommen auch allmählich wieder und

bewundern mich, sogar mein Onkel, mit dem meine Mutter seit Jahren im Streit liegt. Um zwei Ecken rum kommen Tanten und Onkel, beklunkert mit Kupferringen und Bernstein, beschenken mich mit einer Strohmatte, die mich verwirrt. Tante Käthe bespricht mit meiner Mutter Fragen der Vorratshaltung, sie lobt meinen ›Diener‹ und hält mich mit ausgestreckten Armen weit von sich ab, um mich mit Blicken ganz zu umfassen.

Alte Dorfbekanntschaften habe ich neu geschlossen, das bleibt nicht aus; ich habe mich schon dermaßen eingelebt, und die Buben sehen mich als ihresgleichen, nur mit einer Spur Hochachtung, aus lauernder Entfernung an, weil ich aus einem besseren Haus stamme; man kann deshalb mehr von mir erwarten, nur nicht ganz klar, in welcher Hinsicht. Man bezieht daraus einen gewissen Ansporn, man muß mich fortwährend beobachten, ausspähen, mich wenn möglich bei Fehltritten beobachten, durch welche die Gleichheit restlos hergestellt werden könnte. Wir sind doch erst seit einer Generation in diesem Dorf ansässig.

Die Nachbarsburschen sehen mich von der Straße her, wie ich in unserem Garten Kies reche, die Wäsche gemeinschaftlich mit Frau Wesemeyer ausschüttele; sie nennen mich: Mops, sie winken mir zu, ich soll doch herauskommen, abhauen, mit ihnen durch das Gebüsch streifen, oder in die Werkstatt vom Schmied, oder in die Scheunen, mit schweinischen Hintergedanken. Ich tu' das auch. Ich mache so was. Und erfinde nachher fadenscheinige Ausreden, ich komme viel zu spät nach Hause, lüge mich durch und werde von Mutter ertappt, die es für sehr schwerwiegend hält, lasse mir aber immer was Neues zuschulden kommen, wodurch sich meine Stellung festigt. So zum Beispiel: auf einem Küchenschemel hockend, wo ich Johannisbeeren abperle, oder auf den obersten Stufen der Kellertreppe, Schuhe um mich, die mit Gepolter in die Tiefe stürzen, wenn ich träume oder sonst irgendwie zu willenlos bin, um sie zu halten. Oder liegend, ich liege auf dem Teppich, das haßt meine Mutter, das sollte meine Mutter auch besser nicht sehen, ich schaue in die dämmerigen Spalten unter Betten und Kommoden, wo die Wollmäuschen rollen, und wo neben dem Teppichrand gelbes Bohnerwachs wie Rindstalg die Spalten zwischen den Bodenbrettern ausfüllt.

Mehr kann ich darüber auch nicht sagen, alles erschöpft sich mit einem grundlos weichen Umherschleichen im Kreis meines Verdauungsgewissens. Meine Mutter glaubt, ich sei sehr vergeßlich, »ein zerstreuter Professor«, sagt sie – das mag ich gerne –, und sie meint, daß ich mich in einem Unmaß anderer Gedanken verliere, die meine Mutter als mein Reich betrachtet und nicht näher nachprüft. Der Sanitätsrat Neuner, den wir regelmäßig aufsuchen, befühlt meinen nackten Körper, schaukelt etwas an ihm herum, steckt seine Finger in die Öffnungen und ruft, daß mein Zustand sich ständig bessert, ist aber immer noch nicht so ganz, wie er sein sollte, und nichts ist so gut wie die andauernde Obhut meiner Mutter, das finden auch die Verwandten, alle Verwandten nicken mit den Köpfen, sie loben mich und schätzen mein Gewicht und preisen den gediegenen Haushalt und das Gedeihen des Gartens.

Das Leben als Umweg

1976

Das Leben als Umweg

In einem von Leo Lackners Kinderbüchern, einer Geschichte mit zahllosen emsigen, piepsenden, unaufhörlich an schweren Gegenständen herumzerrenden Wichtelmännern, kam auch ein Bild vor, auf dem ein als Regenschirm dienender Pilz zu sehen war. Eines der Männlein hielt ihn an die Brust gedrückt, seine beiden Arme umfaßten kaum den dicken Schaft. Der Pilz sah lustig aus, saftig, wie ein Mann mit Gurkennase. Er war weiß und rot und schien, trotz seiner Größe, leicht zu sein. – Lackner vergaß das Bild nie. Aber erst in höherem Alter, als er keine Rücksicht mehr nehmen mußte, weder auf Nützlichkeit, noch auf Mode, konnte er den Bilderbuchtraum wahr machen.

Von Kindheit und Schule gibt es sonst nichts Besonderes zu berichten. Nach dem Abitur fragte man ihn, was er werden wolle: eine formale Frage, wie es schien, denn man verließ sich darauf, daß er Richter oder Staatsanwalt werden würde, wie die meisten seiner Vorväter. Aber Leo sagte: »Ich will Schirme machen.«

Die Familie war erst verblüfft, dann stark befremdet.

Ein Fabrikant! In einer Sippe von Staatsbeamten ist ein Fabrikant ein Fremdkörper. Arbeiter und Maschinen, Anpreisungen und Profit – Bah! Auch gibt es da keine Laufbahn, sie konnten ihm wenig helfen. Sie ließen ihn gehen, als Volontär, wenn auch mit einem stattlichen Wechsel. – Später sollten Zeiten kommen, da sie ihm Abbitte leisten mußten. Selbst der Staat blieb nicht immer der Felsen, auf den sicher zu bauen war. In Krisenzeiten bot Lackner einen Rückhalt.

Nach fünfzehn Jahren war er ein erfolgreicher Fabrikant geworden; eine seiner Erfindungen war der Taschenschirm. Er hatte Tausende von Menschen beschäftigt, Zweigwerke gegründet, einen Konzern zusammengebracht. ›Lackner‹ – so hieß der Slogan – ›beschirmt die Welt‹.

Seine Laufbahn erreichte ihren Höhepunkt, als er fünfzig wurde (man weiß das nur nicht, wenn es soweit ist!). Das ganze Jahr war schon regenreich gewesen, und nun erst sein Geburtstag, der in den November fiel! Eine Prozession von Gratulanten, alle unter ihren Regenschirmen, bewegte sich auf dem steilen Fußweg zu seiner Villa. Auch ein Minister war dabei, er keuchte, des Gehens ungewohnt, Stufe um Stufe – hinter ihm ein Sekretär mit amtlichem Köfferchen, das Lackners Orden enthielt. »Ich habe die hohe Ehre, Ihnen, verehrter Freund ...« Gesangsvereinsständchen, Ehrenbürgerurkunde, Zeitungsmeldungen mit Archiv-Bild. Lackner gehörte zur Prominenz.

Er war ein kleiner rundlicher Mann mit Glatzkopf und Trippelschritt geworden, hatte eine ansehnliche, kunstinteressierte Gattin, einen Sohn im Internat, und eine ballett-tanzende Tochter. In der Provinzstadt, in der er seine erste Fabrik gegründet hatte und in der er seitdem lebte, spielte er die Rolle eines kleinen Fürsten. Schon am Stadtrand las der anreisende Fremde auf übergroßen Werbetafeln: »Willkommen im Geburtsort des *Lackner*-Schirms!«

Die Marke *Lackner* war zum Begriff geworden. Morgens an der Haustür, wenn die Wolken tief hingen, hieß es nicht mehr »Hast du deinen Schirm?« – es hieß »Hast du den *Lackner* dabei?«. Ein Schlagertext lautete: »Komm unter meinen *Lackner*, Schatz, da ist für beide Platz.« Es gab eine Fernseh-Serie: »Mit Liebe, *Lackner* und Kanone!« Und »Nur der Atom-*Lackner* sichert unseren Frieden« war eine der gängigsten Zeitungs-Schlagzeilen.

Ein Laie wird vielleicht glauben, die Regenschirmherstellung sei ein von Konjunkturschwankungen unabhängiges Gewerbe – fast wie das Bäckerhandwerk. Allenfalls könne es einen Zusammenhang mit dem lokalen Klima geben, oder mit der Großwetterlage. Auch dieses Risiko wäre aber durch ein genügend großes Absatzgebiet auszugleichen: Regnet es bei uns nicht, so regnet's in der Schweiz. Meteorologische Karten der jährlichen Niederschlagsmenge könnten bei der Geschäftsplanung dienlich sein.

Aber so einfach ist es wohl nicht. Wetter und Klima allein jedenfalls konnten den Geschäftsgang der Firma Lackner KG nicht erklären; und dieser ließ neuerdings zu wünschen übrig. Auf Lackners Jubiläumsjahr waren drei trockene Jahre gefolgt, zum mindesten in Mitteleuropa. Nun gut, eine Weltfirma konnte das durchstehen. Aber auch im vierten Jahr blieb der Absatz miserabel – und dieses Jahr war so naß, wie man es sich nur wünschen konnte. Das fing schon im April an, mit wochenlangen Sturmböen und Regengüssen, im Mai dann gewitterte und prasselte es täglich, und es ging dann mit Landregen, wochenlangem Nieseln und Wolkenbrüchen den ganzen Sommer lang weiter. Die Straßen und Wege versumpften, Blätter und Blüten waren kümmerlich und zerzaust, die Früchte verfaulten am Stamm, auf den Wiesen spiegelten die Wasserlachen. Die Landwirtschaft klagte, die Bauwirtschaft klagte, und auch die Branche der Reiseunternehmer, weil es fast überall gleich war.

Also hätte es doch wenigstens für die Verkäufer von Regenschirmen ein gutes Jahr sein müssen. Aber keineswegs! Der Handel war wie tot. Die Händler blieben auf ihren *Lackner*-Beständen sitzen. Am Ende des Sommers waren einige so aufgebracht, daß sie sie in Original-Verpackung je zwanzig *Lackner* pro Karton zurückgehen ließen: »Anbei ein größerer Posten Ihrer Ladenhüter. Bitten um Kostenerstattung. Benötigen Lagerraum für verkäufliche Waren.«

Noch hatte die Firma niemanden entlassen, aber es griff eine tiefe Depression um sich. Lackner wandte sich ratsuchend an seine Marktforscher, seine Soziologen und Demoskopen. »Erklären Sie mir das! Nun brauchen wir Ihre Antworten! Wo sind unsere Kunden geblieben? Kaufen sie gar nicht mehr? Kaufen sie bei der Konkurrenz?«

Die Konkurrenz war bislang nie gefährlich gewesen. In seiner Frühzeit hatte Lackner mal zwei oder drei konkurrierende Schirmfabriken aufgekauft, später hatte sich das von selbst erledigt. Erschien da zum Beispiel ein Vertreter einer solchen Konkurrenz-Klitsche bei einem Händler und begann sein Verkaufsgespräch: »Sehr geehrter Herr, heute möchten wir Sie mit einer echten Neuerung auf Ihrem Gebiet bekanntmachen. Diese neue Entwicklung mit der gesetzlich geschützten Aufklapp-Automatik wird Sie bestimmt begeistern! Nie zuvor in der Geschichte des Regenschirms ...« – so schien der Händler nur langsam aus einer leichten Zerstreutheit zu erwachen: »Ach so! Jetzt verstehe ich! Sie wollen mir einen *Lackner* verkaufen! Warum sagen Sie das nicht gleich? – Vielen Dank, mein Bester, ich bin bereits versorgt.«

»Aber nein, nein! Keinen *Lackner*! Warum sollte ich Ihnen auch noch einen *Lackner* verkaufen?«

»*Keinen Lackner?* Aber Sie halten doch einen in der Hand, und wollen ihn mir vorführen!«

»Nein, keinen *Lackner*! Wir bieten Ihnen etwas Besseres! Einen Schirm, der wirklich seinen Namen verdient!«

»Also doch einen *Lackner*! Bitte, bemühen Sie sich nicht, mein Herr! Ich bin seit Jahren guter Kunde Ihrer Firma! Man schickt mir jeweils die neuesten Modelle zu, nebst einem Block mit Bestellformularen. Also recht vielen Dank, und Adieu. – Übrigens – schauen Sie mal, da draußen, was für ein Wetter! Haben Sie auch Ihren *Lackner* dabei?«

Man sieht, für die Konkurrenz war die Lage hoffnungslos. Die Konkurrenz hatte nie mehr ein Bein auf den Boden gekriegt. Daran konnte es nicht liegen – sofern es Konkurrenz überhaupt noch gab, ging es ihr schlechter als je zuvor. – Aber woran lag es dann?

Beim Studium ihrer routinemäßigen Fragebogen kamen die Marktforscher einem anderen möglichen Grund auf die Spur. Auf den ersten Blick nahm er sich merkwürdig aus: Offenbar war das Wetter in diesem Jahr *zu* schlecht gewesen! Die

Antworten auf die routinemäßigen Fragen waren jedenfalls anders, als man sie bei einem Qualitätsprodukt erwarten kann.

»Bei welcher Gelegenheit haben Sie Ihren *Lackner* zum letzten Mal benutzt?«

»Ende April – danach nie wieder.«

»Waren Sie mit Ihrem *Lackner* zufrieden?«

»Nein.« (Bzw. mit dem Zusatz: »Jedenfalls nicht so, wie *Sie* meinen!«)

»Würden Sie wieder einen *Lackner* kaufen, wenn es nötig wäre?«

»Nein.« (Bzw.: »Es ist unnötig.«)

Wir müssen uns vor Augen halten, daß es natürlich ganz normale, routinemäßige Fragebogen waren, d. h. die Antworten waren in vorgefertigter Form zur Auswahl gestellt, man hatte nur das entsprechende Kästchen anzukreuzen. Nach routinemäßiger Auswertung konnten die Marktforscher deshalb nur entnehmen, daß die Kundschaft unzufrieden war – ein bislang unvorstellbarer Befund. Die Gründe für diese Unzufriedenheit konnten sie sich, mangels entsprechender Fragen, nur indirekt zusammenreimen.

In diesem Jahr hatte überwiegend ein stürmisches Regenwetter geherrscht. Wenn es einmal glatt zu regnen schien, so wurden die Passanten von unberechenbaren Böen und Luftwirbeln überfallen. Wenn sie versuchten, sich mit ihrem *Lackner* zu schützen, dann fegten waagrechte Regengüsse darunter hinweg – wenigstens unter der Gürtellinie wurde man *total* durchnäßt. In anderen Fällen klappte der Sturm das Gestell um, machte den Schirm konvex, zu einer *Regenschüssel*, zu einem ungebärdigen Sturmdrachen; nach Kräften mühte sich der Benutzer, gegen Wetter und Federkraft das Gerät zurückzustülpen, doch wenn dies endlich gelungen war, war es überflüssig: Dann war man schon ganz durchweicht. Bei schwächeren Menschen verhielt es sich so, daß sie den *Lackner* einfach nicht aufrecht und dem

Wetter entgegenhalten konnten: Es verbog sich der Schirmgriff, es bog sich die Hand, der Schirmstoff wurde zerfetzt oder der ganze Schirm ihnen entrissen und mußte wieder eingefangen werden. Nach immer neuen Kämpfen mit *Lackner*, Wind und Regen verloren die meisten die Geduld, fluchten »Scheißding« und steckten, was vom *Lackner* übrig war, in den nächsten Papierkorb. Manche ließen ihn einfach davonwehen. Die Vorgärten und Trottoirs lagen voll von geknickten Spleißen und Stangen, graue Schirmseide hing in den Hecken; es war, während der kurzen Sturm- und Regenpausen, kein werbewirksamer Anblick.

Das war's, im Extrakt, was die Marktexperten aus ihren Daten herausanalysierten. Lackner hörte sich alles schweigend an. Sie saßen im Halbkreis, er ihnen gegenüber, klein, rundlich, die Beinchen übereinandergeschlagen, betrachtete sie und überlegte.

»Nehmen wir mal an, meine Herren, daß es in der Tat ein für uns abträgliches Wetter war. Ich gehe auch weiter und gestehe Ihnen zu, daß die schlechte Erfahrung nachwirkte und Kundschaft noch für Monate nach dem großen Regen vom Neuerwerb eines *Lackner* abhielt. Gewöhnlich verhält es sich ja anders, wie Sie wissen. Gewöhnlich ist es so, daß die Massenvernichtung eines Artikels den Absatz *steigert*! – Doch will ich Ihnen so weit folgen. – Warum aber, so frage ich Sie, hielt die Flaute – nach dem trockenen Winter – auch noch im Frühjahr an? Warum hält sie auch jetzt noch an, im Sommer, obgleich wir seit langem nur das ruhigste Regenwetter, wochenlanges senkrechtes Rauschen konstatieren, als die *idealen* Bedingungen für unseren *Lackner*!? Daß ein erlernter Reflex, trotz fortwährender Bestrafung, so lange erinnert und befolgt wird, widerspricht der Wissenschaft: Sie kennen doch Ihren Skinner! Es widerspricht der Verhaltenspsychologie! ... Es sei denn ...«

»Es sei denn, Herr Lackner?«

»Es sei denn, die Kundschaft *empfindet* es nicht als Bestrafung, so ungeschützt im Sturm und Regen ...«

»Unsinn!« riefen die Markt-Experten – oder vielmehr: sie dachten es. »Sehr unwahrscheinlich, Herr Lackner«, sagten sie. »Dann hätten wir ja nie einen Schirm verkauft!«

Doch ein bißchen nachdenklich wurden sie schon. Sie konnten sich das nicht vorstellen. Aber der alte Lackner hatte ihnen da was ins Ohr geblasen, eine Unruhe ... eine Unberechenbarkeit ... Die Experten verschwanden wieder in ihren Büros und Studios und brüteten erneut über ihrem Umfrage-Material. Schließlich fiel ihnen etwas auf.

Rubriken, die nicht mit Ja/Nein-Kreuzchen, sondern mit eigenen Worten auszufüllen sind, werden von den Auswertern von Fragebogen nicht geschätzt. Sie sind nicht EDV-gerecht. Deshalb waren die Eintragungen unter dem Titel »Sonstige Bemerkungen« bisher nicht beachtet worden. Gerade von dieser Rubrik war aber bei den neuesten Umfragen besonders reichlich Gebrauch gemacht worden. – Und? Was waren denn das nun für Bemerkungen, die die Testpersonen da glaubten, bekanntgeben zu müssen? Was? Sie waren schon sonderbar! Das waren schon einigermaßen *windschiefe* Bemerkungen. Ein Herr S. H. aus Kirchheim/Teck, beispielsweise, hatte folgendes mitzuteilen:

›Trotz *Lackner* mehrfach bis auf die Haut durchnäßt. Genoß das Gefühl der enganliegenden Kleidung, das Spannen beim Abbiegen der Arme und Knie, das Quietschen und Quatschen des Wassers in den Hohlräumen. Fühlte mich ganz als *Pionier*, als *wildes Tier!*‹

Ein anderer Kunde, Herr U. P. aus Ulm, notierte:

›Sturmregen brennt mein Gesicht / Naßwind stemmt mein Gewicht – nach Zerstörung und Verlust des *Lackner rausch*-ähnlicher Zustand! *Ich bin ein Teil der Natur!*‹

Eine Hausfrau mittleren Alters, Frau H. F. aus Uetersen, hatte auf ihren fleckigen und zerknitterten Fragebogen (für jeden EDV-Mann ein Greuel!) fast unleserlich gekritzelt:

›... nie so ein Gefühl! ... vom Wetter überwältigt ... übermannt ... erwarte mit Sehnsucht den nächsten Regensturm ...‹

Neben solchen hymnischen Äußerungen gab es auch ironische, oder schadenfreudige:

›... Schluß mit der Lacknerei! Den Kapitalisten läuft das Wasser aus der Hose!‹

›Vom *Lackner* befreit sind Strom und Hügel ...‹

Aber fast noch schlimmer war, daß in vielen Fragebogen der Begriff *Lackner* schon gar nicht mehr auftauchte. Es wurden nur noch Worte wie »der Klappapparatismus« oder »das Dingen« gebraucht, so, als sei *Lackner* als fester Begriff bereits dem Bewußtsein verlorengegangen.

Für Lackner bedeuteten diese Feststellungen, daß die Aussichten für sein Unternehmen schlecht standen. Die Markt-Experten bemühten sich, ihren Befund abzumildern und zu verschönen, durch entsprechende Nachsätze Hoffnungen zu wecken, aber Lackner winkte ab. Er sagte, die Herren brauchten sich nicht zu bemühen. »Wir stehen am Ende des Schirm-Zeitalters. Man muß sich da nichts vormachen. In der letzten Generation verschwand der Sonnenschirm, man wollte braune Haut. Jetzt stirbt der Regenschirm. So sind auch, jedes zu seiner Zeit, der Zylinder und die Krinoline ausgestorben.« – Er schien sich mit einer solchen Entwicklung schon vertraut gemacht zu haben. Er hatte die Veränderung gespürt, er hatte sich selbst verändert. Er war jetzt vierundfünfzig, die Kinder waren selbständig, und seine Frau führte seit Jahren ihr eigenes Leben in der Society, unter arrivierten Künstlern und Playboys.

Drei Jahre lang beschäftigte sich Lackner mit der Auflösung seiner Firma. Zusammen mit einem befreundeten Rechtsanwalt entwirrte er geduldig alle Vernetzungen und Knäuel in diesem Konzern. Er staunte über dieses Gebilde, das er schon lange nicht mehr überblickt hatte. Er reiste in der Welt herum, besichtigte manche seiner Filialen zum ersten

Mal. Die einzelnen Teile schenkte er dem nächstbesten Meister, Glücksritter, oder der Belegschaft, ohne längere Überlegung, einfach spontan, nach Sympathie. Was damit geschah, interessierte ihn nicht. Sanft war das Ende seines Königreichs.

Nur eine kleine Werkstatt mit Werkzeugen und Maschinen zur Metall-, Holz- und Stoffbearbeitung behielt er für sich. Er hatte sie sich in einem Schuppen eingerichtet, in dem früher die Montagetrupps von neuen Maschinen gewohnt hatten. Der Schuppen stand am Rande des ehemaligen Lackner-Hauptwerks, in dem jetzt irgendwelche anderen Artikel hergestellt wurden. Hier pusselte er herum, bastelte an kleineren und größeren *Pilz*-Gebilden, die ihn nie ganz befriedigten, die er immer wieder auftrennte, anders stützte, anders ausstopfte, mit anderen Lamellen versah, die Haut mal aus Seide, mal aus Wachstuch oder Plastik, das Fleisch von wäßrig schwammiger Konsistenz, dann wieder fest und leicht, wie Bimsstein oder Kork, in wechselnden Farben, rotweiß gepunktet oder quittengelb, am Hut ausufernd oder schmal, kegelig oder kugelig, einmal auf beinahe biologische Weise dahinfaulend, dann wieder verknöchernd, und einmal auch als schwebender Pilz, der mit Gas gefüllt war, und den man gar nicht mehr tragen, nur noch vor sich herzustoßen brauchte. Von der Werkstatt war ein kleines Gelaß abgetrennt, mit Waschbecken, Kochplatte, einem Feldbett. Die nötigsten Besorgungen machte ein Werksportier, der ihn eines Morgens tot fand. Zehn Jahre hatte Lackner noch für dieses Leben gehabt. Wahrscheinlich waren sie glücklich.

Das schlechte Parfüm

Sie mühte sich ab, aus der großen Parfümflasche, die ich ihr geschenkt hatte, etwas in das kleine Taschenflacon zu füllen, eine Fummelei – trotz des Trichterchens –, die Öffnungen dieser Taschenflacons sind einfach zu eng, man muß sehr vorsichtig gießen, weil die Luft sonst nicht herauskann, und es blubbert. Schließlich hatten wir es beinahe geschafft, und ich wollte schon aufatmen, da passierte es doch. Vielleicht kam es durch die Ungeduld, die am Ende nachlassende Aufmerksamkeit, oder weil sie oder ich die Hand nicht ruhig halten konnten: Sie hatte etwas zu viel Flüssigkeit in den Trichter gekippt, eine große Luftblase ließ etwas davon über den Trichterrand schwappen, es lief außen runter, auf meine Hand. Ich spürte es auf der Haut rinnen, in die Kehle zwischen Daumen und Zeigefinger, außen über den Handrücken und dann an der unteren Handkante entlang, an deren tiefstem Punkt sich ein Tropfen bildete, der aber nicht abfiel. Es verdunstete zu schnell. Überall, wo es entlang gelaufen war, wurde es kühl. Und es roch dick, süß und betäubend. Ich sagte »Verdammte Scheiße«, und sie sagte »Oh, jetzt riecht der Junge aber fein«.

Ich lief sofort ins Bad, wusch mir die Hand – zweimal, dreimal, bürstete sie, spülte sie lange ab, und als ich sie mir dann abgetrocknet hatte und unter der Nase hin und her drehte, kam es mir vor, als sei alles weg. Das war natürlich eine Täuschung. Bald danach roch sie doch wieder, jetzt fast noch stärker. Ich konnte es selbst kaum beurteilen, ich war einerseits abgestumpft, zum anderen überreizt. Auf dem Heimweg wedelte ich mit der Hand in der Luft herum. In der Straßenbahn schnupperten die Leute, verzogen überdeutlich das Gesicht und beobachteten mich aus den Augenwinkeln.

Was war ich wohl für einer? Ein Seifenvertreter? Ein Schwuler? Ein normaler Mann parfümiert sich doch nicht – schon gar nicht mit so einem Zeug.

Zu Hause duschte ich lange. Danach roch auch mein übriger Körper. Ich schlief schlecht, der Geruch weckte mich immer wieder, war wie Fuselkopf, wie Fagottmusik. Die Wirtin, die nachts über den Gang zum Klo ging, schimpfte und lauschte an meiner Tür. Morgens versuchte ich es noch einmal mit Schrubben und salbte mich danach mit einer Kamillencreme. Danach schien für ein paar Stunden alles in Ordnung. Jetzt vermute ich, daß es ein vorübergehendes Ausbalancieren der beiden Geruchsarten war; das Parfüm bekam bald wieder die Oberhand. In meinem Büro wurde ein wenig gefeiert, der Kollege Fröbel hatte fünfzigsten Geburtstag, und ich drückte ihm die Hand. Danach wurde der arme Mensch den ganzen Tag gefrotzelt, weil er den Hauch von verbotenen Lustbarkeiten an sich hatte: »Fröbel, Fröbel – wo warst du letzte Nacht!« wurde geträllert. Dabei lag doch dem kleinen, aschgrauen Männlein nichts ferner als Weibergeschichten.

In der Kantine entwickelte sich um mich eine abartige Mischung von Brathuhn und Stripteasedunst. Hier konnte ich durch entsprechende Fixierblicke den Verdacht von mir ablenken. In meinem eigenen Büro war das schon schwieriger. Am schlimmsten war es aber in kleinen Räumen, zum Beispiel im Auto von Monika Maltz; mit ihr hatte ich mich immer gut verstanden, ohne besondere Hintergedanken, auf burschikose Art; sie nahm mich abends oft ein Stück weit mit, bis zum Supermarkt, wo wir beide unser Abendessen einkauften. An diesem Abend schimpfte sie: »I gitt, i gitt, was hast du denn für ein Nuttenparfüm an dir! Raus hier, du verstänkerst mir ja den ganzen Wagen!« Ich dachte zuerst, da äußere sich nur der allgemeine Haß, den Frauen oft aufeinander haben, und die Verachtung der jeweiligen persönlichen Attribute. Aber ich hatte ja überall diesen Ärger, und nicht nur bei Mädchen. Und es war nicht zu leugnen: Zwar merkte ich es normalerweise nicht, wenn ich aber in ein Zimmer zurückkehrte, in dem ich mich vorher aufgehalten hatte, so empfing mich dort der Geruch; es war der Geruch, den ich hinterlassen hatte, der nun vielleicht erkaltet war, oder sich durch andere Zusätze ein wenig verändert hatte, so daß meine Nase wieder darauf ansprach. Es war nicht zu leugnen: Es roch tierisch. Wie es eben mit einem billigen Parfüm ist, veränderte sich der Geruch allmählich beim Verdunsten; es roch ranzig, es roch nach Ziegenbock, nein, schlimmer, es roch nach Scheiße.

Ich schämte mich bei dem Gedanken, daß ich meiner Freundin ein solches Parfüm geschenkt hatte; ich verfluchte meinen Geiz. Noch vor unserer nächsten Verabredung rief ich sie an, erzählte ihr alles, was mir passiert war, und bat sie um Verzeihung. »Bitte, schmeiß das sofort weg, ich bringe dir was Besseres mit.« Sie wollte sich halbtot lachen. Sie hatte es an sich selbst noch gar nicht bemerkt, vielleicht deshalb, weil sie es sich regelmäßig, immer neu, auf die Haut tupfte. Schlimm würde es erst werden, wenn sie es nicht mehr erneuerte und es dann allmählich von ihrem Körper verdunstete. Aber damals ging es mit unserem Verhältnis ohnehin zu Ende.

Hätte ich wenigstens die betroffenen Kleidungsstücke gleich alle aussortiert! Aber so reich gesegnet war ich nicht, und für den Abend mit der Freundin hatte ich natürlich meine Lieblingsstücke angezogen. Das Jackett trug ich wieder eine Woche danach, an einem Abend, an dem ich aus bloßer Langeweile ins Bahnhofsviertel in einen Pornofilm ging. Ich fühlte mich mies, ich wußte nicht warum. Das Jackett hatte die ganze Woche draußen auf dem kleinen Balkon gehangen, den ich vor meinem Zimmer hatte. Aber nun, in dem warmen Kino, begann es wieder zu riechen. Das Kino war fast leer – mir unverständlich, wie der Pächter mit den Finanzen zurechtkam. Auf der Leinwand sah man todschicke Interieurs, halbnackte Frauen, die ihre großen Brüste schlenkerten, die sich auf dem Teppich aalten oder in einer Badewanne Sekt tranken, und Männer, die durch Feldstecher blickten, einhändig Sportcoupés steuerten und mit der anderen Hand einen Schenkel erkundeten, Männer, die man von hinten sah, während sie sich vorne offenbar die Hose aufzurrten, auf eine nackte Frau zugingen, die »o la la!« sagte, und dann sah man nur noch ein Getümmel, wabbelnde Schenkel und Ärsche, verzerrte Gesichter, und hörte es klatschen und keuchen. Dazu hier mein Geruch. Auf einmal setzte sich jemand neben mich und legte mir eine Hand auf die Hose. Es war eine kleine, dicke Frau. Sie roch fast so wie ich.

Was war denn auf einmal los? In meiner Freizeit war ich nervös, nichts erfreute mich mehr, weder Beat noch Fernsehen; ich trank zu viel. Im Geschäft hatte der Chef ein scharfes Auge auf mich, ich konnte ihm nichts mehr recht machen. Monika war immer schon weg, oder sie mußte noch bleiben, wenn ich mitfahren wollte, aber schließlich erwischte ich sie mal im Supermarkt und klagte ihr mein Leid. Sie verharmloste es. »Unsinn, das bildest du dir ein!« »Mach dir nichts draus, er hat eben seine Launen.« Ich bin immer mißtrauisch, wenn ich viele verschiedene Gründe für ein Verhalten höre.

Die folgenden Tage zeigten es klar: Ich war bei ihm unten durch; er wollte mich fertigmachen. Und Monika mußte das wissen, sie war seine Sekretärin.

Als er mir eines Morgens mal wieder eine Abreibung erteilt hatte – ich hatte eine Angebotsliste nicht überschwenglich genug abgefaßt –, rief er mich noch einmal zurück: »Übrigens, wie ich höre, haben Sie sich über mich beklagt. Sie fühlen sich also ungerecht behandelt! Warum sagen Sie mir das nicht selbst?« – Ich schwieg, was hätte ich auch sagen sollen! – »Nun«, sagte er, »was können wir denn dagegen tun?« Er hatte schon so einen sarkastischen Ton an sich, daß mir wohl nur noch *eine* Antwort übrigblieb: »Sie haben es geschafft – ich kündige also, zum nächsten Termin.« – Gleich darauf bereute ich meine Worte. Statt beleidigt alle Brücken abzubrechen, hätte ich mich wehren sollen! Ich hätte ihm alle seine Schikanen vorhalten sollen, und dazu die geringfügigen oder nichtigen Anlässe. Er hatte mich früher fast wie einen Compagnon oder Freund behandelt, daran hätte ich anknüpfen können. Aber es war zu spät.

Es war eine Ex- und Importfirma, Spielwaren und ›Gimmicks‹. Die Konkurrenz ist groß, solche Firmen kennen nur Freund oder Feind. Noch vor zwei Wochen hatte ich hier meinen sicheren Platz gehabt, fast alles ging durch meine Hände, ich war vertrauenswürdig – und plötzlich war ich ausgelöscht. Nach ein paar Stunden waren alle Kollegen informiert und schirmten sich ab. Auf die einfachsten Fragen bekam ich nur zögernd Antwort. Am anderen Tag fand ich an meiner Tür das Namensschild entfernt, meinen Schreibtisch ausgeräumt, meine Privatsachen in einem Karton in der Ecke. Auf dem Schreibtisch lag ein verschlossenes Kuvert, enthaltend meine Gehaltsanweisung für die restlichen sechs Wochen. Man legte keinen Wert mehr auf mein Erscheinen. Ich holte mein Geld und verschwand. Ich konnte sechs Wochen feiern.

Aber wer tut das unter solchen Umständen? An Zukunftssorgen lag es nicht, ich hatte keine. Ich war wie in Trance. Morgens erwachte ich um die übliche Zeit, verließ wie üblich das Haus, fuhr mit der üblichen Bahn, stieg an der üblichen Haltestelle aus, ging in einen nahegelegenen Park und setzte mich dort auf eine Bank. Die Anlage war durch ein städtisches Bauvorhaben in Mitleidenschaft gezogen, durch einen tiefen Graben, Abfall, Röhren, zerknüllte Zeitungen, Haufen von Aushub, Brennesseln, einen bewegungslosen Bagger. Das Bauvorhaben war wegen Finanznot gestoppt.

Nicht endende Stunden. Im Fernsehen hatte ich mal einen Film gesehen, von einem entlassenen oder vorzeitig pensionierten Angestellten, der es der Familie nicht gestehen wollte und deshalb jeden Morgen zur üblichen Zeit... genau wie ich. Ich glaube, ich habe sogar schon mehrere solche Filme gesehen, mit kleinen Varianten. Aber ich hatte kaum Familie; mein Vater war tot, meine Mutter neu verheiratet, wir waren uns fremd.

Nicht endende Stunden. Hin und wieder sah ich auf die Armbanduhr, las die Zeit und vergaß sie sofort wieder. Dabei stieg jedesmal wieder dieser Geruch auf, von meinem Handrücken, vom Handgelenk, vom Uhrband, das damals auch benetzt worden war. Der Geruch war fies, mit einer gewissen Nuance, entsprechend dem Stadium seiner Verwandlungen, mit einem Zusatz von Leder. Einmal lief ein rassiger, gelbschwarzer Schäferhund an meiner Bank vorbei, seinem Herrn voran, der in der Ferne die Leine durch die Luft sausen ließ. Der Hund hielt an, mit spitzen Ohren, stelzte auf mich zu, mit vorgestrecktem Kopf, mit glänzendem Blick, und ließ seine Nase an meinen Beinen entlang aufwärts gleiten, bis zu meiner Hand, die auf dem Knie lag. Er stumpte die schwarzfeuchte, gummiartige Nasenkuppe gegen meinen Handrükken und besabberte ihn ein wenig. Dann leckte er das Uhrband, hingebungsvoll – leckte und leckte. Wenn ich die Hand wegziehen oder seinen Kopf wegschieben wollte, knurrte er. Sein Herr war in einiger Entfernung stehengeblieben und pfiff. Der Hund verlangsamte sein Lecken. Erst nach einigen Pfiffen und scharfen Befehlen seines Herrn ließ er von mir ab und entfernte sich in langsamem Trab, wobei er sich mehrmals umsah.

Auch mich kostete es viel Überwindung, mich da herauszureißen. Ich stellte einige größere Gegenstände, die ich besaß – Fernseher, HiFi, Plattenstapel –, in den Keller meiner Zimmerwirtin, und reiste danach mit zwei Koffern ab in die Großstadt, die am weitesten weg war, im Süden unseres Landes. Ich kam frühmorgens an, es war kühl und sonnig. Das Wetter spornte mich an.

Eigentlich brauchte ich nicht schüchtern zu sein. Ich habe etwas zu bieten, spreche drei Fremdsprachen und bin gelernter Betriebswirt. Deshalb kam ich schon am zweiten Tag zum Zug. Ich stellte mich in einer Elektronikfirma vor, von der ich wußte, daß sie intensiv im Ausland tätig war. Als ich, etwas zögernd, mitteilte, wo ich herkam und welche Stellung ich aufgegeben hatte, wurde ich sofort mit Freuden aufgenommen. Hier war meine frühere Firma, wegen fragwürdiger Geschäftspraktiken, in Verruf, und mein Weggang von dort erhielt unversehens einen geradezu *moralischen* Anstrich. Dagegen kam ich nicht an. Hätte ich vielleicht sagen sollen: »Mein Gestank war die Ursache«?

Diese Firmen, wenn sie einen lieben, nehmen gleich alles in die Hand. Durch Vermittlung der Firma fand ich ein großes, luftiges, wunderschönes Mietzimmer in einer Villa am Stadtrand. Der Hausherr, ein Professor, ein leiser grauhaariger Mann, war unverheiratet. Im Haus wohnte sonst nur noch eine Haushälterin, zehn oder fünfzehn Jahre älter als er. Ich füllte dort wohl eine Lücke, bald war ich wie ein Sohn. Sie wollten alles von mir wissen, ich hatte noch gar nicht gewußt, daß es so viel zu erzählen gab. Ich erzählte auch meine Geschichte vom Parfüm – endlich wurde sie ernst genommen. Die Haushälterin sagte »armer Junge« und lachte. Der Hausherr vertiefte sich in die verschiedensten Aspekte der Physiologie, Sympathie und Parfümerie – alles Neuigkeiten für mich, alles anregend.

Am Badestrand eines nahegelegenen Sees machte ich die Bekanntschaft eines Mädchens mit dem seltenen Namen Cynthia. Wir wurden im Lauf des Sommers sehr vertraut. Sie studierte etwas, Architektur, befaßte sich mit Städtebau – auch das war alles neu für mich. Mein Mietsherr hatte nichts dagegen, daß sie mich oft besuchte. Er machte mir ein Kompliment zu dieser Wahl. Ich machte nach allen Richtungen Gewinne. In der neuen Firma hatte ich schnell einen guten Ruf gewonnen, ohne daß ich mich überanstrengt hätte. Das ist auch so etwas in unserer Wirtschaft: Den Neuen traut man gleich alles zu. Man ließ mich schon kleinere Abschlüsse tätigen. Ich machte oft kürzere Reisen in Europa. Wenn sie konnte, nahm ich Cynthia mit.

Als ich neu in dieser Stadt gewesen war, hatte ich den Kopf vollgehabt – die Stellungssuche, neue Bekanntschaften, die schnell erweiterte Weltsicht –, da blieb viel Naheliegendes unerledigt. Mein Uhrband erneuerte ich deshalb erst, als es ohnehin verschlissen war. Der Verkäufer knipste das alte Band mit einer kleinen Zange ab und schleuderte es mit gerümpfter Nase in den Abfalleimer. Mein Gott, war es so schlimm damit gewesen? Hatte ich das – von vielen Dingen abgelenkt – gar nicht mehr wahrgenommen? Was mochte ich wohl anderen Leuten in der Zwischenzeit zugemutet haben? Oder doch nicht? Vielleicht war es nur ein besonders empfindlicher Verkäufer? Sicher war es so. Wo blieben sonst der Zusammenhang, die Logik der Ereignisse?

Die letzten Spuren wurden etwa ein Jahr nach dem kleinen Mißgeschick mit der Parfümflasche getilgt; jetzt kommt mir die Geschichte schon vor, wie von einem anderen erzählt. Es war so. Die Haushälterin – ich nannte sie inzwischen »Tante Hertha«, aber sie war mehr für mich – kam einmal herein, und sagte »wir wollten ja nicht mehr davon reden, aber es ist immer noch was da«. Vom Parfüm. Ein letzter Rückstand vom Parfüm, ganz schwach, aber widerwärtig. »Riechst du denn das nicht?« Sie konnte das nicht begreifen, aber sie lieh mir ihre Nase, und so haben wir noch einmal systematisch alle meine Sachen durchgeschnüffelt. Jacken, Hosen, Hemden, Socken – ich hatte geglaubt, ich hätte nichts Altes mehr. Nicht nur die alte Kleidung, auch sonst alles von früher, kunstgewerbliche Aschenbecher, Plastikreisegeschirr, Hirschhornkorkenzieher und dergleichen war fort, verloren, abgedampft, die zurückgelassenen Objekte der früheren Wirtin geschenkt. Schließlich fanden wir ihn doch, den Sündenbock. Es war ein Schlips. Ein blaugrün-schillerndes Scheusal, das letzte der Kleidungsstücke, die ich an jenem Tag getragen hatte. Er war wohl zu Anfang mal aalglatt von der Krawattenstange abgerutscht und in eine dunkle Ecke des Kleiderschranks geschlüpft. Ich sagte »du Stinktier«, und Tante Hertha verbrannte ihn.

Danach verlor sich der Geruch, auch nach dem Urteil verläßlicher Nasen. Cynthia hat mir gestanden, daß es am Anfang unserer Freundschaft manchmal schwer erträglich gewesen war – je nach dem Wetter. Sie habe mich aber nicht beschämen wollen.

Aas, das allergische Kind

Sie hatte karottenrotes, struppiges Haar und war im Gesicht und an den Armen voller Sommersprossen. Ihr Körper war dünn und knochig. In ihrem Wesen war sie ein unleidliches Kind, voller Galle und immer zu üblen Scherzen aufgelegt. Eigentlich hieß sie Astrid Ölze, aber bei ihren Kumpanen hatte sie bald ihren Spitznamen weg. Vielleicht erwartet man nun, daß ein solches Kind kaum Freunde hätte und meistens allein spielen müsse – aber so war das hier nicht. Es klingelte oft schon früh morgens, und eins von den Nachbarskindern, Ute, Martha oder Otto, stand vor der Tür: »Kommst du mit spielen, Aas?« Aas streckte die Zunge heraus und war zu allem bereit. In diesem Viertel wußte man, daß ihr viele freche Sachen einfielen, und so was ist bei Kindern immer erwünscht, besonders, wenn es den Erwachsenen gilt. – Nur schade, daß Aas so oft krank war.

An einem sonnigen Oktobermorgen machte sich die Horde als erstes in Richtung Mariannenstraße auf, zu Feinkost-Maxeiner, wo sie einen großen Kanister Karbolineum über die australischen und südafrikanischen Äpfel und über die italienischen Pfirsiche gossen, die vor dem Laden terrassenförmig ausgestellt waren. Dann beobachteten sie hinter der Ecke, wie Maxeiner, mit seiner weißen Schürze und verkaufsfördernden Baskenmütze, rausstürzte, die Hände über dem Kopf zusammenschlug und tobte. Nachmittags würden sie dann von Utes Balkon aus zuschauen, wie Frau Maxeiner im Hinterhof versuchte, die Früchte mit Seifenwasser abzubürsten – wenigsten die Äpfel, die Pfirsiche waren zu rauh.

Aber jetzt ging's erst mal zu Piano-Fellner, an der Ecke Textorstraße/Geleitweg. Der Schauraum des Pianohauses hatte was Unheimliches. Bis tief in den dämmerigen Hintergrund standen Klaviere und Flügel, wie Särge oder schwarze Limousinen, mit silbernen Markennamen und unermeßlich hohen Preisen auf den Schildchen. Meistens war es menschenleer. Nur hin und wieder saß ein Kunde an einem Instrument, oder es war Herr Fellner, der einem Kunden vorspielte, und feinsinnig einem winzigen Tastenton hinterherhorchte: Ping ping ping. Draußen, auf der Straße, brummte und quietschte der Straßenverkehr. An dem großen Schaufensterglas, das beide Welten trennte, standen die Kinder. Auf Anweisung von Aas hatten sie die Scheibe mit einem zugefeilten Stahlnagel angeritzt. Täglich verfolgten sie, wie durch die Vibrationen außen und innen, durch die feinsinnigen Tastentöne, durch aufheulendes Getriebesingen, durch perlende Läufe, durch Flugzeugdröhnen, der Sprung immer länger wurde, um ganz allmählich die Scheibe zu spalten.

Das nächste Ziel war der Hauseingang Laubestraße 24, wo viele Kinderfeinde wohnten. Über die vom täglichen Schrubben sowieso schon aalglatten Stufen hatten sie einen Liter Salatöl gegossen und warteten nun gegenüber, hinter dem kaputten Hippie-Auto, wer als erster aus der Tür treten und hinknallen würde. Würde es der knochige Herr Ocker sein, der sofort mit dem Spazierstock drohte, wenn er auch nur eines der Kinder erblickte? Oder die dicke Witwe Grützmacher, das Dreizentnerweib, die neulich Martha gegrabscht und sie am Ohrläppchen bis nach Hause gezerrt hatte: »Vorsicht – Platzt!«? Oder würde es die lederzähe Hausbesitzerin selbst sein, Frau Hermine Hamster, welche von den Kindern immer wieder durch kleine, glänzende Metallteilchen oder am Boden liegende Kuverts mit großer Aufschrift »Geld« zum Bücken veranlaßt wurde, während sie wiederum bei jeder Gelegenheit die Polizei gegen sie alarmierte?

Doch bevor sich die Haustür öffnete und die Spannung sich löste, schrie Aas plötzlich auf: »Aua! Es brennt! Aua, aua, Brennesseln!« – »Quatsch! Hier sind weit und breit keine

Brennesseln!« – »Doch, da vorn, auf dem Trümmergrundstück, wo wir immer hinpinkeln!« – »Aber da waren wir doch heute noch gar nicht!« – Sie hatten kein Interesse mehr an dem Hauseingang, sondern trotteten etwas ratlos neben dem jammernden Kind her, das sich wand und verrenkte, immer wieder Hals und Gesicht rieb, Arme und Beine blutig kratzte, wo nun überall große unregelmäßige Flecken und Placken erschienen, die Aas, zusammen mit den zerrauften Haaren und den tränenden Augen, ein wüstes Aussehen gaben. »Ihr Scheißkerle, was habt ihr wieder mit mir gemacht!« schrie Aas verzweifelt und fuhr jetzt auf ihre Spielkameraden los. Sie versuchte sie zu treten und sie mit Fingernägeln kratzend anzugreifen. Die Horde setzte sich schleunigst ab. »Kommt«, sagte Otto, »die lassen wir besser allein. Die hat heut wieder ihren Kratz- und Beißtag.«

So schlurfte Aas unter leisem Gewimmer nach Hause. Der Briefträger kam ihr entgegen und hielt: »Arme Kleine, was ist dir passiert?« Aas spuckte ihn an.

Sie mußte drei Tage im Bett bleiben, bis das Fieber nachließ und die anderen Symptome abklangen. Es war nicht das erste Mal, aber die Eltern hatten es bisher nicht ernst genommen. Sie war eben ein Reiß- und Beißteufel. Wenn sie also wieder mal über und über verdreckt nach Hause gekommen war und die Mutter sie dann in der Badewanne schrubbte – wobei sie im selben Rhythmus bürstete und schimpfte –, so fielen neben alten Narben und neuen Schürfungen die roten Hautflecken und Bläschen, die geschwollenen Augenlider kaum auf. Mit der Zeit aber lernte sie unterscheiden. Sie holte schließlich den Arzt.

Der Arzt untersuchte sie, prüfte die Haut, Augen und Rachen, fragte, was für Sachen sie zuletzt angefaßt habe, vielleicht Primeln oder Pfirsiche? Aber Primeln gab's jetzt keine, und Maxeiners Pfirsiche hatten nur die anderen angefaßt. Aas war schon von selbst vorsichtig. Was sie angefaßt hatte, waren Marthas Haare und Kleider, den alten Hippiewagen, Mauern, ja, und dann noch – fast hätte sie's vergessen – den Schwanz des Hundes von Metzger Bump. (Da hatten sie ein Räucherstäbchen drangebunden.) »Na also«, sagte der Arzt erleichtert. »Da haben wir's.« Er notierte »allergisch auf Hundehaare« in sein Krankenheft und verordnete ein paar lindernde Arzneien.

Aas wuchs heran, wurde körperlich stabiler, aber sie blieb ein Sorgenkind. Für ihre Eltern rissen der Ärger, die Beschwerden von Geschädigten, der Schadenersatz und die Entschuldigungen nicht ab. Vielleicht waren sie zu nachsichtig mit Aas.

Eines Sonntags kam Onkel Heinz zu Besuch. Er hatte sich ein paar Jahre nicht sehen lassen. Aber er war ein Frührentner und ein bekannter Gerüchteverbreiter, mit dem man sich's besser nicht verdarb. »Ei, ei, du allerliebste Nixe!« sagte er zu Aas und betatschte ihr jovial den Oberarm und das Gesicht – da stöhnte sie plötzlich auf. Plötzlich war sie puterrot im Gesicht, überall voller Pusteln. Ein solcher Effekt ist nicht schmeichelhaft, und dem Onkel kam seine Jovialität schnell abhanden. Er giftete, man habe ja schon allerhand von ihr gehört. Aas sei offenbar ein Kind von krankhafter Bosheit, es versuche, mit allen Mitteln anderen etwas »anzuhängen« – und dies mit stillschweigender Unterstützung durch die Eltern. Bei einer solchen Gesinnung könne er (in einem seit langem andauernden Erbschaftsstreit) nicht mehr als Vermittler dienen – damit empfahl er sich.

Aas litt noch eine ganze Weile unter dem schmerzhaften Ausschlag und Fieber, ein starkes Mittel mußte zur Linderung gegeben werden. Der Arzt war inzwischen so ziemlich am Ende seiner Weisheit. War es ein zufälliges Zusammentreffen oder war wirklich der Onkel auslösend? Vielleicht hatte der Onkel einen Hund? Eine materielle Ursache mußte es schon sein, aber in diesen Grenzen war inzwischen fast alles möglich.

Die Vermittlung durch Onkel Heinz, durch die sie eine

gewisse Summe aus der Erbschaft hätte erhalten können, wäre für Astrids Eltern damals eine Hilfe gewesen. Es ging ihnen nicht gut. Der Vater war als kleiner städtischer Beamter mager besoldet, Nebenbeschäftigungen für die Mutter waren schwer zu haben, das Geld reichte kaum hin. Sie beschlossen deshalb, ein Zimmer von ihrer Dreieinhalbzimmer-Wohnung unterzuvermieten. Das war Astrids Zimmer. Zum Schlafen richtete man ihr die Besenkammer ein, spielen und Schularbeiten machen mußte sie im Wohnzimmer.

Der Untermieter hieß Stelzer und war ein Handelsreisender. Er bemühte sich, gewisse »radioaktive« Gegenstände, Becher, Bestecke, Ketten, Fingerringe etc. unter die Leute zu bringen. Sie sollten gut sein gegen Rheuma, Gicht, Leber- und Gallenleiden und gegen viele andere Krankheiten. Herr Stelzer war ein großer Mann mit Bauch und schlaffem Händedruck, das immerwährende Lächeln und die herabhängenden Augenlider gaben ihm einen frömmelnden Ausdruck. Es enttäuschte ihn, daß Astrids Eltern nicht einen seiner »Radium-Becher« anstelle der ersten Miete annehmen wollten, wobei sie obendrein noch ein Geschäft gemacht hätten. »Ihrem Kinde könnte er helfen«, sagte er mitleidig, denn Aas hatte mal wieder einen ihrer Anfälle, sie lag fiebrig und fleckig in ihrer winzigen Kammer.

In dieser Zeit ging es auf und ab mit ihrem Befinden. Montag morgens – der Reisende war zu seiner Tournee aufgebrochen – fühlte sie sich wohl. Sie war noch blaß und mitgenommen, aber nicht im Bett zu halten. Sie lachte, sprang in der Wohnung herum, war ungewöhnlich liebevoll zu Mutter und Vater, die dann jedesmal von neuem hofften, nun sei es mit der Anfälligkeit des Kindes ein für allemal vorbei. Mit der Rückkehr des Reisenden jedoch, in der Regel donnerstag abends, kehrten auch Astrids Beschwerden wieder. Ihre Leiden nahmen die seltsamsten Formen an. Schon wenn man ihn im Treppenhaus langsam mit seinem Gepäck hochsteigen hörte, begann sie an den Wänden zu kratzen, an den Vorhängen zu reißen, sie zupfte sich Haare aus und fügte ihren schmerzhaften Reizungen noch weitere Wunden zu. Wenn der Reisende dann mit sanftem Gesicht die Wohnstube betrat, wo Aas den Nachmittag vorher ruhig am Tisch gesessen und gelesen oder gemalt hatte, dann gebärdete sie sich wie eine Raubkatze, so daß der Mann sich erschreckt zurückzog.

Der Mensch ist ein langsamer Lerner, aber dieser Zusammenhang war nicht zu übersehen. Wohl oder übel mußten die Eltern nun den Mieter bitten, sich eine andere Unterkunft zu suchen. Zusammen mit Herrn Stelzer und seinen Radium-Artikeln verschwanden auch Vater Ölzes kleine Münzensammlung und eines der wenigen Schmuckstücke, die Astrids Mutter noch besaß.

Es waren schwierige Jahre für die Familie. Doch wenigstens lag es jetzt nicht mehr an dem Mädchen, das allmählich in seiner Gesundheit gefestigt war. Aas war fünfzehn, ein ansehnliches und fast immer gut gelauntes Fräulein, ihr Haar jetzt eher kastanienfarben, die Haut ein wenig bräunlicher und besser gepolstert. Durch die früher so häufigen Krankheiten hatte sie die Schule nur unregelmäßig besuchen können. Doch hatte sie die Zeiten der Bettlägerigkeit, wenn der Zustand nicht mehr allzu schlimm war, dazu benutzt, um unersättlich zu lesen und zu lernen. Der Vater konnte ihr dazu nicht genug Stoff mitbringen, Schmöker aus der Trödelkiste, Romane aller Art aus der Leihbücherei, alte Schulbücher, abgelegte Zeitschriften – sie verschlang alles und schärfte ihren Verstand dabei. Wie mit Erstaunen schrieb die Schule ins Abschlußzeugnis: »Trotz häufiger krankheitsbedingter Abwesenheit konnte die Schülerin den Anforderungen durchaus genügen.«

Aber als Astrid in die Unterprima kam, nahm es noch einmal eine Wendung zu Schlechterem. Plötzlich häuften sich wieder die Klagen. War sie sonst in den letzten Jahren eher still gewesen, nicht ohne Fragen oder auch Einwände, doch immer höflich und sachlich, so entwickelte sie sich nun zum Quälgeist. Sie übertönte den Unterricht mit schrillen Geräuschen, schimpfte und spottete abwechselnd. Sie ahmte die Lehrer nach, zog ihre Banknachbarn an den Haaren, kritzelte mit Filzstift auf Kleider und Hemden oder schnitt Löcher hinein. Wurde sie dann ermahnt oder gescholten, so sprang sie von ihrem Platz auf, schüttete ihre Schultasche vor dem Lehrer aus, rannte aus dem Klassenzimmer. Sie streunte den ganzen Tag durch die Stadt oder im Stadtwald herum, tauchte erst spät abends zu Hause auf, mit glühenden Augen, schweißüberströmt, voller Pusteln und Quaddeln.

»Geht's also wieder los«, seufzte die Mutter.

»Im Grunde sind Allergien etwas Rätselhaftes«, sagte der Arzt. »Man weiß nur wenig darüber.« Er kurierte das Mädchen mit Ruhe und antihistaminischen Arzneien.

Aber kaum war sie, nach zwei Wochen, wieder in der Schule, begann das Höllenspektakel von neuem. Der Rektor rief mehrmals bei den Eltern an und schilderte, wie Aas das Lehrerpult in Brand gesteckt hatte, oder, in einem anderen Fall, die Beine des Lehrerstuhls eingekerbt hatte, so daß er beim Hinsetzen zusammenbrach, daß Aas hemmungslos mit einem Katapult herumgeschossen und schließlich den Klassenraum mit einer Stinkbombe unbenutzbar gemacht hatte. Es wurde schließlich eine Aussprache im Büro des Rektors verabredet, an der Aas mit ihren Eltern teilnehmen sollte.

Bei der genauen Untersuchung der einzelnen Vorkommnisse zeigte es sich, daß, wenn auch fast alle Lehrer und Klassenkameraden unter Astrids Angriffslust zu leiden hatten, doch ein bestimmter Lehrer das eigentliche Objekt war. Dieser Lehrer war der Studienassessor Holzner, Deutsch und Geschichte.

»Sag mal, hast du was gegen den Lehrer Holzner?« fragte der Rektor das Mädchen.

Aas runzelte die Stirn, sie brütete. »Herr Holzner – ich glaube.« – »Wieso, was ist mit ihm?« – »Ich weiß nicht.« Sie hatte meist nur eine ungenaue Erinnerung an die Vorfälle – wie ein Schlafwandler. Der Rektor ließ den Holzner rufen.

Herr Holzner war ein mittelgroßer, täppischer Mann mit rötlichem Teint, mit hellem, stark gelichtetem Haar und einer porigen Knollennase. Er hatte einen kleinen Mund, fast so etwas wie eine Schnute und lang herabhängende Ohren. Man soll Menschen nicht nach dem Aussehen beurteilen. Trotzdem hat wohl jeder, unausgesprochen, gewisse Faustregeln, nach denen er das Aussehen mit dem Charakter verbindet. Danach hätte der Lehrer Holzner bestimmt überall als harmlos und gutmütig gegolten.

Desto weniger verstand man Aas. Als der Holzner eintrat und ihr sogleich versöhnlich die Hand hinstreckte, sah sie ihn groß an – und dann ging es wieder los. Sie war ja in einem Alter, in dem man seine Gefühle schon etwas im Zaum hat – aber sie wurde einfach überwältigt. Sie stürzte im Krampf zu Boden. Sie schien an Atemnot zu leiden, wie ein Asthmatiker, röchelte, verdrehte die Augen, machte verzweifelte Gebärden, der Mann möge sich entfernen.

Der Rektor schob den Holzner hinaus. Er war beeindruckt und verblüfft. Vielleicht hatte das Mädchen wirklich Asthma, und das ist eine stark emotional bestimmte Krankheit. Es ist bekannt, daß eine unangenehme Situation einen anstehenden Anfall auslösen kann. Doch der Rektor war nicht einer von denen, die immer alles auf das schon Bekannte zurückführen wollen. Er hatte früher selbst in Astrids Klasse unterrichtet. Er hatte ihre Art von Empfindlichkeit beobachtet. Es war kein Krankheitssymptom, es war ein anderer Fall.

Er redete nicht viel darüber, sondern beschloß bei sich, den Zusammenhang im Auge zu behalten. In der Zwischenzeit gestattete er als Ausnahme, daß Astrid Deutsch und Geschichte bei einem anderen Lehrer hören konnte. Danach ging es wirklich etwas besser – wenn auch nicht ganz ohne Gereiztheit.

Otto Lenz, der früher mit in der Horde gewesen war, war

auch mit Aas in einer Klasse. Er hatte einen älteren Bruder Walter, der Journalist war, und der nach Berichten über den Unterricht von Herrn Holzner hellhörig geworden war. Der Lehrer schien seltsame Interessen zu haben. Dazu gehörten z. B. die Foltermethoden, die in den Bauernkriegen, im Dreißigjährigen Krieg oder auch von der Inquisition ausgeübt wurden. Er brachte manchmal Bücher mit, in denen diese Greuel ausführlich geschildert waren, und ließ daraus vorlesen. »Nein, was für Einfälle!« rief er dann freudig aus. »Versucht einmal, euch *das* vorzustellen!« Eine andere Spezialität Holzners war die Erörterung der verschiedenen Arten der Todesstrafe, die es auf der Welt gibt, durch Erhängen, Elektrischen Stuhl, Gaskammer, Guillotine usw. In diesem Zusammenhang besprach er genau die verschiedenen Todesursachen und beschrieb die besondere Art der Schmerzen oder sonstigen Unannehmlichkeiten der jeweiligen Todesart. Gab es während des Unterrichts oder in der Pause Rangeleien oder Schlägereien, so versuchte er sie zwar scheinbar einzudämmen, brachte aber zugleich durch Sticheln und Verdächtigungen die Gegner noch mehr in Wut, die sich dann bald darauf um so gewaltsamer entlud. Schüler, die zur Heimtücke und Gemeinheit neigten, waren seine Lieblinge. Während der Unterrichtsstunde stellte er sich manchmal unauffällig neben einen von diesen und flüsterte ihm etwas ins Ohr. Wenn dann bald danach die Banknachbarn insgeheim gepiesackt wurden, konnte er seine Heiterkeit kaum verbergen.

Er selbst erlaubte sich allerdings nie eine körperliche Maßregelung und nur selten ein direktes hartes Wort. Es entstand aber unter seinem Einfluß eine allgemeine Atmosphäre des Mißtrauens und der Feindseligkeit in der Klasse, von der auch die anderen Lehrer und die Eltern beunruhigt wurden, ohne daß sie wirklich etwas Greifbares feststellen oder eine Erklärung finden konnten.

Für den Journalisten Walter Lenz wurden die Auswirkungen des Holznerschen Unterrichts allerdings immer klarer, je länger er mit der Befragung der Schüler fortfuhr. Bei seinen Recherchen stieß er bald auf Astrid Ölze und ihre Krankheiten. Er fragte sie sehr behutsam aus, machte auch einen Besuch bei ihren Eltern; das waren Menschen ohne Miesheit. Aas faßte schnell Zutrauen zu ihm, sie trafen sich dann öfters. Es kam die Infamie der Methode des Lehrers zur Sprache. Obgleich Aas unter den Erinnerungen litt, zum Teil auch unter den schon genannten Verdunkelungen des Gedächtnisses, bemühte sie sich um deutliches Wiedergeben bestimmter Details: Wie er etwa durch zynischen Kommentar sein Einverständnis mit Zuständen durchschimmern ließ, die abscheulich waren, wenn er durch überfallartige, brutale Wortwahl, durch doppelsinnige Erklärungen oder durch absichtliches Vermischen von guten und schlechten Botschaften seine Unterrichtsstunden zu Stunden subtiler Quälerei gemacht hatte.

Es ist schwierig, einen schlechten Lehrer loszuwerden, denn die Zeugen seiner Verfehlungen sind ja minderjährig. Der Rektor hatte zwar schon Verdacht geschöpft, aber eigentlich war es Walter Lenz zu verdanken, daß der Lehrer Holzner vom Dienst suspendiert wurde. Währenddessen hatte sich Walter in Astrid verliebt. Er war der erste, der ihre Gabe erkannt hatte. Doch war er klug genug, sie niemals methodisch auszunutzen.

Was ist das, was von einem Menschenfeind ausgeht? Ist es der Dunst seines Schweißes, ein bestimmter Geruch? Ein falscher Ton in seiner Rede? Wird das Lächeln, mit dem er sich tarnt, durch eine ›Gegenmimik‹ entlarvt, die nur ein Empfindsamer wahrnimmt? Geht es auch dann, wenn der Menschenfeind, wie so häufig, ein gutes Gewissen hat? Und wie steht's mit der guten Absicht, die Unheil stiftet?

Seien wir bescheiden. Der einzige Vorteil, den Walter Lenz aus der Freundschaft und Ehe mit Astrid Ölze zog, war, daß er falsche Freunde vermied. Manchmal ertappte er seine eigenen Hintergedanken.

Wollny's Mutter

Zur Zeit der großen Demonstrationen, an denen Wollny Anteil hatte, waren es 24 Jahre, daß Wollny's Mutter in Rosenheim lebte; wo der Krieg sie hingeworfen hatte, war sie geblieben. Ihr Sohn studierte in München, und sie beklagte sich oft, daß er so lange fortblieb: ›Wann kommst du mal?‹ schrieb sie immer wieder. ›Schreib doch wenigstens!‹ Sie mußte von beschränkten Mitteln leben und hatte also nicht viel Abwechslung.

Wenn Wollny dann endlich bei ihr eintrat, war alles wieder unverändert, immer von neuem abgetragen, die Mutter vielleicht ein wenig trockener, ihr Lächeln blasser unter dem mürben Seidenschirm, in dem bräunlichen Licht, das auch tagsüber an war.

»Da bist du«, sagte sie sachlich, sie verbarg ihre große Freude und legte die Handarbeit nieder auf das ovale Wackeltischchen, von dem leicht was runterfiel – so war das hier, alles sehr gemütlich, fast alle Möbel klein und unbrauchbar.

»Also setz dich und iß« – sie hielt das Mittagsmahl gewärmt – immer kam Wollny später als erwartet; danach gleich Kaffee und Kuchen. Sie sagte: »Erzähle«, und erzählte von gewissen Nachbarn, die sich leider zu ihren Ungunsten verändert hätten, von alten Freunden in neuem Wohlstand, die sich kaum mehr blicken ließen, und von einigen schadhaften Gegenständen, die Wollny sich mal ansehen müßte – beim Bügeln, zum Beispiel, bekam man einen Schlag.

Selbst in der Provinz, wo doch vieles billiger ist, konnte man nur knapp leben von der Witwenrente, Frau Wollny mußte dazuverdienen; durch Nähen: scharf kalkulierende Kleingewerbegattinnen wünschen ein Modellkleid zum Preis von zehn Pfund Kaffee; oder durch Sticken: sie hatte auch die

Fahne des Traditionsbundes I.R. 16 gestickt, wo unter anderem das Andenken des Leutnants Wollny hochgehalten wurde. Wenn Damen zugelassen waren, nahm sie an den Kameradschaftsabenden des Traditionsbundes teil – es war fast die einzige Unterhaltung, die sie sich gönnte. An diesen Abenden wurde es spät, auch nach der Rückkehr fand sie nicht ins Bett, wanderte hin und her, trällerte den ›Badenweiler‹, sang ›Westerwald‹, etwas von Zarah Leander, Ilse Werner, Marika Rökk und solche Schlager, die man nur noch in alten Filmen und auf Schellackplatten hören konnte, die Frau Wollny bei bestimmten Gelegenheiten auf dem Grammophon spielte.

In früheren Jahren hatte sie sich manchmal von einem der alten Kameraden nach Hause begleiten lassen – sehr fröhlich: »Komm her, mein Junge, mach einen Diener: Das ist der Hauptmann Reitz, er hat deinen Vater gekannt.« Lastend in Wollny's Gedächtnis ein Herr im graugrünen Trachtenanzug, mit Hornknöpfen, sehr zerklüftet. »Jaja, der Wollny«, meckerte es – ein schwerer Vierkantschädel, kurzgeschoren, blaurasiert, ein Auge zusammengekniffen –, »der Wollny, der Fritz, jaja, der hatte es faustdick – was Martha? Das war schon einer, der Fritz – ein scharfer Hund, ein toller Hecht! – Soso, du bist also der ...« er griff sich Wollny's Kinn und riß es hoch: »Du bist also ... – so ist's recht, jawohl, ausgezeichnet – einen strammen Kerl habt ihr da zusammengebracht, Martha!« Auch dieser Herr, mit der Hand fest um Wollny's Kinn, war, soweit zu erkennen, sehr aufgeräumt; er schrie, als stände das noch in Wollny's Belieben: »Kopf hoch, mein Junge! Halt dich grade!« Sein anderes Auge war blaßblau und rot geädert.

Ins Bett, ins Bett, Kinder müssen früh ins Bett, müssen zur Schule, früh aufstehen und wachsen! Ins Bett, ins Bett – die Mutter rief das immer so verheißungsvoll, als könnte man mit dem Bett direkt ins Grüne fahren. Da ging aber noch anderes vor, an diesen Abenden. Unruhig, in seinem Zimmer, auf dem Bett, blätterte Wollny im ›Neuen Universum‹, einem Buch für Jungen, zwanzig Jahre alt, aber immer noch lehrreich. Die Mutter hatte ihn heftig geküßt und an sich gedrückt. Klaps auf den Hintern, die Tür zu. Später: Durch die Wände, über den Gang, tönte Foxtrott von alten leiernden Platten, ›Wir wer'n das Kind schon richtig schaukeln‹ – die Stimme krähte so –, ein Flaschenkorken pf-lupp, Knarren, Gläser, schau-keln, ein schwankendes Gemisch von Geräuschen, das sirrende Taftkleid, Elektrizität, rosa, knakkend, nur für solche Gelegenheiten bestimmt – aber jetzt seit langem unten in der Motten-Kommode, denn Frau Wollny warf nichts fort.

»Ach – da bist du«, sagte sie und löste sich von ihrer Handarbeit, die mehrmals herunterfiel, so daß Wollny sie mehrfach wieder aufheben mußte. Sie machte sonst einen guten Eindruck, verglichen mit den letzten Malen – schmal und angestrengt, aber hoffnungsvoll, wie auf dem Weg in bessere Zeiten. Sie mußte jetzt gut beschäftigt sein, reichlich mit Aufträgen rings um Sofa, Tisch und Kommode, reichlich eingedeckt mit Stickseide, Fahnenseide, schön blau, schön rot, schon fertige Embleme, zum Beispiel ›DJO‹, Ähren, gekreuzte Schwerter, Eichen oder Eicheln.

»Was machst du denn da? Woher hast du denn die vielen Aufträge?«

»Gefällt es dir nicht?«

»Naja – also gibt's denn keine bessere Arbeit?«

Gekränkte Lippen, steifer Hals:

»Tut mir leid – besser kann ich es nicht machen. Ich bin ja kein Künstler!«

»Das meine ich nicht.«

»Was meinst du denn?«

Sie betrachtete ihn unruhig. Sie machte sich Sorgen um ihren Sohn – schon eine ganze Weile. »Du mußt dich hinlegen. Du machst einen wirren Eindruck. Wahrscheinlich bist du nicht gut ernährt, wahrscheinlich überarbeitet. Wirklich du solltest dich *hin*legen«, drängte sie sanft, beinahe hypnotisch: »Leg dich doch ein bißchen *hin*, jetzt gleich, für ein Stündchen, mach ein Schläfchen ...«

Sie hatte recht. Jetzt wollte er schlafen, schlummern, in der Daunenwärme wie in leichtem Fieber, schnullen, sich dickflüssig wälzen, Quetschfalten in die Haut tief eingebrotet – die Haut, die dem Schlaf selbst ähnlich wird, so weich und aufblasbar, Schlafbacken, Schlaflocken, Schlaf im eigelben Flaum von Wulle Wulle. Zurück zum Anfang, zum ganz Kleinen, wo man schon früh anfängt, einander zu piesacken und zu quälen, sich in den Kellern zu verknäueln, in Hinterhöfen, einander unaussprechliche Schimpfworte nachzurufen, wo man immer laufen mußte, keuchende Flucht, dabei schon schmerzhafte Treffer am Hals und im Rücken. Kaum entkommen, noch weiter zurück auf dem Land, wird man schon zum Zeugen gemacht zwischen Misthaufen und Freiabort beim lustigen Schlachtfest. Heißa, wie spritzen die Schweine ihr Blut in die karmesinrote Gegend. Da vergnügt sich einer, einer von den Viechsgesellen, fährt, fest an den Ringelschwanz geklammert, auf dem Hintern durch den Matsch, die anderen stehen und grölen. Der Qualmkessel, der Futterkocher wartet schon unterm Birnbaum und die Greisin Rührtinderschüssel, noch leer, weil das Ende des Schweines sich verzögert. Die Greisin murmelt im Tumult, brabbelt, früher war es besser, früher ging es schneller, das waren noch Männer, früher, die mit einem Schlag übern Schädel kracht die Sau zusammen und wälzt sich und strampelt am Flaschenzug und pumpt das Blut und die Greisin Rührtinderschüssel. Und so weiter von da aus, rückwärts, vorwärts tapferer Landsknecht, die Saufeder im Gedärm, Bihänder schwingend Köpfe mähend, Frauen unter großen Gewölben bringen Salamander zur Welt, Feuerzeichen am Himmel, blutige Sterne, neue Zukunft und neue Martern, ständig verbesserte Foltern, Verstümmelungen, Giftschwaden, Ängste, die aufgehetzten Menschenheere, die große

Rundreise des Verderbens, die riesigen Kriegskometen, Bomben- und Aschenregen, hoch oben Katatone, blicklos, die jedes Leben, am Ende auch das eigene, am Ende nur noch bewußtlos mechanisch an Hebeln ziehend mechanisch niedermachen niederwalzen und ins Nichts auflösen. *Nein!*

Nicht schlafen!

Gepeinigt wachte er auf.

Er betrachtete die Sachen, die seine Mutter jetzt machte, die Wimpel, Armbinden, Rangabzeichen, Troddeln. Er schüttelte den Kopf.

Aber die Auftraggeber seien alles anständige Leute, sehr honorig! Es sei keine leichte Arbeit – bestimmt nicht überbezahlt. Man meinte es gut mit ihr, Herren wie der Hauptmann Reitz, der – das könne er ruhig einmal erfahren – für seine Mutter, und auch für ihn, Wollny, viel getan habe. Das Leben sei schließlich nicht ganz leicht für eine junge Kriegerwitwe. Sie sah ihn strafend an, und plötzlich schoß das Wasser aus ihren Augen: »Daß wir uns immer streiten müssen!« Sie war so lange allein, eine einsame Frau, und immer dieses Herumknausern, in ihrem Alter – so ganz würde ein junger Mensch das nie nachfühlen können.

Dabei hatte sie sich doch eine Überraschung ausgedacht, etwas Besonderes zur Feier des Besuches – eine Flasche Sekt. Sie stand im Spülbecken kalt, und es wurde schon dunkel; er sollte sie gleich öffnen. Sofa und Sessel von Heimarbeiten befreit, saßen sie sich gegenüber, die Mutter prostete mit nassem Blick. Man genoß in Schlückchen, es kitzelte auf der Zunge, die Mutter schmatzte ein bißchen, es war ein süßer, klebriger Sekt. Auch die Tischplatte war beim Überschäumen klebrig geworden, und klebrig auch eine darauf gelegte Hand, die Wollny drücken sollte, die Mutter hatte alles Licht bis auf die dämmernde Tischlampe gelöscht, sie summte verwaschene Schlagermelodien, Ilse Werner oder Marika Rökk – das Grammophon war längst kaputt. Mutter Wollny wiegte sich, ihr Oberkörper schaukelte im Takt, sie hatte schon lange keinen Alkohol mehr genossen, ihr Gesicht schimmerte, es hatte die einfältige, leicht unordentliche Schönheit früherer Jahre zurückgewonnen – für eine Nacht voller Seligkeit. Sie probierte ein perlendes Lachen, sie plauderte von etwas Glänzendem, Funkelndem, von Kronleuchtern, Lackschuhen, Uniformen und sank tief in das Sofa zurück. Später mußte er sie ins Schlafzimmer tragen, federleicht und flüsternd hing sie an seinem Hals: »Fritz! Fritz!« Er legte sie aufs Bett. Einen Augenblick lang erwog er, ob er ihr das Kleid ausziehen sollte, das sie sicher schonen wollte; aber er ließ es sein. Sie rollte sich schnurrend zusammen: »Du bleibst doch, ja? Nicht wahr, du bleibst doch?« – »Jaja, ich bleibe.«

Er deckte sie zu, knipste das Licht aus, trat auf den Gang und zog den Mantel an. Es fiel ihm schwer zu gehen, ein Gespinst hinderte ihn, so was, was im Herbst herumfliegt, dünne, klebrige Fäden.

Für sie war er noch immer ein Kind. Wie konnte er ihr die Augen öffnen?

»Schau mich doch an! Ich bin ein erwachsener Mann, ich habe andere Freunde und andere Frauen, andere Gedanken – du mußt das endlich mal begreifen!« Aber sie kicherte nur »jaja, weiß ich doch!«, sie betrachtete ihn kichernd über die Brille hinweg, sie ließ sich nicht überzeugen. Er mußte sich ziemlich grausam losreißen und dabei einiges kaputtmachen und zerstören.

Es vergingen dann viele Monate, fast ein Jahr, in denen die Zeitungen und das Radio voll waren von Nachrichten über Tumulte, Straßenumzüge, Lärm, Glasbruch und andere unerlaubte Handlungen. Die Bürger von Rosenheim – obgleich hier kaum etwas vorfiel – standen in besorgten Grüppchen beisammen, aber für Mutter Wollny zählte nur die Sorge um ihren Sohn, von dem sie seit langem keine Nachricht mehr hatte. Endlich kam ein Brief: »Liebe Mutter, ich habe gegen ein Gesetz verstoßen. Aber ein Verbrecher bin ich nicht. Ich will mehr Gerechtigkeit, deshalb bin ich hier eingesperrt. Bitte besuche mich.«

Sie war am nächsten Besuchstag dort und setzte zwischen den Gitterstäben, die sowieso nichts anderes zulassen, ihr pädagogisches Gesicht auf.

»Ach Junge, wie bist du hier hineingeraten!«

Er sprach vom Krieg, der aufhören müsse, und von der Herrschaft der wenigen, aber es war vertane Mühe. Hätte er doch schon früher damit angefangen und sie auf dem laufenden gehalten! Er hätte es wenigstens versuchen müssen – jetzt war es zu spät. Sie hielt es alles für Ausreden oder für den Einfluß schlechter Freunde.

»Von selbst kommt man doch nicht ins Gefängnis!« Wollny senkte den Kopf, schuldbewußt, wenn sie es so wünschte, oder um ein Lächeln zu verbergen. Der Wärter hüstelte im Hintergrund. Mutter Wollny rang die Hände – die Stille vergrößerte ihre Verzweiflung.

»Ich wollte, du wärst nicht so störrisch. Du mußt doch dein Unrecht einsehen! Du mußt den Behörden ihre Aufgabe erleichtern – sie können nicht großzügig sein, wenn du nicht auch ein bißchen nachgibst.«

Sie hatte noch immer keinen klaren Begriff vom Staat und seinen Organen, von amtlichen Vorgängen, vom Weg des Gesetzes. Sie hielt das alles vermutlich für Verkleidungen einer einzigen unerforschlichen, strengen, aber nicht herzlosen Instanz.

»Mit dir ist es immer das gleiche«, seufzte sie. »Immer mit dem Kopf durch die Wand!«

Sie befanden sich in einem länglichen Raum, an den Wänden ein grünlicher, schlecht haftender Ölanstrich, zwei hohe Fenster, das lächerliche Gitter quer durch die Mitte – vor kurzem war hier eine Gefangenenbefreiung versucht worden. Auf der Besucherseite standen zwei steife braune Stühle.

Der Wärter ließ ein schwaches Klirren hören.

»Noch fünf Minuten.«

Frau Wollny wühlte tief in ihrem Lederbeutel, förderte mit blinder Hand ein Päckchen in Weihnachtspapier ans Licht. Sie wollte es durchs Gitter reichen, aber der Wärter schoß vorwärts und nahm es ihr ab; sie lächelte ihn freundlich an, weil er so treu für die Belange ihres Sohnes einsprang. Dem Päckchen nachblickend sagte sie: »Es ist eine kleine Überraschung für dich« – und leiser, wobei sie den Mund zwischen zwei Gitterstäbe hielt: »Etwas, das du dir oft gewünscht hast – man wird es dir zum Fest aushändigen.«

»Was für ein Fest?« hätte er beinah gefragt, ein bißchen blösdinnig vor verschluckter Wut. Aber er nahm sich fest zusammen und dankte ihr bewegt, sagte ihr, wie sehr er sich freute über ihren Besuch, wenn auch unter solchen Umständen – er hatte es noch gar nicht richtig herausgebracht. Sie sollte sich nun nicht zu viele Sorgen machen, so schlimm würde es nicht kommen, es werde eine Amnestie geben, sicher, er lullte sie im sanften Redefluß, wie früher, eia poppeia, es geht alles vorüber, beruhigende Vergangenheit lag im Klang seiner Stimme, die ja dieselbe war: großer Junge – aber eben ein Junge, so daß sie mit halbgeschlossenen Augen den Kopf wiegte und kaum hörbar die alte tröstliche Melodie summte, die noch immer hielt, was sie versprach.

Die kleine Zauberei hatte die Lebensgeister von Mutter Wollny beflügelt. Sie gab eine Menge Ratschläge, wie man durch Wohlverhalten die Lage bessern könne, eigene Ideen oder Erfahrungen aus dem Munde von Bekannten, die sie hier wiedergab. Es waren Beispiele vom glücklichen Ausgang fast hoffnungsloser Fälle – also mit weit schlechteren Aussichten als jetzt bei Wollny, etwa der Fall des rückfälligen Raubmörders, der durch seine große Liebenswürdigkeit seine Freilassung erwirkt hatte. Außerdem, geheimnisvoll, deutete sie an, daß sie selbst auch schon einiges unternommen habe: Es werde eine gewisse Persönlichkeit unter der

Hand für Wollny tätig werden – »ich habe alte Verbindungen wieder aufgefrischt.«

»Mit Reitz«, sagte Wollny.

»Richtig, Hauptmann Reitz – woher weißt du das? – Er ist inzwischen aufgestiegen, er nimmt jetzt eine bedeutende Stellung ein!«

»Eben«, sagte Wollny. »Das ist es ja!«

»Wie? Was sagst du? – Jedenfalls: Er kann viel für dich tun. Du mußt nur Vertrauen haben, nicht immer überall Schlechtigkeit vermuten, sonst wirst du dir noch das ganze Leben verderben.«

Die Umarmung von beiden Seiten des Gitters – als ob sie mehrere, verlegen erstarrte Unbeteiligte mit einschlösse – ergriff Wollny mehr, als er zugeben würde. Er kehrte sich ab und rannte durch die Gänge fort – der Wärter hinterher, »Halt! Halt!« rufend – dieser Schwachkopf.

So war seine Mutter in dem Glauben fortgegangen, daß ein Verirrter, fast schon einsichtig, nur noch mit etwas väterlicher Einflußnahme, auf den rechten Weg zurückfinden werde. Hätte es einen Sinn gehabt, wenn Wollny sich die Hilfe des Herrn Reitz verbeten hätte? »Er ist so stolz«, würde dann seine Mutter sagen und erst recht dort vorstellig werden, wo man Sinn für diese Tugend hatte. Der ›Herr Hauptmann‹ würde das Spiel nicht verderben. Er würde ihr irgend etwas schwer Nachprüfbares versprechen. Diese Typen sind sentimental.

Anhaltender Widerstand

Die Douk'bor kamen aus Rußland und waren fest im Glauben. Im Jahr 1899 durchquerten sie die Beringsee und erreichten das freiere Canada – damals war Peter Lordly noch nicht geboren. Sie sind dann von Vancouver ostwärts in die Kootenay Hills gezogen. Unweit Nelson und Agassiz ließen sie sich nieder und erbauten Krestova – das heißt ›Die Stadt vom Kreuz‹; sie bauten es immer wieder. So vergingen 30 Jahre.

Peter Lordly ist ein junger Mann. Er ist klug. Der Staat stellt seine Fragen, Lordly antwortet – er ist der Sprecher.

Peter Lordly steht am Zaun und lüftet den Hut: Der Steuereinnehmer trifft zu Pferd aus Nelson ein. Nun, sagte er, was ist mit der Steuer? Könnt Ihr nicht, oder wollt Ihr nicht? – Was für eine Steuer? Die aus Krestova können ihn nicht verstehen. Das ist doch ihre Stadt und der HERR hat ihnen die Kraft gegeben, sonst keiner! Also – was will er? Der Steuereinnehmer, was ist ein Steuereinnehmer? Er schwenkt Papiere durch die Luft, voller Zahlen. Er spricht immer das gleiche – sie hören ihm geduldig zu.

Mamma Storgoff kocht ihm einen Haferbrei, dem Steuereinnehmer. Man gibt ihm Zucker und Butter für seinen Tee, weiter nichts. Der Steuereinnehmer hält den Kopf gesenkt. Die Leute murmeln und gähnen und rutschen auf den Bänken. Es ist Winter, im Dunkeln heulen manchmal die Wölfe. An den Frauen saugen große Baby, wie man Pfeife raucht.

Monate sind vergangen. Von Westen kommt ein kleiner Trupp, viele Steuerbeamte mit vielen Aktentaschen. Sie verteilen sich in die Häuser, knöcheln auf den Tischen herum, sie sagen »Vernunft« und »vernünftig«. Die von Krestova zukken die Achseln. »Rrrr«, sagten sie; sie sind jetzt schon ziemlich verärgert.

Wieder ein halbes Jahr, da zog man andere Saiten auf. Die Mounties ritten von Vancouver ein, bewaffnet. Sie machten sich gleich daran, in Schränken und Truhen herumzuwühlen. Darauf, als dort nichts Rechtes zu finden war, wollten sie Pfandgeiseln bestimmen. Das war aber auch kein besserer Einfall.

Also, es ist wieder soweit. Peter Lordly ruft die Brüder zusammen. Er schlägt das heilige Zeichen, er reißt ein Zündholz an und hält es ans Strohdach – die anderen machen es wie er. Er schickt Bob Gospodin und Ivan Letchinsky herum, damit sie noch ein paar abgelegene Gebäude in Brand stecken – gut so! Es flammt wie das Herz Christi!

Die übrigen haben schon die Stadt verlassen. Sie sammeln sich draußen, hinter dem letzten Zaun, nesteln die Joppen und Kleider auf, Hemden über den Kopf und Hosen runter – allen voran Storgoff mit dem Riesenhintern. Schleudern, Brüllen, Lachen: Ins Feuer damit – und alles fliegt ins Feuer. Die frommen Brüder betrachten das Feuer, gelblich weiß sind ihre Körper, sehr haarig zwischen Beinen und Achseln. Das Feuer wärmt die Haut, irgendwas brutzelt, ein Kichern reihum, Sorokin klatscht auf Nataljas Winterspeck. Hangaufwärts der Wald, dort hört man die ledigen Tiere.

Die roten Mounties sprangen wie besengt zwischen den Bränden herum, eimerten Wasser aus dem Brunnen, wollten noch immer löschen, sie drückten ihre Pistolen ab, rissen an den Balken. Funken stoben, die Pferde schäumten, die Leute von Krestova schüttelten bloß die Köpfe: Nichts zu holen! Macht, daß Ihr heimkommt! Darauf sind die Mounties ganz zerstreut davongeritten.

Wenn einer sich umsieht, bleckt Storgoff seine Zähne, zeigt ihm den Hintern und so weiter. Die Gemeinde steht mit strammen Backen, Hände in den Hüften, helle Rümpfe unter dunklen Hälsen. Ein schöner Klang kommt auf, von Chorälen. Einige haben vergessen, sich die Strümpfe auszuziehen.

Die Wärme hält bis zum nächsten Morgen vor. Krestova ist zu kleinen Haufen verbrannt. Asche fliegt zwischen Mauerstümpfen, Badewannen fallen aus knickenden Balken, die durch und durch Kohle sind. Rauchschwaden haben sich in den Wäldern verfangen – es ist Spätherbst, unfreundlich, alles grau. Peter Lordly wischt sich mit dem Handrücken unter der Nase. Er führt die Frauen und Kinder in den Wald – in den Höhlen findet man Schutz, und Beeren gibt es und Wurzeln. Die Männer jagen Kleinwild, ein Laubfeuer qualmt, Eichhörnchenkeulen schmecken bitter. Man öffnet die nächste Kartoffelmiete. Irgendwo eine Rodung, wo Pilze wachsen. In größerer Höhe, im dichten Gebüsch, eine von Wölfen verwundete Hirschkuh – man kommt schon zurecht. In der Morgenkälte muß man ein bißchen rennen und die Arme um sich schlagen.

Die Zeit welkt und wächst. Es ist eine große türenlose Fremdheit in der Welt, die Dämmerung dicht über den Köpfen – manche wollten schon einfach nach Hause gehen, als es ihnen wieder einfiel. Eine Unruhe. Streifzüge geknickt und zögernd, die eigenen Spuren kreuzend. Wenn zwei sich begegnen, fangen sie an, einander Neuigkeiten zu berichten – aber es gibt keine, also verstummen sie, lachen vielleicht, weisen auf eine Schürfung der Haut, kratzen die Köpfe, deuten auch – wenn es eine Lichtung ist – zum Himmel, wo blaue Schneewolken aufziehen. Ein Kind kräht, ein Hund schnobert im Unterholz und blafft vor Überraschung. In einem Erdloch hocken Storgoff und Lydia und halten ihr Feuer in Gang. Sie sind ja auch nicht mehr ganz jung. Ab und zu erhebt sich ein schwacher Gedanke; es liegt in der Luft ... Blicke vom Waldrand ins Tal ... aus der Rodung ein Stamm geschleppt ... Schilf gesammelt, Rinde. Aber wenn die Mahlzeit gut wird, läßt man es wieder sein. Gewiß, da ist die Kälte. Aber wenn es mit dem Frieren zu arg wird, rückt man dichter zusammen; um den Meiler schmilzt der Schnee und zieht sich ein wenig zurück.

Storgoff hat sich tiefer eingegraben, unter einem überhängenden Stein glüht ein Baumstumpf. Storgoff hat nur noch einen halben Beutel Tabak, mißmutig steckt er die Pfeife fort. Lydia schaut ihn an, sie tippt an einen vorstehenden Knochen: Wo ist dein Fett, Storgoff? Was soll werden?

Da wird er zornig: Ja, wo ist das Fett? Wo bleibt das rechte Leben? Dieses Wetter ist nichts für mich, der nackte Boden ist nichts für mich. Im Winter will ich am Kamin sitzen, ich will eine warme Stube und Eingemachtes. Herrgott, ich will Eingemachtes!

So ähnlich hat es Peter Lordly überall gehört und endlich seinen Entschluß gefaßt. Er hat einen Plan gemacht und jedem seine Arbeit zugeteilt. Die Tage sind heller, die Kälte ist gebrochen, die Brüder ziehen ins Tal. Einige graben den schwarzen Boden auf, sie legen Steinfundamente oder bessern die alten aus. Storgoff, Sorokin und andere fällen Bäume und Telegrafenmasten. Die Frauen schwärmen an den sumpfigen Waldsee, ins Schilf, das noch geforen ist und splitternd bricht. In einem Lehmloch sticht man Ziegel, am Ofen steht Lordly und brennt sie. Man stochert in der verkrusteten Asche – darunter liegt manches unversehrt, Äxte, Nägel, Hammer und Säge. Einige tragen jetzt ein Fell.

Nicht weit von Krestova lief eine Landstraße, meist unbenutzt.

Einmal rumpelte dort ein großes gelbes Auto talaufwärts – es waren wohl Fremde. Als vor ihnen ein Trupp nackter bärtiger Männer die Straße überquerte, Haare und Lasten auf den Schultern, sprangen die Reisenden heraus, in voller Fahrt, ließen das Auto Auto sein und flohen. Das Auto, herrenlos in einer leichten Biegung, schnurrte über den Straßenrand, grub sich in die Böschung, erstarb.

Gospodin und Letchinsky werfen die Balken ab und laufen hin. Es sieht recht brauchbar aus; 4 Räder für 4 Schubkarren,

Uhr und Spiegel für die Frauen, die Sitzbänke kann Storgoff für seine Stube haben. Mit den Fenstern schafft man Licht in der Kirche.

Zwanzig, dreißig Jahre geht das so auf und ab. Ein Jahr nach dem Brand ist das Nötigste aufgebaut, eingerichtet und angepflanzt. Nicht viel später haben sie es auch in Nelson und Agassiz wieder spitz. Nach zwei oder drei Jahren fangen sie wieder an, die frommen Menschen von Krestova mit ihrer ewigen Steuer anzuöden. Sie wurden dringlich, sie wurden lästig und ließen die Mounties los – also, wohl oder übel: Streichholz her und Hosen runter! Peter Lordly kehrt die Handflächen nach außen: Sieh, HERR, die heidnischen Räuber – Köpfe leer, Kassen leer! Bei uns werden sie nicht gefüllt! Was geht uns die weltliche Obrigkeit an? Was uns nicht bleiben soll, brennt für DICH allein! Darauf – wie vordem – die nackte Zuflucht in die Wälder.

Aber eines Tages hat sich etwas wirklich Schlimmes zugetragen: Der Mann Lordly, scheint es, ist verschwunden. Die Frau klopft bei den Nachbarn: Habt Ihr Peter nicht gesehen? Vor ein paar Tagen hat er die Schweine in den Mais getrieben und ist noch nicht zurück.

Noch nicht zurück?

Die Frau wird wütend und kriecht im Unterholz herum, um ihn mit einem Mädchen zu erwischen – erwischt auch einige, aber nicht Peter Lordly. Die Schweine sind, wo sie sein sollen, faul und gedunsen im jungen Mais, der zur Hälfte abgefressen ist, und alles voll Schweinedreck. Keine Spur von Peter.

Jetzt kommen alle auf die Beine. Laternen schwanken bei Nacht, zwischen zwei Händen tönen Rufe hinaus, die Unruhe macht weite Bögen. Umsonst. Einer nach dem anderen kehrt schließlich zurück. Der Platz vor der Kirche füllt sich mit Erregung. Sorokin spricht: Brüder, Ihr wißt, was das bedeutet. Es ist ihnen nichts anderes mehr eingefallen: Sie haben ihn statt Geld genommen! Sorokin schreit: Ich sage Euch, unsere Geduld muß ein Ende haben! Legt Feuer an – zum letztenmal!

Und Krestova flammt wieder, aber richtig, im Frühsommer. Das Zeug vom Leib gerissen, ins Feuer geschmissen. Mit der Glut zusammengesunken, mit dem Rauch weit vertrieben – *als alles hin war, zogen sie los. Diesmal blieben sie zusammen, auf der Straße, talwärts, wortlos in rascher Gangart. Sie gingen nach Agassiz, wo das Gefängnis war. Ein paar Jahre hatten sie Frieden gehabt, waren wohlgenährt und rundlich, aber das freute sie nicht mehr. An einzelnen Gehöften vorüber, entlang den Windungen eines Flüßchens, so vielgliedrig blaß, dicht und schwarz behaart. Katzen, Hunde, Hühner stoben vor ihnen her mit wildem Lärm.*

Die Nacht hielt sie nicht auf, frühmorgens erreichten sie die Kreisstadt. Vor dem Gefängnis stellten sie sich auf, falteten die Hände und betrachteten es. Das Gefängnis ragte aus einem Kreis von Geschäftshäusern, an einem kleinen Platz. An den oberen Stockwerken der Häuser öffneten sich die Fenster, so daß die Bewohner sichtbar wurden, die sich, auf das Geräusch so vieler bloßer Füße, hinausbeugten, die Augen rieben und aufgeregt, nach innen gewendet, Verwandte und Freunde herwinkten: Mehr und mehr Blicke, erstarrt auf der nackten Versammlung.

Die Sonne kommt dünn hervor, die frommen Brüder wollen nicht fortgehen. Wo habt Ihr Peter Lordly versteckt? rufen sie. Gebt ihn heraus!

Keine Antwort. Einen Lordly kannten die Leute gar nicht. Verrückte! Wo kamen denn diese Verrückten her!

Es geht auf Mittag zu. Die Douk'bor drängen dichter an das Gefängnis. Das Licht wird heller, die Gesichter verdunkeln. Eine Bewegung geht durch die Menge. Der alte Storgoff marschiert zum Kiosk an der Ecke, pocht an den geschlossenen Laden, um Streichhölzer zu fordern – durch den Schlitz schiebt ihm die Inhaberin gleich ein ganzes Paket hin, sie zittert am ganzen Leib und preßt die Augenlider zu: Nie in ihrem Leben hat sie einen derart entblößten Mann gesehen. Storgoff untersucht das Gefängnisgebäude. Es besteht aus groben Steinen in einem Rahmen aus Holz; hinter einem Kellerfenster sieht man einen großen Kohlenhaufen und allerlei brennbares Gerümpel liegen – alles staubtrocken. Die Brüder stopfen Spalten und Löcher in den Balken mit Zeitungen und Streichhölzern voll. Einige holen Arme voll Stroh aus einem der wenigen Bauernhöfe, die sich hier gehalten haben; am Gefängnis schlagen sie die Kellerfenster ein und werfen es hinunter: Jetzt reicht's, sagt Sorokin. Man kann jetzt zündeln.

Es brannte ganz schön los.

Als das Feuer richtig im Gang war, vernahm man von innen ein Brüllen und Rasseln. Die von Krestova rückten heran, so nahe es ging. Hastig wurde das große Tor aufgeschlossen, entriegelt, ein Flügel nach innen aufgezogen, und drei Gefängniswärter in Handschellen hinausgestoßen – ihnen folgten die Sträflinge mit Stangen, Beilen und anderen notdürftigen Waffen. Ihre Augen tränten. Aber als sie sich auf einmal so vielen nackten Menschen gegenüber fanden, wurden sie sehr blaß, sie vergaßen alles Gewesene und rannten planlos auseinander. Peter Lordly war nicht dabei.

Es war vollkommen windstill, das Gebäude brannte ruhig ab. Schließlich begann es zusammenzustürzen, niemand kam mehr heraus. Kein Peter Lordly.

Die Douk'bor sind ratlos. Das Feuer geht zu Ende, heiße Steine kollern herum, die Kellerdecke zerspringt über weißglühenden Kohlenmassen. Vor der ungeheuren Hitze müssen die Brüder immer weiter zurückweichen – manchmal rufen sie noch, was doch müßig ist. Zur Nacht klumpen sie fröstelnd zusammen. Bei Morgengrauen ordnen sie sich wortlos und ziehen in dichter Kolonne ab. Sie werden nicht mehr singen.

Am Anfang waren es nur einzelne Gewalttaten ohne Zusammenhang: Fenster gingen zu Bruch, eine Straßenbahn kippte, Autos zerbeult und Reifen geschlitzt. Tags darauf, in einer kleinen Ortschaft, verursachten sie, beinahe achtlos, den Brand einer Tankstelle. Es war ein starker Eindruck. Auch lernten sie etwas dazu und fingen es planvoller an. Sorokin, jetzt auf der Höhe seiner Kraft, hatte verstanden, wo der Feind empfindlich war: Wälder in Flammen, Baumstämme quer auf den Schienen, Brückenpfeiler eingekerbt, eine Überlandleitung sank knisternd auf die Straße. Sie zogen, mit Gesang, in Nelson ein, versorgten sich mit dem Nötigsten, pumpten das Benzin auf die Straßen und schleuderten brennende Scheite darüber. Am Stadtrand, in der Wärme, tanzten sie. Die Brüder sahen es von den Hügeln, auf die sie sich geflüchtet hatten. Niemand kam um.

Jetzt schickte die Regierung den Brandstiftern die Mounties in Scharen auf den Hals, dann auch Soldaten. Die jagten sie zu Pferd und mit ihren geländegängigen Wagen, mit Helikoptern und Flugzeugen, die Bomben warfen. Sie töteten Gospodin und Letchinsky, sie töteten Sorokin und viele mehr. Die übrigen retteten sich immer tiefer in die Wildnis, sie zerstreuten und verloren sich. Die Nachrichten kamen in immer größeren Abständen. Wie es hieß, hatten sie noch ein paar entlegene Gehöfte angesteckt – dann waren sie ganz verschwunden.

Nein, nicht verschwunden. Irgendwo werden sie schon leben, auf sonderbare Weise verkantet, reichlich grobschlächtige Nachschlüssel in einem gut geölten Schloß, unbemerkt im Verkehrsstrom, kunstlos im Gerede beim Einkaufsbummel, im Gerede im Büro, am Feierabend und anläßlich feierlicher Preisverleihungen – bloß ein Zwinkern, ein Lächeln, und dabei sage ich gar nichts über den sabbernden alten Mann, der gewissermaßen zur Gegend gehört, und auch nichts Neues, denn das Neue ist nicht bekannt.

Storgoff fand man eines Tages an einem Straßenrand. Er war in einen roten, flauschigen Morgenmantel gekleidet, ein Beutestück – ansonsten abgezehrt, ein Knochengreis, mehr tot als lebendig. Man steckte ihn für einige Zeit ins Gefängnis, erließ ihm aber den Rest aus Altersgründen und gab ihm eine Stellung als Pförtner in einer Behörde in der großen Stadt Vancouver. Dort saß er, in einer kleinen, wohlgeheizten Loge an einem Seitenausgang, den nur Eingeweihte kannten; sie brauchten niemals eine Auskunft, und er hätte auch keine geben können. Die Arbeit gefiel ihm. Die Steuern wurden ihm schon vor der Auszahlung vom Lohn abgezogen; er bemerkte das gar nicht.

Gespräch mit dem großen Schwein

Auf dem Ausstellungsgelände begegneten wir einem der maßgebenden Vertreter des Mastkurses. Er war durch seine enorme Länge, seine mißmutige Miene und zielbewußtes Ausschreiten sofort zu erkennen. Wie alle, die über den Dingen stehen, schien er von den börsenartigen Vorgängen, dem Schachern, Bekritzeln von Auftragsbüchern, den scheuen, aber indiskreten Blicken subalterner Personen im Hintergrund keine Notiz zu nehmen. Nur widerstrebend willigte er in das folgende Gespräch ein.

WIR: In den letzten Jahren hat man, vielfach mit leichter Beklemmung, das immer raschere Wachstum der Mastschweine registriert. Es sind deutsche Langschweine mit Gewichten von sechs Zentnern und mehr bekannt geworden. Masterfolge, die früher erst nach Jahren erzielt wurden, erreicht man jetzt in wenigen Monaten, wobei der Fettanteil sogar noch zugunsten des Magerfleisches zurückging. Sehen Sie darin eine gesunde Entwicklung?

SCHWEIN: Lassen Sie es mich so ausdrücken: Jedenfalls ist es keine *un*gesunde Entwicklung! Ich selbst bin, wie Sie sehen, gut und gerne eine Fünf-Zentner-Sau, und habe keinerlei bedenkliche Mastfolgen an mir beobachten können – im Gegenteil: Ich habe ständig zugenommen! Ich schlafe gut und bin nervlich in guter Verfassung. Schließlich – wenn Sie mir den Gemeinplatz gestatten –, wer hätte schon etwas gegen reichliche Kost?!

WIR: Die monatlichen Zuwachsraten erstklassiger

Schwartenschweine betragen zur Zeit bis zu 20%, das heißt, die Selbstverdoppelung erfordert weniger als ein halbes Jahr! Glauben Sie, daß hier eine natürliche Grenze erreicht ist?

SCHWEIN: Keineswegs! Wir können und müssen die Zuwachsraten weiter steigern! Die Erfahrung lehrt – und diese Kunde ist mittlerweile bis in die letzten Schweinekoben gedrungen –: stagnierendes Gewicht bedeutet Abmagerung. Aber ich gehe noch weiter und behaupte: auch stokkende Zuwachsraten sind in Wahrheit – Abmagerungsraten. Der Fortschritt ist also auch in dieser Hinsicht für uns alle lebenswichtig!

WIR: Nun ist dieser Fortschritt zum Teil auf die massenhafte Anwendung von Antibiotika und anderen Schädlingsbekämpfungsmitteln zurückzuführen. Liegt hier nicht eine Gefahr? Könnte sich nicht ein künstlicher Lebensstil, eine allzu starke Abhängigkeit von zivilisatorischen Hilfsmitteln entwickeln?

SCHWEIN: Ich sage Ihnen aber: Wir müssen uns der Wissenschaft verschreiben – mit Schwart und Borst – oder untergehen! Das bedeutet: keine Halbherzigkeiten – keine ängstlichen Rücksichten! Es bedeutet: zersetzende Schädlinge am Schweinskörper müssen ausgemerzt werden! Wir haben uns unsere Polsterganitur sauer genug erarbeitet – und nun sollten eine Handvoll räudiger Parasiten uns um den wohlverdienten Lohn bringen? Niemals! Um es in der herzlichen Sprache unserer Ferkelzeit zu sagen: Die Schweinerei muß eine andere werden! Wir stehen vor der Wahl: Das Sauberschwein oder das Ende!

WIR: Es gibt Stimmen, die da behaupten, die Schweinemast müsse notwendig auf der Schlachtbank enden. Eine blutige Zukunft wird entworfen: Das Messer würde schon gewetzt zum Massenopfer der Schweinheit! Was halten Sie von solchen Gerüchten?

SCHWEIN: Muß ich darauf antworten? Dieses Gerede ist doch absurd! Überdies eine Geschmacklosigkeit! Ich betrachte es als von interessierter Seite betriebene Panikmache! Dabei brauche ich wohl nicht weiter auszuführen, *wo* man die trübe Quelle dieser Schlammflut zu suchen hat! Es sind dieselben Kreise, die ohnehin durch ständiges Suhlen im Unrat die Öffentlichkeit empören! Man möchte sich fast vergessen und es als schweinische Phantasie bezeichnen!
Übrigens – daß es sich hier um völlig abseitige, jeder Logik Hohn sprechende Behauptungen handelt, ergibt sich schon aus dieser Überlegung: Wozu würden wohl die Sozialbehörden, die Futterindustrie, die Schweinekobenwirtschaft, sich in derart großzügiger, ja verschwenderischer Weise für unser Wohlergehen einsetzen – vor dem Hintergrund solcher Mordpläne? Welches Interesse könnten sie daran haben? Es wäre doch der reine Widersinn! Gäbe es solche Pläne, so hätte man gewiß nicht Millionen zu unserer Förderung und Pflege ausgegeben. Allein schon das Interesse an der Erhaltung dieser Werte bürgt für unsere Sicherheit!

WIR: Sie sind also mit den gegenwärtigen Zuständen zufrieden?

SCHWEIN: Das will ich nicht sagen – vieles bleibt noch zu tun. Die sanitären Verhältnisse müssen weiter verbessert werden. Wir schlagen die Einrichtung von Brausen in jedem Koben vor, die selbsttätig, alle zwei Stunden für fünf Minuten,

in Tätigkeit treten. Das Problem der Bewegung muß gelöst werden – Sie wissen, jeder Schritt kostet ein Zehntel Gramm Gewicht –, das ist nicht viel, aber es summiert sich.
Aber das sind Details. Grundsätzlich spürt man: Der Wille ist vorhanden, und die Richtung stimmt.

WIR: Und wie steht es mit der Freiheit? Ihre stolze Haltung, Ihre Gangart zeugen von einem unbeschreiblichen Selbstbewußtsein – wie verträgt sich dies mit der Mast, mit der dabei nötigen Beschränkung?

SCHWEIN: Wir Schweine definieren Freiheit als freie Einsicht in die Notwendigkeit. Nicht alle Annehmlichkeiten sind ohne Opfer erreichbar – es gilt die eine gegen die andere abzuwägen. Sättigung und Fülle – sind sie nicht erstrebenswert? Denken Sie an Indien, China, an Biafra! Unsere Kritiker, die heuchlerisch von Schweineglück faseln, nennen sich Materialisten. Nun – wir sind es auch, aber wir handeln danach!

WIR: Und Ihre nächsten Pläne?

SCHWEIN: Man hat uns für morgen eine kleine Reise in Aussicht gestellt. Sie wird gemeinschaftlich durchgeführt werden – wir begrüßen das; gemeinschaftliche Aktionen stärken die Idee der Schweinheit! Soweit ich es übersehe, werden wir die Wälder aufsuchen. Es gibt dort Eicheln, viele Eicheln – ich bereite mich gedanklich darauf vor.

WIR: Wir beneiden Sie – und danken Ihnen für das Gespräch.

Betrifft: Mordsache Svezak

Niederschrift über den Aufenthalt unseres Beamten Helmut K. in der Blindenanstalt ›Am Krähenwald‹ vom 15.9.–13.10.1967

Am Abend des 15.9. wurde ich – wie verabredet – mit meinem Gepäck in einem Wagen des Sozialamtes zum Blindenheim gebracht. Der Heimleiter empfing mich zurückhaltend, schien jedoch keinerlei Verdacht bezüglich meiner Identität zu haben; die Formalien waren rasch erledigt. Wie vorauszusehen – da die Anstalt im übrigen voll belegt war – wies man mir das Zimmer der ermordeten Pflegerin Svezak zu – ihre Stelle sollte offenbar aus Ersparnisgründen nicht wieder besetzt werden. Verständlicherweise wurde mir dies vom Heimleiter nicht mitgeteilt; er erwähnte das Verbrechen mit keinem Wort. Doch hätte ich, wäre ich nicht vorher unterrichtet gewesen, schon am folgenden Morgen davon erfahren können.

Trotz des Trainings hatte ich Anfangsschwierigkeiten, mich tastend zu orientieren. Eine Insassin, die mir auf dem Weg zum Frühstück auf dem Gang begegnete, eine gewisse Frau P., nahm meinen Arm und bot mir ihre Führung an. Sie erkundigte sich besorgt nach meinem Befinden, nach der Eignung meines Zimmers. Keine Klagen, erwiderte ich, es genüge meinen Ansprüchen. Ich machte dann eine Bemerkung über den Duft, den mein Vorgänger hinterlassen habe – offenbar eine Dame –, den angenehmen Duft einer Dame – vor allem im Schrank. Frau P. schien unangenehm berührt. Sie sprach zischend aus dem fast geschlossenen Mund, in Umschreibungen, die den Kern der Sache verdeutlichen sollten. Anscheinend sei der Geruch von *Männern* flüchtiger, auch fehle mir wohl, was Sauberkeit anginge, das untrügliche

Empfinden, das sie habe. Sie wurde dann übermannt, näherte ihre Lippen meinem Ohr und gab flüsternd ihr Geheimnis preis. Mir (und der Behörde) unbekannte Einzelheiten des Verbrechens konnte ich ihr jedoch nicht entlocken.

Der Heimleiter stellte mich formell am Frühstückstisch vor. Manchen Insassen schien mein Name Schwierigkeiten zu machen. Meine erste Bekanntschaft, Frau P., sprach mich mit »Konjetzke« an und verbreitete diese Version bei ihren Freundinnen St. und F., die Eheleute O. – sie hatten sich in der Anstalt gefunden – beharrten auf »Konjetzow«, Herr L. wiederum, mit korpulenter Stimme, pflegte die erste Silbe zu verschlucken: »Jetzki«. Angrenzend an das Zimmer von Frau P. wohnten die Herren K., D. und Kr., eine unzertrennliche Kumpanei, und trotz ihrer siebzig und mehr Jahre stets zu Scherzen aufgelegt. Sie riefen meckernd »Kowalski« – wenigstens in meiner Gegenwart –, andernfalls den »Polacken« – dies alles natürlich ganz ohne böse Absicht oder Schärfe. Nur die Eheleute M. und zwei junge Männer, H. L. und Chr. Z. – beide Opfer eines Autounfalls und durch ihn Waisen –, brachten meinen Namen unentstellt heraus; der Heimleiter auch – mit Betonung und schlechtem Atem.

Die ersten Tage nach meinem Eintreffen benutzte ich zur Orientierung. Verwaltung, Eß- und Aufenthaltsräume befinden sich im Erdgeschoß des dreistöckigen Gebäudes, in den beiden Obergeschossen die Zimmer der Insassen – insgesamt vierundzwanzig –, dazwischen eingestreut vier Zimmer des Personals – darunter das meine zweckentfremdet –, Toiletten, Bade- und Vorratsstuben. Die Treppenhäuser sind zur Sicherheit nur für das Pflegepersonal, mittels eines besonderen Schlüssels durch Türen in jedem Stockwerk zugänglich. Insassen benutzen den Fahrstuhl. Die Ausstattung außerhalb der Zimmer beschränkt sich auf das Notwendige, keine Pflanzen, kaum fühlbares Zierat – Fluchten mit harter und hohler Akustik.

Die sonore, kurzangebundene Rede des Heimleiters

täuschte nicht lange über seine Unsicherheit hinweg, die seine Stellung in der Anstalt zu einer rein äußerlichen machte. Seine Frau trat nicht in Erscheinung – wenn man so sagen kann. Sie erledigte Verwaltungsarbeiten im Büro. Später hörte ich, daß sie eine Abneigung gegen die Pfleglinge des Hauses entwikkelt habe, in früheren Jahren hätte sie sich an den Hausarbeiten beteiligt, sich aber später davon ganz zurückgezogen.

So bestimmten vor allem die Cliquen und Gruppierungen das tägliche Leben, wechselnde Beziehungen der Insassen zueinander und zum Pflegepersonal, das die Hauptlast der Hausarbeit trug und deshalb mit uns die engste Berührung hatte. Bald unterschied ich die drei Mädchen, Hilde D., Karin H. und Inge P. – liebenswerte, hilfsbereite Menschen, stets nach Schweiß riechend und zwischen natürlicher guter Laune und einer plötzlichen, unerklärlichen Ängstlichkeit schwankend.

Ich schloß schon im Lauf der ersten Woche eine engere Bekanntschaft mit den Eheleuten M., deren harmonisch sich ergänzendes Wesen sich wohltuend von dem verrenkten Charakter der meisten anderen Heimbewohner abhob. Von ihnen erhielt ich näheren Aufschluß über das arme Fräulein Svezak, über ihr Wesen – anderswo verstummte man auf meine Fragen, oder antwortete mit den schon erwähnten, undeutlichen Hinweisen auf lockeren Lebenswandel – offenbar zum Nachweis einer Mitschuld des Opfers. Herr und Frau M. entwarfen dagegen das Bild eines gutherzigen Menschen, immer in Bewegung mit Gesang, anhänglich – gewiß ein wenig naiv. Freunde und Verwandte seien zu Besuch gekommen, gewöhnlich ohne Ankündigung – sie habe sich dann in aller Eile hübsch gemacht, zum mindesten an Parfüm nicht gespart, so daß auf diese Weise jeder im Haus daran teilgehabt hätte. Doch sei sie ihren, im Grunde bescheidenen, Vergnügungen in aller Unschuld nachgegangen, nach ihrer, Herrn und Frau M.s Ansicht, sei keiner der Besucher ihr Liebhaber gewesen. Man müßte sie sich von rundlicher Statur vorstellen, nicht gerade als Schönheit. Im Heim sei sie überall beliebt gewesen, Anspielungen seien höchstens wohlwollend, mit beiläufigen Hinweisen auf ihre slawische Herkunft – die manches erkläre – geäußert worden. Die Beliebtheit habe manchmal drastische Formen angenommen, etwa seitens der Herren K., D. und Kr., die sie in ihrer bekannten humoristischen Art handgreiflich zum Ausdruck brachten.

So weit die Charakteristik meiner Bekannten in groben Zügen, die zwar keine überraschenden Neuigkeiten enthielt, dafür aber gewisse plastische Details, die ich gedankenvoll, wie mit Fingern, nachfühlte.

Außenstehende mit gesunden Sinnen sollten sich vor Augen halten, daß Mienen, Gestalt und äußerer Aufzug in einer Umwelt wie dieser bedeutungslos sind, Kleidung im Grunde überflüssig, oder nicht existent, so daß zum Beispiel leidenschaftliche Dispute über Mode, Schnitt und Farben, wie sie im Freundeskreis von Frau P. üblich waren, einen unsinnigen Eindruck machten, wie sektiererisches Treiben. Begegnete man einander in einem der oberen Korridore, so hätte man wechselseitig, bis auf die hörbar beschuhten Füße, ohne Anstoß nackt sein können – und wirklich glaube ich, daß es so war, an warmen Tagen. Dies gilt nicht nur für meine Leidensgenossen – auch auf das Pflegepersonal griff die Nachlässigkeit, um sie so zu nennen, über –, obgleich der Ausdruck ins Leere trifft: Man erfaßt dies zwar, mit den übrigen Sinnen – aber interesselos, ohne Gewicht. Es sei denn im Fall eines plötzlichen Kontakts.

Bei meinen Gesprächen und Erkundungsgängen entdeckte ich manches, was mit einem Verbrechen, wie dem vorliegenden, sehr wohl verknüpft werden konnte. An der Außenwand, unter dem offenen Fenster einer Wäschekammer, ertastete ich einen Notausstieg ins Freie; es ergab sich, daß eine Besonderheit meines Zimmers, ein lockeres Bodenbrett, Herrn L. bekannt war; der Parfümduft von Frau O.s Morgenmantel im Fahrstuhl, an Vertrautes erinnernd; scherzhafte

Zurufe der Herren K., D. und Kr. an eine Pflegerin, die im Gang bohnerte: Rabotrabotr! Keiner dieser Hinweise jedoch ließ sich weiter verfolgen oder in ein System einordnen. Hypothesen, die sich auf einen Teil dieser Hinweise gründen ließen, schlossen solche, die auf einem anderen Teil basierten, aus. Ich erkannte, daß ich hier in eben jene Fehler verstrickt zu werden drohte, die bisher die Aufklärung des Verbrechens vereitelt hatten. Unwillkürlich hatte ich mich mit meinem Auftraggeber identifiziert. Ich war in jenes Indizien-Denken verfallen, das die Kriminalbehörden anwenden, um ihre Probleme auf elegante, handliche Formen zurückzuführen.

Mit den bisher genannten Heiminsassen, denen ich täglich mindestens bei den Mahlzeiten begegnete, habe ich die Belegschaft noch nicht vollständig umschrieben. Einige Bewohner, offenbar alte oder sehr gebrechliche Menschen, verließen ihre vier Wände so gut wie niemals. Nur selten hörte ich spät abends ein unbekanntes Tappen im Korridor. Im Gespräch vernahm man wenig von ihnen. Die Eheleute M. erwähnten eine über neunzigjährige Dame aus ihrer Nachbarschaft, die sie manchmal besuchten, um ihr über die Hand zu streicheln und eine Süßigkeit in den zahnlosen Mund zu stecken – sie war vollständig taub und fast gelähmt. Ab und zu flüsterte man, während der Mahlzeit, von einem dieser Ärmsten, dessen Befinden sich besonders verschlechtert hatte. – Es war ein zu wesenloses Elend, um noch viel Anteilnahme zu wecken. Ich dachte kaum darüber nach.

Dann aber machte ich eine Bekanntschaft, die meine Aufmerksamkeit in eine neue Richtung lenkte.

Ich erreichte mein Zimmer und wollte eintreten, als ich in meinem Rücken, hinter einer Tür, einige Gegenstände zu Boden fallen hörte. Schon bald nach meiner Ankunft hatte ich mich auch nach dem Bewohner dieses Raumes erkundigt und erfahren, er sei sehr hinfällig und liege meist zu Bett. Nun öffnete sich diese Tür, dumpfer Geruch drang heraus, eine krächzende Bitte um eine Gefälligkeit. Ich folgte der Stimme,

Stickluft und dichte Überfüllung empfingen mich, eine magere Hand tastete nach mir, zerrte mich mit unerwarteter Kraft durch enge Passagen zwischen Polstermobiliar, Kissen, Blattpflanzen und auf dem Boden verstreuten Ziergegenständen – es war schwierig, auf nichts zu treten. Die Unordnung war wohl bei der Suche nach dem verlorenen Gegenstand vergrößert worden, an der ich mich nun beteiligen sollte. »Haben Sie die Güte«, stieß dieser Mensch heraus – ein Mann, wie ich entschied –: »Wollen Sie helfen, bitte – ich brauche es doch.« Er war in Not, seine Rede kaum verständlich, ein Knurren oder Keuchen. »Was ist es denn, was wird vermißt?« Er bedrängte mich, wollte mich in Aktion bringen, offenbar trug er ein Nachthemd – darunter ausgemergelt, doch sehr beweglich. »Nun gehen Sie schon – das Dicke, das Weiche, das Täschel ...« – ein drohender Unterton kam in der Stimme auf, wie in einem, plötzlich in Ernst umschlagenden, neckenden Spiel. Dann wandte er sich wieder ab, fuhr zwischen herumliegende Sachen, schwer atmend, erneut stürzte ein Sessel um, irgend etwas zerriß – der Mensch schleuderte von sich, was ihm im Wege war.

Etwas Seltsames fiel mir da in die Hände und schlenkerte zwischen meinen Beinen. Eine wulstige Kette aus weichen Gliedern aus gepolstertem Plastikmaterial wie große Pflaumen. Sofort rief ich: »Hier! Hier habe ich, was Sie suchen!« und tastete mich in seine Richtung. Ich spürte seine Berührung. Das Ding wurde mir entrissen, ich hörte glückliche Seufzer. Es war, als ob er leise darauf einspräche, vorwurfsvoll schimpfend – dann aber besann er sich wohl. Er begann mir zu danken, in stark veränderter Stimmlage, fast pfeifend, doch nun in wohlgesetzten Worten. Er sei mir wirklich sehr verpflichtet, er hoffe auf Verständnis, bitte um Verzeihung – tatsächlich sei der Raum überfüllt, aber dies sei das ihm verbliebene Leben, wenigstens diesen Rest wolle er voll genießen. Zum Abschied dann die Einladung, ihn demnächst, unter ruhigeren Umständen, wieder zu besuchen.

Der Vorfall beschäftigte mich. Ich sprach die M.s darauf an, vorerst ohne nähere Einzelheiten. Oh! – Darauf könne ich mir etwas zugute halten, von Herrn Q. so vertraulich behandelt worden zu sein. Er gelte als menschenscheu, und dies – mehr als sein geringfügiges Leiden – sei der Grund seiner Zurückgezogenheit. Als ich dann vorsichtig die Liebhabereien von Herrn Q. erwähnte, begann Herr M. mit verlegenem Kichern. Nach dem Verlust der sichtbaren Welt – damit sage er wohl nichts Neues – käme leicht ein Gefühl der Leere auf ... er verlor sich etwas in abschwächenden Redensarten. Ein neuer Anlauf: Immerhin, jeder hätte doch zu Zeiten ein Verlangen nach Berührung, nach Widerstand, man wollte *Eindruck* machen. Manche Menschen holten ihr Spielzeug hervor oder wünschten sich neues; Tiere, Bälle, Puppen. Überall suche man nach Halt.

Ich will gestehen, daß Herrn M.s Erklärungen mich nicht beruhigten – im Gegenteil. Fast vergessene Phänomene, Empfindungen, die ich bisher kaum beachtet hatte, erhielten ein neues Gewicht. Ich wurde zugleich erleichtert und bedrückt, bisherige Haltungen wurden entleert – eine andere Verfassung. Meine Sinne schienen unerhört geschärft, Erfahrungen wurden mir zugänglich, die mir in meiner früheren Umgebung unbekannt gewesen waren. Struktur, Konsistenz und sonstige fühlbare Beschaffenheit von Gegenständen gewannen Bedeutung, die Umwelt auf Armeslänge eine starke Unmittelbarkeit. Sprache, Geräusche, Musik erfaßte ich als räumlichen Vorgang, Berührungen von Händen und anderen Körperteilen schienen tief in mich einzudringen. Viele meiner bisherigen Wahrnehmungen verblaßten wie Selbsttäuschungen, Erinnerungen an Vergangenes, oder erwiesen sich als ungeprüfte Bilder von fremden Augen.

Der andere Zustand wurde mir bei vielen Gelegenheiten bewußt, vor allem aber beim Essen. Ich ging meinen Empfindungen nach, während ich mir die Bissen zuführte – aus gleichgültigem Abstand in den saugenden, zupackenden

Mundraum, ich verfolgte die Verwandlung beim Kauen und den Weg in die Höhlen meines Körpers. Zugleich registrierte ich die Eigenarten im Essen meiner Tischgenossen: Intensiv erkannte ich ihr Innenleben, das sie mit jeder Mahlzeit zu erneuern schienen.

Es war ein Verständnis, das ich nicht ausdrücken könnte, selbst wenn ich wollte.

Die Neugier trieb mich, die Eßgewohnheiten derjenigen Insassen zu erkunden, die nicht an der gemeinsamen Tafel erschienen. Zwar fiel es mir schwer, mich absichtlich zu meinen eigenen Mahlzeiten zu verspäten, doch zwang ich mich und richtete es so ein, daß ich dabei in die Nähe der Invalidenquartiere kam, die von den Pflegerinnen versorgt wurden. Ihnen folgte ich langsam, wie zerstreut, wenn sie in einer Wolke von Speisedunst ihre Wägelchen durch den Gang schoben. Unauffällig blieb ich stehen, wenn eines der Mädchen, langsam schlurfend mit beladenem Tablett, in ein Zimmer eintrat, lauschte auf Geräusche, die herausdrangen – ein leises Quietschen, Klatschen, ein unterdrückter Schrei, schwer erträgliche Stille –, bis wieder Schritte klapperten, wortlos, höchstens flüsternd, von der Kollegin empfangen.

Ich ging dann vorbei, lächelnd, sprach sie mit ihren Namen an: Immer Arbeit! sagte ich, und sie: ja ja, oder Seufzen. Eine dumpfe Spannung ging von ihnen aus, als handele es sich um eine gefährliche Aufgabe.

Der freundlichen Einladung des Nachbarn von gegenüber war ich noch nicht gefolgt. Sie belastete mich. Schließlich, eines späten Nachmittags, gab ich nach und klopfte an.

Herr Q. empfing mich erfreut. Eifrig räumte er, trotz meiner Proteste, sehr viele Hindernisse aus dem Weg und schob mich auf einen Sitz. Nahe an ihm vorbeigleitend, fühlte ich sein weiches, klumpiges Spielzeug, das er wohl mit einer Hand, schützend und liebevoll, an die Brust gedrückt hielt. Sonst fiel mir nichts Ungewöhnliches auf. Fast heiter, in geringem Abstand auf einem Polster eingerollt, erzählte er anekdotische Begebenheiten aus der Zeit vor seinem Unfall durch einen Fehlschuß auf der Jagd. Er sprach dann von Musik, der er mit Liebe und großem Sachverstand anhing – so waren unter dem Inhalt dieses Zimmers wohl Musikinstrumente zu vermuten. Meine stumme Frage beantwortete er traurig, seit langem seien ihm die Finger steif, sein Gedächtnis lückenhaft, doch wolle er mir, falls es mir Freude mache, sein Klavierspiel mit einer Schallplattenaufnahme vorführen, die in früheren Jahren entstanden sei.

Meine Musikkenntnisse sind dürftig. Wie mir schien, war es ein Romantisches Konzert und meisterhaft dargeboten. Aber schon vor dem Ende des Stückes wurde mein Gastgeber unruhig, wie im Zorn unterbrach er die Musik, wobei die Nadel über die Rillen kreischte. Ich fragte mitfühlend, ob die Erinnerung ihm Kummer mache. Er ging darauf nicht ein, wurde einsilbig, seine Stimme heiser. Unklar und hastig bewegte er sich im Zimmer – Rascheln, Knarren. Nun mußte er wieder auf der Suche sein, er streifte meine Nähe unter bösen Selbstgesprächen, verschiedenes packend oder an sich ziehend, Quietschendes wie nasses Gummi.

Voll schlimmer Ahnungen wollte ich mich schon zurückziehen. Vom Gang her waren die Geräusche des Speise-Austragens hörbar, das Klappern, darin eingebettet, das Rollen des kleinen Wagens: Ach – so spät! Ich habe Sie viel zu lange belästigt! Ich erhob mich und tastete, aber Herr Q. war äußerst erregt, er suchte mich zur Seite zu drängen, um die Tür zu erreichen, die sich nun öffnete. Das Mädchen Inge, hörbar erstaunt und erleichtert, mich hier zu finden, bemühte sich, mütterlich mit Herrn Q. zu schimpfen, wegen der Unordnung – wurde aber grell schnappend angefahren: Das Essen! Her mit dem Essen!

Ich verhielt mich ganz still. Wieder trat das Mädchen ein, mit Vorsicht in Anbetracht der Hindernisse – ein starker Fleischgeruch verbreitete sich. Ich hörte Herrn Q. vorspringen, sich gierig über das Essen stürzen, das von dem Mädchen hastig preisgegeben worden war. Besteck klirrte, ein Ächzen, Klatschen, Reißen – neben mir, an der Tür, das Mädchen zurückweichend: »Sehen Sie nur, was er macht«, schrie sie unbesonnen, »dieses Tier!« und stürzte hinaus.

Ich stand noch, die Klinke in der Hand. Harmlos wünschte ich Guten Appetit! Schmeckt es? Ich erhielt keine Antwort und erwartete auch keine – dies waren nicht Geräusche des Essens. So verließ ich ihn.

In einiger Entfernung auf dem Gang wurde ein anderes Zimmer bedient, rasch ging ich vorbei und wurde, wie ich glaube, von dem wartenden Mädchen mit wandernden Augen angestarrt, aus einer Wolke von Angst. Am Fahrstuhl prallte ich auf den Heimleiter, der neuerdings häufig meinen Wegen nachgespürt hatte. Seine Stimme zitterte leicht: »Was machen Sie hier? Gehen Sie essen – hier haben Sie nichts zu suchen!« Ich erklärte ihm, daß ich ihn gerade von meinem Entschluß, die Anstalt zu verlassen, in Kenntnis setzen wollte. Da er schwieg, fügte ich versöhnlich hinzu, er dürfe das nicht falsch verstehen. Nicht, daß ich an ihm etwas auszusetzen hätte, auch hätte ich mich im allgemeinen wohl gefühlt – doch nun biete sich eben eine Gelegenheit ... eine Trauernachricht ... ich hätte die Mittel ...

Er muß mich fassungslos angesehen haben, blind, wie er es seit je für das Leben seiner Schützlinge gewesen war.

Ich verließ ihn. Die dunkle Brille und die weißen Haftschalen nahm ich beim Hinausgehen ab. Das Licht war unerträglich.

Der Lockstoff

Im folgenden sei berichtet über eine Reise in die USA, die der Verfasser, zusammen mit einem Fachkollegen, im Sommer dieses Jahres unternommen hat. Wir wollten uns dort über den Stand der *Pheromon*forschung unterrichten. Als *Pheromone* bezeichnet man, wie bekannt, die Sexuallockstoffe von Insekten, das heißt bestimmte chemische Verbindungen von großer Flüchtigkeit, die von Insektenweibchen ausgeschieden und von Männchen derselben Art über weite Strecken wahrgenommen werden. Auf solche Weise werden die Geschlechter zum Zwecke der Befruchtung zusammengeführt.

Die Wissenschaft kennt bis heute die Lockstoffe von über zwanzig Insektenarten, darunter solche der Seidenraupe, des Apollofalters und des tropischen Schmetterlings *Papilio paradisea,* aber auch die Pheromone gewisser Schädlinge wie der Kirschfliege, *Rhagoletis cerasi,* und der Erbseneule, *Polia pisi.*

Pheromone sind verkörperte Nachrichten, und damit von großem theoretischem Wert. Sie sind aber auch praktisch nutzbar zu machen, etwa zur Ausrottung von Schädlingen. Ist man einmal im Besitz des vom Tier isolierten Stoffes, so kann man die männlichen Tiere, statt zu ihren Weibchen, an andere Orte locken, wo sie vernichtet werden. Die Fortpflanzung wird somit verhindert, und der Schädling stirbt aus.

Auf diesem Gebiet der Wissenschaft ist Amerika führend.

Es war unser erster Aufenthalt in diesem Land. Dem europäischen Fachmann erscheint die Neue Welt zunächst als Paradies: Beglückt sieht er ihren Artenreichtum und ihre großen Populationen. Die einheimische Bevölkerung empfindet es anders: Für sie ist dieser Überfluß eher lästig, nicht selten bedrohlich. Dies gilt vor allem für die südlichen Bundesstaaten, wo das Klima die Kerfe vor den Menschen begünstigt. Unablässig müssen die Bewohner sich gegen die andringende Insektenwelt behaupten. Es summt und brummt zwischen Häusern und Bäumen, große Fliegen oder hornige Falter schnarren durch die Luft – man muß auf sie achten wie auf Steinschlag. Kein Tag, kein Ort ohne starke Belästigung, ohne Krisen oder Kämpfe. An den Stadträndern erscheinen Massen von nußgroßen Panzerkäfern, *B. nigriferrus:* Motorisierte Giftzerstäuber fahren auf und stoppen den Vorstoß mit ätzenden Nebeln. Schlupfwespen und Zecken bohren sich in die Haut von Menschen und Säugetieren: Sie müssen stückweise entfernt werden und hinterlassen oft schmerzende Entzündungen. Wie Gewitterwolken überziehen Libellenschwärme das Land. Flugzeuge werfen Brandbomben auf ihre Nachtlager entlang des Mississippi. Am Horizont sieht man einen gelben Schein. Von ferne hört man das Spritzen und Knattern, mit dem die vielen Libellenkörper in der Glut zerplatzen. Soweit es Insekten betrifft, kann Amerika grausam sein.

Längere Reisestrecken legten wir wie üblich im Flugzeug zurück. Dem Insektologen bieten sich hierbei majestätische Ausblicke aus großer Höhe. Hier wird seine Wissenschaft umfassend, sie betrifft alles, was sich regt.

Die Landung dagegen brachte Ernüchterung und oft große Qualen. In Natchez, Louisiana, wurden wir von einer Insektenphalanx begrüßt, hinter der die örtlichen Fachkollegen sich nur mit Mühe bemerkbar machen konnten. Welche Pracht und Vielfalt beim Verlassen des Flugzeugs! Der Europäer mußte hier umdenken, war er doch gewohnt, mit *Individuen* umzugehen, mit Individuen von mäßiger Körpergröße. Hier aber kämpften sich Kolonnen von *Dynastiden* – jedes Exemplar fersengroß – über die Gangway herauf! Unten betraten wir dann, anstelle des üblichen Betonpfades, ein Pflaster von Käfern, die als *Calosoma*-Arten anzusprechen waren – Tiere mit salamanderhaft greller Rückenzeichnung – nicht unähnlich den Krawattenmustern unserer Gastgeber, die endlich durch heftiges Armeschwenken unsere Blicke auf sich zogen.

Nur eine kurze Strecke war vom Fuß der Gangway bis zu den Wagen zu gehen. Sie kostete uns Selbstüberwindung mit jedem Schritt. Der offenbare Überfluß konnte uns nicht abstumpfen. Das fortwährende Knirschen, Knacken und Splittern der unzähligen Chitinpanzer strapazierte die Nerven bis nahe der Zerreißgrenze.

Wie eine Oase des Friedens wirkte dagegen die nächste Station unserer Reise, das Wood Products Laboratory in Gulfport, Mississippi. Es ist, wie viele bedeutende wissenschaftliche Institutionen in diesem Land, eine private Stiftung und liegt auf der Besitzung des Stifters, einer früheren Baumwollplantage. In dem ehemaligen Herrenhaus, einem tempelartigen Säulenbau, waren die Labors und ein Teil der Tierstation eingerichtet worden. Weitere Tierhaltungen sah man, wie bei einer Imkerei, ringsum auf dem Parkgelände verstreut.

Hier erfuhren wir aus erster Hand von vielen neuen, zum Teil überraschenden Forschungsergebnissen. Dr. Jack Smithson, ein begabter junger Kollege, führte uns unter anderem das Verhalten einer Termitenart, *Reticulotermes flavipes (Koller),* gegenüber der Farbpaste eines gewissen Kugelschreibers vor. Die Farbspur dieses Schreibers – es handelte sich um ein billiges Kaufhauserzeugnis der Marke TELLTALE – hatte eine starke Wirkung auf diese Tiere. Wurden sie im Abstand von einigen Metern von einer solchen Linie ausgesetzt, so verhielten sie sich zunächst unruhig, liefen gleichsam suchend hin und her, bewegten dabei unablässig ihre Freßbacken und betasteten einander mit trommelnden Fühlern. Zugleich kamen sie – scheinbar unabsichtlich – der Linie immer näher. Aus einem Abstand von etwa fünfzig Zentimetern schienen sie diese wahrzunehmen und liefen gerade auf sie zu. Vor der Linie stoppten sie kurz mit Anzeichen heftiger Erregung. Dann setzten sie sich auf ihr in Bewegung, eilig, mit gesenkten Köpfen, wobei sie sie zwischen beiden Gliedreihen in die Mitte nahmen. Auf eine Verdickung der Linie reagierten sie durch Verbreiterung der Spurweite.

Die Farbpaste wirkte wie ein Pheromon. Wirkte sie nur auf eines der beiden Geschlechter? War es Zufall oder eine chemische Täuschung? Diese Fragen hatten auch in Gulfport noch den Reiz der Neuheit. Sie wurden mit den amerikanischen Fachleuten eingehend diskutiert und in vielen Varianten experimentell überprüft – auch außerhalb der täglichen Institutsarbeit. So verbrachten wir, mit diesem Phänomen befaßt, viele Abende in den großen luftigen Wohnhäusern unserer Kollegen auf dem Plantagengelände, beim leisen Summen der Klimageräte und bei geschmeidiger schwarzer Bedienung, hinter den Drahtschirmen an den Fenstern und Türen.

Die Drahtschirme sind im Süden nicht zu entbehren. Fehlt irgendwo ein Drahtschirm an einer Tür oder einem Fenster, oder ist er durchlöchert, so hat man, noch ehe der Grund bewußt wird, sogleich ein Gefühl der Schutzlosigkeit. Erst wenn die Lücke geschlossen ist, stellt die Behaglichkeit sich wieder ein. Was draußen ist, das unablässige Brummen und Knallen, das vielbeinige Zupfen und Tasten, Durchstrecken pelziger Glieder, die matten Reflexe der Facettenaugen hinter den Maschen – man nimmt es bald kaum noch wahr.

Für die Termiten freilich war dies kein Hindernis. Die Versuchstiere mußten gar nicht erst an den Versuchsort gebracht werden. Sie schienen förmlich auf uns zu warten. Sobald einer der erwähnten Schreiber in Tätigkeit trat, betraten sie die Bildfläche. Gewöhnlich wurden die Experimente auf einem großen Tisch in der Mitte des Salons veranstaltet – falls besonders viele Zuschauer anwesend waren, auch auf einem extra angefertigten, schräggestellten tischgroßen Reißbrett. Die Fläche war gut ausgeleuchtet. Eine Vielzahl von Varianten des Termitenversuchs war mit der Zeit ausgeklügelt worden, wovon einige besonders beliebt waren und daher häufig wiederholt wurden. So ein ›Hindernis-Derby‹ – mittels gestrichelter Linien, oder das Frustrationsspiel mit mehreren Achterfiguren. Ästhetisch besonders reizvoll war das Verhalten der Tiere auf gewissen filigranen Kugelschreibermustern, etwa von der Art der Abstraktionen von Marc Tobey. Es gab spontanen Applaus.

In solchen Stunden verbanden sich Geselligkeit und fachliches Tun – Leben und Wissenschaft wurden eins. Dankbar möchten wir an dieser Stelle auch die großzügige Gastlichkeit unserer Freunde erwähnen. Quartier und Mahlzeiten hatten südlich-aristokratischen Zuschnitt. Wir wurden in die elegantesten Speiselokale der Umgegend ausgeführt und beispielsweise mit Beefsteaks bewirtet, die in bester Qualität von den nahen texanischen Rinderfarmen geliefert wurden. Zu den in landesüblicher Manier schwarzgebrannten Steaks reichte man Süßkartoffeln, watteweiches Weißbrot, scharfe mexikanische Bohnen und süßen, mit grünem Blattsalat garnierten Geleepudding. Ja, es waren recht eigentümlich anmutende Zusammenstellungen, an die man sich jedoch rasch gewöhnte.

Sympathie und Großzügigkeit wurden uns auch zum Abschied zuteil. Als wir nach einem zehntägigen Aufenthalt zur Weiterreise aufbrachen, überreichte man uns neben anderen fachbezogenen Geschenken einen der erwähnten Kugelschreiber.

Der weitere Verlauf unserer Reise stand ganz im Zeichen des kleinen Gerätes. Seine Wirkung war, ohne unsere Absicht, jederzeit zu demonstrieren. Es gibt sie wohl überall, die Termiten – in der Bahn, im Flugzeug, auf dem Dach von Wolkenkratzern, auf stark befahrenen Straßen. Man setzte die Schreibspitze auf – und die ersten Tiere waren zur Stelle. Man bewegte die Spitze auf der Unterlage – sie reihten sich auf und folgten einander in kurzen Abständen.

Oft wurden unsere mangelnden Sprachkenntnisse durch solche Vorführungen ausgeglichen: Unsere Mitreisenden etwa sahen sich stets gut unterhalten – Worte waren da nicht mehr vonnöten. Sie lachten freundlich über die sichtlichen Entscheidungsmühen der Tiere, wenn Linien sich verzweigten oder aussetzten. Gespannt beobachtete man die Nervosität oder Ratlosigkeit, mit der sich die Tiere am Linienende aufrichteten, gleichsam um Ausschau zu halten, sich dann auf den Rückweg machten, mit Entgegenkommenden zusammenstießen, mit diesen Botschaften austauschten, dadurch vielleicht erneut zur Umkehr bewogen wurden, und so fort.

Die Rückreise von New York aus traten wir an Bord des Dampfers ›Berlin‹ an. Nach acht ereignisreichen Wochen erreichten wir das Schiff in angeregter Stimmung – wenn auch etwas erholungsbedürftig. Wir hatten reiche wissenschaftliche Beute gemacht. In unserem Gepäck befanden sich Film- und Fotomaterial, Protokolle und Sonderdrucke, ferner eine kleine Auswahl seltener amerikanischer Kerfe, die man uns in transparenten Behältern mit ihrer natürlichen Umgebung im Kleinen und mit aufgeklebten hohen Preisen mitgegeben hatte, um ihnen gute Behandlung zu sichern.

Sofort nach der Einschiffung zog sich der Verfasser in die Kabine zurück, um die wichtigsten Reiseresultate in einem ersten Bericht möglichst frisch zu Papier zu bringen. Die ›Berlin‹ legte um Mitternacht ab. Etwa um vier Uhr morgens – das Schiff befand sich auf hoher See, mehr als fünfzig Meilen von der Küste entfernt – wurden wir vom Steward geweckt und vor die Tür gebeten. Wortlos wies er auf eine Zeile von Termiten, die sich, so weit wie man sehen konnte, durch den Gang auf uns zubewegte und durch einen Luftschlitz neben unserer Kabinentür verschwand. Dieser Schlitz endete in einem Schrankfach, in dem ich mein Schreibzeug verwahrt hatte. Dort fanden sich um den Stift und um mein Schreibheft bereits Hunderte von Tieren zusammengeklumpt, die, soweit sie sich nicht schon gegenseitig erstickt hatten, sogleich mit einem Sprühgift vernichtet wurden. Der Strom der Nachkömmlinge blieb aber unvermindert.

Diese Entdeckung erstaunte uns mehr als alles bisherige. Auch einem Fachmann, der die Macht der Instinkte kennt, mußte es schwerfallen, zu glauben, daß der amerikanische Lockschreiber selbst in dieser, für die Retikulotermen so unwirtlichen Umgebung des Ozeans noch seine Wirkung tat. Doch so war es, unleugbar, ein Faktum, konkret und hartnäckig. Die Niederschrift des vorliegenden Berichts – inzwischen mit Rücksicht auf den Bordalltag auf das offene Hinterdeck direkt über den Schiffsschrauben verlegt – wurde von den Tieren lückenlos verfolgt. Auch in den Pausen. Auch wenn ich nicht schrieb.

Eine kleine Überlegung zeigt, daß die Schreibspur – zusammengesetzt aus der Schiffsbewegung und der Schreibbewegung – als eine leicht gewellte, sich dehnende Brücke zwischen Ausreisehafen und Schiff verstanden werden kann. Von dieser Brücke machten die Tiere Gebrauch. Ein Problem ergibt sich daraus, die Frage nämlich nach der *wirklichen* Realität (man verzeihe den Pleonasmus) einer transatlantischen Kugelschreiberlinie – die doch zugleich auch geschrumpft, in Form der vorliegenden Aufzeichnungen in einem Notizbuch (DIN A 5), liniert, schwarz eingebunden) vorliegt – ein bodenlos aufklaffendes Dilemma. Es hat etwas mit Relativität, mit der Unvereinbarkeit des ruhenden und des bewegten Beobachters zu tun... es ist angreifend... festleimend... einspinnend... Doch handelt es sich hier um eine mathematische, vielleicht philosophische Unlösbarkeit – als Insektologen können wir sie auf sich beruhen lassen.

Halten wir uns fest an die Tatsachen. Einfache Schlüsse, Nüchternheit sind die Pfeiler der Wissenschaft. Aus dem Verhalten der Termiten ging doch hervor, daß der Lockschreiber tatsächlich auf jedem Teilstück der Passage in Bewegung war. Wie konnte es anders sein? Auch während der Schreibpausen und in der Nacht bewegte sich die Schreiberspitze auf einer unbewegten Unterlage. War es nicht das Papier, so war es der geographische Ort. Solange wir fuhren, hielt seine Wirkung an. Aber wo und wann endete diese Fahrt, da sich doch auch die Erde bewegt?

Das Ziel unserer Reise ist in Sicht, der Ärmelkanal ist zur Hälfte passiert – und nun – ich muß es gestehen – verläßt mich die gewohnte wissenschaftliche Indifferenz. Mein Kollege schläft noch, anscheinend arglos, im Kabinenbett, neben sich ein offenes Fachbuch. Aber ich bin schon seit dem Morgengrauen wach und habe an meinem Schreibplatz am Heck Stellung bezogen. Teils voll böser Ahnungen, dann wieder von einem kaum beherrschbaren Lachreiz gekitzelt, beobachtete ich das Strampeln der auf ihrer unsichtbaren Linie aufgereihten Tiere, die, hintereinander, Bein an Bein gekrallt, balancierend und fühlertastend, von meinem Tisch hinüber zur Heckreling hängen, eine flimmernde Kette, an der noch einzelne Tiere, vielleicht zur Ausbesserung schwacher Stellen beordert, entlangkrabbeln, und weiter, vom Schiffsheck als dünner, knotiger Faden in die Luft hinaus, in einem flachen Bogen zur Wasseroberfläche, die er jedoch nirgends, soweit der Blick reicht, berührt, und sehe dicht vor mir die ersten auf der Stelle trippeln, aufgestaut, mehrere nebeneinander, aufmerksam wartend, ob ich wohl weiterschreibe und wann ich, schreibend, endlich festes Land erreiche – oder auch ohne zu schreiben – der Unterschied ist nun ja ohne Belang –, und ich weiß nur noch *eine* Lösung, die zwar ein Opfer bedeutet, fast eine Schande für einen Wissenschaftler, so als ob er an Magie und an Dämonisches glaubte – doch die Angst schwillt an, ich kann nicht mehr anders: Ich *werfe das Ding in den Wind.*

Der letzte Beweis

Mein Name ist Rudolf Prang, ich bin 56 Jahre alt. Angefangen habe ich als einfacher Postzusteller, später konnte ich, nach dem Abendabitur, die höhere Laufbahn betreten. Ich bin jetzt Oberpostsekretär.

Meine Frau Else habe ich bei der Post kennengelernt. Sie blieb auch nach unserer Heirat noch lange dort tätig. Erst vor neun Jahren gab sie die Arbeit auf, Marias wegen. Und drei Jahre ist es her, daß wir zuerst *mit diesen Dingen* in Berührung kamen.

Unsere Ehe ist kinderlos geblieben. Was das bedeutet, wurde uns erst um die Zeit von Elses vierzigstem Geburtstag klar, der zu einem – bei uns seltenen – Familienfest ausgestaltet worden war. Sie werden das kennen: Andeutungen werden gemacht, und in Andeutungen wird geantwortet: »Noch keine Strickhöschen?« – »Nein, keine Strickhöschen.« – Bis dahin hatte die Kinderlosigkeit uns nichts ausgemacht. Wir haben immer still für uns gelebt, wir schätzten die Stille. Natürlich genossen wir die Annehmlichkeiten eines ungeschmälerten Einkommens. Da wir beide verdienten, konnten wir uns ein besseres Leben leisten als andere aus unserer Schicht. Dazu gehörte der jährliche, sommerliche Ferienaufenthalt in einem exklusiven Kur-Hotel in Baden-Baden oder Bad Gastein, maßgeschneiderte Kleidung, Theater- und Konzert-Abonnements auf den besten Plätzen. Else mußte nur selten kochen, wir aßen außer Haus.

Nun aber begannen wir, über das Alter nachzudenken. Würden wir nicht, bei nachlassender Gesundheit und Unternehmungslust, unter der Einsamkeit leiden? Wir waren beide Einzelkinder. Mit Verwandten verkehrten wir kaum, sie waren auch meist älter als wir. So kamen wir zu dem

Entschluß, ein Kind zu adoptieren. Es wurde uns von einem städtischen Amt zugeteilt. Den Vater kannte man nicht, die Mutter war Trinkerin.

Maria war sechs Jahre alt, als man sie uns brachte. Für ihr Alter war sie klein, ein wenig vierschrötig. Sie hatte steife, strohgelbe Haare, einen schmalen Mund, heftige, glasklare, hellblaue Augen. Anfangs verhielt sie sich scheu. Sie fuhr schreckhaft zusammen, wenn man sie ansprach, und entzog sich jeder zärtlichen Berührung. Die unordentlichen Jahre bei ihrer Mutter und die lieblose Zeit im Heim hatten ihre Folgen.

Aber schon nach wenigen Wochen schenkte sie mir ein gelegentliches Lächeln und faßte Vertrauen zu Else. Termingemäß schickten wir sie in die Schule, wo sie sich große Mühe gab und Lob erntete. Freundschaften schloß sie kaum, sie hatte wenig Interesse an anderen Kindern. Am liebsten spielte sie allein mit Spielzeugtieren und ihren Puppen, wobei sie unablässig dringlich und sanft auf diese einsprach.

Ich darf sagen, daß Maria es gut bei uns hatte. Vielleicht haben wir sie sogar verwöhnt – mit Spielzeug, Kleidchen, mit der Ausstattung ihres Kinderzimmers. Sie war zeitweise sehr dick.

Ihr Wesen veränderte sich in der Zeit ihres zwölften Lebensjahres. Statt der gewohnten Zutraulichkeit, einer eigentümlich schnurrenden Schmiegsamkeit, zeigte sie eine abweisende Haltung. Es gab Beschwerden aus der Schule. Oft war sie mißlaunig, sprach tagelang kein Wort mit uns. Auch magerte sie stark ab und schien zu kränkeln.

Der Grund schien naheliegend. In diesem Alter treten gewisse organische Veränderungen ein, die Maria wohl zu schaffen machten. So gut es der Anstand zuläßt, erklärte Else ihr das Wichtigste über die weibliche Natur. »Kind, du mußt nicht erschrecken, es ist das Erwachsenwerden.« Maria reagierte darauf mit einem fast hochmütigen Lächeln, aber an ihrem nervösen Verhalten änderte sich nichts.

In unserer Umgebung begannen sich absonderliche Vorgänge zuzutragen. Es verschwanden Gegenstände: eine meiner Zigarettenspitzen, ein Kamm von Else, meine Löschblattwiege, ein abgeschabtes Portemonnaie, in dem Else Kleingeld für den Zeitungsjungen und für die Brötchen bereithielt. Die Sachen waren eben vorher noch benutzt, oder wenigstens gesehen worden – plötzlich waren sie unauffindbar. Einiges tauchte Wochen später, zum Teil an den unwahrscheinlichsten Orten, wieder auf: Das Portemonnaie fand sich im Staubsauger – obgleich es unmöglich durch die Saugdüse oder den Schlauch hindurchgeschlüpft sein konnte; der Kamm lag auf der Oberseite einer Hängelampe, im jahrelang angesammelten Staub. Es war irritierend.

Andere Vorgänge beunruhigten uns mehr. Vor unseren Augen, ohne sichtbaren Anstoß, fiel die große japanische Ziervase von der Kommode im Flur und zerbrach – *zerfiel* – auf eine müde, haltlose Weise. Ein starker Veilchengeruch entströmte auf einmal dem Eisschrank. Im Wohnzimmer beulte sich blasig der Teppich auf, ließ sich kaum einebnen.

Als wir eines Abends von einem Konzertbesuch heimkehrten, fanden wir die Wohnung in einem wüsten Zustand vor. Die Zimmertüren waren alle ausgehängt, die Möbel – darunter das Büffett und schwere Schränke – klumpig zusammengestellt und übereinander getürmt, Elses Konzertflügel umgestürzt mit aufragenden Beinen. Mitten im Durcheinander Marias Bett – Maria darin in tiefem, friedlichen Schlaf. Als wir sie weckten, und sie um sich blickte, schien sie erstaunt: »Ziehen wir um?« fragte sie.

Einen Zusammenhang dieser Geschehnisse mit Marias Person wollten wir zunächst nicht einsehen. Wer hält denn auch so etwas für möglich! Doch schließlich konnten wir das Offenkundige nicht mehr abstreiten. Während der Zeiten zum Beispiel, die Maria mit ihrer Schulklasse im Landschulheim verbrachte, blieb alles ruhig bei uns. Dagegen häuften sich die rätselhaften Unruhen, wenn sie etwa krank im Bett lag, und am Wochenende.

Es kam vor, daß Maria in unserer Gegenwart, etwa am Abendbrottisch, erstarrte und mit offenen Augen zu träumen schien. Oder sie verfiel in krampfhafte Zuckungen und gab halbverständliche Laute von sich. Dabei schien es uns, daß sie, wie bei einer Unterhaltung, abwechselnd redete und horchte. – Wenn Else sie dann anrührte, ihr über den Kopf streichelte, sie zu beruhigen versuchte: »Maria, Kind, komm zu dir!« dann blickte sie langsam, wie blind um sich, tat seltsame Äußerungen, mit schwerer Zunge: »Vater wird bald krank«, »Paß auf, du stichst dich mit deiner Brosche!« – oder auch: »Ach, warum hast du an Bruno nicht gedacht!« – wobei Bruno zufällig der Name eines meiner früheren Schulfreunde ist, mit dem ich einige unangenehme Erinnerungen verbinde, von denen nicht einmal Else weiß und von denen Maria bestimmt nichts wissen konnte.

Marias Zustände, ihre bedenkliche Entwicklung, erschreckten uns. Doch will ich nicht leugnen, daß sie mich auch fesselten. Hatte ich in früheren Zeiten einmal etwas über Okkultismus oder Spiritismus gelesen, so hatte mich dies nicht sehr bewegt. Nun aber konnte ich nicht genug darüber erfahren. Ich durchwühlte die Kästen der Antiquariate nach einschlägiger Literatur, besuchte häufig die Staatsbibliothek zu dem gleichen Zweck, und achtete in Zeitungen und im Rundfunk (einen Fernseher besaßen und wünschten wir nicht) auf entsprechende Meldungen. Außer mit Else sprach ich jedoch mit niemandem über Maria und meine neuen Interessen.

Maria war dreizehn Jahre alt. Ich hatte angefangen, mediale Sitzungen mit ihr abzuhalten, wobei Else mir zur Hand ging. Regelmäßig versammelten wir uns an Samstagnachmittagen im verdunkelten Wohnzimmer, setzten uns, nach gewissen Vorkehrungen, von denen ich berichten werde, um den runden Eßtisch, und erwarteten Marias Eintritt in den Trancezustand. Anfangs versuchten wir, dies durch Litaneien, orientalische Musiken (vom Plattenspieler), durch Räucherdämpfe und dergleichen zu beschleunigen; doch bemerkte ich bald, daß solche Hilfsmittel überflüssig, ja sogar störend waren. Maria hatte ganz von selbst ein heftiges Bedürfnis, fast eine Gier, nach dem Okkulten; alles, was wir dazu beitragen konnten, war, geduldig ihre Hände zu halten.

Gewöhnlich verging eine halbe Stunde bis zu den ersten Anzeichen. Marias Hände wurden dann feucht, zuckten, und sie begann, ihre Geräusche und Laute auszustoßen. Bald darauf setzten auch ringsum im Raum alle möglichen Geräusche ein – ein Scharren, Schaben, Quietschen. Hin und wieder bemerkten wir Leuchterscheinungen, ähnlich dem Elmsfeuer, oder fühlten Berührungen am Hals oder im Gesicht, wie von einem feuchten Tuch, oder kitzelnd, wie von einer Feder; manchmal auch die elastischen Schläge eines Gummihammers.

Ein erster direkter Kontakt mit den Geistern kam nach mehreren Monaten zustande. Er äußerte sich durch einige leise, aber deutliche Klopfzeichen aus der Richtung des Flügels. Dies brachte Maria sogleich in eine derartige Aufregung, daß wir die Sitzung abbrechen mußten. Maria war von ihrem Stuhl gesunken und lag ohnmächtig auf dem Boden.

Nach einigen weiteren abgeänderten Versuchen, wohl auch einfach durch die Gewöhnung, kamen wir so weit, daß Maria den für uns unsichtbaren, für sie so erschreckenden Umgang ertrug. Sie verkehrte mit zwei übersinnlichen Gewährsleuten, einem gewissen *Per Christian Ingersoll*, der im 18. Jahrhundert in Malmö in Schweden gelebt haben soll, und einem noch lebenden Burmesen namens *U On Pe*. Diesen Herren stellte ich meine Fragen. Ich fragte etwa nach dem Namen eines Wiener Cafés, in dem wir vor mehr als zwanzig Jahren einem damals bekannten Opernsänger gegenübersaßen (›Havelka‹, Leo Slezak); ich fragte nach dem Jahr, in dem ich die Windpocken gehabt hatte, und welch besonders hübsches Geschenk ich damals ›zum Trost‹ von meinen Eltern bekam (ein ›Dux-Heimkino‹); ich fragte nach dem Spitznamen einer von Elses Tanten (›Regentrude‹), nach dem Lieblingsgericht von Elses Vater (Sauerbraten), dem Ort, an dem ich mir als Kind den Arm gebrochen hatte (Achensee, Tirol, bei einer Kletterpartie), und nach dem Namen eines Schulkameraden, der Selbstmord begangen hatte.

Von diesen Dingen konnte Maria kaum etwas wissen, zum mindesten nicht in dieser Vollständigkeit; dennoch trafen fast alle Antworten zu, einige wenige waren unklar. Die Antworten wurden uns in einem Alphabet-Code übermittelt (die Koordinaten eines Quadrates von fünf mal fünf Buchstaben) – ich fand diesen ohne weiteres heraus, nachdem ich gebeten hatte, unseren eigenen Namen, also meinen und Elses, zu klopfen. – Allerdings gelang uns dieser intensive Rapport – direkte Frage und Antwort – nur selten; bei den meisten Sitzungen mußten wir uns mit einfacheren okkulten Phänomenen begnügen.

Wir hatten inzwischen alle anderen Freuden und Vergnügungen, die Theater- und Konzertbesuche, Abende mit Kartenspiel, Kreuzworträtsel-Abende, auch unsere Wochenendausflüge und jährlichen Ferienreisen, aufgegeben, um alle unsere Zeit zum Studium der medialen Erscheinungen frei zu haben. Dennoch war ich kein gläubiger Okkultist geworden. *Im Gegenteil.* Wenigstens für meine Person kann ich sagen: Diese intensive Beschäftigung war der Ausdruck des *Zweifels.* In einem fortgeschrittenen Alter, wie dem meinen, legt man nicht so leicht den anerzogenen wissenschaftlichen Vernunftglauben beiseite.

Sollten es wirklich jenseitige Mächte sein, die sich durch Marias Vermittlung kundtaten? Gab es wirklich Fernwirkungen, die der ›Schulwissenschaft‹ bisher verborgen waren? Konnte man mit Toten verkehren – das heißt: waren sie also nicht wirklich tot?

Oder äußerte sich hier eine nervöse Konstitution, waren unsere Eindrücke das Produkt von Marias empfindsamem Gemüt und unserer verborgenen Erwartungen? Oder saßen wir einfach einem Betrug auf?

Andererseits wieder: Falls die Echtheit der Erscheinungen bezeugt werden konnte: es wäre vielleicht die wichtigste aller Entdeckungen! Es würde Hoffnung, Beglückung, *Erlösung* für uns alle bedeuten!

So wurde ich zwischen Ahnungen, Wünschen und Mißtrauen hin und her gerissen. Auf welche Weise konnten wir zur Gewißheit gelangen? Wie war ein Beweis zu führen?

Ich sah nur eine Möglichkeit: Der Beweis mußte negativ geführt werden – durch schrittweises Ausschließen jeder Selbsttäuschung und jedes Betrugs. Hierbei zog ich die Literatur, Niederschriften von früheren Sitzungen, einschlägige Gerichtsprotokolle und ähnliches zu Rate – man findet in den Bibliotheken reichlich Material, vor allem aus der ersten Blütezeit des Okkultismus, im ersten Viertel unseres Jahrhunderts.

Eine bei allen Taschenspielern beliebte Täuschungsmöglichkeit, das Verstecken von Hilfsmitteln in den Kleidern, hatten wir von Anfang an ausgeschaltet. Ähnlich wie es über das berühmte Medium *Eusapia Palladina* berichtet wird, hatten wir Maria in einen Overall aus dunklem, saugfähigem Stoff gesteckt, den Else genäht hatte. Bald danach las ich in den Okkult-Berichten des Grafen *Klinkowstroem*, daß geschickte Medien auch mit ihren Füßen, ja selbst mit den Zehen, fast unglaubliche ›Telekinesen‹ vollbringen können; Klinkowstroem erwähnt dies beispielsweise im Zusammenhang mit dem Medium *Maria Silbert* – betont jedoch zugleich, daß keineswegs *alle* ihre Leistungen hierdurch als betrügerisch abgetan werden konnten. Um hier vorzubeugen, fesselten wir Marias Beine mit breiten Lederriemen an die Stuhlbeine; Zehenbewegungen wurden ausgeschaltet, indem wir ihre Füße in Holzpantoffeln steckten und diese fest an die Fußgelenke schnallten. Für spätere Sitzungen befestigten wir auch noch Marias Knie mittels einer von mir entworfenen Halterung unter der Tischplatte.

Mißtrauen ist eine häßliche Regung, Mißtrauen verätzt die Seele. Ich weiß das wohl. Während wir, im Laufe von Wochen, unsere Kontrollmaßnahmen verstärkten, dachte ich immer wieder darüber nach, welche Gründe wir zum Mißtrauen gegen Maria haben konnten. Daß sie selbst einen so ausgeklügelten, absichtsvollen Betrug ausgedacht hatte und ins Werk setzte, schien zu absurd, um in Betracht zu kommen.

Ich muß an dieser Stelle berichten, daß ich einen intimen Feind an meinem Arbeitsplatz habe. Es ist der Oberpostsekretär *Vaihinger*, mit dem ich seit Jahren das Büro geteilt habe. Wie es ursprünglich zu dieser Feindschaft kam, ist mir nicht mehr erinnerlich; sie wuchs allmählich, infolge grundsätzlicher Differenzen: er ist Sports- und Fußballfreund – ich verabscheue den Sport; er erzählt gerne Witze, vor allem schmutzige – ich habe dafür keinen Sinn; er ist überhaupt gesprächig, ein Vielfraß und Biertrinker – ich bin eher schweigsam, trinke Wein und esse wenig, aber qualitätvoll. Vielleicht habe ich ihn gelegentlich merken lassen, daß seine Vorlieben und seine Lebensweise mir minderwertig erscheinen. Er hat mir dies durch kleinere und größere Intrigen heimgezahlt. So habe ich es ihm zu verdanken, daß meine längst fällige Beförderung immer wieder hinausgeschoben worden ist. Er hat regelmäßig nachteilige Gerüchte über mich in Umlauf gesetzt. Dabei war ihm unser Amtsbote behilflich, mit dem ich auch ein gespanntes Verhältnis habe. Dieser Amtsbote, namens *Lintl*, ein Mensch von einfacher Herkunft, konnte es nie überwinden, daß er, im Gegensatz zu Else und mir, infolge einer großen Kinderschar zu einer bescheidenen Lebensführung gezwungen war. Vaihinger und Lintl – konnte von dieser Seite her ein okkultistischer Mummenschanz zu meinem Schaden angezettelt worden sein?

Aber nein. Das war gar zu unwahrscheinlich. Ein solcher Plan war viel zu langfristig, viel zu kompliziert, den Geistesgaben dieser Herren keineswegs entsprechend. Meine vorsichtigen Sondierungen ergaben auch – wie zu erwarten – eine totale Ahnungslosigkeit auf diesem Gebiet. Nein, wenn es Betrug war, dann steckten dahinter Drahtzieher, die mir unbekannt waren, die vielleicht nicht einmal persönliche Motive hatten.

Ich bemühte mich jedoch, nicht irgendwelchen Verschwörer-Theorien zu verfallen, mich nicht auf trügerische Fährten leiten zu lassen. Vielmehr mußte ich, ohne auf eventuelle Motive, Psychologie, Zusammenhänge zu achten, weiter systematisch jede denkbare Ursache der Erscheinungen ausschließen.

Vor allem hatten wir dafür zu sorgen, daß jede Verbindung Marias mit der Außenwelt von uns überwacht, wenn möglich verhindert wurde. Wir kontrollierten ihre Kontakte in der Schule, im Haus oder auf den seltenen Spaziergängen. Es waren ohnehin nicht viele. So oft wie möglich wurde Maria in der Schule wegen Krankheit entschuldigt – im weiteren Verlauf unserer Arbeit gab uns Marias Zustand immer häufiger die Berechtigung dazu.

Während der Sitzungen wurden Marias Bewegungsfreiheit, die eventuell zu Manipulationen benutzt werden konnte, immer stärker eingeschränkt. Ihre Ellenbogen, die Schultern, und schließlich auch der Kopf wurden mittels eines fortwährend verfeinerten und verstärkten korsettartigen Gerüstes unter Kontrolle gehalten.

Marias übersinnliche Leistungen wurde durch die Maßnahmen keineswegs beeinträchtigt – eher im Gegenteil. Längst war der Verkehr mit den Geistern über Fragen und Klopfen hinausgediehen. Die Geräusche, die Lichterscheinungen, die Berührungen wurden heftiger und vielfältiger. Ich hatte den Eindruck, als sollte mir die Beschränktheit meiner Fragen, vielleicht auch die Kleinlichkeit meines Mißtrauens klargemacht werden. – Übrigens traten im Verlauf unserer Sitzungen nun auch Ektoplasmen in Erscheinung, also selbständige Gebilde von deutlich umrissener Gestalt, zwei Hände, ein Oberkörper, aber auch Gliedstümpfe – ähnlich, wie sie zum Beispiel von *Schrenck-Notzing* bei der Arbeit mit den medialen Brüdern *Willy* und *Rudi Schneider* beobachtet worden sind.

Allerdings sind gerade solche Ektoplasmen besonders häufig auf betrügerische Weise zustande gekommen. Ein für ektoplasmische Phänomene berühmtes Medium namens *Laszlo Ferenc* wurde bei folgendem Betrugsmanöver ertappt: Er praktizierte bereits vor der Sitzung die aus Wolle oder Watte bestehenden Gebilde dem neben ihm stehenden Versuchsleiter (auch hier war es *Schrenck-Notzing*) in die Tasche; von dort wurden sie später, in einem Augenblick, als die Aufmerksamkeit abgelenkt war, heraus befördert und ›zum Erscheinen‹ gebracht! – Obgleich etwas Derartiges von Marias Seite – schon infolge der starken Fesselung – kaum denkbar war, habe ich auch diese Möglichkeit eliminiert; vor den Sitzungen kleideten auch wir, Else und ich, uns in glatte taschenlose Trainingsanzüge, und Else versteckte ihr Haar unter einer eng anliegenden Gummimütze.

Selbstverständlich beschränkte ich mich bei meinen Überlegungen nicht auf den Wissensstand der Zeit der klassischen Okkultversuche. Es sind seitdem viele technische Erfindungen gemacht worden, die gleichfalls zur Täuschung benutzt werden könnten. So hat man für Astronauten, für Gelähmte oder für Menschen mit amputierten Gliedern Geräte und Fahrzeuge konstruiert, die mit der Zunge oder mit Hilfe der Bewegungen der Augäpfel gesteuert werden können. Es ist denkbar, durch verschieden hohe Pfeiftöne, durch stoßweises Atmen oder auch mittels der Bauchmuskulatur oder mit Hilfe der Schließmuskeln verschiedener Körperöffnungen irgendwelche Vorgänge aus der Ferne zu lenken. Letzten Endes läßt sich jede noch so geringfügige Bewegung oder Beschaffenheitsveränderung, sogar Ausscheidungen oder Ausdünstungen, in diesem Sinne einsetzen – sofern sie von der Versuchsperson absichtsvoll beeinflußt werden können.

Ich berücksichtigte dies alles bei den weiteren Vorkehrungen. Alle in Frage kommenden Wissensbereiche durchforschte ich nach immer neuen Techniken, die sich zu einer Täuschung eignen konnten. Zugleich führten wir unsere allwöchentlichen Sitzungen durch, jeweils mit den verbesserten Kontrollen, die sich aus meinen neuen Kenntnissen ergaben. Maria war nun fast am ganzen Körper, außer den Händen und dem Gesicht, wie eine Mumie bandagiert, überall mit elektronisch registrierenden Sonden für alle Regungen der Augen, Ohren, Lippen, der Muskeln, der Haut behaftet – die Anschaffungen für Versuchszwecke, Registriergeräte, automatische Film- und Fotoapparate, Bandgeräte etc., die sich allmählich im ehemaligen Wohnzimmer ansammelten, hatten bereits einen Großteil unserer Ersparnisse aufgezehrt.

Noch immer vollbrachte Maria außerordentlich okkulte Leistungen. Sie forderten nun allerdings ihre ganze Kraft. Am Ende der Sitzungen, von ihren Fesseln und Apparaten befreit, sank sie ohnmächtig in sich zusammen. Wir brachten sie ins Bett, wo sie, totenblaß, in tiefer Erschöpfung lag. Aus der Ohnmacht fand sie nach einiger Zeit in normalen Schlaf, der 24 Stunden und länger dauern konnte. Wir mußten ihr immer längere Ruhezeiten gewähren. Schließlich konnten die Sitzungen nur noch alle zwei Wochen stattfinden. Else saß ganze Tage an Marias Bett, flößte ihr kräftigende Nahrung ein, streichelte sie, las ihr etwas Hübsches vor, wischte ihr den Schweiß schwerer Träume aus dem Gesicht.

Ich wollte nun aufs Ganze gehen. Letzten Endes waren alle bisherigen Maßnahmen Flickwerk, es waren jeweils die Reaktionen auf eine weitere technische Neuerung, und es war hier kein Ende abzusehen. Ich mußte eine Vorrichtung schaffen, die jede überhaupt denkbare, naturwissenschaftlich mögliche Fernwirkung von vornherein ausschloß... versperrte... im Keim erstickte! Ganz allgemein gesprochen: Jeder stoffliche Kontakt, wie auch jede Verbindung durch Wellen oder Strahlen (außer einer von uns kontrollierten Sprechverbindung) mußte abgeriegelt werden.

Ich benutzte eine vierwöchige Erholungspause, die nach der letzten Sitzung notwendig geworden war, um einen Spezialbehälter zu bauen, eine *Okkult-Kiste*, die einen sitzenden Menschen in sich aufnehmen konnte. Um die Arbeit gründlich machen zu können, setzte ich meinen Jahresurlaub daran. Eine kleine Werkstatt hatte ich mir schon für frühere, mit Maria zusammenhängende Basteleien zusammengestellt. Zum Bau des Behälters benutzte ich ein edles afrikanisches Holz, das nahezu porenfrei war und das überdies mehrfach lackiert wurde. Das Innere wurde mit einer fünf Millimeter starken Bleischicht versehen, da Blei bekanntlich selbst für sehr kurzwellige Strahlen undurchlässig ist. Auf dem Blei fütterte ich den Behälter mit Kunstschaum und Samt. Der Hohlraum war so bemessen, daß Maria darin bequem, das heißt ohne Verrenkung oder Druck, aber bei möglichst geringem Spielraum, Platz finden konnte. Die Sprechverbindung war durch Mikrophon und kleine Lautsprecher an Innen- und Außenseite der Kiste gesichert. Für eventuelle Ausscheidungen aus Mund, Nase etc. waren entsprechende Reservoire vorgesehen.

Unterdessen päppelte Else das Mädchen hoch. Sie erhielt eine besondere, ärztlich empfohlene Kraftnahrung und außerdem noch jeden Leckerbissen, nach dem sie verlangte. Wir taten alles, um Marias Wohlbefinden wiederherzustellen und ihr Vertrauen zu uns zu stärken. Zwar hütete ich mich, näher auf ihre medialen Fähigkeiten einzugehen – sie schien davon nichts wissen zu wollen, wurde sogleich verschlossen, wenn ich Andeutungen machte. Doch erklärte ich ihr, daß wir bald einen sehr wichtigen Versuch mit ihr machen wollten, und daß, wenn er gelänge, auch für sie ein besseres Leben beginnen werde.

Der Tag der Entscheidung war angebrochen. Es war diesmal ein Sonntag, trocken, klar, unter einem blaßblauen Herbsthimmel: sehr beglückend, auch wenn wir, in unseren Dämmerräumen, nicht viel davon haben sollten. Ich erinnere mich an viele kleine Beobachtungen an diesem Tag – alles schien mir bedeutsam. Das Haus war still, die anderen Mitbewohner – zwei weitere Mietsparteien, die manchmal durch ihren Lärm recht störend sein konnten – waren wohl ins Grüne gefahren.

Wir drei nahmen ein leichtes Frühstück ein – Tee, Yoghurt, Knäckebrot mit Honig. Jeder Bissen, jeder Schluck schien mir wie Himmelskost. Durchdringend ambrosischer Geschmack. Else war heiter, sie neckte mich mit allerlei Scherzen, was sonst nicht ihre Gewohnheit ist. Sie ist eher herb. Auch Maria war fröhlich, sie lachte, zwitscherte lebhaft auf eine nervöse, zerbrechliche Art, die ich auch noch nicht an ihr kannte. Dann machten wir uns alle auf den Weg in das abgedunkelte Wohn- und Experimentierzimmer. Unwillkürlich dachte ich an Weihnachten.

Im Gang drängte sich das ausdrucksvoll schlaffe Hängen der Mäntel und Jacken an den Garderobenhaken ins Auge – es erinnerte an Ektoplasmen. Das Geräusch unserer Schritte war überlaut, ein Knirschen, Scharren, wie von vielen. Ein herb-süßer Geruch war da, Weihrauch, oder ein anderes kirchliches Räucherwerk. Oder indisch?

Marias Kasten war, anstelle ihres früheren Stuhles, am runden Eßtisch installiert. Maria hatte ihn vorher nicht gesehen, aber ich hatte sie vorsichtig darauf vorbereitet, sie setzte sich ohne Zeichen von Furcht hinein und ließ sich einschließen. Danach prüften wir die verschiedenen Vorrichtungen, vor allem die Wechsel-Sprechanlage, auf ihre Funktionsfähigkeit. Schließlich löschten wir die Lichter, und setzten uns beiderseits des Kastens an den Tisch. Es war elf Uhr vormittags.

Auch für uns waren die neuen Bedingungen fremd, wir fühlten uns hilflos. Früher hatten wir Marias Hände halten können, und ihre Veränderungen, ihr Hinübergleiten in Trance mitfühlen können. Jetzt konnten wir dies nur noch in der Vorstellung, mußten auf ihre Fähigkeit vertrauen und warten. Anfangs wechselten wir ab und zu ein Wort durchs Mikrophon. Ich fragte, wie sie sich fühle, ob es erträglich sei, und sie antwortete leise, gläsern, offenbar lächelnd »jaja«, und einmal, später, »schön«. Danach reagierte sie nur noch durch schwaches Seufzen. Schließlich überhaupt nicht mehr.

Im Dunkel verliert man das Zeitgefühl; aber ich schätze, daß mindestens drei Stunden vergingen bis zu den ersten Zeichen. Es war ein leises Tappen oder Rascheln, wie von kleinen Tieren, von Mäusen oder Eidechsen. Das Geräusch wiederholte sich noch einmal nach einigen Minuten. »Maria! Liebe Maria! Strenge dich an!« flüsterte ich ins Mikrophon, es kam aber keine Antwort. Wir wurden wieder für eine kleine Ewigkeit auf die Wartefolter gespannt. Dann wieder das Rascheln, das Huschen – diesmal deutlicher; es schien aus einer Richtung des Zimmers zu kommen, wo keine Möbel standen; nur ein Gemälde hing dort an der Wand ... Und in dieser Richtung sah ich nun die Lichterscheinung. Ich strengte die Augen an und sah es, unbestreitbar, ein phosphoreszierendes Glimmen, das die Wandfläche erhellte, immer mehr erhellte. Es schien, als sei die Wand transparent geworden, wobei der Umriß des Bildes sich etwas dunkler abzeichnete. Ich fragte Else, ob sie es auch sähe, aber sie gab nur einen unartikulierten Laut, wie Gluckern, oder Kichern von sich – ich achtete weiter nicht darauf; denn nun begann dort, hinter der transparenten Fläche, ein schattenhaftes Leben, Gestalten, tanzend oder schwankend, ein subtiles Ballett, graziös, winkende, vielleicht neckende Gesten, und um die Gestalten ein schwacher Lichtschein, Andeutungen eines Hintergrunds, der farbig zu sein schien – war dies schon das andere Leben, hatte der Zugang sich schon geöffnet? Heftig durchfuhr es mich, schmerzend – auch das Glück will ertragen sein: »Das ist es, Maria, der letzte Zweifel ist verflogen!« Liebe und Dankbarkeit sprengten fast mein Inneres, unverzüglich mußte ich Maria befreien, ich wollte sie aus ihren Fesseln lösen, sie trösten, liebkosen, für immer wie eine Heilige in Ehren halten: In der Dunkelheit suchte ich auf dem Tisch nach dem Schlüssel für den Kasten – es war fast unerträglich, daß ich ihn nicht augenblicklich fand, und daß er dann nicht sofort ins Schlüsselloch wollte – dann öffnete sich der Deckel.

Else hatte zu gleicher Zeit Licht gemacht. Maria saß unbeweglich aufrecht in den eng anliegenden Polstern, wie in einem Ohrensessel. Ihre Augen waren weit offen, sie war kalkweiß. Auf unsere Anreden und Berührungen reagierte sie nicht. Ihre Arme waren schlaff, sie sanken wieder zurück, nachdem sie angehoben worden waren. Kein Atem, kein Herzschlag. Sie war tot.

Die Empfindungen in diesem Augenblick kann ich nur andeuten. Ich war wie mit schartigem Messer zweigeteilt: Zu gleicher Zeit erhoffte Erlösung, höchste Seligkeit und tiefstes Entsetzen. War es eine Stunde, waren es zwei Stunden, die ich vor diesem offenen, schrankartigen Kasten stand? Dort stehend, in meiner Zerrissenheit, kreisten in mir die immer gleichen Gedanken: Wie hing das alles zusammen? Ich hatte, mit eigenen Augen, ein neues Leben erblickt – doch Maria war tot. Aber *wann* war sie gestorben? Hatte sie diese Erscheinungen noch herbeibeschworen – sie, die *lebende* Maria, die erst danach der Anstrengung erlegen war? Oder waren dies die Projektionen ihres Todeskampfes, gewissermaßen *letzte Elektrizität*, eine Funkenentladung, Elmsfeuer, unwiederholbarer Abglanz aus dem Jenseits? War die okkulte Welt also, unter strengen wissenschaftlichen Bedingungen, für uns Lebende unerreichbar? Den letzten Beweis ist Maria uns schuldig geblieben.

Meine Herren Geschworenen: Ich bin am Ende meiner Erklärung. Ich habe Ihnen die Tragödie dargestellt, von der ich behaupte – nein: gewiß bin! –, daß sie die Tragödie von uns allen ist – auch die Ihre! Daß wir hier vor der Richterbank stehen, ist ein Irrtum! Marias Tod war ein *Unfall*, eine tragische *Entgleisung* auf der Reise in glücklichere Welten! In schwerelose Welten, meine Herren, in Welten sanfteren Fühlens, der Heiterkeit…

Vielleicht haben wir den richtigen Weg noch nicht gefunden – dann müssen wir ihn weiter suchen. Maria – unsere arme Maria – ist nicht unersetzlich. Es gibt viele Menschen mit medialen Kräften! Mit ihnen muß die Arbeit fortgesetzt werden! Seien Sie sich Ihrer Verantwortung bewußt! Das Glück aller Menschen, meine Herren, liegt in *Ihrer* Hand!

Das Happy-End

Ein Stummfilm in Worten

Es beginnt mit der Rückenansicht des Publikums beim Pferderennen. Wie Sie sehen, ist es ein bedeutendes gesellschaftliches Ereignis. Zylinder und blumengeschmückte Wagenräder, Lorgnons und Fächer, gepflegte Konversation und ein unablässig schmachtendes Lächeln im verlorenen Profil. Zwischen den Köpfen bewegen sich – unglaublich langsam – die kleinen Pferde; Jockeys hängen an ihren Hälsen.

Jetzt erscheint ein kleiner Mann in einem schäbigen Smoking im Blickfeld. Seine Knopfaugen kreisen listig, der Mund bildet ein vergnügliches V, die Falten seiner Grimassen werfen tiefe Schatten im kalkweißen Gesicht. Über dem Kugelbäuchlein strammt sich eine zerschlissene Weste, aus der eine riesige Uhrkette mit Petschaft baumelt. Sie haben sicher schon bemerkt: der Mann hat Schwierigkeiten mit seiner Fliege. Unter seinem hüpfenden Adamsapfel dreht sie sich bald nach der einen, bald nach der anderen Seite. Geduldig sucht er sie immer wieder gerade zu biegen. Nach mehreren erfolglosen Bemühungen wächst sein Unmut, er strafft die Fliege energisch, wobei er sich fast stranguliert. Der Gummikragen ist aus dem Hemd gestiegen, er bildet einen ungewöhnlichen Halsschmuck. Der Mann stopft ihn ärgerlich zurück. Nun aber fängt die Fliege an, propellerartig zu rotieren, sie erzeugt einen Luftzug, in dem sich die spärlichen, sorgfältig über dem Kopf verteilten Härchen aufrichten. Der kleine Mann kämpft um einen Halt am Boden, von dem er sich zu erheben droht. Endlich gelingt die Bändigung der Fliege mit Hilfe zweier Sicherheitsnadeln.

Sehen Sie, wie sich die Laune des kleinen Mannes bessert?

Er zieht ein kleines Auskultierhämmerchen aus seiner Brusttasche und überprüft seine Muskelreflexe. Vor allem am Patellarreflex, der den Unterschenkel schlenkernd vorschnellen läßt, kann er sich kaum sattsehen. Zwischendurch bemerkt er zuerst flüchtig, dann immer aufmerksamer, die Genicke zweier Zuschauer in der letzten Sitzreihe, die zu einem fetten Herrn mit fleckiger Melone, beziehungsweise einem mageren mit einem unvollständig entfalteten chapeau claque gehören. Unversehens, beinahe zufällig, vollführt das Hämmerchen einen Hieb gegen das hagere Genick. Das empörte Profil eines Menschenfeinds wird sichtbar. Er rüttelt seinen tief in die Betrachtung des Zeitlupenrennens versunkenen Nachbarn am Ärmel und macht ihm gehässige Vorhaltungen. Der Dicke, gutmütige Pausbäckchen und wabbelndes Doppelkinn, zeigt eine verständnislose Miene. Mit weitausholender Geste und fragendem Faltenspiel deutet er auf seine Brust und schüttelt langsam den Kopf. Die Lage normalisiert sich wieder.

Aber im Zuge der fortgesetzten Vergnügungen des kleinen Herrn rutscht das Hämmerchen auch mal über den Nacken des fetten Zuschauers aus. Der wendet sein zorngeblähtes Gesicht dem dürren Nebenmann zu, schüttelt ihn kräftig und knufft ihn mit dem Handrücken vor den Bauch. Wieder sehen Sie den Herausgeforderten im Profil, ein langer, haßerfüllter Blick ruht auf dem Nachbarn. Mit einem blitzschnellen Stoß seiner knochigen Faust in den puddingartigen Bauch des Feindes wird ein Ausgleich herbeigeführt.

Die beiden Herren erheben sich gleichzeitig, ihre Sitze klappen hoch, die Herrschaften zu beiden Seiten rücken indigniert ab. Man klettert über die Sitzrückwände nach hinten, um Bewegungsfreiheit zu gewinnen. Beide Parteien entledigen sich ihrer Jacketts, falten sie sorgsam zusammen und krönen das Päckchen mit ihrer Kopfbedeckung. Sie rollen sich systematisch die Hemdsärmel bis zum Oberarm. Nun stehen sie sich gegenüber und messen sich mit abgründigen Blicken. Jetzt macht der Dicke eine rasche Bewegung und tritt den Kontrahenten ans Schienbein. Man hätte diese Behendigkeit gar nicht von ihm erwartet. Die Folgen sind widersprüchlich: einerseits schmerzvolles Hüpfen auf einem Bein und hilfesuchende Blicke nach oben – zum anderen behaglich übereinandergeschlagene Arme und augenscheinliche Befriedigung über das Ergebnis. Behalten Sie jedoch den Menschenfeind im Auge: er bückt sich nun – ist wie vom Schmerz gekrümmt – und: rennt seinen Kopf mit böser Heftigkeit in den unvorbereiteten Leib des Gegners. Dieser fällt zappelnd zu Boden; doch zugleich gelingt es ihm, den anderen durch einen raschen Griff ans Bein ebenfalls zum Umklappen zu bringen. Es setzt ein unübersichtliches Gewirbel ein, eine auf Grund der unterschiedlichen Dimensionen der Beteiligten stark exzentrische Kreiselbewegung. Nach allen Seiten fliegen Erdklumpen und Teile der Kleidung, radial, wie von einer Kartoffelfräse.

Der kleine Mann betrachtet nachdenklich die Folgen seines bescheidenen Scherzes. Er wirkt in sich gekehrt. Er hat seine Hände auf dem Rücken gefaltet, sie umklammern das Hämmerchen, das automatisch kleine Zuckungen vollführt. Der Tumult der Auseinandersetzung kommt abrupt zum Stillstand; der Staub senkt sich, die Männer erheben sich. Sie stehen in Unterhosen da. Sie wischen sich sorgfältig ab, beklopfen sich gegenseitig, wobei sich Staubwölkchen entwickeln. Dabei fällt ihr Blick auf den kleinen Zuschauer. Sie halten mit der Reinigung inne und betrachten ihn ruhig. Jetzt nähern sie sich ihm, sie nehmen ihn in die Zange. Durch eine blitzschnelle Beinbewegung des Dicken wird der Dürftige zu Fall gebracht. Ein rascher, propellerartiger Wirbel. Gleich darauf Auferstehung aus einer Staubwolke, wobei sich zeigt, daß auch der kleine Mann nur noch Unterbekleidung trägt. Beachten Sie die Ratlosigkeit, die sich in der Haltung der drei Herren ausdrückt.

Inzwischen ist auf den Publikumstribünen eine lebhafte

Bewegung entstanden. Anscheinend ist die Veranstaltung zu Ende, nun eilt man überstürzt zu den Buden der Wettbüros. Elegante Herren mit fliegenden Frackschößen überrennen Damen, deren Mund sich zu einem entsetzten »o« rundet. Kinderwagen werden von flügelschlagenden Bonnen angetrieben. Zwischen den wirbelnden Beinen hasten verschiedengestaltige Hunde mit hängenden Zungen. Auf dem Boden strampelt ein verhutzelter Jockey, er wird von der Last eines mühlradähnlichen Kranzes fast erdrückt. Beobachten Sie jetzt die Buchmacher in den Türen ihrer Buden, zumeist jüngere Herren von auffälliger Eleganz, die bedauernd ihre Handflächen nach außen drehen. Nach und nach verläuft sich die Menge, im großen ganzen mit mürrischem Gesichtsausdruck.

Zuletzt erscheint das ramponierte Trio in Unterhosen. Es trägt begreiflicherweise verlegene Mienen zur Schau. Die Buchmacher sind sehr erheitert. Der Griff in die Brusttasche nach dem Wettschein erweist sich als gegenstandslos, ebenso wie die Suche in der Gegend der anderen Taschen. Nun kann aber der kleine Herr seine Begleiter durch lebhafte Gestik darauf aufmerksam machen, daß sie sich die Abschnitte unter die Fingerringe gesteckt haben – eine Voraussicht, die sich bezahlt macht, denn die Buchmacher müssen ihnen je ein handliches Päckchen Banknoten auszahlen. Sie machen jetzt einen weniger heiteren Eindruck.

In ihrem Glück vergessen die beiden Gewinner ihren neuen Bekannten, der sich bescheiden beiseite gestellt hat und versonnen mit seinem Hämmerchen spielt. Sie gehen Arm in Arm, mit lebhaften Handbewegungen und geschwellter Brust, vom Platz. Niemand nimmt Anstoß an ihrer Kleidung.

Folgen Sie uns jetzt, bitte, in die eleganten Geschäftsstraßen der Stadt, in denen Droschken, Flaneure mit je einer Blume im Knopfloch und paarweise eingehakte, gerüschte Damen pulsieren, wobei die letzteren schelmische Blicke unter ihren Sonnenschirmen hervorwerfen. Soeben betreten der beleibte und der magere Herr in ihrer Trikotbekleidung ein Hutgeschäft, um es sogleich mit einem spiegelnd neuen chapeau claque, beziehungsweise einer Melone, wieder zu verlassen. Unter tiefen Bücklingen verfolgt sie der Verkäufer bis auf die Straße. Die Tür eines Herrenbekleidungsgeschäftes öffnet sich ehrerbietig vor ihnen und entläßt sie im nächsten Augenblick in modisch gestreiften Hosen und tadellosen Frackjacketts. In straffer Haltung tauchen sie in ein Schuhgeschäft, um blitzartig wieder zu erscheinen, hochglänzende Lackschuhe an den Füßen. Nachdem sie sich mit hoher Geschwindigkeit noch mit zierlichen Stöckchen versehen haben, entschwinden sie um eine Straßenecke.

Aus einer dunklen Gasse, die in einen breiten mit Bäumen bestandenen Boulevard mündet, bricht eine standesgemäße Equipage hervor. Der galonierte Kutscher läßt seine Peitsche über schäumende Rappen tanzen. Von den offenen Hintersitzen grüßt der wohlgenährte Herr jovial nach rechts, der hagere sauer-süß nach links. Der Blick fällt auf eine Bank am Straßenrand, wo sich ihr dürftiger Bekannter vom Rennplatz mit Hilfe des Hämmerchens und des Kniescheibenreflexes über seine Enttäuschung hinwegzutrösten sucht. Überfließend vor Menschenliebe steigt der beleibte Glückspilz vom Wagen, wackelt auf die Bank zu, drückt den überraschten Menschen, der noch immer in Unterhosen ist, an sich und fordert ihn mit großartigen Gesten auf, an dem neuen Wohlstand teilzuhaben. Bramarbasierend fährt man vor dem Hutgeschäft vor, aus dem der kleine Mann mit einem Homburg hervorgeht, der seine obere Gesichtshälfte verdeckt. Ähnlich großzügig ist auch das Ergebnis des Besuches im Bekleidungsgeschäft. Ein Triumphzug erscheint, der kleine Freund steckt in einem erstklassigen, wenn auch etwas reichlich bemessenen Smoking. Sie sehen: die Wohltäter meinen es gut. In einem erstklassigen Schuhladen bemühen sie sich eigenhändig um die teuersten und größten Modelle für ihren Schützling – sparsamere Größen, die von einer Verkäuferin mit Knopfmund und Bubikopffrisur angeboten werden, lehnt man mit einem Ausdruck des Ekels ab. Der Herr mit der Melone ist erst zufrieden, als der Inhaber persönlich, ein devoter Mensch mit parkartigem Backenbart, ein monumentales Paar Lackstiefel aus der Schaufensterdekoration herbeischaffen läßt. Der kleine Mann kann an all diesen Bemühungen nicht teilnehmen, weil der Hut seine Sicht behindert. Die Schwierigkeiten, die ihm aus seinen riesigen Stiefeletten erwachsen, sind jedoch nur vorübergehend. Alsbald hat man ihm wieder zu seinem Platz in der Equipage zwischen seinen Gönnern verholfen, die ihre Genugtuung händereibend zur Schau tragen.

Als nächstes sehen Sie, wie die drei wohlbestallten Freunde den Abend in einem mondänen Nachtlokal verbringen. Hier verpraßt die Geschäftswelt die Ausbeute des Tages, ein viereckiger Bürstenkopf mit Monokel, in Begleitung einer stark dekolletierten schwanenhälsigen Halbweltdame, ein satanischer Spitzbart in der Gesellschaft einer Garçonne und viele schwänzelnde Lebemänner, die eine große Fertigkeit im Öffnen von Champagnerflaschen haben.

Unser zu Glück und Reichtum gelangtes Trio vergnügt sich standesgemäß. Während unser hagerer Pferdefreund mit hämischem Grinsen eine vollbusige Schönheit auf seinen Knien reiten läßt, vergnügt sich sein dicker Compagnon mit dem Entkorken des Champagners. Mit einem Pfropfen gelingt ihm ein Volltreffer in das Augenglas eines Ehrenmannes in der diagonalen Ecke. Bei dem Versuch, das hervorquellende Schaumgetränk mit dem Daumen zu bremsen, schießt ein scharfer Strahl abwechselnd in den Ausschnitt der reitenden Dame und auf die weiße Hemdbrust eines Kellners. Dieser Effekt bereitet dem Dicken großes Vergnügen. Beachten Sie, wie er von einem Ohr zum anderen grinst. Er lenkt den Strahl einer zweiten Champagnerflasche auf einen riesigen Hut am Nachbartisch; schaumig rinnt es, wie von einer

Dachtraufe, auf die bloßen Schultern der Trägerin, während die Empörung ihres humorlosen Kavaliers mittels geschickten Fingerspiels des Spritzkünstlers gelöscht wird. Offensichtlich erfassen nun auch einige der jüngeren Menjoubärtchen den Reiz des neuen Spiels; sie erzeugen förmliche Wasserkünste mit der moussierenden Flüssigkeit. Die Älteren wollen nicht nachstehen. Der Spitzbart füllt systematisch ein Dekolleté, und ein von neuer Jugendlichkeit ergriffener vierschrötiger Kapitalist schießt Pfropfen und den gesamten Inhalt der Flasche auf den Erfinder der Lustbarkeit ab.

Diese vergröbert sich zusehends. Einige Gentlemen entleeren ihre Flaschen vollständig und kunstlos über den Kopf ihrer Nachbarn, die den Scherz mit stoischer Gelassenheit über sich ergehen lassen; andere beschießen die Kapelle, die indessen fast unentwegt weitermusiziert. Wieder andere begnügen sich schon mit dem Schauspiel der Fontäne, die sich durch Abschlagen des Flaschenhalses an der Tischkante erzeugen läßt. Einige Damen verlassen den Raum in ihren hauteng anliegenden Roben, von den Tischen ergießen sich Katarakte, nur auf dem Boden entwickelt sich ein blasiger Sumpf, auf dem man leicht ausgleitet. Die Kellner, die durch den starken Verbrauch überlastet sind, kämpfen sich mit geschwollenen Köpfen durch den feinen Sprühregen.

Unterdessen hat sich unser kleiner Mann still mit einer Terrine voll Kaviar beschäftigt, die neben den anderen Freuden unbeachtet geblieben ist. Sie können beobachten, wie er sich beispielsweise durch eine gerollte Papierserviette die bröckelige Masse in den Schlund rinnen läßt. Mittels seines Hämmerchens stampft er sie in Mokkatassen oder in leere Streichholzschachteln und stürzt die Angelegenheit nach Art eines Puddings auf der Tischplatte; oder er katapultiert kleinere Klümpchen auf einem Löffel an der Tischkante über ziemlich große Entfernungen hinweg.

Allmählich dringt der Morgen durch die Ritzen der Vorhänge. Das Geld ist verbraucht. Das Bacchanal verebbt, unsicher wischt man sich die Augen. Man schüttelt sich chevaleresk die Hände und torkelt am unbewegten Gesicht des doormans vorbei in die naßgraue Dämmerung. Der bescheidene kleine Mann hat infolge seiner hinderlichen Kleidung den Anschluß an seine Freunde verloren. Als der Wagen an ihm vorbeirollt, sind die Insassen bereits auf ihren Sitzen eingeschlafen. Der kleine Mann zieht seine Lackstiefel aus, bindet sie sich als Tornister auf den Rücken, entfernt sich und verschwimmt schaukelnd im fahlen Morgendunst. Mitleidig blickt ihm das Pferd des Milchkutschers nach.

Es ist ein sonniger Tag, vor Ihnen liegt der Rennplatz. Das Publikum ist angenehm mit sich beschäftigt, während sich zwischen seinen Köpfen die Pferde unendlich langsam der Ziellinie nähern. Die Jockeys an ihren Hälsen peitschen ungestüm, in Zeitlupe. Achten Sie auf den kleinen Mann im schäbigen, aber viel zu großen Gesellschaftsanzug, der langsam hinter der letzten Sitzreihe wandert. Hin und wieder schlüpft ihm unversehens ein Fuß aus dem Stiefel. Rückwärtsgehend findet er wieder hinein, schüttelt den Fuß in seinen Behälter und setzt seinen Marsch fort. Unterwegs zieht er ein großes Brennglas aus der Brusttasche. Ab und zu bleibt er stehen und bringt mit dem Glutpunkt eine leere Zigarettenschachtel zur Entzündung oder läßt ein graues Rauchwölkchen von seinem Schuh aufsteigen.

Im Blickfeld erscheinen die Köpfe des feisten Herrn mit seiner fleckigen Melone und des abgezehrten Anarchisten mit seinem faltigen chapeau claque. Beachten Sie nun, wie sich durch geeignete Haltung des Brennglases ein Brutzeln auf dem Nacken des hageren Zuschauers hervorrufen läßt, und wie das Versuchsobjekt darauf seinen Nachbarn mit haßverzerrter Miene beschimpft. Nachdem auch auf dem glänzenden Genick des fetten Widerparts eine dampfende Brandstelle entstanden ist, sehen sich die beiden Herren bald veranlaßt, offenes Gelände aufzusuchen und sich sorgfältig ihrer Jaketts zu entledigen.

Die drei Pferdeliebhaber in Unterhosen machen einen betretenen Eindruck, als sie vor dem Wettbüro erscheinen. Bedauerlicherweise sind die Fingerringe inzwischen den mißlichen Umständen zum Opfer gefallen. Um so mehr macht sich nun der vorsorgliche Brustbeutel des kleinen Mannes bezahlt. Gegen den darin verwahrten Wettabschnitt muß der Buchmacher mit verdrießlicher Miene ein ansehnliches Paket Banknoten auszahlen. Erfassen Sie nun mit einem Blick, wie der Gewinner, in dürftiger Weise bramarbasierend, mit triumphierenden Gesten den Platz verläßt, während im Hintergrund seine Bekannten hilflos Kopf und Arme hängen lassen.

Der Aussteiger

1979

Krankfeiern

Es ist vorbei; ich habs überstanden; ich denke daran mit gemischten Gefühlen. Einiges war gut daran, anderes war schlimm. »Überstanden« – das sagt man auch von Festtagen. »Na, haben Sie Ostern gut überstanden?«

Am Anfang war diese Müdigkeit; wovon war ich nur so müde? Am Abend zuvor hatte ich einen elektrischen Stecker repariert, Zeitung gelesen, normal gegessen: Rührei, Brot, Aufschnitt, Tee. Alles normal. Zwei Stunden Fernsehen – irgendeine Unterhaltungssendung. Else hatte Strümpfe gestopft, Liesel was für die Schule gemalt. Eine Flasche Bier, um halb elf ins Bett. Elend müde, ich schlief sofort, hörte nicht mal, wie Else kam. Schlief wie ertrunken – gegen Morgen ein Traum; ein Scheppern, hallend, oder ein Mekkern. Sonst war doch nichts, oder? War sonst noch was? Vielleicht die Jahreszeit? Das Aprilwetter? Vielleicht ein Kichern?

Es war ein rücksichtsloser, völlerischer Schlaf – man hat danach Kopfschmerzen. Auch von der Anstrengung aufzuwachen; bei Else wars wohl ähnlich – also doch das Wetter? Nur bei Liesel funktionierte die innere Uhr.

»Mammi! Mammi! – Pappi, Pappi!« Sie kam auf Zehenspitzen und rief lauter und lauter.

»Mammi, Pappi! Wacht auf! Ihr habt verschlafen!«

Else fuhr zuerst hoch: »Ja? Was ist denn?«

»Mammi, es ist nach acht!«

»O Gott! Else schüttelte den Wecker, er machte noch ein paarmal »Ping, Ping«.

»Robert! Du, Robert!« – Irgendwie nahm ich das alles wahr.

»Ich hab das Radio von Reicherts durch die Wand gehört,

da sagten sie acht.« – Das Kind stand da und beobachtete alles, das Schlaf-Chaos, ehelich, die Haare, Glieder, die faltigen Bettücher. Else in Panik.

»Dabei ist der Wecker losgegangen! Das gibts doch nicht! Robert, schnell! Du kommst zu spät! Himmel nochmal – und das Kind muß zur Schule – wann hast du denn heute?«

Sie hatte spät; ein Glück. Else schickte das Kind in die Küche, Kaffeewasser aufsetzen. »Und zieh den Schottenrock an, der hängt im Bad auf dem Gestell.« Sie schlappte herum. »Robert! Herrgott! Komm doch endlich zu dir!«

»Njaa, njaa.« – Man weiß, wie das ist. »Njaa, njaa.« Eine Gleichgültigkeit zutiefst. War schon egal. Zu spät kam ich sowieso – ein paar Minuten mehr oder weniger... Sie würden von der Arbeit aufschauen, sie würden halb lächeln, und der Chef:

»Nun, Herr Stumme, ausgeschlafen? – Aber das macht doch gar nichts, Herr Stumme – passiert jedem mal!« – Man ist dann den ganzen Tag im Rampenlicht. »Ach bitte, Herr Stumme, schauen Sie doch die Außenständekartei mal durch – Wie weit ist eigentlich die Statistik? – Wenns Ihnen nichts ausmacht, eine Separat-Übersicht zu Artikel 99/10. – Sie könnten sich sehr verdient machen, wenn... – Herr Stumme, haben Sie einen Moment Zeit für mich?«

Else störte mehrmals, mal ins Ohr, mal sehr weit weg; sie war schon in Betrieb. »Also, weißt du, Robert, wenn du jetzt nicht bald hochkommst, dann kannst du gleich zu Hause bleiben!« – Ich hörte Schranktüren, hörte Plümeauschütteln, hörte Haarbürsten – vielleicht vergaß sie mich? Aber nein.

Sie war plötzlich ganz nah und weich und liebevoll bei mir. »Weißt du was, Robert? Bleib doch daheim. Gönn es dir mal – die anderen machens auch!« – Sie wanderte davon, für sie war es schon ausgemacht. – »Bleib einfach liegen«, rief sie von der Türe her. »Ich ruf im Geschäft an, du hast eine Grippe. Dreh dich um, schlaf noch ein bißchen. – Nachher bring ich dir eine Tasse Kaffee.«

Ich spürte die Tritte zittern. Kaffeemühle. Vibrationen. Sekundenschlaf.

»Mutti, wo ist mein Turnzeug?« – »Wos hingehört, im Schuhbord.«

Ich hörte Geschirrklappern, Autohupen, Autoanfahren, Straßenbahn. Hörte viele Schritte, ein Ballett, ein Schreibmaschinenrattern und das Rattern anderer Maschinen. Ich hörte ein Telefonklingeln, ein Alltagskonzert.

»Guten Tag, hier Firma Rotex. Ich verbinde Sie mit Doktor Maltz.«

Ich träumte Krankspielen, Blaumachen ... am hellichten Tag, Blauer Montag ... in Hausschuhen schlurfen ... kalter Kaffee und gemischte Gefühle ... Schulschwänzen ... das Thermometer warmgerieben ... Mutter guckte mich scharf an ... dachte sich ihr Teil ... die Innenschiefe ... mies und süß. Gehegt und gepflegt.

Dann schreckte ich auf. »So, der Herr«, sagte Else, »hier kommt das Frühstück. Ein Rest vom Weihnachtsgebäck. Komm setz dich mal hoch – ich tu dir ein zweites Kissen in den Rücken. – Gehts so? Das Tablett stell ich dir auf den Nachttisch. Daß du mir keine Kaffeeflecke aufs Plumeau machst!«

»Lieb von dir, danke.«

»In deiner Firma hab ich angerufen. Ein Fräulein Kummes oder so ähnlich ...«

Gomes. Sie hatte einen Spanier geheiratet. Wasserstoffblond ...

»... sie wünschen dir gute Besserung. Also laß es dir schmecken. Ich geh dann mal los, ein paar Sachen einholen. Muß auch zum Zahnarzt.« – Sie hatte schon alles eingerenkt. Sie rannte schon auf dem Gang, mit letzten Anweisungen.

»Wenns an der Tür klingelt, oder Telefon – geh gar nicht hin. Und wenn du aufstehst, nachher, häng das Bettzeug übern Stuhl. Liesel nehm ich gleich mit. Bist du fertig? – Komm Kind.«

Die zweierlei Schritte, dann schlug die Wohnungstür zu. Also allein. Den ganzen Vormittag allein.

Ein bißchen ungut sind sie schon, diese Vormittage zu Hause. Alte Erinnerungen. Halb Röteln, halb Strafe. Dieses Licht, schwächlich, alles sah abgewetzt aus. Ich hatte mich knarrend erhoben, ich tappte, ich schlurfte.

Später: Die ausgedehnten Badezimmerzeremonien. Ich stellte den elektrischen Strahler an. Überall fröstelig, offene Fenster, es muß ja gelüftet werden. Jaja, gelüftet.

Zog mich endlich an, Hemd, Hose, Wolljacke. Kalte Sachen. Ich ging in Liesels Zimmer, und machte den Transistor an. Da sagten sie was von Barbarossa, meinten aber Hitler damit, und sie sagten etwas über das Leben der Mücken: Siehst du, siehst du – wußt ich auch nicht. – Jeden Tag senden sie Sachen, die ich nicht weiß. – Irgendwie zum Verzweifeln.

Ich blätterte ein bißchen in Liesels Büchern. Die rote Zora. Wo die wilden Kerle wohnen. Ihr Tagebuch – neugierig, was sie da wohl... Aber es war nichts. So gut wie nichts. Ganze drei Seiten in den Ferien, danach nichts mehr. Ich wanderte unentschlossen in der Wohnung herum, betrachtete den Inhalt des Eisschranks, des Vorratsbords, den Inhalt der Schublade von Elses Frisierkommode. Vergaß sofort was drin war. Machte ein paar häusliche Arbeiten. Im Wohnzimmer, Kommode, Furnier abgespreizt, Schublade schnarrte drüber, alles nutzt sich ab... Ich habs mit Uhu angeklebt, es hielt nicht, da war bröckliger Preßspan drunter, fast Sägemehl, nochmal mit mehr Uhu geklebt, und nochmal. Schließlich noch ein Stück Tesa drüber, um das festzuhalten, bis das Uhu fest war, Uhu-Schublade, deutsche Wertarbeit.

Um halb eins kam Liesel. Sie war überrascht.

»Hallo Pappi, du bist zu Hause.« Dann fiels ihr wieder ein: »Du bist ja krank – schön, wenn du krank bist!« – Ich war mißtrauisch auf einmal, die Kinderstimme, wie angelernt. Sie redete drauflos, was in der Schule war, das Konditional.

Ich sagte: »Wenn meine Oma Räder hätt.« Sie lachte mehr als nötig. Es wurde aber ein Feiertag. Else kam gegen eins und brachte tiefgefrorene Forellen mit. Danach Mittagsschläfchen, dann Kaffee und Kuchen; und abends wollte Liesel Mensch-ärgere-dich-nicht spielen.

»Hast du denn deine Hausaufgaben fertig?«

Es wurde ein Familientag. Das knöcherne Würfelgeräusch, Händereiben, Rufe der Empörung: »Nein, schon wieder – womit hab ich das verdient – bei soviel Glück kanns nur schiefgehen – wart nur, wer zuletzt lacht...«

Und Else, ungeduldig: »Loslos, mach schon – na warte – Rache ist Blutwurst!«

Es kommt selten vor. Aber wenn wir mal anfangen zu spielen, wird eine Orgie draus. Else mußte energisch werden.

»So, Schluß jetzt. Das ist das letzte.«

»Och, Mammi! Nur noch eines!«

»Schluß, aus, jetzt reichts.«

Nach dem Abendessen gabs Glühwein. Mit einem Lächeln, das man ihr von hinten ansah, während sie rührte, sagte Else: »Für unseren Patienten, damit er wieder zu Kräften kommt.« Und Liesel: »Was hast du eigentlich für eine Krankheit?«

»Er hat den Ziegenpeter – und du gehörst jetzt ins Bett!«

»Bist du morgen auch noch krank, Pappi?« – Nicht mal den Fernseher haben wir angemacht.

Ich nahm mir unsere Ferienprospekte vor, blätterte alles nochmal durch. Vielleicht sollten wir doch nicht wieder nach Spanien? Vielleicht mal anderswohin, vielleicht England, oder Irland? In ein irisches Fischerdorf, mit einem Hausboot...

Else war zurückhaltend. »Also, mit diesen Bomben, die da immer hochgehen!« Nach einer kleinen Stille sagte sie: »Aber ich weiß, was du meinst, Robert.«

Wir haben uns direkt mal unterhalten. Ins Bett später als üblich, und dann erst die Frage, wie es weitergehen sollte. Ich konnte doch nicht weiter von der Arbeit wegbleiben – einfach so, ohne Grund. – Oder gab es einen Grund?

Auf einmal hatte Else einen sorgenvollen Ton.

»Weißt du was, Robert: Du nutzt mal die Gelegenheit. Denk an deinen Kreislauf, an deine Müdigkeit! – Morgen gehst du zu Dr. Lockert, läßt dich mal gründlich untersuchen. Du bist jetzt 45 – da muß man sich in acht nehmen.«

Als ich am nächsten Tag aufwachte, war ich schon angemeldet, für zehn Uhr. Else war fort, hatte mir einen Zettel hinterlassen. Wo war sie hin? Ich machte mich auf.

Zuerst wars mir unwohl auf der Straße, wie nackt. Zehn Uhr – wo alle an den Schreibtischen saßen, und ich hier, in der Sonne.

Es war proppenvoll im Wartezimmer, murmelnde Stimmen, oder halblaut, eine Dämmerung im Raum, Undeutlichkeit.

Ich bekam gerade noch einen Sitzplatz und eine Frauenzeitschrift in Packpapierumschlag. Man liest da alles, im Wartezimmer, vertieft sich in die abwegigsten Sachen.

»Zwischen keck und mondän – Strohhüte aus Italien.«

»Aus Großmutters Kochbuch: Brotpudding mit Himbeersoße.«

Nach einer Viertelstunde erhielt ich, im Austausch, die Zeitschrift ›Wild und Hund‹. Ich las: »Gezogener Lauf – Glatter Lauf?« und »Gesundes Revier: Schwache Böcke ausmerzen.« Die Aufrufe kamen unregelmäßig, immer überraschend.

»Der Nächste bitte.« Mit strengem Ton. »Wer ist denn der Nächste?«

»Sie haben wohl geschlafen? – Sie auch, Herr Stork, Sie können gleich Ihre Spritze kriegen.«

Ich wußte nicht genau, wann ich dran war. Die Routinierten legten das gleich bei ihrem Eintritt fest.

»Guten Morgen – bitte, wer ist vor mir dran?« – Mit trompetender Energie.

Aber ich hatte es ja nicht eilig. – Was sollte ich dem Arzt überhaupt sagen? Die Müdigkeit, manchmal Schwindel, ein Druck auf der Brust; ich war wie gelähmt.

»Bitte der Nächste.«

Eine junge Frau sah mich zweifelnd an und ging dorthin, wo die Schwester stand. Eine andere Frau sagte, ich sei dran, ich sei schon vorher dran gewesen. Beim nächsten Aufruf raffte ich mich auf.

»Stumme, Robert. Waren Sie schon mal bei uns?«

»Ich glaube vor zwei Jahren.«

»Glauben ist nicht wissen. Den Krankenschein bekommen wir noch, ja?«

Krankenschein, ja. Für die Scheinkrankheit. Der Arzt tauchte in der Nebentür auf, freundliches rotes Gesicht. Als ich zu ihm ging, faßte er mich am Ellenbogen.

»Also, wo fehlts uns denn?« – Warum »uns«?

Ich sagte: »Ja, wie soll ich Ihnen das beschreiben, Herr Doktor... nichts Besonderes... nur gestern früh, da war mir auf einmal so komisch...« Ich stotterte. Der Arzt unterbrach mich.

»Also, dann schaun wir uns das mal genauer an. Mund auf! Zunge raus – ha – etwas Belag, foetor, leichte Rötung... Augen o. B. – Reflexe...«

Es war kein Problem. Der Arzt ging davon aus, daß er etwas finden mußte. Und wenn ich genauer nachdachte, wenn er mir auf die Sprünge half – einiges war wirklich nicht in Ordnung.

»Müssen Sie häufig Urin lassen? – Machen Sie den Oberkörper frei. Treiben Sie Sport?« Er sprach in seinen Sprechapparat, ein Fräulein Kröger sollte reinkommen. Sie sollte aufnehmen: »Stehend 110/80, Cor leicht vergrößert – tief durchatmen – anhalten – ausatmen. Lunge o. B. – Bauch ganz locker lassen. Hose runter: Tuts da weh? Nicht anspannen. – Legen Sie sich mal da hin. Niere o. B. – Leber... leicht vergrößert. – Trinken Sie?«

Anfangs war ich erleichtert, daß es geschäftsmäßig ging. Aber ganz richtig fand ich das nicht, daß er mich gar nicht fragte, was mir fehlt. Das heißt: Er fragte schon – aber die Antworten schienen ihn nicht zu interessieren. – Wäre das nicht das erste, was er wissen müßte?

»Fräulein Kröger, wir machen zunächst B. S., Hämatokrit, Urin – das Wichtigste. Zucker, Eiweiß, Sie wissen schon. – Ziehen Sie sich wieder an, Herr Stumme. Setzen Sie sich. Da sind ein paar Dinge, die wir abklären sollten. Die Orthostase. Die Leber. – Also, Sie kommen übermorgen wieder, nüchtern, dann machen wir einen gründlichen Status. Auch EKG etc., Lungenfunktion. Fräulein Kröger sagt Ihnen, was Sie mitbringen müssen. Ich schreibe Sie erstmal eine Woche krank.«

Die Leber, der Zucker, die Orthostase. Irgendwas mußte er wohl finden. – Wie verändert man aus einer Arztpraxis hervorgeht! Auf eine Weise – hochmütig. Das Wartezimmer kam mir noch dumpfer vor, das trübe Licht, der Geruch, die dicht über die Zeitschriften gebückten Köpfe!

Ich sagte mit Nachdruck »Auf Wiedersehen«. Die Antworten kamen schwach, leidend, so matt wie das Licht.

Um so heller war es draußen. Das überraschte mich.

Alles durchsichtig, scharf, vorspringend deutlich. – Wie lange war es her, daß ich an einem Werktagsvormittag auf der Straße ging? – Ziemlich belebt, man mußte sich wundern.

Ah, das war jetzt gut. Eine Woche. Ich konnte fast triumphierend im Büro anrufen.

Die Gomes war am Telefon.

»Ja, wir haben uns das schon gedacht. Sie haben nicht gut ausgesehen, in der letzten Zeit.« – Meinte sie das ernst?

»Dann kurieren Sie sich mal. Gute Besserung!«

Gute Besserung, ja. Es hatte alles seine Ordnung. Eine Woche Krankfeiern – mit Genehmigung.

Es wurde nun auch ein Thema für die Hausgemeinschaft.

Frau Klamm, Frau Reichert wurden neugierig – sie sprachen Else an.

»Ist Ihr Mann krank? Ich hab ihn schon vier Tage nicht zur Arbeit gehen sehen.« – Vier Tage schon? – Man wird so durch die Tage geschwemmt, in solchen Zeiten. Man verliert die Übersicht.

»Vormittags hört man das Radio herüber. – Ist es was Ernstes?« – Die Wände dieses Hauses! Der Hall im Treppenhaus!

»Oh, eine Blutkrankheit – mein Gott wie schrecklich! Weiß er es selbst?« – Ich hörte eine Stille, in der Else wohl Beruhigendes sagte; Frau Reichert war auch schnell beruhigt.

»Ach so, Gottseidank.« Und dann, während sie schon wieder hörbar im Treppenhaus fegte: »Jaja, wie leicht fängt man sich was ein. Man siehts ja den Leuten nicht an – und bald ist die ganze Familie betroffen; sechs Wochen Lohnfortzahlung – und was dann?«

Was sagte die da? Ich hörte Elses Verblüffung, sogar Verärgerung. Die sollte den Teufel nicht an die Wand malen, soweit seien wir noch nicht. Und sagte dann noch was, soweit ich verstand, über die Firma, langjährige Anstellung, Unter-die-Arme-Greifen. – Ich stand da im Gang und horchte auf die folgende Stille.

Natürlich konnte Else solche Reden nicht ernst nehmen. Sie wußte doch genau, wie es zugegangen war. Sie hatte doch noch ihren Spott damit getrieben.

»Na, Herr Invalide, soll ich dich auch auf den Topf setzen, oder kannst du das selbst?«

Wir neckten uns, hatten auch unsere kleinen Lustbarkeiten. Ich hatte die Ruhe, sie zu beobachten, beim Frühstück, beim Kochen.

»Steht dir gut, der Atlasmorgenmantel. Alles glänzend, glatt und fest!« Ich mußte sie berühren, fühlen – und sie mußte mich abschütteln.

»Laß das Robert. Nein, nicht jetzt. – Hier, dein Kaffee. Wie lang willst du dein Ei? – Wann mußt du denn wieder beim Doktor sein?«

Aber in den folgenden Tagen wanderten fremde Gedanken in den Köpfen herum. Elses Stimmung war allmählich umgeschlagen. Zuerst kaum merklich – sie erkundigte sich mehr als üblich nach meinem Befinden –

»Und? Wie gehts dir heute? Spürst du irgendwas?«

»Ach wo, alles in Ordnung.«

»Blendend siehst du nicht aus.«

In der Stimme war ein besorgter Unterton, was Flatterndes. Manchmal schaute sie mich von der Seite an. Man merkte, daß etwas sie fortlaufend beschäftigte. – Und dazu die beflissene Nachbarin.

»Tag, Frau Stumme – wie gehts dem Mann?«

»Ist noch nicht raus. Die Ärzte lassen sich Zeit.«

»Tja, die Ärzte. Und die Ungewißheit. Das ist das Schlimmste: die Ungewißheit.« – Danach sagte die Nachbarin noch etwas, ich hörte das nicht – ich erfuhr das erst später. Sie sagte: »Übrigens, vielleicht interessiert Sie das, bei Hecker, Papierwarenhecker, ist ein Aushang im Fenster. Sie suchen eine Aushilfe für zwei Tage in der Woche. Halbtags. Ich würds ja selbst gern machen, aber solang Benno noch so klein ist...«

Wie gesagt, ich wußte das damals nicht. Aber ich merkte doch, Else grübelte. Irgendetwas rumorte in ihrem Kopf herum. – Inzwischen war ich zum dritten Mal beim Arzt.

Die erste Woche – die erste Krankheitswoche! – war fast um, der Doktor hatte Ergebnisse. Als ich in sein Zimmer trat, sagte er als erstes, ich solle mich nicht beunruhigen. Dann sagte er etwas von »Leukothenie« oder »Leukobenie«, und auch etwas von »GOT, GTP und überhaupt Lebertransferasen«. Die lägen außerhalb der Norm. Das müßte geklärt werden.

»Ihnen liegt doch daran, daß das aufgeklärt wird!«

Es klang, als sei ein polizeilicher Verdacht auf mich gefallen!

»Sind Sie Allergiker? Hatten Sie mal Asthma?«

Offenbar hätte sich manches harmlos geklärt, wenn ich das bejaht hätte. Auf jeden Fall werde er mich, sagte er, an die Uni-Klinik überweisen, an den entsprechenden Spezialisten. »Gehen Sie nach Hause«, sagte er. »Ruhen Sie sich aus. Sie werden die Ruhe brauchen. Wenn wir einen Termin haben, rufen wir Sie an.«

Also weitere Wartetage. Allmählich wurde ich zum Wohnungsinventar.

Mittags, wenn Liesel kam, fand sie mich vor. Wenn sie früher kam, auch.

»Ach du bist da! – Immer vergeß ich, daß du krank bist. Heut haben die Großen demonstriert, deshalb haben wir schon frei gekriegt.«

»Soso, demonstriert. Weswegen denn?«

»Weiß nicht genau. Ich glaube, daß nicht soviel Unterricht ausfällt. – Wie gehts dir denn?«

»Ach, bestens. Heut morgen war ich beim Doktor, und er hat gesagt, ich muß nur noch mal in eine bestimmte Klinik, dann ist alles erledigt.«

»*Noch* zu einem anderen Doktor! – Was soll der denn noch machen? – Du siehst so müde aus, find ich. Und dann, immer in dem alten Hemd, und mit der Wolljacke – ich mag das gar nicht leiden!«

So sah das jetzt aus. Ich brachte das gewöhnliche Leben durcheinander. Jahrelang war tagsüber kein Mann in der Wohnung, Mutter und Tochter immer unter sich. Nun verbreitete ich Unbehagen. Grauer Mann, Rasierseife am Ohr, schlurft durch den Gang, unter der Haut die beginnende Auflösung. Vielleicht ein anderer Geruch? Ein Zwang zur Rücksichtnahme?

Ich legte mich gern mal hin und pennte eine halbe Stunde. Morgens zum Beispiel, nachdem ich vom Doktor kam, oder auch am frühen Nachmittag. – Liesel mochte das gar nicht.

»Hallo! – Du schläfst ja schon wieder! – Du schläfst zuviel! Du mußt aufstehen!«

Wenn sie mich schlafend sah, sah sie mich schon halb tot.

»Nicht wahr – sterben tust du nicht? Versprich es mir! du darfst nicht sterben. Sterben ist so eklig!«

Ich glaube nicht, daß sie schon einen Toten gesehen hat. Sie hat keine Vorstellung davon. »Tot« ist einfach alles, was still und schrecklich ist. Sie hatte noch keine Worte dafür.

»... wenn du manchmal so da sitzt, so faltig, so weiß ...« Sie sah mich an, auf einmal flossen die Tränen. Sie schluchzte und steigerte sich hinein ins Schluchzen. Als Else kam, war sie befremdet.

»Was ist denn hier los! Liesel! Was fällt dir denn ein! Überhaupt – was hast du denn hier bei deinem Vater herumzuschmusen! Du verschwindest jetzt in dein Zimmer, machst Schularbeiten. Du lieber Gott – und auch noch Tränen!«

Else reagiert immer leicht gereizt, wenn das Kind zärtlich zu mir ist. Macht dann Vorwürfe der verschiedensten Art. Aber sie benahm sich überhaupt immer merkwürdiger – oder war das mein Mißtrauen? Ich sagte:

»Du warst lange weg, heute.«

»So, ist dir das aufgefallen? – Und, was hat der Arzt gesagt?«

»Mit dem Blutbild war einiges nicht im Lot.« – Es war mir nicht unlieb, es ausführlich zu erzählen, und am Schluß machte ich noch ein erzwungenes Witzchen dazu:

»Jaja, das kommt davon – ›Ach Robert, bleib doch mal daheim!‹«

»Unsinn, Robert. Sag doch nicht sowas! Es ist doch richtig, daß das aufgeklärt wird!«

Etwas in ihrem Ton ließ mich aufhorchen. »Aufgeklärt« – die Worte waren die des Arztes, und in der Stimme war eine Kälte, eine Entschlossenheit, wie von jemand – der einen Widerstand überwunden hat. Einen inneren Widerstand.

»Weißt du, Robert – eigentlich ist es praktisch, wenn tagsüber jemand zu Hause ist. Man kann mal etwas länger wegbleiben, kann mal was erledigen, ohne zu hetzen ...« – Es sollte wohl scherzhaft klingen, aber es klang nicht so.

»Nun sag bloß, daß die Krankheit dir in den Kram paßt!«

»Aber nein, nein. Ich meine ja nur – warum muß die Welt immer grade so geteilt sein – die Männer draußen, wo was los ist – und wir ...«

»Männer draußen, wo was los ist – tse!« – Diese Reden mißfielen mir immer mehr. Mit allem, was sie sagte, mit allen Versuchen, den vorigen Mißgriff, den falschen Ton zu berichtigen, machte sie es immer nur schlimmer.

»Aber Robert! Jetzt sei doch nicht gleich so empfindlich! Sind sowieso nur noch ein paar Tage, dann ists wieder beim alten!«

Nein nein. Das glaubte sie selbst nicht. Alles, was sie sagte, hörte sich falsch an.

Aber ich hatte jetzt nicht die Zeit, darüber nachzugrübeln. Es wurde jetzt ernst mit mir. Ich geriet jetzt richtig in die Mühle. Das Blutbild hatte schon gezeigt, daß einiges nicht stimmte. Es machte keinen guten Eindruck – das große Blutbild.

Die Uni-Klinik. Ich trat ein in das Reich der Apparate. Um mich war ihr Surren, Schnurren, das schmatzende Geräusch der abgenommenen Gummisauger, das Klicken, mit dem die Geräte auf Glastisch abgelegt wurden, das Geräusch des Gummiblasballs einer Blutdruckmanschette. Und die beinahe militärische Art der medizinischen Techniker.

»Fertig. Sie können jetzt aufstehen. EEG und EKG werden jetzt ausgewertet. Gehen Sie zwei Türen weiter, zur Lungenfunktion.«

»Los los, Hemd ausziehen, Oberkörper frei, Schlauch in den Mund, und blasen. Blasen Sie!«

»Hier, trinken Sie diesen Becher voll Brei. Dann gehen Sie in Kabine 2 und ziehen sich aus. Warten Sie dort, bis die Signallampe leuchtet. Und alles schön bei sich behalten!«

»So, und jetzt entspannen – locker, ganz locker – und noch etwas mehr bücken!«

»Den Allergietest können wir auch gleich machen. Reagieren Sie auf Primeln? Auf Heu? Auf Hundehaare?«

»Gehen Sie da hinein und lassen Sie Urin. Wissen Sie, was Mittelstrahl bedeutet?« – Die ganzen Untersuchungen, die Doktor Lockert schon gemacht hatte, wurden noch einmal gemacht. »Ihr Hausarzt in Ehren, aber wir möchten doch Irrtümer vermeiden« – das hieß doch wohl, daß man beim Hausarzt Irrtümer erwarten mußte? – Auch das Blutbild wurde wiederholt, mehrmals. Ich wanderte hin und her, zwischen den verschiedenen Kliniken, die über das Klinikgelände verstreut waren. Ich wanderte von einem Spezialisten zum anderen.

»Verzeihung, ich soll zu Herrn Doktor Sternheim – bin ich da richtig?«

»Sternheim? – Sie meinen wohl Doktor Wehrlein, den Urologen?«

Ich wanderte durch die Krankenstadt, durch dieses Krankenland, auf diesen Asphaltwegen, überquerte die kümmerlichen Rasenstücke, die zertrampelt waren, mit kränkelndem Buschwerk bestanden.

»Verzeihen Sie, gibt es in diesem Gebäude einen Doktor Mader?«

»Mader, Mader? – da fragen Sie mal drüben im Hauptgebäude, wir sind ja hier kein Auskunftsbüro! – Ah schon wieder Telefon – ja? Was? – Rufen Sie die 399 an! – Also Leute gibts –«

»Ich glaube, ich habs nicht richtig gesagt – hier schauen Sie mal …«

»Achso, Differential BB – warum sagen Sie denn das nicht

gleich – da müssen Sie natürlich zur haematologischen Ambulanz –«

»Haematologischen...«

»Ja, sicher – da gehen Sie hier ganz durch, aus dem Gebäude raus, dann links, durch den schmalen Durchgang...«

Es kam mir vor, als sei ich schon zweimal so gegangen! Aber ich trottete eben los. Ich war allmählich in einem Zustand – abwesend, wie in Trance, wo man willenlos irgendwelchen Befehlen folgt...

»Wie, haematologische Ambulanz? – Keine Ahnung. Bin ja selbst nur Patient hier. Fragen Sie mal da drüben die kleine Asiatin.«

»Da sind Sie ganz falsch. Gehen den Weg vol, dolt, bis zum niedligen Haus, dulch den Dulchgang...«

Ich ging wieder zurück wo ich herkam. Ich hatte dort einen Eingang übersehen, es war ja auch im Keller, schließlich machte mich jemand darauf aufmerksam, dort, im Keller, wobei er sogleich zu klagen begann, »die Raumnot, die Platznot« – sofort über irgendwelche internen Personal- oder Finanzprobleme. – Die Ambulanz fand sich in einer Art Heizungskeller. Sie war nur durch ein Pappschild, handbeschrieben, gekennzeichnet. Als ich eintrat, kam ich ungelegen.

»Stumme, Robert? Sie waren für zwei Uhr angemeldet – jetzt ist es drei. Tut mir leid. Doktor Mader ist jetzt unterwegs. Vielleicht eine halbe oder eine dreiviertel Stunde. Warten sie solange draußen.« Die Schwester hatte Blut am Ärmel.

Sie schlug die Eisentür zu, es hallte in diesem Gewölbe. Das Gewölbe war roh gekalkt, Wartebänke unter Bündeln von Rohren. Mir gegenüber saßen drei Frauen und erzählten sich ihre Krankheiten.

»Ich *kann* Ihnen sagen. Drei Jahre! – Nach zwei Monaten hat man es schon gesehen. Ich wurde immer dicker, ganz unnatürlich dick wurde ich, hier oben rum, und ein Gesicht wien Mond und *solche* Arme! Die Nachbarn haben mich kaum wieder erkannt. Aber der Doktor war eisern. Hilft nichts, Frau Höllriegel, hat er gesagt, wir müssen da durch! Eine andere Frau, die mit mir zusammen angefangen hat, hat es nicht ausgehalten. Sie hat sich geweigert, weiter gespritzt zu werden. Einen Monat später war sie tot.«

»Jaja, das kommt davon.«

»Dabei, das Anschwellen, die äußere Veränderung, das ist noch harmlos. Vor allem kriegt man die Osteoporose, verstehen Sie, die Knochen werden brüchig. Es ist, als ob sie aus Glas wären. Aus Glas oder Porzellan.«

»Jaja, Glas oder Porzellan. So geht das.«

»Wie Glas, ja. Ein unrechter Schritt, ein falscher Schritt, und schon hat man sich was gebrochen!«

Diese Gespräche in Wartezimmern – man kann sich ihnen kaum entziehen. In den Uni-Kliniken war es schlimmer als in der Privatpraxis. Wohl weil die Krankheiten schlimmer waren. Einmal war ich dabei, wie eine Frau zwei Stunden lang pausenlos halblaut eine Krankheit beschrieb, die ganz allmählich zum Absterben aller Glieder führte. Alle diese Gespräche, diese Anschaulichkeit, diese Darstellungen – man war wie gelähmt.

Ein Pärchen kam näher. Eine rosige, rundliche Frau führte einen Alten im Pyjama, unendlich langsam, rutschend. An seiner Unterlippe hing ein langer Speichelfaden. Sie sagte mit einer klagenden Stimme, die zu ihrem Aussehen in Widerspruch stand: »So Wilhelm – da sind wir ja schon – komm, hier gehts rum – so, nun setz dich mal hin. *Vorsichtig*.« – Es war eine Art Bucht, an einem langen Gang. Der Greis saß dann völlig bewegungslos. Neben mir unterhielten sich zwei Männer, stimmlos, pfeifend – sie schienen sehr lustig. Es waren wohl Witze, die sie einander erzählten. Ab und zu wieherten sie, oder *hätten* gewiehert, wenn sie eine Stimme gehabt hätten; so war es nur ein anhaltendes Keuchen und Röcheln.

Ich saß da mehr als eine Stunde. Später öffnete sich von

einer Seite her eine Tür, eine Rollbahre kam herausgefahren – ohne Begleitung. Sie blieb nicht weit von mir stehen. Auf der Bahre lag jemand unter einem dünnen Laken, nur das Gesicht schaute raus, Augen, Haut und Knochen. Unbeweglich. – Das war meine Gesellschaft.

Irgendwann wurde ich hinter die eiserne Tür gerufen.

Ich kam spät nach Hause an diesem Tag. Schlaff. Der Hausschlüssel fiel mir zweimal aus der Hand. Ich fühlte mich jetzt wirklich krank. Da war ein Schwindel im Kopf, ein Kribbeln in den Gliedern, ein fremdartiger Metallgeschmack auf der Zunge. Else betrachtete mich mit forschendem Blick.

»Na?«

»Ach, Else...«

Ich hatte ein starkes Bedürfnis, mich ihr rückhaltlos zu öffnen. Mein Leben schien an einem jener Wendepunkte angekommen zu sein, wie Heirat, Tod der Eltern, Geburt des Kindes – so etwas. Aber was erhoffte ich nun von Else? Auf einmal eine Verwandlung? Eine Offenheit, Empfindlichkeit, Einfühlung, die wir uns in den Alltagen von 15 Jahren abgewöhnt hatten?

»Aber Robert! Nun mach mal keine Tragödie daraus. Nimm dich doch etwas zusammen!«

»Und wenn ich nun wirklich krank wäre – ich meine für länger...?«

»Das ist noch nicht raus. Warte doch mal ab, was bei den Untersuchungen gefunden wird!«

Ich ärgerte mich über ihren Ton, über die Schroffheit. Ich hatte doch Anrecht auf ein bißchen Sanftmut.

»Aber mir gehts wirklich nicht gut!«

»Ja – ja, glaub ich ja! Aber was nützt das Jammern? Jetzt müssen wir durch.«

»Und wenn ich jetzt wirklich... wovon sollen wir leben?«

»Langsam langsam. Schließlich bin ich auch noch da. Da findet sich schon etwas – irgendeine Verdienstmöglichkeit. Wenn ich wollte, könnte ich morgen schon was kriegen.«

»Was? Was sagst du da?«

»Naja – warum soll ichs dir nicht sagen. Ich hab mich etwas umgehört. Zum Beispiel ganz in der Nähe, in dem Papierwarengeschäft. Und zu meiner alten Firma könnte ich auch.«

Sie hatte schon alles ausbaldowert. Sie rechnete bereits mit dem Schlimmsten! Wenn ich zu Hause war, konnte ich ein bißchen Haushalt machen, Liesel versorgen – das täte ich sowieso gern. Die Zukunft stand schon fest für sie, die neue Rollenverteilung. Als sie endlich merkte, was das auf mich für einen Eindruck machte, wurde es nur noch schlimmer.

»Nun sei doch nicht so deprimiert! Du kommst schon wieder zurecht! Das sind doch alles nur Möglichkeiten, ich meine, wenns gar nicht anders geht!«

Je mehr sie redete, desto mehr war ich von meiner Krankheit überzeugt. Vielleicht wußte sie auch darüber mehr als ich? Außerdem – man kennt das doch; man schiebt es sonst nur beiseite: die unsichtbare Hinfälligkeit. Schau nach, wo du willst – unterm Mauerputz, unter der Motorhaube, unter der Haut – alles zerfressen, abgenutzt, alles ächzt, knirscht, pfeift auf dem letzten Loch. Ein Wunder, daß überhaupt noch was funktioniert.

Ich schlief schlecht in dieser Nacht. Ich warf mich herum, das Bett knarrte, quietschte.

»Was ist, Robert? Hast du Schmerzen?«

Ich wollte nicht mit ihr reden. Ich fühlte mich verlassen. Ich richtete mich auf schlimme Zeiten ein.

Am nächsten Tag machte Else sich früh auf den Weg. Wohin, sagte sie nicht. »Also, ich geh mal – vergiß deine Termine nicht.« – Daß ich auf Liesel zu achten hatte, daß sie zur Schule kam, Frühstück kriegte und etwas auf den Weg, das war schon selbstverständlich.

Meinen nächsten Termin hatte ich um zehn, bei Dr. Mader, dem Blutspezialisten. Er empfing mich, als kenne er mich nicht.

»Ihr Name?«

Plötzlich begriff ich, daß diese Ärzte das Gesicht ihrer Patienten nicht sehen. Sie sehen die Haut, die Adern, das Blut...

»Richtig, ich erinnere mich. Die Leukopenie. GOT, GTP etc. Tja, mein Lieber. Der Befund war unbefriedigend, so ziemlich alles außerhalb der Norm. Das muß jetzt abgecheckt werden, gründlich. Das ist die Sache des Hepatologen, ich bin nicht mehr zuständig.«

Soll der Arzt nicht möglichst die Angst des Patienten dämpfen? Beruhigend klang das nicht, es klang fremd, unpersönlich. – Wie gern hätte man ein wenig Zuwendung. Und sei es auch nur ein Scherz, oder ein Lächeln.

»Ich vermache meine Leiche der Anatomie.«

Er reagierte auch auf Galgenhumor nicht. War wohl schon woanders, schon beim nächsten. Er war innerlich schon abgewandt, als er sprach.

»Kollege Redlich wird Ihren Fall übernehmen. Gehn Sie zum Pavillon 27, Gewebsdiagnostik. Ihre Unterlagen sind schon dort.«

Und wieder wanderte ich durch die Krankenstadt, durchs Krankenland. Ich fragte mich so durch – allmählich fand ich mich zurecht. Ich fand Dr. Redlich ganz woanders als angegeben und kam ganz durchweicht bei ihm an, weil es, ohne daß ich es gemerkt hatte, ganz leise, weich und nässend zu regnen begonnen hatte.

Dr. Redlich erwartete mich schon. Er sah in mir ein Naturwunder. »Also wissen Sie, Ihre Befunde – was ich davon gesehen habe – fabelhaft! GOT über 65, GTP entsprechend, dazu Granulozyten, und außerdem die Leukopenie! Und Sie schleppen das mit sich herum, als ob das gar nichts wäre. Laufen da in der Weltgeschichte herum, wie kerngesund. Obendrein die Blutfette! – Hatten Sie schon mal eine Gallenkolik?«

»Nicht daß ich wüßte. – Überhaupt, ich fühle mich sehr wohl. Keine Schmerzen, Beschwerden – nichts.«

Dr. Redlich war begeistert. »Sehen Sie, sehen Sie – das ist es, was ich immer sage! Diese Defekte sind meistens stumm! Solange eine Restfunktion besteht, spürt der Patient nichts. Kaum glaublich!«

Ich spürte einen Zorn in mir steigen. Worüber sprach er eigentlich, dieser Doktor? Sprach er von mir, oder sprach er von meinen Leiden? Die Leiden schienen ihn zu interessieren, die Heilung der Leiden weniger. Ich fragte ihn, was denn nun mit mir geschehen sollte.

Redlich lachte. »Ah, Sie haben recht, mein Lieber, verzeihen Sie. Das Fachinteresse – es geht manchmal mit einem durch. Wir müssen also der Reihe nach vorgehen. Als erstes muß der Befund hieb- und stichfest sein.«

»Hieb- und stich-fest ... Sie meinen ...«

»Nun ja, wie man so sagt, hieb- und stichfest. Nicht wahr, es kann eine nephrotische Nekrose sein. Es kann aber auch eine beginnende Hepatitis sein!«

Ich sagte ärgerlich, mich interessierte vor allem, wie meine Behandlung aussähe. »Oder kann ich gleich mein Testament machen?«

»Aber aber – mein Lieber! Nicht so rabiat, wenn ich bitten darf. Wir sind ja keine Übermenschen. Sehen Sie mal – bei Ihnen sind einfach viele Ungewöhnlichkeiten. Eiweiß im Urin, dann dieser Röntgenschatten, unterhalb der Lunge, die Kreislaufdysregulation. Aber erstmal die Niere. Ich schlage vor, eine kleine Biopsie zu machen. Also eine Gewebsprobe entnehmen; und zwar ...« – er blätterte in seinen Akten und Papieren – »machen wir das gleich am Montag. Wir müssen Sie also ab morgen mittag auf der Station haben, damit wir Sie einstellen können – Diät, Flüssigkeit etc. Also schneller gehts wirklich nicht! – Schwester!«

Ich war betäubt. Die Schwester stand schon vor mir und gab mir Anweisungen. Sie führte mich hinaus wie ein Kind, gab mir ein Zettelchen mit hastig angekreuzten Anforderungen. Sie ließ mir kaum Zeit zu Fragen.

Gewebs-Biopsie. Man würde kleine Stückchen Fleisch aus mir herausholen. Hieb- und stichfest. Ich fühlte mich in mein Inneres ein, stellte mir die Leber vor, die Niere, alle möglichen Entartungen der Leber, der Niere, Verpilzungen, Verhornungen, knollige Auswüchse des Gewebes... Ich dachte an die Gelegenheit, wo ich solche Organe gegessen hatte.

Als ich ins Freie kam, fröstelte ich. Ich glaubte einfach nicht, was der Arzt gesagt hatte, es stand zu sehr im Widerspruch mit meinem Befinden. Dennoch fühlte ich mich bedroht. Vielleicht waren es nicht diese Defekte – aber irgendetwas war es wohl.

Wieder einmal verließ ich das Klinikgelände. Nicht weit davon, schräg gegenüber, war der Eingang zum Südfriedhof. Ich stellte mir die Witze vor, die die Krankenhausärzte darüber rissen. (Praktisch, diese Ablage gleich neben der Abteilung vom Kollegen Redlich. Reicht für mindestens tausend Kunstfehler.)

Ich trat ein durchs Friedhofstor. Vor mir waren, wie mir schien, kilometerlange Wege mit knirschendem Kies. Immer neue Seitenwege, Verästelungen und jeweils rechts und links: ein Grab am anderen. Und auf den Wegen, einzeln oder in Ketten eingehakt, die Trauernden, schwarz oder schwarz verhangen. Ihre Gespräche wehten vorbei. Bruchstücke von Gesprächen, die man sich leicht ergänzen konnte.

»... auch nicht mehr lang... erst gar nicht zur Bestattung kommen... auch schon hinfällig... endlich kam... Sarg schon verschraubt.«

Es waren fast nur Frauen. Die Männer, das kennt man, sterben früher. Frauen bleiben obenauf, werden angereichert, mehr und mehr Frauen, und alle in Schwarz. Ein Elektrokarren rollte lautlos an mir vorbei, mit Kränzen vollgeladen. Wohl ein Prominentenbegräbnis.

»... soll ja über Tote nichts... tament vorhanden, aber trotzdem... starre schon eingetreten, und es war gar nicht einfach... nur noch stumme Zeichen gegeben... wie bittend.«

Während ich ziellos ging, kam mir ein sonderbarer Ausdruck in den Kopf. Ich konnte ihn nicht loswerden. »Eine tolle Landwirtschaft.« Der Ausdruck verfolgte mich.

»Eine tolle Landwirtschaft.«

Auf der Friedhofsuhr schlug es drei. An diesem Tag hatte es geregnet, aber nun erschien eine milchige Sonne. In diesem Licht wanderte ich hinaus. »Eine tolle Landwirtschaft.« Ich ging zur U-Bahn und fuhr in die Stadt – irgendwohin.

An einer größeren Station, wo viele ausstiegen, stieg auch ich aus. Bummelte an Läden entlang, Richtung Bahnhofsviertel. Vor den Nachtbars standen schon die Anreißer und boten mir die letzten sensationellen Verwicklungen von Frauen, Männern und Tieren an. Fast immer waren es Bars im Souterrain. Ich trat in ein Kino in der Gegend, in einen Film mit einem Titel wie »Bumsfallera«. Der Raum schien fast leer, ich setzte mich ganz hinten hin und betrachtete das Gewakkel. Im ersten Augenblick erregte es mich. Nicht weit von mir, zwei Reihen davor, kicherten zwei Schuljungen. In meiner Reihe saß eine dickliche Frau, die nach einiger Zeit näher rückte und stark nach Veilchen roch. Die großen Hautwülste und das Keuchen auf der Leinwand versetzten mich bald ins Krankenhaus zurück. Ich ging hinaus.

Auf der Straße herrschte ein großes Geschiebe und Gedränge, das mir im ersten Augenblick wie eine Imitation der Bewegungen des Kinofilms erschien. Dann sah ich ihre Gesichter. Es war fünf Uhr, die Leute kamen von ihrer Arbeit und eilten zu den Zügen. Ihre Gesichter waren so, als ob sie gar nichts sähen. Ich sagte mir: Bald siehst du auch wieder so aus. – Ich hatte das laut gesagt, und meine Stimme überraschte mich.

Ich ging in ein Hotel, das dem Bahnhof gegenüber liegt, und verlangte etwas zu essen. Das Restaurant befand sich im ersten Stock, von dort, von einem Fensterplatz, hatte man einen schönen, fast aufregenden Blick auf das Gewimmel. Als der Kellner kam, bestellte ich mit hochmütiger Stimme etwas sehr Teures. Er sagte: »Sehr wohl, mein Herr. Wird aber etwas dauern. Es muß extra angefertigt werden.«

Ich sagte: »Das will ich hoffen.« Mich störte das Wort »angefertigt«.

Wann war ich mit Else zuletzt zum Essen ausgegangen? Auf der Hochzeitsreise? Am zehnten Hochzeitstag? – Danach bestimmt nicht mehr. Sie hatte wenig Sinn dafür.

»Ach Robert, nein. Schade ums Geld. Wir bleiben zu Hause, ich koch dir was Schönes. Das kostet nicht mal die Hälfte.«

Dabei wollte ich gar nicht, daß es so wenig kostet! – Das Essen kam nach einer halben Stunde. Kleine Fleischstücke in Weinsoße, in Fett gebackene Kartoffelbällchen, Preiselbeeren, frischer Salat. Ein Glas Wein. – Ich genoß es, während das Lokal sich füllte.

Ich ließ mir noch einen Mokka bringen, und schaute durch das Fenster auf den Bahnhofsvorplatz, auf die rennenden Menschen, den gleitenden Verkehr, die zonenweise aufflammenden Lichter, die farbigen und bewegten Neon-Reklamen.

Ich zahlte und stieg hinunter, wanderte durch das Viertel der Kneipen, ließ mich einfach treiben.

Gleich an der nächsten Ecke war eine Bierschwemme voller Säufer, Zuhälter und billiger Nutten. Ich fühlte den Gegensatz wie einen Genuß. Plötzlich stieg ein Durst auf, ein starker Durst. Man bekam hier sofort einen Schnaps zum Bier. Ich trank und trank, und hörte und schaute mir alles an. An den hohen einbeinigen Tischen schliefen schon welche, das Gesicht in einer Bierpfütze. Einer hatte den Kopf in die Hände gestützt und hatte die ganze Zeit seine Augen auf mich geheftet. Jemand tippte mir von hinten auf die Schulter: »Na, Chef, denk auch mal an deine Mitmenschen und gib mal ein aus!«

Ich sagte: »Meinetwegen«, und ich rief: »Ein Riesenbier für

diesen Mann hier« – aber er solle seine Pfoten wegnehmen. Sei nix zu holen bei mir. Und ich sagte:

»Ich bin von den Toten auferstanden.«

Darauf wurde dieser riesige Mensch rührselig und wollte mich umarmen, und ich dachte in meinem nebligen Kopf: Besser absetzen, und schaukelte weiter durch die bunte Gegend.

Ich landete danach in einem Transvestitenlokal, glaube ich, so jedenfalls, glitzernd, mit rauchiger Stimme, hatte ich mir Transvestiten immer vorgestellt. Ich beteiligte mich an vielen Gesprächen, teils philosophischen; ich redete über die Grundfragen des Lebens, über Armut und Reichtum, über Liebe und Gewohnheit, über Gesundheit und Krankheit.

»Ich bin von den Toten auferstanden.«

Mir schien, als würde ich überall mit Ehrerbietung behandelt. Ich durfte Sektflaschen öffnen, Streitigkeiten schlichten, sehr schöne Menschen bemühten sich um mich und wollten mich gar nicht fortlassen. Aber ich war rastlos, und ging von einer Kneipe in die nächste. Ich hörte eine alte Tangomusik, und hörte eine alte blecherne Charleston-Musik, und wurde häufig von mir unbekannten Leuten mit einem Hallo wie ein alter Bekannter empfangen. Ich spürte keinerlei Mißtrauen. Ich fühlte mich ganz sicher. Und tatsächlich stellte ich später fest, daß ich so gut wie gar nichts ausgegeben hatte.

Später habe ich dann die Übersicht verloren, wußte weder Zeit noch Raum. Aber ich blieb beweglich, und fand mich auf einmal im Freien, in einer stillen Seitenstraße, die schwarzglänzend war, obgleich es nicht regnete. Irgendwo, etwas weiter weg, aber deutlich durch die sehr klare Luft hörbar, schlug eine Kirchenglocke, und hörte die ganze Zeit nicht auf. Ich stand an einer Hausecke, und hielt mich an der rauhen Mauer fest. Von irgendwo hinter mir hörte ich die Stimme einer Frau.

»Na, Opa, kann ich dir helfen?«

Ich sagte »Nein danke« und torkelte weiter. Ich murmelte

»Noch lange kein Opa« und »Ich bin von den Toten auferstanden.«

Dann mußte ich auf einmal kichern. Das weiß ich genau: Es sprang mich auf einmal an, wie eine Helligkeit. Die Lustigkeit kitzelte mich überall. Alles war komisch, die Straßenlaternen, die sich so traurig runterbogen, die weißen Streifen auf der Straße, auf die man nicht treten durfte, alle diese Autos, dumpfglänzend, die blöde glotzten, und dieser andauernde Glockenschlag. Und mitten drin in diesem Friedhof: Ich, die wandelnde Leiche. Ich sagte:

»Eine tolle Landwirtschaft.«

Ich wollte mich ausschütten darüber. Ich lachte so ähnlich wie die tonlosen Männer in der Klinikstation.

Irgendwie fand ich dann doch nach Hause, und in mein Bett.

Ganz sicher muß ich turbulente Träume gehabt haben. Es ist ja immer so: Man erlebt nichts, und auch nachts nichts. Oder man hat einen Überfluß. – Am anderen Morgen wachte ich früh auf. Natürlich war kein Wecker gestellt, jedenfalls nicht für meine übliche Zeit. Trotzdem.

Ich stand auf, tappte herum, rieb mir die Augen, begann mein Morgenzeremoniell. Ein Blick aus dem Fenster, aufs Wetter, Bademantel von der Tür, Kratzen und Gähnen. Als ich rauswollte, ins Bad, fuhr Else plötzlich hoch.

»Robert! Was machst du denn! Was schleichst du denn da herum« – und dann »Mein Gott, was für ein Gestank! Wo warst du denn bloß, wann bist du heimgekommen?«

Richtig. Es war kein Traum gewesen – nicht alles. Ich war zerknautscht im Gesicht, spürte meinen Kopf. Ich stand da, an der Tür, in dieser Dämmerung, schaute auf das undeutliche Weiß, auf dieses Gewölk – Betten, Plümeaus, die sich aufrichtende Else. Ich sagte zu Else, es sei Zeit; könnte sie bitte Kaffee machen.

»Was? Aber wieso denn? Was ist denn los? Mußt du so früh ins Krankenhaus?«

»Ich gehe zur Arbeit«, sagte ich. »Stimmt die Uhr – dreiviertel sieben?«

Else war entgeistert. »Zur Arbeit? Was soll denn das heißen? Warst du bei deinem Spezialisten? Und was war das Ergebnis?«

Ich machte die Tür auf, um mich zu waschen. »Mir reichts jetzt«, sagte ich. »Ich geh zur Arbeit.«

Else sprang aus dem Bett, lief hinter mir her, verlangte immer neue Erklärungen. Sie begriff nichts, und ich hatte keine Lust, mit ihr zu debattieren. Ich wollte mein gewöhnliches Leben wieder.

»Bist du nun krank, oder bist du nicht krank?«

Ich sagte, es sei mir egal. Ich betonte es. Komisch, das bemerkte ich erst jetzt: Während der gut zwei Wochen, in denen ich jetzt zu Hause geblieben war, hatten wir uns voneinander entfernt.

Ich badete und reinigte mich sorgfältig, ich wusch mir die Haare, cremte mich ein, ich nahm zwei Aspirin. Ich zog einen Anzug an, den ich noch nie im Büro angezogen hatte. Danach fühlte ich mich wohl, fühlte mich ausgezeichnet. Ich marschierte durch den Flur.

»Else, ich hab meinen alten Anzug in eine Plastiktüte gesteckt. Er ist schmutzig. Könntest du ihn bitte zur Reinigung bringen?«

Else rumorte in der Küche. Nachdem sie von mir keine befriedigende Antwort bekommen hatte, sprach sie mit sich selbst. »Sowas! Versteh einer diesen Mann! – Ich bin auch gar nicht darauf eingerichtet – gerade heute hatte ich eine Verabredung!«

Gut, daß es wieder normal wurde. Sie betrachtete mich schon als Dauer-Patienten, als Hausmeister. Ich griff mir meine Aktentasche und trat hinaus.

Im Treppenhaus begrüßte mich die Nachbarin.

»Guten Morgen, Herr Stumme! Da sind Sie ja wieder! Alles in Ordnung, ja? Alles halb so wild.«

Im Büro begrüßten mich die Kollegen wie einen verlorenen Sohn. Ich hörte sie schon mit meinem inneren Ohr, bevor ich dort ankam.

»Hallo, wer kommt denn da! Unser Herr Stumme!« – Bestimmt sagten sie, daß ich schlecht aussähe. Daß ich es wohl nicht mehr ausgehalten hätte – und damit hatten sie recht.

Es wurde genauso, wie ich es mir vorgestellt hatte. Es hat einen eigenen Reiz, dieses Eintreffen heimlicher Voraussagen. Fast mit Lust stürzte ich mich in das gewöhnliche, lächerliche Büroleben, das Frühstücksritual, die kleinen Intrigen, die kleinen Bündnisse, den Kartei-Stumpfsinn, den Maschinenstumpfsinn, das Mittagessen, die Unterwürfigkeiten und die kleinen Aufsässigkeiten gegen den Chef, und die Bequemlichkeit, die Regelmäßigkeit, die mir Halt gab.

Nur ab und zu, wenn ich an die vergangenen Wochen denke, entsteht in mir eine kleine, sonderbar ziepende, eine irgendwie schief hängende Beunruhigung, als die einzige, allmählich abklingende Nachwirkung meiner Krankheit.

Überall gewesen

Im Gang die übliche Morgenbewegung, achtlos nebeneinander her, Begrüßungen über Köpfe und Hüte hinweg, Gesichter abwesend, starr oder aufleuchtend, die Finger schon an Knopfleiste und Mantelknöpfen.

»Morgen, Herr Stuck – Morgen Frau Lipp – Grüß Gott Fräulein Kirsch – Tag, Frau Machleidt.«

Ein gewöhnlicher Wochenanfang, gewöhnlicher Tagesanfang, vielleicht mit leichter Hoffnung. »Kommt heut nicht der Kulzer wieder?«

»Der Kulzer? – stimmt. Die vier Wochen müssen um sein.«

Vier Wochen Urlaub um. Im März, zu einer Zeit, wo sonst keiner Urlaub machte, das brachte Abwechslung. Es zog die Nachbarschaft an, und sei es unter Vorwänden.

»Ich komm gleich nochmal rüber und leih mir Ihr Tipp-Ex«, sagte Fräulein Kirsch, während sie und Frau Machleidt fast gleichzeitig ihre nebeneinandergelegenen Zimmer betraten.

»Jaja, ist gut.« Frau Machleidt schloß die Tür und gähnte. Gut, wenn man in seinem Büro wie zu Hause gähnen kann – rückhaltlos. Sie reckte sich, hob die Arme, ließ die Gelenke knacken. »Huach – Mensch, was bin ich müd.«

Sie ließ die Rollverschlüsse vom Aktenschrank und vom Schreibtisch herunterrasseln – das rasselnde Sacken, ein winziger Genuß. Sie blätterte blicklos durch die Papiere. Sie setzte sich. »Was liegt an? – Ach ja, Kundenkartei.« Auch murmelte sie noch was, Reste von gestern, von Familiendebatten, wer recht hätte. »Ach laß mich in Ruh«, murmelte Frau Machleidt. Selbstgespräche – man gewöhnt sich das an. Vier Wochen allein im Büro – bald ist man ein Eigenbrötler.

Ein strammer Männerschritt näherte sich im Gang,

schwungvoll wurde die Tür aufgestoßen: »Hallo Madam Machleidt! Melde gehorsamst – aus Honolulu zurück!«

Dieser Lärm plötzlich; obgleich sie den Schritt kannte, fuhr sie verdattert hoch; doch auch erfreut: Er sah wie neu aus; ja, auf gewisse Weise wie neu, feste Haut, feste Figur, solide gebaut. Braun nicht direkt, aber selbstgewiß.

»Tag Herr Kulzer! Na, Sie Weltreisender – daß Sie uns doch mal wieder die Ehre geben! – Lieber Gott, wo warn Sie denn überall? Vielen Dank übrigens noch für die Karte aus – aus – Ägypten, glaub ich – nicht?« – Sie suchte die Wand mit den Augen ab, das Ansichtskartenrechteck zwischen den Fenstern; wo war die auch noch, alles bunt, bunte Welt, kaum zu unterscheiden.

»Moment, ich zieh mir den Mantel aus, man ist das ja nicht mehr gewöhnt. Pfui, was ist es so kalt bei euch! Brrr!«

Er marschierte herum, inspizierte alles, er rieb sich die Hände, schaute sie von Zeit zu Zeit mit kugelrunden Augen an. Die Haare blond und dünn, das kommende Kränzchen kündigte sich an. Er ging auf die vierzig; aber jetzt vergaß man das, jetzt hatte er Tempo.

»Es war ja überall warm oder tropisch. Sogar in Mexiko City, obwohl so hoch gelegen, war einem die Jacke zu warm!«

Frau Machleidt fühlte sich unscharf und alt in ihrem Rollstuhl; mißmutig. Das Herumspringen auf der Erdkugel, in der Weltgeschichte ...: »Jetzt mal langsam. Immer der Reihe nach. Wo hats denn angefangen?«

»Angefangen hats eigentlich in Rom, aber das zählt nicht. Da mußten wir erst mal hin, um die Chartermaschine zu kriegen. Rom, Flugplatz, fünf Stunden Formalitäten, warten. Mehr als die Hälfte seines Lebens wartet der Soldat ... Mitten in der Nacht gings ab nach Kairo.«

Rom zählt nicht; ab nach Kairo. Frau Machleidt runzelte die Stirn. Man hörte es draußen trippeln, die Tür zuschlagen, die Tür auf: die Kirsch trat ein. Sie hatte sich frisch geschminkt, frisiert, das sah man. Die Haare rabenschwarz, mit hellen Wurzeln. Ein überschwenglicher Diskant:

»Herr Kulzer! Da sind Sie ja! Hab ich doch recht gehabt! – Haben Sie schon viel erzählt?« – Die Wände sind doch wirklich nicht so dick, dachte die Machleidt. »Nix hat er erzählt«, sagte sie; »Sie haben nichts versäumt. Wir sind erst in Kairo.« Kairo Kairo, dachte sie, Kamele und Fellachen. Im Fernsehen sieht man ja meist nur die Staatsmänner.

»Na und von Kairo gings nach Baalbek in Syrien, also erst nach Damaskus, und dann mit dem Bus ...«

»Stop! Stop!« Die Kirsch hatte sich an die Wand gelehnt, sie hatte die Hüfte vorgeschoben; kleine Erschütterungen gingen durch ihren Körper, wenn sie sprach. »Erst mal Kairo! Was haben Sie denn da gesehen! Ich meine die Pyramiden, warn Sie nicht auch ...«

Herr Kulzer hatte sich mit einem Ruck auf seinen Schreibtisch gesetzt und baumelte mit den Beinen. »Naja, die Pyramiden.« Er machte eine wegwerfende Handbewegung. »Da warn wir natürlich. Die sind ja etliche Kilometerchen nilaufwärts. Sind auch schon ziemlich verrottet, muß man sagen. Und teuer ist es da! So ein kleiner Skarabäus kost schon dreihundert Mark!«

»Skarabäus? Was ist denn das?«

Kulzer wollte es erklären, aber Fräulein Kirsch rief ungeduldig dazwischen: »Das weiß doch jeder –: die heiligen Käfer!« Dies abgetan, sagte sie, jemand habe ihr mal erzählt, in der Gegend dieser Riesengräber, da könne man schon mal einen Finger oder ein Stück von einem Ohr von einer Mumie im Sand finden.

»Huach! wie ekelhaft!« Frau Machleidt dachte, was hat denn die für Freunde; aber Herr Kulzer wollte weg von den Pyramiden.

»Also ich hab die Tempel von Baalbek viel besser gefunden. Lang nicht so verrottet! Und sehr realistisch alles, die Könige und so, auf den Reliefs. Der Bus ist auf einer alten römischen

Militärstraße gefahren, die war oft besser als die neuen. – Aber ein Nepp ist das da! Nachtlokal mit Bauchtanz war inbegriffen, trotzdem zahlte man noch zwanzig Mark für eine Flasche Bier!«

Frau Machleidt kicherte ratlos. Sie hatte sich mit dem Rollstuhl etwas nach hinten gerollt, streckte genießerisch die Beine aus. Fräulein Kirsch sagte: »Soso, Bauchtanz inbegriffen – sicher auch Hasch aus der Wasserpfeife!«

»Ach wo! Was denken Sie – Syrien! In Syrien geht das nicht – in Isfahan schon eher. Da hätte man sowas wohl kriegen können. Wie wir da auf Besichtigungstour waren, hat mich auf einmal so ein Teppichhändler von hinten angefaßt. Wollte mir einen Täbris andrehen, zwei Meter lang, für fünfhundert Mark. Und wie ich sagte: Nix nix, ich doch nicht sein plemplem, da ist er dicht an mich rangekommen, sagt er: Anything else, Mister? Isch haben hübsche Schwester!«

Frau Machleidt schlug sich hart auf den Schenkel.

»Also sowas! Diese Saukerle!« – Es war genauso, wie mans immer las. Diese Kerle da unten, finster aus ihren weißen Umhängen lugend – sie verkauften noch Mutter und Schwester.

Fräulein Kirsch hatte nicht gut zugehört. »Isfahan«, schwärmte sie, »märchenhaft, wie das klingt. Gibts da nicht viele Moscheen? Ist da nicht diese große, ganz blau gekachelt? Oder ist das in Istanbul? Und von den alten Persern, ich meine Xerxes, da solls ja noch Reste geben, von damals ...«

»Naja, wir hatten nicht viel Zeit. Wir mußten nach Teheran zurück; nächsten Morgen warn wir schon in Bombay.« Herr Kulzer dachte, schade, daß er nicht den Witz mit den »echten Persern« hatte anbringen können; es ging zu schnell. »Bombay«, sagte die Machleidt, »da muß man wohl übern Himalaya.« Sie versuchte sich an die große Weltkarte zu erinnern, in der Schule, die so stumpf vor der Tafel hing, oder eine Karte von Asien, mit viel Braun drin, Braun für Gebirge –

»Himalaya? Keine Spur! – Der fängt ja erst tausend

Kilometer weiter östlich an. Auf dem Weg nach Bangkok, da haben wir ihn von ferne gesehen. Eine Mondlandschaft. Sieht aus, als ob da weit und breit keiner lebt!«

»Moment!« rief Frau Machleidt. »Moment, aber Bombay!« Frau Machleidt suchte ihr Inneres nach indischen Bildern ab. »Wie ist es da? Laufen dort nicht Tiere durch die Straßen, Schweine oder Kühe? Und Bettelmönche? Und überhaupt, die Inder – sehen sie sehr verhungert aus?«

»Wir haben da nur übernachtet. Ganz modernes Hotel. Früh morgens gings weiter nach Elefanta. Das war schon was.«

»Noch nie gehört«, sagte Fräulein Kirsch. »Und dann? Bangkok, haben Sie doch gesagt, nicht? – Ich hab mal gelesen, das ist da wie St. Pauli, und viele Männer fliegen da hin wegen der vielen Bordelle ...«

»Also wirklich!« protestierte Frau Machleidt. »Was Sie so alles lesen!«

»Alles halb so wild«, sagte Kulzer. »Wer kann sich denn das leisten! Denken Sie mal: So ein kleiner Elfenbeinbuddha – vielleicht wars überhaupt kein Elfenbein, vielleicht wars nur Plastik – da verlangen die fünfundsiebzig Dollar dafür! Fünfundsiebzig Dollar! – Da gehts ja nur in Dollar, die Amis geben noch immer den Ton an; die und die Japaner.«

Fräulein Kirsch würde gern mal nach Bangkok fliegen, das würde sie auch reizen. »Gibts da nicht die vielen Kanäle? In einer Illustrierten hab ich Bilder gesehen – fast wie Venedig. Es gehen Holzterrassen von den Häusern zum Wasser hinaus, dicht überwachsen und voller Blumen, und Frauen, die da im Freien kochen. Sie kochen da, essen da, und sind fröhlich. Kann man da gut essen?«

»Ich weiß nicht«, sagte Herr Kulzer. Er ruckelte auf seinem unbequemen Sitz herum. »Die Reiseleitung hat uns abgeraten, so frei weg das eingeborene Essen zu essen. Aber die Hotels sind auch gut. So wie chinesisch, mit vielen kleinen Töpfchen, Nasigoreng und so. Allerdings – in Hongkong war es viel raffinierter! Da gab es bestimmte Seetiere und Würmer, die wurden vor unseren Augen lebendig ins Wasser geworfen!«

Frau Machleidt schüttelte sich: »Igittigitt! Pfui Teufel!« Herr Kulzer warf einen mitleidigen Blick auf sie. »Und in Japan« – er sprach leiser, ominöser, »in Japan haben sie uns sogar Fugu serviert.«

»Fugu? Was ist denn das?«

»Das ist so ein japanischer Kugelfisch; er enthält ein tödliches Gift.«

»Um Gottes Willen! Wozu denn? Was soll denn das?«

»Japan«, sagte Herr Kulzer kühl. »Das ist eben der Nervenkitzel. Da gibts Spezialköche, die nehmen die giftigen Teile raus – aber so ganz sicher ist man da nie. In Honolulu ist mal einer Dame furchtbar schlecht geworden, da haben wir schon gewitzelt: Na – na? Fugu – Fugu?«

»Hongkong – Honolulu – wo denn jetzt?« Frau Machleidt war verwirrt. In ihrem Inneren irrte sie über Landkartenblau.

»Ja, wirklich«, sagte Fräulein Kirsch vorwurfsvoll. »So gehts doch wirklich nicht, Herr Kulzer! – Zum Beispiel Hongkong, das soll eine der schönsten Städte sein, hab ich gelesen; die Berge da, eine tolle Aussicht aufs Meer. Im Fernsehen haben sie mal gezeigt, da gibts wohl eine seltsame Mischung aus England und China, Herrn mit Bowler über den Schlitzaugen, Ladys in Rikschas, chinesische Geschäftsleute feierlich im Smoking, und Räucherwerk, und Opium, und englische Clubs – warn Sie nicht auch mal an der Grenze, Rotchina angucken?«

Frau Machleidt schüttelte den Kopf. So schnell wurde sie nicht mit allem fertig. »Neinnein«, sagte sie langsam. »Wie man sowas nur essen kann! – Und wie ist das nun – da kann man plötzlich vom Stuhl sinken, und ist tot, und der Wirt holt die Begräbnisfirma –«

»Man sitzt da nicht auf Stühlen«, sagte Herr Kulzer, »und Rotchina –«; er schaute von einer zur anderen; wem sollte er antworten? Er traf auf Frau Machleidts ängstliche Augen – die Kirsch war zum Fenster gegangen und schaute hinaus.

»Nein, auf Stühlen sitzt man da nicht, daran muß man sich schon gewöhnen. Und sonst – naja, das ist eben die Einstellung da. Leben, das gilt da nicht viel. Kamikaze usw. Schmeckte übrigens gut, das muß ich sagen. Nur teuer ist das Land. Hongkong auch. Ich versteh das nicht, das sollen nun Billigländer sein, Fotoapparate, Leder, Gold – da wars ja teurer als bei uns!«

Einen Augenblick lang machte Herr Kulzer einen schlaffen Eindruck, ein wenig in sich gesunken, als sei ihm eine Stütze abhanden gekommen, oder plötzlich ermüdet. Aber es war nur eine Anwandlung. »Manchmal«, sagte er, »kommt man sowieso durcheinander, wo man ist. Honolulu, da kann man auch denken, man wäre in Japan. Mexiko übrigens auch. Es gibt große japanische Viertel. Kein Wunder; Japaner sind fleißiger als Mexikaner. Mit denen kann man was erleben. Mañana, mañana!«

»Mañana mañana?« fragte die Machleidt. Fräulein Kirsch kehrte vom Fenster zurück, nahm eine Zigarette aus ihrer Handtasche und setzte sich. Herr Kulzer war in Fahrt.

»Allerdings«, sagte er, mit leicht empörtem Ton. »Mañana mañana! Ich kann Ihnen sagen! Wir sind mit dem Bus nach Tenochtitlan, aztekische Tempel ansehen, und plötzlich, an einem steilen Berg, wie wir uns da raufquälen, da gibt der Bus seinen Geist auf; Handbremse natürlich auch kaputt – also ich dachte schon ...« Fräulein Kirsch stieß ihren Rauch aus, es klang wie leises Pfeifen.

»Na und was glauben Sie – da is der Fahrer wie der Blitz hinaus, und hat schnell ein paar Steine hinten unter die Räder geschoben – sonst, was sonst passiert wär, man will gar nicht dran denken!«

Frau Machleidt schüttelte sich ein bißchen, Fräulein Kirsch sagte: »Na sagen Sie mal« – aber eher beiläufig.

»Tja«, sagte Herr Kulzer, »und dann saßen wir da und schmorten im Bus. Mañana, mañana. Zylinderkopfdichtung kaputt – ich hab dann auch mal unter die Haube geguckt, sowas sieht doch ein Blinder. Kaputt, sagte der Fahrer, broken, und hat das nächste entgegenkommende Auto angehalten und ist mit ihm ins nächste Dorf – soweit wir ihn verstanden; sogar der Reiseleiter verstand nicht alles.«

»Und Sie?«

»Und wir – schwitzten, Stunden und Stunden.«

Frau Machleidt blätterte gedankenverloren ein wenig in ihren Papieren herum. »Wen wunderts«, sagte sie. »In diesen Ländern klappt eben nichts.« Und die Kirsch:

»Das war ja direkt ein Abenteuer! Wie haben Sie sich dann die Zeit vertrieben? Sind Sie mal was rumgestiefelt? Also ich hätte das gemacht, mal sehen, wie die Indios leben...«

»Rumgestiefelt.« Herr Kulzer gab ein kurzes, kakteentrockenes Lachen von sich. »In dieser Wüstenei? Na hören Sie mal! Dieses Gebirge da, das war wie eine Trümmerlandschaft, nackte Felsen, ein paar dickblättrige Pflanzen, stachelig, sonst nichts. Da gibts nichts herumzustiefeln – wir haben eine Skatrunde aufgemacht.«

»Und die Indios – du lieber Gott. Wir sind durch ein paar solche Dörfer gefahren, in einer großen Staubwolke. Da hockten sie vor ihren Hütten – mañana, mañana. Viele besoffen, jedenfalls untätig, manche Frauen machten irgendwelche Bastmatten, sehr bunt, bemalten Töpfereien. Und natürlich Touristenpreise alles!«

»Wissen Sie, Sie machen aber auch alles mies!« Die Kirsch hatte Ihre Zigarette ausgedrückt; sie hatte ein Gefühl wie nach Weihnachten, wenn die große Mattheit über einen kommt, eine Stumpfheit über den Glanz, vor den Türen Salzsümpfe, Weihnachtsflitter in Matsch getreten, Mülltonnen quellend von zerknülltem Packpapier. – Warum war das Glück so kurz?

Frau Machleidt schaute auf die Uhr. »Und, wie gings aus?«

»Unser Fahrer kam nicht mehr zurück«, sagte Kulzer; er wirkte in sich gekehrt, wie einer Sache nachspürend, er rieb sich mechanisch die Schenkel. »Erst als es dunkel war – ich sage ›dunkel‹, es war *pechkohlrabenschwarz* –, da kam plötzlich ein anderer, ebenso baufälliger Bus daher und sammelte uns auf. Der Reiseleiter fluchte und schimpfte, auf spanisch, aber der Fahrer, auch so ein Indio, mit diesen hohen Backenknochen und Schlitzaugen, der reagierte überhaupt nicht! Saß einfach da und wartete. Als wir alle umgestiegen waren, in den anderen Bus, etwas steif, mit unserem Säckchen und Päckchen, da gab der Gas und fuhr wie eine gesengte Sau nach Tenochtitlan. Es war gut, daß es so dunkel war. Einmal hab ich zufällig, weil sie von einem anderen Auto von unten angestrahlt wurde, gesehen, daß neben uns eine Felswand ein paar hundert Meter senkrecht abfiel. Ich kann Ihnen sagen!«

Ein kleines Schweigen entstand. Fräulein Kirsch kratzte mit dem Fingernagel auf der Schreibtischplatte herum. So hatte sie sichs vorgestellt. Ja, so konnte es sein. Sie wollte nichts fragen, nur das Gefühl einfangen, ein Fetzchen Wildheit. Sie sah Herrn Kulzer an, ob etwas in ihm vorging. Er blickte auf, einen Augenblick lang traf sie auf seine kugelrunden Augen. Sein Blick war nicht anders als sonst auch.

Frau Machleidt sagte: »Also ich weiß nicht.« Sie sagte: »Also ich würd sowas ja nicht machen. So ein – Durcheinander. Und die Reisegesellschaften, die erlauben sich alles mit einem. Nichts klappt, schlechtes Quartier, und dafür dann das viele Geld. Zum Beispiel – wenn jetzt wirklich was passiert wär, mit diesem Fugu?«

Die Kirsch stieß verächtlich die Luft aus. Irgendwie waren die alle hier . . . Herr Kulzer sagte: »Die sichern sich schon ab. Man muß da vorher so einen Wisch unterschreiben, sowas wie ›Umstände, die außerhalb der Kontrolle der Firma Soundso . . .‹«

»Tse! Das ist ja allerhand! Also, wenn da zum Beispiel, wenn da so ein Haufen Indianer...«; sie überlegte, sie versuchte, sich etwas vorzustellen, irgendetwas Hanebüchenes, aber es fiel ihr nichts ein.

»...also, ich mein, wenn einem wirklich was zustößt, ist man dann wenigstens versichert?«

Die Kirsch konnte nicht mehr an sich halten. »Also wirklich, Frau Machleidt! Wenn Sie sich immer gegen alles absichern wollen, dann können Sie gleich zu Hause bleiben. Was wolln Sie denn – immer Sicherheit, Sicherheit...«

»Also wenn ich soviel Geld bezahl, dann will ich dafür nicht auch noch Gefahr laufen...«

»Dann fahrn Sie am besten nicht weg!«

Herr Kulzer machte »psch psch!« Er schaute von einer zur anderen, machte Abwärtsbewegungen mit der Hand: »Psch psch! Nur kein Streit jetzt!«

Er setzte sich ein wenig aufrechter hin. Er sagte, das sei diese neue Art von Gesellschaftsreisen. »›Aktiv-Urlaub‹ nennt sich das jetzt – da gibts ja noch ganz andere Sachen. Treckkingtouren in Nepal, oder Safaris, und Risiko ist da immer dabei. Schon durch das Flugzeug, denken Sie mal! Die Strecken, die man fliegt! Von Mexiko sind wir nach New York, und von da zurück nach Rom, alles in einem Stück. Kurz bevor wir gelandet sind, hat der Reiseleiter durch die Lautsprecher gesagt: Meine Damen und Herrn, ich gratuliere Ihnen! Sie haben jetzt genau 70000 Kilometer hinter sich – fast zweimal um die Welt.«

»Zweimal um die –« Frau Machleidt war verblüfft. Sie sah die großen Globusse vor sich, in Schreibwarengeschäften, mit Innenbeleuchtung; und zugleich hatte sie ein unbestimmtes, endloses Gefühl. »Zweimal um den... aber trotzdem. Deswegen will man ja trotzdem wieder heil nach Hause...«

Fräulein Kirsch hatte jetzt genug davon. Das Kreisen, das Kreisen – ja, zweimal um die Welt. Sie schaute auf ihre

Armbanduhr. »Mensch!« Sie machte einen kleinen Sprung zur Tür.

»Was ist denn? Wohin so eilig?«

»Halb neun schon fast! Und ich steh hier rum! Frau Machleidt, geben Sie mir doch schnell noch das Tipp-Ex; ich muß ja weiter.« Frau Machleidt gab es ihr wortlos. Erst hinter der sich schließenden Tür sagte sie »Wiedersehn macht Freude« und murmelte etwas von »komische Ansichten«.

Herr Kulzer sprang von seinem Sitzplatz und klopfte sich die Knie ab. Einen Moment lang stand er nachdenklich vor seinem Schreibtisch, während Frau Machleidt schon sortierte und kritzelte. Einmal schaute sie auf und sah ihn stehen.

»Na dann, Herr Kulzer«, sagte sie. »Dann gewöhnen Sie sich mal wieder an das alte Europa.«

Herr Kulzer kam in Bewegung. »Also gut. Dann wolln wir uns die Bescherung mal betrachten. Wo haben Sie meine Post hingetan, Frau Machleidt?«

»Da, hinter Ihnen. Im Rollschrank, unten links.«

Herr Kulzer ächzte ein wenig. Seine Hose spannte; hatte er denn zugenommen?

»Ach – ist das alles? Nicht mal einen Meter hoch!«

Er packte den ganzen Stoß vor sich auf seinen Schreibtisch und begann ihn dann, stehend, in kleinere Portionen zu teilen. Er murmelte »Belege Honigmann erstmal hier rüber. Dreimal Vetter, Angebote Peschke & Cie. Hmhm. Können wir aufheben und dann wegschmeißen, oder gleich wegschmeißen. Und hier, was haben wir hier?«

Er war noch nicht ganz bei der Sache. Auf einmal stand er wieder still und blickte zu Frau Machleidt hinüber, die in ihre Arbeit versunken war.

»Wissen Sie, Frau Machleidt«, sagte er, »man ist dann irgendwie befriedigt. Man hat es jetzt mal alles gesehen. Ägypten, Persien, Thailand und so weiter. Alle diese fremden

Länder. Billig wars nicht, aber sowas macht man nur einmal im Leben.«

Frau Machleidt schaute nicht auf. Sie brummelte etwas. Herr Kulzer zerlegte seinen Posteingang in Häufchen. Es dauerte eine Viertelstunde. Dann setzte er sich in seinen Rollstuhl und sagte:

»So. Das wär auch erledigt.«

Die Schwierige

Haben Sie schon gehört? Die Margraf ist wieder versetzt worden; das siebte oder achte Mal, ich habe nicht mehr mitgezählt. Es heißt ja: Der moderne Angestellte soll beweglich sein, aber *so* wohl auch wieder nicht. Außerdem: ›modern‹ paßt nicht auf sie. Ach, Sie kennen Frau Margraf nicht? Es ist wahr, in der letzten Zeit kriegt man sie kaum noch zu sehen; aber *wenn* man sie zu sehen kriegt, ist sie auffallend. In der Kantine, wenn sie da aufkreuzt, werde ich immer wieder gefragt, wer die sei; und wenn ich dann den Namen nenne, heißt es meistens: Ach *die* ist das! – Du lieber Gott!

Wie alt sie jetzt ist, weiß wohl keiner außer dem Personalchef; sie muß aber über fünfzig sein. Jedenfalls trägt sie noch immer die höchsten Absätze in der Firma – vielmehr, die tragen *sie*. Dabei ist sie nicht klein. Sie ist eine große Frau, sehr schlank; wenn sie auf ihren Stöckeln stelzt, kann sie fast auf jeden herunterblicken. Dabei wackelt sie mit den Hüften, wackelt ruckartig, fast wie etwas Mechanisches. Die Schuhe sind silbern oder golden, oder es ist etwas Glitzerndes drauf, Straß oder sowas. Sie trägt sehr eng geschneiderte Kleider, dunkel oder schwarz, und dazu wieder silberne oder goldene Gürtel. Es wundert mich, daß Ihnen das noch nie aufgefallen ist. Auch ihre Brille glitzert; sie ist an einer Kette befestigt, und wenn sie sie nicht grade aufhat, dann baumelt sie vorne herum, vorne, wos ziemlich dürr ist. Dazu der lange Hals, war mal schwanenhaft elegant; nun ist er faltig. Ihre Haare hat sie gefärbt, ungefähr so, wie sie früher von Natur aussahen: kastanienrot; die Frisur sieht teuer aus; eine Innenrolle, wahrscheinlich mit viel Fixativ, ›Netz aus der Dose‹ oder wie das heißt.

Aber ihr Gesicht, das hat schon was. Vor allem der Mund, der ist das Entscheidende, groß, breit – so breite Lippen, sage ich mal, wie die Flickenschildt – ja? Mit so einer Kräuselung, wie bei ältlichen Frauen, oder von Ironie; eine Kräuselung des Randes, immer ironisch. Die Augenbrauen natürlich gezupft, die Augen: Ich glaube: grün, schwer zu sagen; sie schaut einen sehr direkt damit – ja, grün müssen sie sein. Sie hat eine messerscharfe Nase und kleine Perlchen in den Ohren. Das kann ich sagen: Das Gesicht hat was. Daß sie mal verlegen sein könnte, oder kleinlaut, kann man sich nach dem Gesicht nicht vorstellen. Also, sie ist, was man eine *Dame* nennt; jedenfalls hat sie immer verlangt, daß man sie so behandelt.

Ich habe oft gehört, daß sie sehr gute Arbeit leistet. Überall wo sie in dieser Firma schon gewesen ist: Sie hat immer mehr gemacht, als sie gemußt hätte. Ich weiß es zum Beispiel von der Werbung, wo sie zuletzt war – nein als vorletztes – egal. Was sie zu betreuen hatte, war die »Werbedokumentation Fremdfirmen«. Sie hätte es sich da leicht machen können, einfach als Registratur. Aber sie hat sich nicht darauf beschränkt; sie hat die Broschüren etc. nicht einfach so abgelegt, nach irgendeiner Ordnung, sie hat eine Kartei eingerichtet, mit einer Art von Notensystem. Eine Firma machte, sagen wir, eine »aggressive Werbung, am Rande des Zulässigen« und bekam dafür 100 Punkte; in einem anderen Fall war die Werbung »matt, fast abschreckend« – dafür gab es 0 Punkte. Ich habe es von jemandem gehört, der die Sekretärin vom Gleisner kennt. Also, wenn der Gleisner etwas Spezielles wissen wollte, über Konkurrenzwerbung, kam Frau Margraf angetänzelt, mit ihrer Mappe und ihren Karteikarten, natürlich in einer Parfümwolke; sie hat ihm das vorgelegt, hat sich dicht zu ihm hingebeugt: Schauen Sie mal, Herr Gleisner, Firma Schlatz & Co, die müssen einen neuen PR-Mann haben; die sind in drei Monaten um 50 Punkte raufgegangen; und das mit ihrer Stimme – mit so einer glasklaren Stimme, wissen Sie, die man überall durchhört.

Am Anfang war der Gleisner wohl ziemlich begeistert. Sie wissen, wie der ist, so flott und modern, immer mit seinem Jeans-Anzug; er fand das ganz toll und hat sie über den grünen Klee gelobt, hat ihr eine Prämie zugeschanzt, »Verbesserungsvorschlag« – es war mal angeschlagen. Später ist sie ihm wohl zu anstrengend geworden. Sie kam von selber, und immer öfter, und wollte ihn aufklären, was es Neues gibt auf dem Werbesektor. Da hat er sich öfters verleugnen lassen; – und die Margraf natürlich sauer. Einmal, hat die Sekretärin erzählt, ist die Margraf auch wieder aufgetaucht, und sie habe gesagt, ohne erst aufzuschauen: Der Herr Gleisner kommt heute erst später ins Büro; als keine Antwort kam, habe sie doch den Kopf gehoben, und da habe die Margraf da gestanden und bloß stumm auf das Anzeigelämpchen am Telefon geschaut, an dem man sieht, daß drinnen gesprochen wird. Sie sei wortlos abgezogen, noch stöckeliger und schaukelnder als sonst. Ihre Arbeit habe sie trotzdem sorgfältig weitergemacht.

Dann war da noch was anderes. Die Margraf hatte ihr Büro zusammen mit einem Fräulein Schneider – Sie haben sie sicher schon mal gesehen, so eine pummelige Blonde, ein bißchen naiv und redselig. Zuerst haben die sich wohl gut verstanden. Die Schneider war wohl beeindruckt von der Frau Margraf, man hat sie öfter mal mit einem silbernen Plastikgürtel über dem Kaufhauskleid herumlaufen sehen. Aber dann hat es Knies gegeben. Die Schneider war damals zuständig für die Abrechnungen der freien Werbegrafiker, die für uns arbeiten. Anscheinend hat die Margraf gefunden, daß es da etwas großzügig herging. Die haben wohl bei ihr angerufen, Andeutungen gemacht, sie sollte mal ein Auge zudrücken, es kamen kleine Geschenke und so weiter – Sie wissen wie das geht; das ist üblich; wenns nicht überhandnimmt, sagt ja auch keiner was. Aber die Margraf hat daran Anstoß genommen, und auch daran, daß die Schneider öfters mal während der Arbeitszeit Besorgungen erledigt hat. Natürlich hat sie das nicht gemeldet – sowas würde sie nie tun, jedenfalls nicht direkt; aber sie hat der Schneider wohl Vorhaltungen gemacht, und hat sie mit einem solchen Hochmut behandelt, daß die sich schließlich beschwert hat; danach hat man von einem Tag auf den anderen Frau Margrafs Schreibtisch in das Aktenzimmer gestellt, das eigentlich kein Arbeitsraum ist. Die Margraf ist zum Gleisner hin, und es hat einen Auftritt gegeben; sie hat in ihrem hochgeborenen Ton dem Gleisner Schlamperei und Verschwendung vorgeworfen; und was den Einfallsreichtum angehe, fügte sie süffisant hinzu: ob eigentlich schon mal jemand die Effektivität unserer Werbung untersucht habe; – die Sekretärin konnte mühelos mithören. – Danach war die Margraf untragbar. Sie kriegte noch ein paar Ironiefältchen um den Mund und wanderte in die Übersetzungsabteilung, wo sie die Buchführung und die Auftragsvergabe zu überwachen hatte.

Wie lange sind Sie jetzt schon hier? Achso – dann können Sie das meiste nicht wissen. Frau Margraf ist hier schon mindestens fünfundzwanzig Jahre; ich bin ja auch schon über zwanzig dabei, aber ihre Anfänge kenne ich nur vom Hörensagen. Sie hieß Fräulein Vollmer und war zuerst im Büro von Dr. Schick, der Vertriebschef war. Ein, zwei Leute gibt es noch in der Firma, die sich daran erinnern: Sie war auch damals schon auffallend, nur eben ganz jung – sah aus wie ein Filmstar. Bei dem Schick war sie natürlich schnell obenauf; »obenauf«? – ich verkneife mir den Witz. Sie war jedenfalls die Erste im Büro, und noch etwas mehr. Und trotzdem muß da irgendein Haken dran gewesen sein: Als der Schick dann fünf Jahre später von der Firma wegging – er ist bekanntlich in den Vorstand von UNIMOWA gekommen –, hat er die Margraf, also die Vollmer, zurückgelassen. Normalerweise nehmen solche Manager, wenn sie aufsteigen, ihre Sekretärinnen und so weiter mit. Warum nicht in diesem Fall? Vielleicht: Allzugut ist ungesund?

Kurz darauf muß sie geheiratet haben. Ich habe sie immer

nur als Frau Margraf gekannt – obwohl, von einem *Herrn* Margraf hat man hier nie was gehört oder gesehen. Sie ist danach in die Auslandsabteilung, zu Herrn Pohl gekommen. Den können Sie auch nicht mehr kennen. Der Herr Pohl war immer viel auf Reisen, und sie hatte als seine Sekretärin eine sehr verantwortungsvolle Aufgabe. Sie hatte selbständig kleinere Anfragen zu beantworten, kleinere Entscheidungen zu fällen und, wenn nötig, die Verbindung mit ihrem Chef herzustellen – das heißt, wenn *sie* es für nötig hielt. Es hieß damals, die Margraf sei über unsere Auslandsgeschäfte besser unterrichtet als der Pohl selber. Etwas später hat er sie öfters mit auf Reisen genommen. Die Margraf ging damals auf die dreißig, sie war eine blendende Erscheinung. Sie sah absolut nicht wie eine Angestellte aus, eher wie die Frau eines Direktors. Wenn ausländische Besucher kamen, war sie dabei, man hörte sie auf den Gängen oder im Fahrstuhl englisch oder französisch parlieren. Es war klar zu sehen: Sie war unentbehrlich an dieser Stelle. Herr Pohl zum Beispiel war schwach im Französisch – ich bin einmal zufällig dazugekommen, als er mit Gästen vor dem Fahrstuhl stand und herumstotterte und die Margraf dann einsprang und dolmetschte. Unser Ingenieur Habermehl hat einmal den Pohl auf einer Reise nach Kanada begleitet; er hat dann erzählt, wie in einem kritischen Augenblick der Verhandlungen die Margraf aufgetreten sei, atemberaubend, wie ein Mannequin, und so geschickt die Stimmung gelockert habe, daß dann doch ein gutes Ergebnis für die Firma herausgekommen sei.

In der Auslandsabteilung war sie sechs oder sieben Jahre, dann wurde plötzlich die Abteilung auf den Kopf gestellt; alles neu organisiert. Herr Pohl wurde als Generalbevollmächtigter und Direktor ins Ostasienkontor geschickt – nominal eine Beförderung, in Wirklichkeit aber das Gegenteil: ein Abstellgleis. Den neuen Mann, Dr. Bouvier, holte man von auswärts. Damals kursierten viele Gerüchte über die Veranlassung zu diesen Maßnahmen; die Margraf spielte in allen eine Rolle. Eine Version besagte, die Margraf habe hinterm Rücken von Pohl Abreden mit einer anderen Firma getroffen, die ihm nicht ins Konzept paßten, die er aber doch anerkennen mußte, um nicht das Gesicht zu verlieren; das habe sich bis zur Geschäftsleitung herumgesprochen. Nach einem anderen Gerücht wußte die Margraf ein paar Privatsachen über den Pohl, und ließ es ihn merken, so daß er selbst um Ortswechsel bat. Dann habe ich aber gehört, den Ausschlag habe es gegeben, als das Vorstandsmitglied Dr. Diekmann den Pohl mal auf einer Reise begleitete und dabei selbst erlebte, wie abhängig der Pohl von der Margraf war; damit war der erledigt – aber sie auch. Jedenfalls hatte der neue Auslandschef keine Verwendung für sie.

Wenns um die Margraf geht, dann denke ich an die Geschichte vom Briefträger: Wie jemand von dem Briefträger in seinem Stadtviertel schwärmt, was der für ein As sei; nicht nur, daß er alle Besonderheiten seiner Kundschaft kenne, hier Pakete hinter den Fensterladen klemmen, dort Einschreiben in der Bäckerei abgeben, und bei manchen Leuten Postwurfsendungen gleich in den Mülleimer – nein, außerdem wisse der Briefträger, wies Wetter wird, könne Ratschläge bei Krankheiten geben, auch bei Steuersachen, oder Autoreparaturen und so weiter; darauf fragt jemand zurück: Warum ist er dann nur Briefträger? Sehen Sie, so könnte man bei ihr auch fragen.

Sie ist danach in das Vorzimmer des Forschungsleiters gewandert. Zu der Zeit wurde schon mal gezwinkert, wurden die Augenbrauen gehoben, wenn von ihr die Rede war. Es gab Leute, die sie nachmachen konnten – ihre Stimme, mit tiefer Tonlage, aber einem flötenden Beiklang: »D'accord, lieber Herr Soundso, wir sind vollkommen d'accord.« »Pardon, lieber Doktor, aber davon verstehen Sie wirklich nichts.« – »O, how lovely – es gibt doch noch Kavaliere, wie reizend von Ihnen!« – »Nein, mein Herr, mit diesem Schlips können Sie unmöglich Gäste empfangen.« – Verstehen Sie: Ganz allmählich wirkten ihre Eigenheiten, ihre Eleganz, ihr

Auftreten, mit dem sie früher Bewunderung erregt hatte, ein wenig lächerlich; ob sie selbst sich veränderte oder ob man es mit anderen Augen sah, schwer zu sagen; allmählich wirkte sie überkandidelt. Wenn man früher bei einer Gelegenheit gesagt hätte: Is schon ne tolle Person, die Margraf – so hieß es jetzt: Tse, die Margraf, wie die sich wieder hat!

Forschungsleiter war damals Dr. Schlenker – derselbe, der jetzt technischer Direktor ist; den werden Sie wohl kennen: so ein Bulliger, mit Trompetenstimme. Von Hause aus ist er Physiker, aber man denkt, er ist Oberst oder Boxer. Trotz seiner Statur war der immer in Bewegung. Das ganze Gebäude zitterte, so wirbelte der da herum, und überall hörte man seine dröhnenden Anordnungen. Ich hab es selbst erlebt, ich hatte öfter mal was zu tun da drüben.

Es gab zwei Sekretärinnen; die eine, Frau Trapp, machte den ganzen Schreibkram, die saß nur an der Maschine; Frau Margraf war sowas wie ein Mädchen für alles: Margraf, gehen Sie mal los und holen Sie mir vom Büro Mannshold die Akte soundso; Margraf, laufen Sie zum Dr. Rucker und lassen sich das Fließbild geben; Margraf, trommeln Sie die Herren zur Besprechung zusammen; Margraf, reservieren Sie uns acht Plätze im Restaurant; Margraf, buchen Sie einen Flug für mich; Margraf, wo bleibt der Kaffee? – Es muß für sie eine Leidenszeit gewesen sein, zumal der Schlenker Manieren am Leib hat, die alles andere als gentlemanlike sind; allein schon das Nasenhochziehen und das Schneuzen mit Trompetenton, die feuchte Aussprache, der geöffnete Kragenknopf und gelockerte Schlips, der immer wieder versehentlich offenstehende Hosenschlitz – lauter Greuel für eine Frau wie die Margraf. Durch das dauernde Herumhetzen war sie nun öfter in einem aufgelösten Zustand, den man früher nicht an ihr kannte: das Haar verwirrt, das Kleid verrutscht, abgenagter Lippenstift. Gelegentlich hat sie, wie man hörte, aufgemuckt. Sie habe sich, wenn der Schlenker mal wieder seine Kasernenhoftöne von sich gegeben hatte, in ihrer Manier vor ihm aufgebaut und erklärt, sie sei eine solche Behandlung nicht gewöhnt und werde in Zukunft darauf nicht mehr reagieren. Aber der Schlenker, halb schon wieder mit etwas anderem beschäftigt, habe sie nur kurz und gelangweilt angeschaut: »Dann gewöhnen Sie sich eben dran«; oder er habe, wenn sie sich besonders nachdrücklich und herausfordernd bei ihm beschwerte, sich in seinen Sessel zurückgelehnt und mit einem spöttischen Lächeln gesagt: »Also, Frau Margraf, wir sind hier kein Salon, kein Sinfoniekonzert oder Fünfuhrtee; jetzt lassen Sie mal Ihre madamigen Allüren bleiben; ich habe schließlich meine Arbeit zu tun.«

Merkwürdigerweise blieb sie gerade in dieser Abteilung am längsten – fast zehn Jahre. Aber in diesen Jahren ging der letzte Schmelz von ihr ab. Die Mundwinkel begannen tiefer herabzuhängen, ihre Bewegungen wurden hölzerner und affektierter, ihre Stimme gluckenhafter, mit sonderbar dunkler Einfärbung hoher Vokale: Sie wurde zur Karikatur. Sie lag jetzt fast ständig mit irgendwelchen Kollegen oder Kolleginnen im Clinch. Dabei war sie noch immer eine genaue Arbeiterin und wußte eine Menge nützlicher Dinge – nicht zuletzt auch über Firmen-Interna, so daß man sie unter anderen Umständen öfters zu Rate gezogen hätte. Aber es war eben nicht diplomatisch, wenn sie etwa dem Ingenieur Sauter nachwies, daß ein Fehler in seiner Wirtschaftlichkeitsrechnung steckte, oder wenn sie der Kollegin Trapp beim Tippen über die Schulter blickte und mit dem Finger auf ein falsch geschriebenes Fremdwort deutete. Zu Dr. Schlenker muß wohl eine Art Haßliebe bestanden haben. Mit seiner klobigen, ungehobelten Art trampelte er über alle Mißhelligkeiten hinweg und brachte die Margraf wieder auf Trab; kaum ein Abend, wo sie vor sechs Uhr nach Hause ging.

Aber auch Herr Schlenker nahm sie nicht mit, als er eine Treppe höher fiel. Der Nachfolger schob sie ab, aber so recht wollte sie niemand mehr haben. Von der Werbung, das habe ich schon erwähnt; in die Übersetzungsabteilung, das war auch abzusehen: Sie begann sehr bald die Berufsübersetzer der Übersetzungsbüros zu kritisieren und zu korrigieren, so daß sie es ablehnten, mit der Firma zusammenzuarbeiten. Als nächstes landete sie in der Werksbücherei, als Bibliothekarin, dort dauerte es nicht lange, und sie warf den Leuten ihren schlechten Geschmack vor, wenn sie den neuesten Simmel oder Konsalik ausleihen wollten; es gab Beschwerden beim Betriebsrat. Darauf wurde sie in die Poststelle versetzt. Sie verteilte den Posteingang, sammelte den Postausgang, verkehrte nur mit den Rohrpoststationen und dem Hausboten – aber das genügte schon; der Hausbote bekam ihre hochfahrende Art zu spüren und rächte sich, indem er die Hauspost falsch verteilte, was wieder ihr in die Schuhe geschoben wurde. Und so landete sie jetzt auf ihrer letzten Station, im Archiv.

Inzwischen sieht die Frau Margraf aus wie eine abgetakelte Schauspielerin; man sieht sie nicht mehr oft, offenbar ißt sie nicht mehr in der Kantine; ich habe sie das letzte Mal vor ein paar Wochen in der Kasse gesehen. Sie schminkt sich jetzt wirklich übertrieben, die Lippen blutrot, stark violette Lidschatten, die Fingernägel silbern, lange Silberkrallen. Der Körper zeichnet sich knochig unter ihren Kleidern ab, die etwas abgewetzt aussehen; es ist zu vermuten, daß sie nicht mehr viel verdient, an ihren abgelegenen Arbeitsplätzen; sie hat einen leicht humpelnden Gang, sie ist so ein Typ, der zu Arthrosen neigt. Ich hätte sie gerne angesprochen, aber sie war unnahbar.

In den ganzen Jahren in der Firma hatte ich nur einmal etwas im Archiv zu tun. Es ist im Keller, ein Raum, ziemlich groß, aber voller Schränke und Rollborde; daneben ein kleines Kämmerchen, als Büro für die Verwalterin. Bisher saß dort Frau Kroll; sie wäre in diesem Jahr pensioniert worden, ist aber kurz davor gestorben. Es gibt eigentlich nur eine Person, die regelmäßig, einmal in der Woche ins Archiv geht: der pensionierte Direktor Hodler, der an seinen Memoiren schreibt; aber er ist schwerhörig. Frau Margraf kann sich dort beim besten Willen mit niemandem mehr anlegen. Sie könnte den Job genießen, sie könnte dort irgendwas anderes tun, lesen, stricken, Fotos in Alben kleben. Aber so wie sie ist, kann sie das nicht. Ich sehe sie vor mir, wie sie dort herumstöckert, zwischen schlecht beleuchteten Regalen, immer steifer, wie sie Papiere neu ordnet, exzerpiert, längst vergangene skandalöse Vorgänge entdeckt und mit sich selber darüber redet. Sie kann einem leid tun, man müßte sie einmal besuchen, aber was käme dabei heraus? Sie würde einen pompös anschauen, sie würde fragen: »Was wünschen Sie, mein Herr?«; sie würde sich jede Anteilnahme verbitten. So steht es mit ihr, so steht es mit dem Alter, und nicht viel anders steht es mit uns allen.

Das alte Büro – Das neue Büro

Das alte Büro

Plötzlich steht Frau Kayser in der Tür.

»Hört mal, Ihr Leute, der Chef sucht die Mappe ›Waizenegger, Ordnungssysteme‹ – habt Ihr ne Ahnung? Frau Balser?«

»Ordnungssysteme? Was isn des?«

»Ordnungssysteme? – Na, Schränke, Borde, Aktenordner – so Zeug.«

»Achso, das. Hab ich nicht gesehen.«

»Sie auch nicht, Herr Stadler?«

Herr Stadler schüttelt stumm den Kopf. Frau Kayser setzt sich aber trotzdem hin; sie setzt sich auf den Platz von Frl. Liedke, die zur Kur ist – so jung und schon zur Kur. »Was sagt ihr zu dem Ding mit der Klatt?«

Frau Balser blickt zum ersten Mal auf. Ihr kleines, spitzes Gesicht zeigt fiebrige Rötungen, aber die besagen nichts. Die sind immer da. Solche Sachen besagen hier nichts. Der Herr Zahn, in der 373, hat ein tiefrotes Gesicht, als ob er gleich platzen oder einen Schlaganfall erleiden müßte – seit Jahren. Das hat nichts zu besagen.

»Wieso?« sagt Frau Balser, »was war denn wieder?«

»Na, die hat doch wieder einen *Terror* gemacht! Wegen der Gleitzeit von Fräulein Ösalp.«

»So? Wieso das?«

»Die Ösalp, hat sie rumerzählt, die wär zwei Stunden weg und hätt ihr Kärtchen dabei stecken lassen.«

»Miststück.«

Für jeden, der sich auskennt, ist klar, daß Frau Balser die Klatt damit meint. Sie könnte auch Fräulein Ösalp meinen, eine Türkin, die sich vielleicht so etwas hat zuschulden kommen lassen. Aber sie meint die Klatt. Das weiß man hier von vornherein. Es ist eine alte Feindschaft, eine seit Jahren bestehende Feindschaft, obgleich die Gegner sich kaum einmal gegenübergestanden haben.

»Die soll bloß ihr Maul halten, sonst sag ich mal, was neulich am Kopierer gelegen hat.«

In allen solchen Feindschaften sammeln die Gegner Material.

»Am Kopierer? Was denn?«

Frau Kayser hat, um die Wartezeit zu überbrücken, einen der Ziergegenstände in die Hand genommen, die zu Fräulein Liedkes Platz-Ausstattung gehören: ein grinsendes Wesen, nur Kopf und Rumpf, gefertigt aus zwei bemalten Kieselsteinen, aus zwei flachen elliptischen Kieseln, die aufeinandergeklebt sind. Sie dreht das hin und her, sie schüttelt den Kopf. Es geht alles mit, beim Schütteln. Frau Kayser hat eine dieser modernen Wuschelkopffrisuren, Afrolook oder wie man das nennt. Als sie eines Morgens damit ankam, wurde sie von vielen nicht erkannt.

»Erzählen Sie mal – was hat denn die liegenlassen?«

»Ach, nix.« – Das Gespräch wird ausgekostet. Man kann dieses Gespräch, das sich hinzieht wie ein Essensritual, mit Pausen, mit Halbheiten, jedoch vorhersehbar zur völligen Enthüllung drängend, sich selbst überlassen. Sitzen, reden, ein paar Handgriffe dabei tun. Das Wuschelhaar folgt den Gesten, erst recht den Kinnbewegungen. Etwas Sonne verirrt sich ins Büro, und gleich ist es veredelt. Von der abgespreizten Umleimkante, unter der zerbröselnder Preßspan sichtbar wird, bis zu dem aufglänzenden grellroten Rhombus an der Wand, stilisierte Blumen von Kinderhand – ungelenk gemalt, etwas übereifrig, wie Kinder-Radiostimmen – alles erhellt. Herrn Stadlers Haar, das jetzt rötlich wirkt, wird vom Licht angerührt. Er sagt fast nie was, der Herr Stadler, obgleich er noch jung ist, und oft aufgefordert wird. Er schützt seine Augen mit der Hand.

»Was sagen Sie denn dazu, Herr Stadler?«

»Was soll ich dazu sagen?«

Herr Stadler denkt manchmal, die Frauen seien doch eine andere Rasse. Warum sollte es ihn interessieren, was der Anwalt des geschiedenen Mannes von Frau Klatt geschrieben hat? Daß aus der Antwort der Frau Klatt ihre unablässigen, rachsüchtigen Forderungen hervorgehen, die sie offenbar an ihren Verflossenen stellt? – Frau Klatt, die er allenfalls von ferne kennt, ist sehr fest und dick, sie hat einen drallen, mächtigen Busen; sie ist sowas, was sie als Jungen eine »Maschine« genannt haben. Mit einer solchen Frau ist eine glückliche Ehe nicht vorstellbar. Nur Machtproben. So stellt man sich die Queen Victoria vor, oder eine Beamtin, zu der man, mit Bitten, über eine etwas zu hohe Theke hinwegredet.

Frau Kayser seufzt. Die jungen Leute interessieren sich für gar nichts mehr. Herr Stadler ist 24, Frau Kayser ist 40. Es ist doch alles gesagt worden.

Gleich darauf legt sie in einer überraschend giftigen Weise gegen die Frau Klatt los, überraschend in der Heftigkeit, nachdem das Thema doch vorher genügend abgehandelt worden ist, und dabei genügend Anlaß zum Loslegen geboten hätte.

Aber sie legt jetzt erst richtig los. Wie die immer in der Abteilung herumstänkere, die Leute anschwärze, einen *Terror* mache, wegen irgendwelcher Kleinigkeiten.

»... sag ich zu ihr: Na und? Wegen einer Nummer? Ist das alles? Weil die Nummer falsch ist? – Dann bessern Sies halt aus, schreiben Sie die richtige Nummer hin – das kann doch mal passieren, lieber Gott!, sag ich, deshalb geht doch die Welt nicht unter, wegen einer falschen Auftragsnummer; das wäre doch sowieso bemerkt worden, spätestens bei der Fakturierung wär das bemerkt worden – da macht man doch nicht gleich so einen *Terror*! Sowas passiert jedem mal – oder haben Sie nie einen Fehler gemacht?«

Frau Kayser wiederholt den ganzen Dialog. Sie wiederholt

ihre eigenen Worte, und sie imitiert Frau Klatt, indem sie einen sehr breiten Dialekt spricht. Sie imitiert sehr gut. Es entsteht ein kleiner Wettstreit zwischen ihr und Frau Balser, wobei sie beide Frau Klatt imitieren – endlose Tiraden, wo man denn hinkäme, wenn das alle machten, sollen das bißchen Grips zusammennehmen, für was kriegen sie ihr Geld, für Ordnung, Ordnung sei das halbe Leben, zumal im Büro.

Danach eine Pause, wie nach einem Genuß, eine Pause, in der man innerlich den abebbenden Wellen des Genusses nachblickt, mit gesenkten Köpfen. Dann geht ein Ruck durch Frau Kaysers Wuschelkopf.

»Gleich halb – lieber Gott – ich muß rüber, der Chef kommt gleich.«

Sie rennt hinaus. Das Büro bleibt mit dieser besonderen Stille zurück, die auf Gedanken schließen läßt, die durch den Kopf gehen.

»Die hat ein böses Maul«, sagt Frau Balser halblaut.

Wen meint sie jetzt? Es liegt ein System drin, sich so auszudrücken, daß unklar bleibt, wer gemeint ist. Herr Stadler grübelt. Das Wort hängt ihm nach. Daß sie das »Terror« nennen. Daß sie das Blasseste mit dem Blutigsten verknüpfen.

Kürzlich kam Herr Stadler ins Chefbüro, als dort gerade eine heftige Auseinandersetzung am Telefon stattfand. Frau Kaysers Büro wird beherrscht von fleischigen Pflanzen, mit großen, stark gespaltenen Blättern, die eine ganze Wand überwuchert haben, und es sah merkwürdig aus, wie sie vor diesem Hintergrund saß, leichenblaß, und wie sie den Kopf zu dem Eintretenden hindrehte, den Hörer am Ohr, und zugleich immer neue Anläufe zu einer Antwort, zu einem Einwurf nahm.

»Aber...«

»Aber hören...«

»Aber ich sag Ihnen doch, mit Absicht hab ichs nicht...«

»Ach woher denn...«

In ihrer Erregung stand Frau Kayser auf, wie jemand, der an Atemnot leidet. Dabei war ihr Gesicht merkwürdig unbewegt, die Signale, die sie Herrn Stadler zusandte, bestanden nur aus Drehungen des Gesichtes wie bei einer Radarantenne, steif, mit viel Augenweiß.

»Das wern wir ja sehn, Frau Klatt.«

»Genau!«

»Ich auch, Frau Klatt, da können Sie Gift drauf nehmen!«

Als sie hart aufgelegt hatte, mußte Frau Kayser erstmal Luft schnappen und sich setzen. Es lag klar zu Tage, daß es mitmenschliche Pflicht war, sie zum Reden aufzufordern.

»Was war denn los?«

Während sie redete, dachte Herr Stadler, daß man aus ihrem ganzen Verhalten, schon während des Telefongesprächs, ein Ereignis vermuten mußte, das Frau Kayser in der Tiefe ihrer Existenz bedrohte. Auf der bleichen Haut erschienen rötliche Flecken, ganz feine Perlchen waren auf ihrer Stirn und in den feinen Härchen über ihrer Oberlippe, und die Augen hatten einen starren, kalt sprühenden Glanz. Die Bewegung, mit der sie sich wieder setzte, sah wie ein Schwächeanfall aus.

Auf einer Notiz war der Name eines leitenden Herrn vergessen worden.

Als Herr Stadler zum Ausdruck brachte, diese Angelegenheit sei doch, wie Frau Kayser ja schon selbst gesagt hatte, eine Bagatelle, wirklich, daß da ein Name fehle, sogar nur das Kürzel eines Namens, man könne doch sowas unmöglich ernst nehmen – als er sie auf diese Weise zu beruhigen suchte, merkte er, daß sie das gar nicht hören wollte. Sie schaltete ab, sie ging einfach nicht darauf ein.

Beide schwiegen. Dann sagte Frau Kayser: »Ich könnt die erwürgen!« Dabei hielt sie die Augen gesenkt.

Unser Test wurde mit einer repräsentativen Zahl unserer Datatypistinnen durchgeführt, aus der wir wiederum eine kleinere Gruppe für diesen close-up-Report ausgewählt haben. Es ist die Gruppe C/3, die in Raum AN17 beschäftigt ist. Dieser Einleseraum ist eine unserer Datenquellen, die im Rechenzentrum zusammenlaufen. AN17 enthält sechs Arbeitsplätze in drei Reihen, die Plätze der Mitarbeiter Frau K., Frl. O., Frau H., Frau D., Frl. L. und Frl. B. Der Raum ist 60 qm groß (= 2 Normmodule), hat sanftrosa und mattgelbe indirekte Ausleuchtung, flauschigen Teppichboden, pastellfarbige Kunststoffmöbel und körpergerechte Sitzgelegenheiten aus Paßformschaum. Die Arbeitsauflagen haben die arbeitsmedizinisch ermittelte Idealhöhe von 72 cm – mit individueller Feinanpassung an die Körpergröße. Vor sich haben die Damen ihren Bildschirm, blaßblaues Gehäuse mit abgerundeten Ecken, unter den Händen die finger-anatomische Tastatur, links neben der linken Hand Stapel von Kontenformblättern, Buchführungsformblättern, Fakturierformularen und Lagerformblättern – an jedem Arbeitsplatz eine andere Sorte. Drei Meter vor sich haben vier von ihnen die Rücken ihrer Kolleginnen, zwei von ihnen ein abstraktes Wandbild. Äußerlich ähnelt diese Arbeit einem Fernsehabend in ihrem Wohnzimmer. Über die inneren Verhältnisse wird unsere Studie Auskunft geben.

Es hat sich vieles geändert seit den Tagen der alten Buchführung, als Kontobücher oder Kontenblätter ganz und gar von einer Person ausgefüllt wurden. Seit der Einführung des Hollerithprozesses und erst recht seit der elektronischen Datenspeicherung wird jede Zahlenart getrennt eingegeben – also auch ›Soll‹ und ›Haben‹ jeweils von anderen Personen; auch die Artikel-Art wird als Nummern-Code eingegeben. Den Rest erledigt das Programm. Für die Benutzer werden diese Codes selbstverständlich rückübersetzt. Rechnungen,

Fakturen, werden programmgesteuert mit einem genormten Tabulator geschrieben. Währenddessen, also in Sekundenbruchteilen, multipliziert die Maschine die Stückanzahl mit dem Einzelpreis, sie berechnet den Rabattbetrag wechselnd nach Auftragsgröße und Kundenrang. Bilanz- und Steuer-Posten werden automatisch weggespeichert, das Nettoergebnis wird in der letzten Spalte ausgeworfen.

Wir ließen die Mitarbeiterinnen zunächst das *eigene* Befinden beurteilen. Unter »Befinden« verstehen wir hier die emotionale, gemütsmäßige Abtönung im Verhältnis zur Arbeit wie auch in außerbetrieblicher Hinsicht. Danach forderten wir dazu auf, das vermutliche Befinden *der meisten anderen* abzuschätzen – unter der Voraussetzung, daß sie die gleiche Arbeit leisteten. Die Damen hatten die Lage ihres Befindens auf einer vorgedruckten Linie zu markieren, deren Enden mit »aktiv – ehrgeizig, arbeitswillig« einerseits und mit »gegen Weiterarbeiten, widerwillig« andererseits gekennzeichnet war. Auf dem zweiten Vordruck war dann das Befinden der *meisten anderen* einzutragen. Trug man das Befinden gegen die Zeit auf, so erhielt man die tägliche, oder wöchentliche *Befindenskurve*.

Nach einer bestimmten Zeit an ihren Einlesegeräten können die Damen eine Pause einlegen und in den Entspannungsraum gehen. Nach der neuesten, mit der Gewerkschaft ausgehandelten Regelung liegt der Takt jetzt bei 90 Minuten. Im Entspannungsraum ertönt leichte Musik, und es gibt Kaffee und kleine Snacks in einem Automaten. Das ›Raucherabteil‹ ist durch eine halbe Wand abgeteilt und gesondert belüftet.

Zu Anfang der Pause zeigten die Damen nur selten Neigung zum Plaudern. Sie ließen ihre Blicke die Wände entlangwandern, an denen Reproduktionen alter Blumen-Stiche und berühmter Gemälde hängen; die Auswahl wurde von den Mitarbeitern selbst getroffen. Nach zwei Tassen Kaffee sagte Frl. B., daß sie diesmal einen Faulenzer-Urlaub machen will, nur liegen und braten. Frau D. sagte, sie führen nicht weg, da sie ihr Haus abzuzahlen hätten. Frau H. sagte, sie wollte, sie und ihr Mann wären schon soweit. Frl. O. kicherte fortwährend, ohne daß von den anderen darauf geachtet wurde. Die anderen Frauen sagten selten etwas. Die Pause ist auf 15 Minuten festgelegt, aber es wird nicht kontrolliert; das erwies sich als überflüssig.

Die Arbeit der Datatypistin geht fast geräuschlos vor sich, auf jeden Fall maschinenseitig, meist auch von seiten der Damen. Wenn eine von ihnen sich vertippt hat, vor allem wenn es sich wiederholt, wird leise geflucht. Ältere Kräfte rufen »Mist« und danach einen gemurmelten Satz, etwa wie »ich weiß nicht, was heut mit mir los ist«; die jüngeren rufen »Scheiße«. Eine früher hier tätige Kraft, Frau Stempel, hat sehr viel geredet und damit den Arbeitsablauf gestört. Die Kolleginnen beschwerten sich darüber, und sie mußte versetzt werden. Dennoch kann man nicht sagen, daß die Arbeit schwere Kopfarbeit wäre, mindestens nicht im herkömmlichen Sinn. Die Damen berichteten öfter, daß sie eine Viertelstunde oder länger intensiv eingelesen hätten, nach dieser Zeit aber kein Bewußtsein davon gehabt hätten – weder von dem eingelesenen Datenmaterial, noch von der verflossenen Zeit. Es scheint, daß die Arbeit direkt vom Auge in die Fingerspitzen geht.

Die inhaltliche Individualität des einzelnen Formblatts darf nicht ins Bewußtsein dringen, wenn die Arbeit flüssig vonstatten gehen soll. Die numerische Verschlüsselung der Ordnungsbegriffe verhindert dies auch normalerweise. Habitualisierung und Verschlüsselung schirmen gegen die Gefahr des Mitdenkens ab. Das Arbeitsverhalten verliert somit den Charakter des *Handelns*. Wir haben das Phänomen vor uns, das wir gewöhnlich mit der Redewendung »Jemand tue etwas wie im Schlaf« charakterisieren. Es entsteht der Tatbestand der Monotonie, sofern es nicht gelingt, in der Phantasie eine neue Folge von Situationen mit zeitlicher Gliederung und Subjekt-Objekt-Verhältnissen zu erträumen. Diese Möglichkeit besteht hier nicht. Die Konzentration bei der Arbeit läßt es nicht zu, sich so stark vom Gegenstand der Arbeit abzuwenden und in einer anderen Welt zu leben, wie es bei gewissen Fabrikarbeiterinnen möglich ist.

Als Einstufungskategorien in unsrer Studie kamen die folgenden zur Verwendung: Konzentration, geistige Frische, Interesse, Gelauntheit. Die positiven und negativen Pole der Kategorien wurden folgendermaßen beschrieben:

Konzentration fällt leicht	/	Konzentration fällt schwer
Arbeitsfreudig	/	Arbeitsunlustig
Geistig frisch	/	Geistig müde
Interessiert	/	Gleichgültig
Gut gelaunt	/	Schlecht gelaunt

Aus dem Verlauf der Selbsteinstufung der sechs Damen ergibt sich, daß bei Arbeitsbeginn die positiven Selbsteinstufungen überwiegen, daß sie aber im Tagesverlauf abnehmen, so daß bei Arbeitsende die negativen Einstufungen vorherrschend sein müssen. Ferner, daß die Fremdeinstufungen kontrastierend mit der Selbsteinstufung erfolgen.

Daß die Verfassung, mit der die Tagesarbeit begonnen wurde, für den ganzen Tag entscheidend sein kann, ist zwar schon immer vermutet worden; auch das Sprichwort weist auf einen solchen Zusammenhang hin; ein gesicherter Nachweis ist aber wohl hier erstmalig erbracht worden.

Die Flüssigkeit der Arbeit der Datatypistin wird stark gestützt durch rhythmische Elemente. Diese werden ihr teilweise durch den Maschinentakt vorgegeben. Es muß ihr gelingen, ihre Tipparbeit so weit zu rhythmisieren, daß sie mit den maschinellen Elementen zu einer Einheit gelangt. Die rhythmischen Figuren können gewisse Variationen aufweisen; sie dürfen jedoch nicht mit dem »zeitlichen Gefüge« der

Arbeitssituation verwechselt werden. Dieses wird nur dann zu einer rhythmischen Figur, wenn es nicht mit-objektiviert wird. Außerhalb der Arbeit tut der Mensch dies nur selten. Auch beim Anhören von Musik geschieht es nur gelegentlich, z. B. beim Anhören eines interessanten Jazz-Rhythmus.

Bei der Zwischenbefragung interessierte vor allem die Art des Sichhineinfindens in die Arbeit nach der Pause, vor der Pause die Weise, wie der Vormittag überstanden und wie betont das Pausenbedürfnis war. Nach der Pause wurde meist spontan berichtet, wie die Pause verlaufen war, und in welcher Verfassung erneut an die Arbeit herangegangen wurde. Am Nachmittag wurde gefragt, ob spezielle Feierabenderwartungen beständen und sich aufdrängten. Für die Abendbefragung war meist ein Tagesrückblick angebracht. Bei allen diesen Aussagen waren solche, die Stimmung und körperliches Befinden als ausgesprochen schlecht bezeichneten, relativ selten. Es war zu vermuten, daß die Mitarbeiterinnen mit diesen Aussagen zurückhaltend waren. Es wurden daher zu den »schlechten« Aussagen noch die »indifferenten« hinzugezählt. Dennoch war die positive Charakterisierung des eigenen Zustandes noch immer stark überwiegend. Es ergab sich ein Verhältnis der positiven zu den negativen Aussagen von 2:1 bis 3:1, im Durchschnitt der gesamten Probandenzahl. Fast immer ergab sich eine Korrelation mit der Selbstbewertung der eigenen Leistung; es ist also anzunehmen, daß mit einer hohen Leistung besondere Erfolgsgefühle verbunden sind, die eine Anhebung aller Komponenten des Befindens bewirken. Überwiegend kann man das Befinden als *rosig* bezeichnen.

Hierfür ist wesentlich, daß die geleisteten Eingaben laufend auf dem Bildschirm über der Tastatur verfolgt werden. In den USA wurde vorgeschlagen, jeweils für den Abschluß bestimmter Operationen lustige Trickbilder oder melodische Zeichen vorzusehen, die den Mitarbeitern ein ähnliches Erfolgserlebnis geben würden, wie beim Spielen an einem

Spielautomaten. Erfahrungen mit TV-Spielen sind dabei besonders wertvoll. Bei Marktstudien mit bestimmten TV-Spielen hat es sich ergeben, daß die akustischen Begleittöne eines »Bandenaufpralls«, die elektronischen »Geschoßflug-« und »Treffersignale« bei den Spielern »süße Glückssekunden« von beinahe sexueller Tönung hervorrufen können.

Ist ein Buchungs- oder Faktur-Formular vollständig eingelesen, so wird der Datensatz durch Druck auf den Knopf REC weggespeichert. Die Datatypistin könnte dann beobachten, wie eine der Bandeinheiten eine ihrer ruckenden Bewegungen vollzieht. Am Ende des Tages erscheint der Controller, Herr Ulrich, und nimmt die Bänder aus den Bandeinheiten; er hat hierfür einen Spezialschlüssel, so daß die Bänder niemandem sonst zugänglich sind. Herr Ulrich ist ein junger EDV-Spezialist mit Aufstiegschancen. Er trägt Jeans und grelle Hemden. Er treibt seinen Scherz mit den Damen, die sich schminken oder gähnend die Arme recken und die dabei wie nach Druckentlastung lebhaft durcheinander reden. Herr Ulrich macht Bemerkungen über die zigeunerhaften Ohrringe von Frl. B., über das leicht mißlungene Kastanienrot der Haare von Frau K., über Frl. O.s Schwäbisch, über Frau H.s Magerkeit und die unsymmetrische Ausformung von Frl. L.s Busen. Herr Ulrich trägt hier etwas von der lockeren Stimmung des Rechenzentrums herein, von der fast matratzenhaften Weichheit des Bodens dort, dem grün-roten Blinken, Diodenmuster, dem optischen Geplauder an den Konsolen, den einprogrammierten Jokes und Überlastungsverschen, von der Schlüpfrigkeit und coolen Randbemerkungen, von der lässigen Improvisierkunst der EDV-Artisten, jedenfalls etwas von einer höheren Welt, nicht unähnlich einem Flugzeug-Cockpit, in die er nun mit den gesammelten Bändern zurückkehren wird.

Arbeitsessen

Anläßlich des Besuches von Herrn Dr. T. und Herrn G. W. von der Fa. K & L fand ein Arbeitsessen statt, an dem auch Herr Direktor A. – zeitweise – teilnahm. Herr Direktor A. äußerte sich dabei wie folgt.

Und Sie – auch einen kleinen Sherry vorweg? – Lieber Tomato-Juice? – Ja, machen Sie das mal. – Alles versorgt?

Na, dann wollen wir mal auf die erfreuliche Nachricht trinken! – Achso – wissen Sie noch gar nicht? – Ja, habe ich selbst erst heute morgen gelesen: Eine Milliarde Umsatz bei K & L! Dollar-Milliarde natürlich. Schön, was?

Tja, da müssen Sie erst zu uns kommen, um das zu erfahren! Na dann – Prost! Willkommen im Club!

Natürlich, Sie sind mehr mit den Details befaßt. Kosmetik. Wieviel Millionen macht die Kosmetik bei Ihnen?

So, 10 Millionen. Oder 40 Millionen?

Nein – ja, richtig. Das sind die Waschmittel.

Waschmittel machen 40% bei Ihnen, es war eine Verwechslung.

Nicht 40 Millionen – 40 Prozent. Und das sind Waschmittel. Kosmetik macht nicht so viel.

Bitte, nehmen Sie Platz.

Herr Doktor, an meine grüne Seite.

10 Millionen, ja. Aber, da ist noch was drin. Da ist noch Potenschel.

Sehen sie, das ist doch so: Heute will alles braun sein. Dunkelbraun wie die Neger. Die Mediziner raten dringend davon ab, es sei hautschädlich, aber was kann man machen – es ist eben Mode. Beinahe ansteckend.

Die soll abräumen. Wo bleibt die denn wieder. Klingeln Sie mal, der Knopf ist bei Ihnen, unter dem Tisch.

Mode. Während meiner Zeit in New York, da wunderten wir uns, daß die Leute von der Niederlassung der Fa. H. alle auf einmal so bunt waren. Irgendwie überdreht angezogen. Alle wunderten sich – selbst ihre eigenen Frauen. Das kam aber daher: Die mußten immer mit den Modefritzen zusammenhocken. Da sie Synthetic-Faser machen, müssen sie auch Mode machen.

Bitte, bedienen Sie sich.

Also wirklich, die Sonnenbaderei ist nicht gut.

In südlichen Breiten sogar schädlich. Während meiner Zeit in Mexiko hatte ich mal meinen Vater eingeladen. Wir waren in Acapulco, und er wollte in der See baden. Ich kannte das schon. Man muß sich beim Schwimmen die Schultern schützen. Ich sagte: Papa, zieh dir ein Hemd an! – Aber er, er ist so ein richtiger alter Husumer – er wollte davon nichts wissen. Ach papperlapapp. Und als er vom Schwimmen zurückkam, waren seine ganzen Schultern verbrannt.

Nordsee ist sicher gesünder.

Schmeckt es Ihnen? Bitte greifen Sie doch zu. Mich wollen Sie bitte entschuldigen. Muß abnehmen.

Es wird ja auch immer mehr von diesem Make-up aufgelegt, auch die Färbemittel, ganz dick. Die Kosmetikleute sind darauf gekommen, daß man das dick aufmalen muß, um die unteren Hautschichten vor der Verrunzelung zu schützen.

Kann man sich denken, das macht Menge.

Ist doch gut für Sie.

Die Kosmetik setzt sich eben immer weiter durch, neuerdings auch bei Männern. Da ist ein enormes Markenpotenschel. Da ist Zukunft.

Danke, ich darf wirklich nicht mehr. Heute abend schon wieder mit Leuten, muß nachher noch nach Brüssel.

Sie wollten uns doch mal Ihre Gliederung erklären.

Also nach Ländern, vertikal. Und Sie haben das *wie* organisiert? Aha ja, genau anders herum als bei uns. Sicher auch sehr gut.

Und Ihre Sparte ist da aufgehängt. Direkt unterstellt.

Haben Sie was Gutes. Echter Renner. Man wundert sich manchmal. Was man doch bereit ist auszugeben.

Neulich, als ich beim Friseur war, habe ich dann noch ein Pre-shave, etwas Haarwasser und noch ein paar Kleinigkeiten verlangt, und als ich nun fertig war, da hörte ich plötzlich, also da sagte der irgendwas von »hundertachtmark«! Ich fiel fast vom Stengel! Ich sage zu dem Mann: Hören Sie mal, ich hatte doch nur diesen Haarschnitt, und dann dieses Pre-shave, dies Haarwasser, die paar Sachen – tja, und was denken Sie? Allein das Pre-shave kostet schon *zweiunddreißig* Mark! Fantastisch! Die Rendite!

Enormes Potenschel in diesem Markt!

Übrigens, da fällt mir noch was ein – ich wollte Sie doch noch was fragen. Vielleicht können Sie sich mal bei sich zu Hause erkundigen, bei Ihren einschlägigen Leuten...

Ich muß vorausschicken, unser Herr M., im Vorstand, wissen Sie, das ist ein ganz hellhäutiger Mann. – Nun, er hatte früher immer sehr unter Sonnenbrand zu leiden. Hat dann aber mal so eine synthetische Pille genommen, aus unseren Labors, und seitdem nie mehr. Aber, was wollte ich sagen?

Ach ja, sehen Sie, jedesmal wenn wir uns treffen, dann kommt er mir wieder mit seinem Lieblingsprojekt, ob damit nicht doch was zu machen wäre.

Vielleicht sollte man sich damit beeilen.

Es ist ein bestimmtes Produkt, bei uns entwickelt, das die dunkle Hautfarbe wegmacht. Zum Beispiel für Neger: Ja, wirklich, die Neger werden davon weiß!

Das ist doch eine tolle Sache!

Ich meine, die meisten sehen doch immer noch in den Europäern das Vorbild.

Wir haben leider keine outlets für sowas. Aber Sie, Sie haben doch eine Auslandsorganisation, sehen Sie da vielleicht eine Chance? Da gibts doch Märkte, da sind doch Millionen drin! Jaja. I see.

K & L Kosmetik nur in Europa, jedenfalls der Kosmetik-Sektor. Bisher noch.

Nun, jedenfalls, Sie sollten an uns denken. Ich glaube, in Südafrika könnte man damit viel verdienen. Auch anderswo. Wir wollen braun sein – die wollen weiß sein. Ist das nicht ein Witz?

Oh, die Haare. Dafür gibts natürlich die Haarglätter. Ich kenne das aus den Staaten. Was meinen Sie, der *das* erfunden hat, was der für ein Schweinegeld gemacht hat!

Also Haarglätter, Hautbleicher, geht alles wie warme Semmeln. Die Lippen nicht.

Haben Sie recht, die Lippen, das geht nicht. Die bleiben dick.

Naja, kann ja gut aussehen, vor allem bei Frauen.

Jedenfalls, die Kosmetik wird sich weiter durchsetzen. Da habe ich keinen Zweifel. Da sind Sie auf der Sonnenseite. Nun gibt es die Kosmetik-Linie für den Mann, es wird sie auch für Kinder geben. Vielleicht demnächst für alte Menschen. Rentner. Ein beachtlicher Markt.

Wie?

Was war das?

O Gott, Leichen. Halten Sie sich mal im Zaum, junger Mann. Ist ja wohl ein bißchen makaber, nicht? Schwarzer Humor, wie?

Sprechen wir lieber von erfreulichen Dingen.

Unsere beiderseitigen Interessen. Sie haben sich ja heute abgestimmt.

Zweifellos, es gibt da Berührungspunkte.

Neulich zum Beispiel, da traf ich Herrn T. beim Golf, Sie wissen, Vorstand von H., und der klagte mir sein Leid. Er sagte zu mir: Pharmazeutika, nichts wie Sorgen. Etwa unsere Appetithemmer, alle diese Mittel, das ist alles derart in der Presse, derart in der Diskussion – da ist nichts mehr zu machen.

Ein wackeliges Geschäft.

Wissen Sie, was man machen muß? sagte er zu mir. Man muß ins *Diät*-Geschäft hinein! Das lohnt sich, das hat Zukunft. Gehen Sie mal in so ein Reformgeschäft, schauen Sie sich mal die Preise an!

Wie Sie wissen, haben wir damit auch zu tun.

Eiweiße, Aminosäuren, diese Artikel, da waren wir immer schon stark.

Sie auch. Da gibt es Berührungspunkte.

Wie ist das denn nun, mit den Proteinen?

Sie haben doch sicher auch damit experimentiert. Mit Kunstfleisch, habe ich mir sagen lassen.

So ist es, bei uns auch.

Enormes Potenschel, aber technisch noch mangelhaft.

Wenn der Fasan nach Fisch schmeckt, dann ist das nichts. Sowas wollen die Leute nicht. Es ist eine Aufgabe für die Zukunft. Aber leider, ich muß. Muß um fünf schon in Brüssel sein.

Aber wir bleiben in Kontakt, ja?

Bleiben sie ruhig noch ein bißchen, lassen Sie sich nicht stören. Noch einmal: Prost!

Auf gutes Gedeihen – bis zum nächsten Mal.

Der Aussteiger

Erst, als ich schon fast entschlossen war, habe ich mich zu dem Telefongespräch mit Nina aufgerafft. Sie meldete sich natürlich mit Nachnamen. Ich sagte: »Hallo, ist dort Nina? – Sie kennen mich nicht, Nina, aber ich kenne Sie – auf einem Umweg. Ich möchte Sie bitten, mir zu helfen, ich möchte zu Ihnen kommen – obwohl ich nicht in Not bin. Verstehen Sie: Es geht mir gut, es geht mir blendend, ich verdiene brutto Fünftausend im Monat, ich habe ein gewisses Vermögen, das sich von Jahr zu Jahr vermehrt, mir fehlt nichts, mir kann nichts mehr passieren. Bedenken Sie: *Nichts mehr* kann mir passieren – also, Sie sehen schon, Nina, ich brauche dringend Hilfe!«

Ich kannte ja nur ein Bild von ihr, ihre Stimme kannte ich nicht. Sie sagte mit einem glockenhaften, vollen, fast schon matronenhaften Ton, etwas befremdet, aber schon verstehend: Es wird gehen; kommen Sie Sonntag – und nannte eine Adresse. Wirklich, sie ließ sich darauf ein! Das allein schon war – unerhört! Aber war ich einer solchen Plötzlichkeit, diesem blitzhaften Glück gewachsen?

Am Sonntag habe ich den ganzen Tag mit mir gerungen. Ich war müde, wollte immer nur liegen, nichts mehr von Wagnis in mir. Widerwillig erledigte ich Hausvaterpflichten, Rasenmähen, Briefkastenschloßölen; dabei murmelte ich oder sagte in Gedanken zu mir: Mach dich nicht lächerlich, Vater, mit deinem Bäuchlein, mit weißen Haaren zum Teil; will sich durch Abenteuer verjüngen, Kraft einsaugen, physisch ausbrechen – wie albern; laß das, Vater, du mußt so zurechtkommen; kannst nicht einfach weg…

Natürlich war, was ich vorschob, Verantwortung, Mängelgefühle, sogar die Trägheit – keines davon der wahre Grund.

Für den wahren Grund habe ich keine Worte. Also habe ich diese letzte Gelegenheit auch noch fahren lassen; letzte Gelegenheit zur Rettung von außen – für mich, der ich mich kaum mehr bewegen mag, und das Seil anschaue, es in die Hand, in die Faust nehme wie ein Onanist und es wieder loslasse – voll Selbstmitleid. Dann jedoch begann ich zu schreiben.

Ich weiß, daß ich früher schon viel schlechter dran gewesen war, auf eine lockere Art entleert, keinerlei Not empfindend, mit meinen Kräften umgehend wie mit dem Tennisschläger; fast ohne Widerstand, ja, fast ohne mein Zutun, ohne Gefühl, ohne Kalkül flog der Ball, wohin ich wollte. Ich machte eine herzzerreißende Reise nach Rio de Janeiro, vor mir, um mich ungeheure Silhouetten, eine Licht-Schatten-Räumlichkeit, der Glanz großer Belladonna-Augen, Harmonie der Grellheit – und alles ohne Herzstocken, *ohne jedes Gefühl.* Ich aß in einem Restaurant wie aus einem Valentino-Film, morbid und glitzernd, erlesene Meeresfrüchte, violett und rosa, und mit Gewürzen geschwängert; sie schlüpften mir wie geölt über die Lippen, ich zerbiß sie *ohne eine Spur von Erschütterung.* Die Geschäftsleute, mit denen ich verhandelte, hatten grausame Ziffern-Münder und Brillantine-Frisuren über den brennenden Augen; alles ging glatt über die Bühne, und nach meiner Rückkehr bekam ich für meinen Erfolg ein Lob vom Management; einen Erfolg, den ich ohne Mühe erzielt hatte. Das Leben surrte wie ein BMW-Motor, sanft und rücksichtslos.

Eines Tages stieß ich mir einen Schraubenzieher in den Handteller und durch die Hand hindurch. Ich tat es langsam und methodisch. Dann trat ich ganz ruhig ins Vorzimmer hinaus und sagte: »Schauen Sie mal, Frau Grüber, was ich gemacht habe.« Sie wurde totenblaß, griff zum Telefon und rief die Werksschwester herbei. Sie steuerte mich mit ihrer zitternden Hand an meinem Oberarm in ihren eigenen Bürostuhl hinein und stürzte dann auf den Gang hinaus, der

Schwester entgegen. Sie konnte wohl den Anblick nicht ertragen. So saß ich einige Minuten, den Unterarm waagrecht auf die Stuhllehne gestützt, den Handteller ausgestreckt mit nach oben herausstehendem Schraubenziehergriff, und spürte den langsam wachsenden Schmerz, die Angst, das Glück, und den Kitzel eines Lachreizes. Es war eine Anwandlung, die bald wieder verflog.

Die Sache mit Nina war typisch für mich. Sie ist die Frau eines Werbegrafikers, der die Broschüren für unsere Software entwirft. Er besuchte mich, bevor er sie in Druck gab, damit ich sie auf »sachliche Richtigkeit« prüfte. Er ist ein rundlicher, lustiger Typ, zu redselig manchmal, für meinen Geschmack, mit einem bewundernswert sicheren Strich. Einmal wühlte er in seiner Brieftasche nach seinem kleinen, transparenten Druckermaß, und dabei glitt ihm ein Farbfoto heraus: von einer lachenden, dunkelhäutigen Frau im Bikini auf dem Sitz eines Kettenkarussells vor einem Palmenhintergrund. »Oh«, sagte ich grinsend, »passen Sie auf, daß es Ihnen zu Haus nicht rausfällt.« Er sagte: »Das ist Nina, meine Frau; sie ist Russin«, und steckte es ruhig wieder weg. Danach habe ich sie jahrelang angebetet; in ruhigen Stunden habe ich mir ihr Gesicht vorgestellt, ihren Hals, ihre Brüste, ihren Gang. Ich habe mir ihre Stimme vorgestellt – tief, fast männlich, das war gar nicht so falsch geraten – und daß sie mit dieser Stimme sagen würde: Fühl mich an, Liebster, und führ mich fort; wie ein Schüler. Offenbar habe ich mich gar nicht verändert seit der Schülerzeit, auch darin nicht, daß ich mir einbildete, sie wisse, was in mir vorging. Ich redete mit ihr im Auto, im Lift, im Klo. Bis der Betrieb unser Gespräch überdröhnte.

Ansonsten: Kamelhaarmantel, Reise nach Korfu, unser Peter in der Tennis-Liga, Claudia einskommadrei, in meinem Büro Merian-Stich und Bodenbelag Kategorie I als Zeichen des Aufstiegs. Wie bei leitenden Angestellten üblich, arbeitete ich lange, oft bis acht Uhr. Ostentativ, auch wenns nicht nötig war; die vereinzelten, spät erleuchteten Fenster in der

Fassade des Verwaltungsgebäudes – ein stummes Schauspiel, die Pantomime rastloser Verantwortung. Ich las Geschäftsberichte, Wirtschaftsnachrichten, interne Studien und Prognosen, Sitzungsprotokolle; ich grübelte über dem Terminkalender, machte Lockenmuster auf dem großen Ideen-Block, diktierte etwas ins Diktiergerät, rauchte, manikürte mich, hauchte das Acrylglasthermometer an, bis die »28« oder sogar die »30« bläulich zu schimmern begann. Es war eine Meditation. Nach so vielen Jahren hatte ich meine Software-Sparte so fest im Kopf, Programmsprachen, Handling, Organisation, Speichermedien, Trends in die Zukunft – alles abrufbar. Meine Arbeit bestand vor allem darin, alle diese Fakten hin und her zuwälzen, um und um zuschaufeln, Strategien zu entwickeln; Strategien zum Markterfolg. Das hieß: durch kleine Varianten Bekanntes unkenntlich zu machen, durch nicht compatible Systeme der Konkurrenz das Geschäft zu verderben, durch scheinbar überraschende Datenkombination zu verblüffen; alles Tricks. Mit solchen Tricks hatte man manchmal überraschende geschäftliche Erfolge – aber wirklich neuartig waren sie nicht; ich war mir darüber klar, ich machte mir da nichts vor, aber ich ließ den Kaufleuten, Hitzig, Lodermeyer und Konsorten, ich ließ ihnen den Glauben. Fiel mir wirklich was ein, dann meist mitten in der Hetze, zwischen Tür und Angel. Ich diktierte der Sekretärin Notizen, die ich später selbst nicht mehr verstand. »Fortran-Programm schreiben, mit gezielten Logik-Fehlern, Fehler-Kontrolle ausschalten, rechnen lassen, Differenz bilden.« – Darauf verreiste ich. Später saß ich verständnislos davor. »Ist das alles, Frau Grüber? Haben Sie nichts ausgelassen?« – Na gut, dann nicht; Papierkorb. War vielleicht besser so. Der Betrieb läuft am besten, wenn man nichts verändert. Stets bewährt, allzeit verläßlich, glatte Rasur, sportlicher Spurt, klar und verständlich, mit Pfiff, ohne Krampf, design zeitgemäß, immer griffbereit, überall anschließbar, gesunde Kost, politisch fortschrittlich, zwei

Kinder, zukunftssicher, cost effective, sexuell alert – schlag mich, Nina, zerkratz mir das Gesicht!

Wenn ich spät nach Hause kam – Dämmerung oder Finsternis, Autobahn leer –, saß die junge Generation vor der Sportschau, und Marion schrieb Briefe. Eigentlich war sie immer in ihrem Zimmer und schrieb dort Briefe, wenn ich kam; es dauerte eine Zeit, bis mir das auffiel. Ich öffnete die Tür einen Spalt und sagte: Nabend, Schatz, hier bin ich; sie schaute nur flüchtig auf und sagte: So spät wieder, du Armer – die Sandwiches sind in der Küche unter der Alufolie. Dann tippte sie weiter. An wen schrieb sie nur immer? Eine vorübergehende Neugier verrauchte rasch mit dem ersten Glas VAT 69. Zeitweise trank ich viel.

Aber ich habe nicht das Zeug zu einer Sucht. Der Überdruß wird immer gleich mitgeliefert; – nein, nicht der Überdruß: das Desinteresse. Zweimal habe ich Pot geraucht und kaum was gemerkt; Koks: Die Umständlichkeit des Schnupfens hat mich abgestoßen; Benzedrin schluckte ich ab und zu – ohne Probleme. Allenfalls das Verlangen nach Frauen, nie ganz befriedigt; nicht Sex allein, eine gewisse Süße auch, eine Süße des Gefühls; wie *Hiroshima mon amour*. Ich bin immer gern in Filme gegangen, sie geben einen Lift, sie katapultieren einen – wohin?

Einmal lernte ich Korbes kennen, einen früheren Abteilungsleiter bei der DRAMAG, der jetzt Kunstmaler war. Er hatte sich abgeseilt. Das war im Café Napoleon, nur noch an seinem Tisch war ein Platz frei; er hatte neben seiner Tasse seinen Skizzenblock liegen und strichelte mit spitzem Bleistift, wobei er hin und wieder den Kopf hob und aus dem Fenster blickte. Ich holte einige Akten aus meiner Tasche und blätterte in ihnen, während ich auf Marion wartete, die einkaufen war. Ab und zu wanderten seine Augen zu mir und meinen Papieren; es waren Broschüren der Konkurrenz dabei. Einmal sagte er lakonisch: »EDV-Mann, was?« Wir kamen in ein lockeres Gespräch, wobei wir beide unsere

Arbeit fortsetzten. Er erzählte mir von seiner beruflichen Vergangenheit, ruhig, ohne große Worte. Er war vor sechs Jahren ausgeschieden, eine halbwegs gütliche Vereinbarung; sie hielten ihn für einen Narren. Er war fast kahl, Cordhose, schwarzes Hemd, selbstsicher, er sprach von der Anfangsangst, aber auch vom Hochgefühl, und vom direkten Umsetzen eines Gedankens in Handlung. Das betraf mich wirklich. Bald danach sah ich seine Bilder in einer Ausstellung; sie waren schauderhaft – wie aus dem Warenhaus. Das verblüffte und enttäuschte mich, es lag eine Ungereimtheit darin; ich grübelte ergebnislos darüber nach, bis das Erlebnis verblaßte. Wären diese Bilder besser gewesen, hätten sie vielleicht etwas in meinem Leben bewirkt. Ich meine nicht durch Nachahmung. Aber das ist jetzt auch schon wieder vier Jahre her.

Ich habe sozusagen wider besseres Wissen zu schreiben begonnen – »in spite of myself«, wie die Amis sagen. Die Amis haben so viele beneidenswerte Worte: »feetdragging« – »grinding to a halt« – »drop out«. Alles Worte, die etwas für mich Wichtiges bedeuten, aber unübersetzbar sind. »Tropf aus« kann man doch nicht sagen, oder doch?

In Amerika war ich dreimal, und immer hat es mich beeindruckt. Der Humor, die Großzügigkeit, die Kleingeistigkeit, die lockere Sklaverei – diese Zusammensetzung. Es ist nicht wie hier – diese Wand, die Styroporabschirmung vor unerwünschten Ansichten, vor gewissen Lebensformen, dieses Bohren in Bagatellen, der bornierte Blick – das alles gibts da nicht. Es ist anders. Eine Inselhaftigkeit, ein kleines Fleckchen Bewußtsein auf einer weiten kahlen Fläche. Es wird nichts abgelehnt – ein anderes ist einfach nicht da. *Existiert nicht*! Wird lachend abgetan! Es herrscht eine nützliche Leere wie beim stundenweiten Fahren durchs weizengelbe Kansas, mit einzelnen, selbstzufriedenen Mähdreschern in der Gegend – weit weg, mit großen Staubfahnen. Sie haben es nicht nötig, etwas in sich zu bekämpfen; abschieben genügt; da ist Platz genug für alle Verrücktheiten;

durchdrehen, rumhuren, Bankrott machen, ins Gefängnis gehen – warum nicht? Alles halb so schlimm; das ist jedermanns Privatsache; it's a free country etc. Die ganze Mannschaft im Weißen Haus raucht Pot, die Kennedys treibens mit Marilyn Monroe, Johnson belügt die Volksvertreter, Nixon läßt seine Leute einbrechen, stehlen und bestechen und sagt den ganzen Tag nur »shit«, »fuck« und »screw« – egal. Jeder hat seine Macke. Hätte ich dort erwähnt, daß ich schreibe, so hätten sie mich leer angeschaut; was solls, so what, mach was du willst; allenfalls noch: Writing a book, eh? Who's going to read it?

Ob dies ein Buch wird, weiß ich nicht; mir geht es um das Schreiben. Es ist mir völlig gleichgültig, wer das liest. Sonst kümmert sich doch auch keiner drum, wer das alles wieder abruft, was wir einspeichern; schon jetzt liegen Milliarden und Milliarden Bytes Information herum, mit denen niemand etwas anfangen kann. Das meiste wird schon gar nicht mehr von Menschen produziert, sondern maschinell, »on-line«. Irgendwo habe ich den Satz gehört: Mit dem Notizbuch entstand das Vergessen. Wie riesig muß das Vergessen im Zeitalter der Datenbanken sein! Ich aber schreibe nicht, um zu vergessen, im Gegenteil; ich schreibe, um endlich Erfahrungen zu machen, Exzesse, Morde, astronautische Expeditionen.

Die Karriere, die ich hinter mir habe: Nicht grade eine Bilderbuchkarriere, aber doch traumhaft; ich meine, diese Veränderungen: Vorher undenkbar – nachher trivial. Vor zwanzig Jahren begonnen als frischgebackener Ingenieur mit Informatik-Kenntnissen, das war damals »brandneu«. Alles war im Fluß, auch nach der Einstellung war ich dauernd in Seminaren, Kursen; hardware, software, alles veraltete in rasendem Tempo. Es hatte schon was Seltsames an sich, was Mystisches geradezu, vor einem solchen Kasten zu stehen, glänzend und glimmend, eindrucksvoll unscheinbar, und dann hinter sich die Stimme: Ach, die Dreihundertsechziger, ja; die fliegt bald raus. Und doch, als Ingenieur im Milieu kann man nicht viel falsch machen. Die neuen Rechnergenerationen werden ins Haus gestellt, man adaptiert die Programme, man muß nicht alles rational begründen, was man macht. Die Entwicklung ist die Verlängerung des Trends. Ich habe immer stärker den Verdacht, daß *alle* Erfindungen der letzten Generationen nur Trendverlängerungen waren. Wirklich *wissen* können das nur die Spezialisten, aber es gibt in jedem Bereich immer nur *einen* Spezialisten. Die Technik, die Wissenschaft ist zerteilt, zerbröselt, zerstäubt. Nur in seinem eigenen Gebiet hat der Spezialist keine Illusionen – was jenseits des Zaunes wächst, bewundert er. Dabei ist es dort nicht anders: Kleine Abwandlungen, Verschiebungen, Improvisationen – plötzlich siehts neu aus. Der Zuschauer ist verblüfft. Die Patentsprache sagt: »Überraschende Erfindungshöhe.« Der Vertriebsmann, der Marketingexperte nickt anerkennend und klopft dem neuen Pferd auf die Plastikhüfte. Nicht lang danach: »Wir können Ihnen eine erfreuliche Mitteilung machen.« Antrittsbesuche in Bungalows. Ein weicherer Sessel, weitläufigerer Schreibtisch, hinter dem nicht mehr gerechnet und gezeichnet, sondern nur noch die Anweisung dazu gegeben wird. »Sie zeichnen links unten mit ppa.« Die Laufbahn. Das Peter-Prinzip. »Marion, ich bin befördert worden.« An ihrem nächsten Geburtstag der Sunbeam vor der Tür.

Noch immer bin ich vollgestopft mit Gewohnheiten, mit Vorurteilen, verhärtet durch Starrheit. Ich kann mich nur mühsam mit den selbstgewollten Veränderungen befreunden. Das Schreiben, das Brüten, Träumen hinter der verschlossenen Tür, das Anhäufen der beschriebenen Papierbogen ist mir selbst fremd, fast ebenso fremd wie für Marion, die von außen an diese Tür pocht und sagt, ich soll den Unsinn beenden. Beharrlich sind wir beide. Seit zwei Wochen nun, jeden Tag ohne Variationen, von Gängen zum Klo und vom Hereinnehmen kleiner Teller mit Essen abgesehen; ich öffne nur, wenn ich sicher bin, daß niemand davor ist. Ich tue etwas, das mir selbst fremd ist, weil ich darin meine einzige Chance sehe; schreibend gehe ich durch die Tür und aus dem Haus. Ich schreibe rücksichtslos, was mir in den Sinn kommt. Ich schreibe, daß mein Körper wie ein Packschnurknäuel aus einem einzigen Satz besteht, den ich abspulen werde. Ich schreibe, daß die Erde verdampft und die Luft zu einem durchsichtigen Gelee erstarrt und ihre Bewohner einschließt, zum künftigen Bernstein einer galaktischen Küste. Und ich schreibe, das einzige Vorhaben, das mich aus dem Haus locken könnte, ist das Vorhaben, an jedem Stuhl und an jedem Tisch ein Bein kürzer zu sägen; mein Ziel ist die *wackelnde Welt*.

Natürlich habe ich mir früher zuweilen meinen TLE gestattet, meinen Tollen-Leidenschafts-Ersatz; vor allem auf Reisen. Im Spesen-Nachtclub mit einer gummihaften Stripperin, die sich in einer Nische dicht an mich drängte und mich mit ihrem verschwitzten Alkoholduft überschwemmte; sie erzählte mir mit einem Balkan-Akzent etwas von der »Choreographie« ihres Auftritts, von dem kleinen, elefantengrauen Neger mit dem weißen Saxophon, der so wunderbar *Body and Soul* blasen konnte; ich wollte mehr, aber sie zögerte es hinaus, solange wie möglich, Sekt für 200, 300, 400 Mark, dann endlich schwankten wir beide, wie Fremde hintereinander in der Dunkelheit; dann das Zimmer mit niedrigem Waschbecken, ich mit stechendem Kopf auf einem klammen Bett, sie auf mein weiches Glied herabschimpfend, und auf dem Nachttisch das Foto eines lachenden Jungen mit Schultüte in einem Stellrahmen. Einmal hatte ich eine rasche, gefährliche Liebschaft mit der Frau eines Geschäftsfreundes – tagsüber, während er in seinem Büro auf mich wartete. Von solcher Art immer neue Hoffnungen auf den Blitzschlag des Gefühls, Erkenntnis im Auge, Erkenntnis im Ohr, unter einer leichten Berührung ein Aufblühen wie von japanischen Muschelblumen. Ach, alle diese Hoffnungen – absurd wie

Religion. Obgleich ich mit Religion nie was im Sinn hatte – eines Tages war mir klar, daß ich auf Wunder hoffte.

Ich habe versucht, mit Marion darüber zu reden, vor allem in den letzten Tagen, durch die verschlossene Tür. Vielleicht war auch sie unzufrieden, ja, gewiß war sie das, darum schrieb sie ihre vielen Briefe. Wer weiß, an wen sie immer schrieb – an ihren Bruder, an einen Jugendfreud, oder an eine frühere Nachbarin, mit der sie sich manchmal im Café Napoleon traf, bei Mürbegebäck, bei Tee mit Süßstoff – auch das gehörte zu ihrer Unzufriedenheit: die Diät und die Schlankheitsmittel, das ›Ponderax‹ am Morgen, das sie in Wirklichkeit wegen des »lifts« nahm, um in Gang zu kommen. Sie war unzufrieden mit sich, das war es wohl, was sie ausdrücken wollte, und doch zugleich die Angst vor jeder Neuerung, zugleich die Angst, ohne jegliche Neuerung alt zu werden, überhaupt die Angst vor dem Altwerden, und dann die Angst vor der Unzufriedenheit, da in unseren Kreisen unüblich, da sie doch alles hatte, sogar eigenes Vermögen, zwei wohlgeratene Kinder, sportgebräunt, wie auch sie selbst sportgebräunt war, attraktiv wie ein Cover-Girl. Sie war die Projektion meiner Gefangenschaft, und das Smarte, das Kitschige an ihr war mein Markenzeichen. Wie gesagt, ich hätte gerne mit ihr über das alles geredet, aber sie verlangt hartnäckig immer nur wieder das eine, daß ich in die Firma und ins »normale Leben« zurückkehren soll. Ich höre es an die Türe donnern, und manchmal scheint es, als donnere sie *mit dem Kopf* dagegen. Sie bleibt aber nie länger als eine Viertelstunde dran, und zieht murmelnd ab, um nach einer Stunde wiederzukommen.

Die Firma und das »normale Leben«. Ist es denn nicht ein Irrsinn, daß ich beinahe zwanzig Jahre in dieser Firma zugebracht habe, in denen jeder Tag dem anderen glich? Ich übertreibe nicht: Es waren siebentausend Tage, und jeder war wie alle anderen! Ich saß vor Millimeterpapier, vor langen Zahlenreihen, vor Eingabetastaturen, vor Programmierformularen, vor einem Diktiergerät. Ich saß mit anderen leitenden Angestellten an einem großen, grün bezogenen ovalen Tisch mit je einem Glas, einer kleinen Fruchtsaftflasche und einem Öffner vor jedem Teilnehmer der Sitzung, ich saß im Auto, in der Bahn, im Flugzeug nach irgendwo – dennoch waren alle Tage gleich. Gleich in ihrer Verödung; gleich in ihrer Unwesentlichkeit. Die immer gleichen Bewegungen des Hutlüftens, des Krawattenschlingens, des Reißverschlußzuziehens im Pissoir. Das immergleiche Wichtigkeitsgefühl und Überdrußgefühl beim Unterschreiben von Schriftstücken, beim Genehmigen großer Geldsummen. Die immergleichen Laute von mir und von Marion beim Erreichen des Höhepunkts. Die immergleichen Witze in der Prokuristenkantine: »Wo ham Sie sich wieder rumgetrieben heut Nacht? – Ich besuchte die wüste Gobi.« Jetzt erst begreife ich manche meiner Gereiztheiten; es scheint mir jetzt, als habe sich mein Inneres immer heftiger, immer katzenartiger zusammengekrümmt und auf ein bestimmtes Zeichen gewartet; auf den Auslöser.

Es kam in einem braunen Firmenkuvert mit der Hauspost: eine Fotokopie aus der Fachzeitschrift ›BIT‹, ein Bericht über die Geschäftsentwicklung der Firma ›World-Data‹ mit Zahlen und Prognosen für einzelne Teilbereiche. Eine Stelle war leuchtend grün mit einem Fluoreszens-Marker angestrichen: die Zahl 20%. Sie bezog sich auf den letztjährigen Umsatzzuwachs der DTP-Programme der Firma. Am Rand, neben der grünen »20« war ein Ausrufezeichen hingekritzelt, und »Dr. Li« – mein Kürzel. Das haute mich um.

Einem Außenstehenden wird das schwer begreiflich sein. Hinter diesen 20% verbargen sich jahrelanges Hickhack, Euphorie, angestrengte Denkarbeit und endlose Palaver. Es ging gar nicht so sehr um die Firma ›World-Data‹ und darum, daß diese Firma etwa unser Todfeind gewesen wäre; trotz der Konkurrenz – solche Vokabeln sind lächerlich, sie entsprechen nicht den wirklichen Verhältnissen; man schadet sich, aber man ruiniert sich nicht. Nein, das war nur ein Vorwand. Eigentlich ging es um ein altes, immer wieder neue Formen annehmendes Gezerre mit dem Vertriebschef Lodermeyer, um unseren Streit über das Verfahren der Preiskalkulation. Der Grossopreis war mit den Herstellkosten durch einen Faktor verbunden, derzeit stand es 1:6. Seit Jahren versuchte ich den Leuten klarzumachen, daß eine solche Multiplikation unsinnig ist, daß es vielmehr eine *Addition* sein muß; sonst verdient man ja an billigen Artikeln zu wenig, und die teuren werden unerschwinglich. Statt dessen wurden Korrekturfaktoren eingeführt; ansonsten rächte sich Lodermeyer durch Sticheleien.

Das Hickhack zog weitere Streitigkeiten nach sich, über Werbestrategie, Marketing, Methoden zur Durchsetzung bestimmter Programmtypen auf dem Markt. Diese Methoden sind unfein, sie erfordern, wie die Amerikaner sagen, »a certain amount of armtwisting«. Ich war immer gegen solche Druckmittel – aus pragmatischen Gründen; ich war überzeugt, daß sie sich letzten Endes gegen ihre Verfechter richten würden. Aber Brutalität imponiert, und so imponierte das Verfahren der Firma ›World-Data‹, den Verkauf bestimmter unentbehrlicher Organisationsprogramme an den Erwerb ihres miserablen DTP-Systems zu koppeln. DTP heißt »design-trend-prognosis«. Mir erschien es immer fragwürdig, künftige Karosserie- und Geräteformen nach einer Art Sandwellenprinzip zu simulieren. Aber mit genügendem Nachdruck, das wollte Lodermeyer mir signalisieren, läßt sich auch das durchsetzen; ich sah ihn feixen.

Der eigentliche Auslöser jedoch, das war nicht einmal diese Vorgeschichte. Es war dieses *Grün*, und dieses *Ausrufezeichen*. Dieses kleine, grünleuchtende Quadrat mitten in dem flott heruntergeschriebenen Textfeld, zwischen Wörtern wie »optimal«, »problemlos«, »zukunftssicher« und anderen unaufhaltsamen Worten; das grüne Quadrat; es war die Säuberlichkeit, mit der es hergestellt worden war, mit der frischen, unabgenutzten Kante des Filz-Markers – Lodermeyer hatte die Gewohnheit, bei Schreibarbeiten ganz dicht mit den Augen ans Papier zu gehen. – Das wars. Diese winzige hämmernde Wichtigtuerei, käferhafte Gespreiztheit, dieser idiotische, grellgrüne Liliputaner-Triumph über eine solche Lappalie – das kippte mich aus den Schuhen.

In dem Augenblick, in dem ich das erkannte, brüllte ich wie ein Verrückter. Ich schleuderte den schweren »Rotaclean«-Aschenbecher durch die Thermopenscheibe des Fensters, entzündete die Akten auf dem Tisch mit dem Tischfeuerzeug, schmiß das Telefon an die Wand, riß den Inhalt der Schränke und des Tresors heraus und wütete darin. Natürlich *nur in der Vorstellung*; als ich den Impuls verspürte, war ich mir zugleich darüber klar, daß solche Handlungen, wirklich ausgeführt, wiederum trivial und lächerlich gewesen wären: Das Theater vom wilden Mann! – Nein; nach außen blieb ich ganz ruhig. Ich zog mir den Mantel an, setzte den Hut auf, ich ließ meinen Aktenkoffer neben dem Schreibtisch stehen. Zur Sekretärin sagte ich: »Adieu, Frau Grüber; oh, wie schön rot ihr Haar heute wieder ist! – Ich gehe jetzt. Sie sollten auch gehen, ganz schnell, und sich Ihre Wünsche erfüllen – sie sind alle erfüllbar!« – Ich verabschiedete mich sonst von niemandem. Frau Grüber ist eine gute Frau, in vieler Hinsicht, meinen Vorteil betreffend, klüger als ich; ich glaube, sie hat mich wirklich gern, aber das gilt für die meisten Sekretärinnen. Sie lassen sich lebendig rösten für ihren Chef, sie sind wirkliche Liebende, ja die einzigen weit und breit – das ist nicht die geringste der Absurditäten des Angestelltenlebens.

Ich schreibe nun, daß die Rippen der Heizkörper, scheinbar zur Wärmeabgabe, in Wirklichkeit Kiemen sind, mit denen das Haus atmet, und Blut gluckert durch die Röhren; Herr Flugkapitän, schreibe ich dann, sind Sie nie, beim Aufsteigen in die äußeren Luftschichten, auf Ihre ersten Liebesworte, auf Ihr Kindergeschrei, auf das Zeugungsstöhnen Ihrer Eltern gestoßen? Wenn schon Archäologie der Luft, schreibe ich, dann nicht wegen der schmetternden Töne eines Kaisers, oder wegen des Knatterns, Donnerns und Dröhnens, mit dem die Weltgeschichte spricht. Für die Wärter der guten Sitten in ihren sauber gebürsteten Anzügen, schreibe ich, werde ich einen ganzen Tierpark anstoßerregender Wesen erfinden, Schuhkäfer, die stets ungeputzt herumkrabbeln, den gierigen Titel-Löscher, den Schmierfinken mit der Fettfleckspur, die lebende Rülpsspraydose und den unermüdlich »Arschloch«-flüsternden Telefonrufbeantworter; ich schreibe: Sehr geehrter Herr Weltuhrmacher, ich biete Ihnen das Projekt einer dualen Welt, bestehend nur aus Bleistiftstummeln und Radiergummis; Leuchtkörper brummeln »Schwarz-schwarz«, die Teppichböden bestehen aus Orangenschalen, und die Klingeln entzünden sich bei Knopfdruck...

Wie lange ich hier schon schreibe, weiß ich nicht, es interessiert mich auch nicht. Gewiß habe ich viele Seiten geschrieben, auf denen kaum ein Satz verständlich ist; aber: »verständlich«, hieße das nicht, daß man es vorher auch schon gewußt hätte, und wozu sollte man so etwas schreiben? Ich zerfasere den Strick zu Jutefäden und genieße jeden Augenblick einer ungewissen Zukunft.

Walter E. Richartz im Diogenes Verlag

Büroroman

»Der *Büroroman* ist ein einzigartiger Vorstoß in eine *Terra incognita,* eine Expedition in einen großen weißen Flecken auf der literarischen Landkarte unserer Gegenwart. Kühn pflanzt Richartz die Fahne des Erstbesteigers in einem Büro-Hochhaus auf. Richartz funktioniert als Photo-, Phono-, Odor-, Seismo- und auch als Psychograph. Unter der Hand des Autors wird der langweiligste Bürotag interessant.«
Georg Hensel/Frankfurter Allgemeine Zeitung

Reiters Westliche Wissenschaft

Walter E. Richartz' Testament: Sein letzter, vor seinem Selbstmord abgeschlossener Roman zeigt, wie Wissenschaft wirklich funktioniert; er blieb bisher praktisch unbeachtet. Eigentlich unfaßlich angesichts der Tatsache, daß die Grünen in die Parlamente einziehn, militärische und angeblich friedliche Nutzung der Atomkraft die Diskussion beherrscht und das Westliche Wachstumsprinzip vorm Offenbarungseid steht. Hier ist einer der wenigen Autoren von Rang, die naturwissenschaftliche und kritische Intelligenz in Personalunion vereinigen und uns Aufschluß geben.

»Seit Hans Henny Jahnn und Arno Schmidt haben so beklemmende (literarische) Attacken gegen unsere ›Fortschritts‹-Verrücktheiten eher Seltenheitswert.«
Dieter Fringeli/Basler Zeitung

Tod den Ärtzten

»Auf seine Satire *Tod den Ärtzten* hat die Kritik sträflich flau reagiert; dabei ist dies ein völlig außer Rand und Band geratenes explosives und komisches Pamphlet, wie es gerade die deutsche Literatur selten genug hervorbringt.« *Jörg Drews/Die Zeit, Hamburg*

»Ein hochaktueller politischer Roman, einer der eindrücklichsten und überzeugendsten, die uns in den vergangenen Jahren erreichten. Richartz hat eine beneidenswerte Position innerhalb der zeitgenössischen deutschen Prosa inne.«
Dieter Fringeli/Neue Zürcher Zeitung

Noface – Nimm was du brauchst

»Alles, was da zwischen zwei Buchdeckeln auf etwas mehr als 200 Seiten erzählt wird, liest sich so spannend wie plausibel. Von Anfang bis Ende scheint alles mit durchaus rechten und realen Dingen zuzugehen, und doch gibt dieses ›Noface‹, Dr. med. John Reiter, der fiktive Ich-Erzähler und Schreiber (englisch: writer) dieses Romans seiner Umwelt (einschließlich Polizei und Presse) die größten Rätsel auf.«
Hans J. Fröhlich/Norddeutscher Rundfunk

»Wie Tomi Ungerer malt, so schreibt Richartz.«
Joachim Hauschild/Münchner Merkur

Vorwärts ins Paradies

Aufsätze zu Literatur und Wissenschaft

Der Schriftsteller und Übersetzer Richartz über Amerika und amerikanische Autoren; der Schriftsteller und Naturwissenschaftler Richartz über den Verkünder des elektronischen Zeitalters Marshall McLuhan und die abgründige Spannung zwischen literarischer und naturwissenschaftlicher Intelligenz. Der Denker Richartz über die Verbindung der Phänomene Literatur und Wissenschaft.

Das Leben als Umweg

Dieser Band sammelt in chronologischer Folge die zu Lebzeiten des Autors erschienenen Erzählungen von 1966 bis 1979.

»Man könnte Richartz' Bücher eine Porträtgalerie des Kleinbürgertums nennen, eingerichtet mit den Beobachtungen eines musischen Intellektuellen, der die arrivierten kleinen Leute nicht aus der Vogelperspektive des überlegenen Spötters, sondern eines wie ein trauriger Gulliver unter sie gefallenen Einzelgängers beschreibt. Denn Richartz hat den geborgten Kasinowitz und die Intrigenspiele ihrer Büros genau gekannt, in ihren schmucken Spießerkolonien (in Buchschlag bei Frankfurt) gelebt und unter ihrer aus Mon-Chérie-Schachteln duftenden Gemütlichkeit nur schwach amüsiert gelitten.«
Der Spiegel, Juni 1987

Werk- und Studienausgaben in Diogenes Taschenbüchern

● **Woody Allen**
Werkausgabe in bisher 6 Einzelbänden
detebe

● **Also sprach der Erhabene**
Eine Auswahl aus den Reden Gotamo Buddhos. detebe 21443

● **Eric Ambler**
Werkausgabe in bisher 19 Einzelbänden
detebe

Über Eric Ambler
Aufsätze von Alfred Hitchcock bis Helmut Heißenbüttel. Herausgegeben von Gerd Haffmans. detebe 20607

● **Alfred Andersch**
Studienausgabe in 18 Einzelbänden
detebe

Einige Zeichnungen
Essay. detebe 20399

Das Alfred Andersch Lesebuch
Herausgegeben von Gerd Haffmans
detebe 20695

Über Alfred Andersch
Herausgegeben von Gerd Haffmans
detebe 20819

● **Angelus Silesius**
Der cherubinische Wandersmann
detebe 20644

● **Honoré de Balzac**
Die großen Romane
in 10 Bänden. detebe 20901–20910

Erzählungen
in 3 Bänden. detebe 20896, 20897, 20899

Das ungekannte Meisterwerk
Erzählungen. detebe 20477

Das Mädchen mit den Goldaugen
Erzählung. Mit einem Nachwort von Stefan Zweig. detebe 21447

Über Balzac
Herausgegeben von Claudia Schmölders
detebe 20309

André Maurois
Das Leben des Honoré Balzac
Eine Biographie. Aus dem Französischen von Ernst Sander und Bruno Berger. detebe 21297

Charles Baudelaire
Die Tänzerin Fanfarlo
Prosadichtungen. detebe 20387

Die Blumen des Bösen
Gedichte. detebe 20999

● **Gottfried Benn**
Ausgewählte Gedichte
Herausgegeben und mit einem Nachwort von Gerd Haffmans. detebe 20099

Das Gottfried Benn Lesebuch
Ein Querschnitt durch das Prosawerk, herausgegeben von Max Niedermayer und Marguerite Schlüter. detebe 20982

● **Giovanni Boccaccio**
Der Decamerone in 5 Bänden
Sämtliche 100 Novellen in der berühmten Propyläen-Edition. Aus dem Italienischen von Heinrich Conrad. Mit den Kupfern und Vignetten von Gravelot, Boucher und Eisen der Ausgabe von 1757. detebe 21060–21064

● **James Boswell**
Dr. Samuel Johnson
Leben und Meinungen. detebe 20786

● **Ray Bradbury**
Werkausgabe in bisher 11 Einzelbänden
detebe

● **Ulrich Bräker**
Werke in 2 Bänden
Herausgegeben von Samuel Voellmy und Heinz Weder. detebe 20581 und 20582

● Wilhelm Busch
Schöne Studienausgabe in 7 Einzelbänden
Herausgegeben von Friedrich Bohne in Zusammenarbeit mit dem Wilhelm-Busch-Museum in Hannover. detebe 20107–20113

● Calderón
Das große Welttheater
In einer Nachdichtung von Joseph von Eichendorff. Mit einem Nachwort von Bernhard Michael Steinmetz. detebe 21537

● Anton Čechov
Das dramatische Werk in 8 Bänden
in der Neuübersetzung und Neutranskription von Peter Urban. detebe

Das erzählende Werk in 10 Bänden
Herausgegeben von Peter Urban
detebe 20261–20270

Brief in 5 Bänden
Herausgegeben von Peter Urban
detebe 21064–21068

Das Drama auf der Jagd
Roman. detebe 21379

Das Anton Čechov Lesebuch
Herausgegeben von Peter Urban
detebe 21245

Über Čechov
Herausgegeben von Peter Urban
detebe 21244

● Joseph Conrad
Lord Jim
Roman. detebe 20128

Der Geheimagent
Roman. detebe 20212

Herz der Finsternis
Erzählung. detebe 20369

● Charles Dickens
Werkausgabe in 7 Bänden
In der Übersetzung von Gustav Meyrink
detebe

Charles Dickens
Ein Essay von George Orwell. Deutsch von Manfred Papst. detebe 21398

● Friedrich Dürrenmatt
Das dramatische Werk in 17 Bänden
detebe 20831–20847

Das erzählende Werk in 16 Bänden
detebe 20848–20860, 21155–21156 und 21435–21436
Herausgegeben in Zusammenarbeit mit dem Autor. Alle Bände wurden revidiert und mit neuen Texten ergänzt

Über Friedrich Dürrenmatt
Herausgegeben von Daniel Keel
detebe 20861

Elisabeth Brock-Sulzer
Friedrich Dürrenmatt
Stationen seines Werkes. Mit Fotos, Zeichnungen, Faksimiles. detebe 21388

● Meister Eckehart
Deutsche Predigten und Traktate
detebe 20642

● Joseph von Eichendorff
Aus dem Leben eines Taugenichts
Novelle. Mit einem Vorwort von Thomas Mann. detebe 20516

● William Faulkner
Werkausgabe in 27 Einzelbänden
detebe

Briefe
Herausgegeben und übersetzt von Elisabeth Schnack und Fritz Senn. detebe 20958

Über William Faulkner
Herausgegeben von Gerd Haffmans
detebe 20098

● Federico Fellini
Werkausgabe der Drehbücher und Schriften in bisher 16 Bänden
Herausgegeben von Christian Strich
detebe

● F. Scott Fitzgerald
Studienausgabe in bisher 12 Einzelbänden
detebe

● Gustave Flaubert
Werkausgabe in 7 Bänden
detebe 20721–20725 und 20386

Über Gustave Flaubert
Herausgegeben von Gerd Haffmans und Franz Cavigelli. detebe 20726

● **Theodor Fontane**
Werkausgabe in 5 Bänden
Herausgegeben von Hans-Heinrich Reuter
detebe 21073–21077

● **Franz von Assisi**
Die Werke
detebe 20641

● **Egon Friedell**
Werkausgabe in bisher 4 Einzelbänden
detebe

● **Goethe**
Gedichte I
detebe 20437

Gedichte II
Gedankenlyrik / Westöstlicher Diwan
detebe 20438

Faust
Der Tragödie erster und zweiter Teil
detebe 20439

Die Leiden des jungen Werther
Roman. detebe 21366

● **Nikolai Gogol**
Meistererzählungen
Zeichnungen von Alfred Kubin
detebe 21091

Die toten Seelen
Roman. detebe 20384

● **Iwan Gontscharow**
Ein Monat Mai in Petersburg
Erzählungen. detebe 20625

Briefe von einer Weltreise
Herausgegeben von Erich Müller-Kamp
detebe 21008

● **Jeremias Gotthelf**
Ausgewählte Werke in 13 Bänden
Herausgegeben von Walter Muschg
detebe 20561–20572 und 21407

Gottfried Keller über Jeremias Gotthelf
detebe 20573

● **Dashiell Hammett**
Sämtliche Werke in 10 Bänden
detebe

● **Heinrich Heine**
Gedichte
Ausgewählt von Ludwig Marcuse
detebe 20383

● **O. Henry**
Gesammelte Geschichten in 6 Bänden
detebe 20871–20876

● **Hermann Hesse**
Meistererzählungen
Herausgegeben und mit einem Nachwort von Volker Michels. detebe 20984

● **Patricia Highsmith**
Werkausgabe in bisher 24 Einzelbänden
detebe

Über Patricia Highsmith
Zeugnisse von Graham Greene bis Peter Handke. Herausgegeben von Franz Cavigelli und Fritz Senn. detebe 20818

● **Homer**
Ilias und Odyssee
Übersetzung von Heinrich Voss. Edition von Peter Von der Mühll. detebe 20778–20779

● **Victor Hugo**
Der letzte Tag im Leben eines Verurteilten
Aus dem Französischen und Vorwort von W. Scheu. detebe 21234

Der Glöckner von Notre-Dame
Roman. Deutsch von Philipp Wanderer. Mit einem Nachwort von Arthur Riha
detebe 21390

Die Elenden in 5 Bänden
Deutsch von Paul Wiegler und Wolfgang Günther. Mit einem Nachwort von Hans Grössel und einem Aufsatz von Charles Baudelaire. detebe 21438–21442

Das Teufelsschiff
Roman. Deutsch von Hans Kauders. Mit einem Nachwort von Christian Schäfer
detebe 21549

● Otto Jägersberg
Werkausgabe in bisher 8 Einzelbänden
detebe

● Juan Ramón Jiménez
Herz, stirb oder singe
Gedichte. detebe 20388

● Immanuel Kant
Deines Lebens Sinn
Eine Auswahl aus dem Gesamtwerk. Herausgegeben und mit einem Vorwort von Wolfgang Kraus. detebe 21552

● Gottfried Keller
Zürcher Ausgabe
In der Edition von Gustav Steiner
detebe 20521–20528

Über Gottfried Keller
Herausgegeben von Paul Rilla. detebe 20535

● François de La Rochefoucauld
Spiegel des Herzens
Seine sämtlichen Maximen. Herausgegeben und mit einem Vorwort von Wolfgang Kraus. Aus dem Französischen von Fritz Habeck
detebe 21647

● D. H. Lawrence
Sämtliche Erzählungen und Kurzromane in 8 Einzelbänden
detebe 20184–20191

Liebe, Sex und Emanzipation
Essays. detebe 20955

John Thomas & Lady Jane
Roman. detebe 20299

Briefe
Auswahl von Richard Aldington. Vorwort von Aldous Huxley. Übersetzung und Nachwort von Elisabeth Schnack. detebe 20954

Reisetagebücher in 4 Bänden
detebe 21311–21314

Die gefiederte Schlange
Roman. detebe 21464

Robert Lucas
Frieda von Richthofen
Ihr Leben mit D.H. Lawrence, dem Dichter der ›Lady Chatterley‹. detebe 21356

● Doris Lessing
Der Zauber ist nicht verkäuflich
Afrikanische Geschichten. detebe 20886

Hunger nach dem großen Leben
Erzählung. detebe 21536

● Jack London
Werkausgabe in bisher 5 Einzelbänden
detebe

● Carson McCullers
Werkausgabe in 7 Einzelbänden
detebe 20140–20146

Über Carson McCullers
Herausgegeben von Gerd Haffmans
detebe 20147

● Ross Macdonald
Werkausgabe in bisher 16 Einzelbänden
detebe

● Heinrich Mann
Meistererzählungen
Herausgegeben von Christian Strich
Mit einem Nachwort von Hugo Loetscher
detebe 20981

● Ludwig Marcuse
Werkausgabe in bisher 13 Einzelbänden
detebe

Ein Panorama europäischen Geistes
Texte aus drei Jahrtausenden. Herausgegeben von Ludwig Marcuse in 3 Bänden
detebe 21168

● W. Somerset Maugham
Werkausgabe in 23 Einzelbänden
detebe

● Guy de Maupassant
Erzählungen in 5 Einzelbänden
detebe

● Herman Melville
Moby-Dick
Roman. detebe 20385

Billy Budd
Erzählung. detebe 20787

● Prosper Mérimée

Carmen
Novelle. Aus dem Französischen von Arthur Schurig. detebe 21188

Die Venus von Ille
und andere Novellen. Deutsch von Arthur Schurig. detebe 21246

Eine tragische Liebschaft
und andere Novellen. Deutsch von Adolf Laun, Arthur Schurig, Ossip Kalenter und Adolf V. Bystram. detebe 21247

● Conrad Ferdinand Meyer

Jürg Jenatsch / Der Heilige
Roman/Novelle. detebe 20965

● Margaret Millar

Werkausgabe in bisher 11 Einzelbänden
detebe

● Mohammed

Die Stimme des Propheten
Aus dem Koran ausgewählt, herausgegeben und mit einem Vorwort von Wolfgang Kraus
detebe 21551

● Molière

Komödien in 7 Einzelbänden
In der Neuübersetzung von Hans Weigel
detebe 20199–20205

Über Molière
Herausgegeben von Christian Strich, Rémy Charbon und Gerd Haffmans
detebe 20067

● Thomas Morus

Utopia
detebe 20420

● Fanny Morweiser

Werkausgabe in bisher 7 Einzelbänden
detebe

● Johann Nepomuk Nestroy

Und 's ist alles nicht wahr
Ausgewählt und herausgegeben von Helmut Lohner. Mit einem Nachwort von Egon Friedell. detebe 21649

● Sean O'Casey

Purpurstaub
Komödie. detebe 20002

Dubliner Trilogie: Der Schatten eines Rebellen / Juno und der Pfau / Der Pflug und die Sterne
Komödien. detebe 20034

Autobiographie in 6 Einzelbänden
detebe 20394 und 20761–20765

Das Sean O'Casey Lesebuch
Herausgegeben von Urs Widmer. Mit einem Vorwort von Heinrich Böll und einem Nachwort von Klaus Völker. detebe 21126

● Frank O'Connor

Gesammelte Erzählungen in 6 Einzelbänden
detebe

Autobiographie in bisher 2 Einzelbänden
detebe

● Sean O'Faolain

Ausgewählte Erzählungen in 3 Einzelbänden
detebe

● Liam O'Flaherty

Armut und Reichtum
Erzählungen. detebe 20232

Ich ging nach Rußland
Reisebericht. detebe 20016

Der Denunziant
Roman. detebe 21191

Tiergeschichten
Gesammelt und übersetzt von Elisabeth Schnack. detebe 21253

● George Orwell

Werkausgabe in 11 Bänden
detebe

Das George Orwell Lesebuch
Herausgegeben und mit einem Nachwort von Fritz Senn. detebe 20788

Über George Orwell
Herausgegeben von Manfred Papst. Deutsch von Matthias Fienbork. detebe 21225

● Konstantin Paustowski
Das Sternbild der Jagdhunde
Erzählungen I. detebe 20627

Die Windrose
Erzählungen II. detebe 20647

● Luigi Pirandello
Meistererzählungen
Auswahl und Nachwort von Lisa Rüdiger
detebe 21527

● Edgar Allan Poe
Erzählungen
in 4 Bänden: Die schwarze Katze – Die Maske des roten Todes – Der Teufel im Glockenstuhl – Der Untergang des Hauses Usher. Herausgegeben von Theodor Etzel. Deutsch von Gisela Etzel, Wolf Durian u.a. detebe 21182–21185

Die denkwürdigen Erlebnisse des Arthur Gordon Pym
Roman. Deutsch von Gisela Etzel. Mit einem Nachwort von Jörg Drews. detebe 21267

● Alexander S. Puschkin
Meistererzählungen
Mit einem Essay von Maxim Gorki
detebe 21526

● Walter E. Richartz
Werkausgabe in bisher 10 Einzelbänden
detebe

● Herbert Rosendorfer
Werkausgabe in bisher 5 Einzelbänden
detebe

● Arthur Schopenhauer
Werkausgabe in 10 Bänden
nach der historisch-kritischen Ausgabe von Arthur Hübscher. detebe 20421–20430

Aphorismen zur Lebensweisheit
Textidentisch mit Band 8 der ›Zürcher Ausgabe, Werke in zehn Bänden‹. Herausgegeben von Arthur Hübscher. Mit einem Nachwort von Egon Friedell. detebe 21555

Über Schopenhauer
Herausgegeben von Gerd Haffmans
detebe 20431

● William Shakespeare
Sonette
Deutsch von Karl Kraus. detebe 20381

Dramatische Werke in 10 Bänden
Übersetzung von Schlegel/Tieck. Illustrationen von Heinrich Füßli. detebe 20631–20640

Shakespeare's Geschichten
Sämtliche Stücke von William Shakespeare nacherzählt von Walter E. Richartz und Urs Widmer. detebe 20791 und 20792

● Alan Sillitoe
Studienausgabe in bisher 10 Einzelbänden
detebe

● Georges Simenon
Werkausgabe in bisher 138 Einzelbänden
detebe

Das Georges Simenon Lesebuch
Ein Querschnitt durch das Gesamtwerk
Herausgegeben von Daniel Keel
detebe 20500

Über Simenon
Zeugnisse und Essays von Patricia Highsmith bis Alfred Andersch. Herausgegeben von Claudia Schmölders und Christian Strich
detebe 20499

● Henry Slesar
Werkausgabe in bisher 15 Einzelbänden
detebe

● Muriel Spark
Werkausgabe in bisher 11 Einzelbänden
detebe

● Stendhal
Werke in 10 Bänden
detebe 20966–20975

Über Stendhal
Herausgegeben von Irene Riesen
detebe 20976

● Laurence Sterne
Tristram Shandy
Roman. detebe 20950

● R. L. Stevenson
Werke in 12 Bänden
in der Edition und Übersetzung von Curt und Marguerite Thesing
detebe 20701–20712

● Teresa von Avila
Die innere Burg
detebe 20643

● Henry D. Thoreau
Walden oder Leben in den Wäldern
Vorwort von W. E. Richartz. detebe 20019

Über die Pflicht zum Ungehorsam gegen den Staat
Essay. Nachwort von W. E. Richartz
detebe 20063

● Leo Tolstoi
Anna Karenina
Roman. detebe 21371

Gesammelte Erzählungen in 6 Bänden
detebe 21357–21362

● B. Traven
Werkausgabe in 15 Bänden
detebe 21098-21112

Land des Frühlings
Reisebericht. Mit zahlreichen Fotos des Autors. detebe 21230

● Lydia Tschukowskaja
Ein leeres Haus
Roman. detebe 20008

Untertauchen
Roman. detebe 20393

● Iwan Turgenjew
Meistererzählungen
Herausgegeben und aus dem Russischen von Johannes von Guenther. detebe 21051

● Mark Twain
Gesammelte Werke in 5 Bänden
Herausgegeben, mit Anmerkungen und einem Nachwort von Klaus-Jürgen Popp
detebe 21338

Tom Sawyers Abenteuer
Roman. detebe 21369

Huckleberry Finns Abenteuer
Roman. detebe 21370

Kannibalismus auf der Eisenbahn
und andere Erzählungen. detebe 21488

Der gestohlene weiße Elefant
und andere Erzählungen. detebe 21489

Die Eine-Million-Pfund-Note
und andere Erzählungen. detebe 21490

Der Prinz und der Bettelknabe
Eine Erzählung für junge Menschen jeden Alters. detebe 21507

● Jules Verne
Werkausgabe in bisher 24 Einzelbänden
detebe

● Voltaire
Gedanken regieren die Welt
Auswahl und Übersetzung von Candida Kraus
detebe 21553

● Robert Walser
Der Spaziergang
Erzählungen und Aufsätze. Nachwort von Urs Widmer. detebe 20065

Maler, Poet und Dame
Aufsätze über Kunst und Künstler. Herausgegeben von Daniel Keel. detebe 20794

● Evelyn Waugh
Werke in bisher 11 Einzelbänden
detebe

● H. G. Wells
Der Krieg der Welten
Roman. detebe 20171

Die Zeitmaschine
Roman. detebe 20172

● Oscar Wilde

Der Sozialismus und die Seele des Menschen
Essay. detebe 20003

Sämtliche Erzählungen
Mit Zeichnungen von Aubrey Beardsley. Herausgegeben und mit einem Nachwort von Gerd Haffmans. detebe 20985

Das Bildnis des Dorian Gray
Roman. Deutsch von W. Fred. detebe 21411

De profundis
Briefe aus dem Zuchthaus sowie Die Ballade vom Zuchthaus zu Reading. detebe 21499

Extravagante Gedanken
Eine Auswahl. Herausgegeben und mit einem Vorwort von Wolfgang Kraus. Auswahl und Übersetzung von Candida Kraus
detebe 21648

● Hans Wollschläger

Die bewaffneten Wallfahrten gen Jerusalem
Geschichte der Kreuzzüge. detebe 20082

Die Gegenwart einer Illusion
Essays. detebe 20576

Karl May
Biographie. detebe 20253